귀엽진 않아

§ 귀엽진 않아 §

2012년 8월 10일 초판 1쇄 인쇄
2012년 8월 13일 초판 1쇄 발행

지은이 § 세계수
발행인 § 곽중열
기획&편집디자인 § 신연제, 이윤아
발행처 § (주)조은세상

등록 § 2002-23호(1998년 01월 20일)
주소 § 경기도 고양시 일산동구 장항동 558번지 6호
Tel § 편집부(02)587-2977
영업부(031)906-0890
e-mail romance@comics21c.co.kr
값 9,000원

*본서의 내용을 무단 복제하는 것은 저작권법에 의해 금지되어 있습니다.

Copyright©.세계수 2012. Printed in Seoul, Korea

*파본이나 잘못된 책은 바꾸어 드립니다.

ISBN 978-89-6159-809-5

프롤로그 · 7

1. 인간적 호기심 · 17   2. 무슨 상관이지? · 30

3. 곁에 안의 그녀 · 44   4. 적당한 거리 · 56

5. 웃음소리 · 72   6. 바람이 분다 · 86

7. 인정 · 106   8. 고양이 인질범 · 119

9. 누구나 얼음 동굴은 있다 · 134

10. 창문 앞에 섰을 때 · 147

11. 특별한 하늘색 · 159   12. 그리고 키스 · 171

13. 불안 · 187

14. 내 곁에 네가 있으니까 · 203

15. 두 사람만의 가을 · 225

16. 갈증 · 237

17. 얼어붙지 않아 다행이야 · 251

18. 같이 · 266   19. 파도 · 278

20. 아파 · 292

21. 코코아 한 잔 · 305   22. 첫눈 · 321

23. 고마운 일등성이 · 334

24. 우리…… · 347

25. 마녀의 꿀돼지 · 359

에필로그 · 374

프롤로그

  태진은 미등도 켜지 않고 주차된 차 속에 앉아 있었다. 뚜렷한 윤곽을 가진 그의 얼굴은 어둠 속에서도 반듯한 선을 자랑했다. 팔짱을 느슨하게 엮은 태진은 가죽 시트에 깊숙이 몸을 기댔다.
  며칠 전 이사한 아파트는 오래되긴 했지만 깨끗하고 조용해서 여러모로 마음에 들었다. 특히나 한적하고 커다란 주차장은 복잡한 상념을 정리하기 좋았다. 오늘도 네모진 공간에는 그를 제외하고는 사람이 없었다. 불과 바로 조금 전까지만 해도 말이다.
  태진의 시선이 몇 블록 옆, 황색 등 아래의 두 여자에게로 향했다. 열린 창틈 사이로 그들의 대화가 툭툭 끊어져 들려오고 있었다.
  "……하는 거……니?"
  "……고 말씀……."

태진은 가볍게 턱을 쓸어내렸다. 인기척을 내기 곤란한 상황이었다. 방금 차에서 내린 여자가 뒷모습만 보이는 다른 여자에게 무어라 쏘아붙이고 있었던 것이다. 이렇게 되면 그들이 용건을 마치고 사라지기를 기다릴 수밖에 없었다. 그때, 여태 흐릿하던 목소리 하나가 또렷하게 들리기 시작했다. 화가 난 듯 꽤 앙칼지고 신경질적인 목소리였다.

"그 자리, 어떻게 마련한 건 줄 알기나 해?"

두 여자 쪽에서는 짙게 썬팅한 차량 내부의 태진이 보이지 않을 테지만 이쪽에서는 바로 그들을 볼 수 있는 위치였다. 뒷모습을 보이며 서 있는 운동복 차림의 여자가 흥분한 선글라스의 여자에게 차분하게 대답하고 있었다.

"대충요."

"하아! 알면서도 그딴 대답을 한 거라고?"

커다란 선글라스로 얼굴의 절반을 가린 여자의 목소리가 선명해지자, 태진은 작게 한숨을 내쉬었다. 아무 관계없는 타인의 생활을 훔쳐 듣고 싶은 생각은 눈곱만큼도 없었다. 그러나 그의 바람과 달리 운동복 차림의 여자가 담담하게 다시 말을 내뱉었다.

"네. 방송에 나가 대대적인 망신을 당하시는 것보다는 그편이 좋으실 것 같아서요. 저는 어머니와 달라서 연기 같은 건 소질도 없잖아요."

"내가 다 알아서 한다고 했잖아! 너, 내가 이번 김 피디 작품에 출연하려고 얼마나 애를 썼는지 몰라서 이래? 그 사람 동생이 하는 인터뷰 프로란 말이야! 거기 출연해서 분위기를 부드럽게 만들어 놔야 김 피디가……."

"목소리 낮추세요. 요즘에는 쥐나 새 대신에 핸드폰이 밤낮으로 말을 녹음한다고 하던데."

"흥! 기자들이 출입할 수 없는 곳이라 이 후진 곳에 사는 거라고 몇 번을 말했어. 그보다 너 지금 그따위 시시한 이야기로 날 협박하는 거니?"

태연한 척하면서도 선글라스의 여자는 그제야 신경질적으로 사방을 살폈다.

"별로요. 그래도 조심해서 나쁠 건 없죠. 이 불필요한 이야기를 빨리 끝내고 싶기도 하고요."

젊은 여자의 말에 태진이 동조하듯 고개를 끄덕였다. 쓸데없는 논쟁을 어서 매듭짓는 게 이쪽에도 좋았다.

그 사이에도 두 여자의 대화는 계속 이어지고 있었다.

"너, 정말……어떻게 된 애가 매사 귀염성이라고는 없니? 엄마가 이렇게 사정을 하면 못 이기는 척 들어줘도 좋잖아. 무뚝뚝한 사춘기 남자애들도 너보다는 나을 거다."

부들부들 떠는 선글라스의 목소리가 어딘지 낯이 익었다. 그러나 태진은 누구인지 고민하지도 않고 지루한 표정으로 크게 기지개를 폈다. 그러다가 다음 순간 들려온 젊은 여자의 말에 그만 피식 웃고 말았다.

"제가 걔네보다 밥은 덜 먹을걸요. 아, 그건 자랑 아닌가."

역시나 산뜻한 목소리였지만 몹시 심심한 말투였다. 그 안에 담긴 감정을 살펴볼 틈도 없는 짧고 간결한 말이었다.

"후우……말을 말아야지. 정말이지 널 만날 때마다 주름만 늘어나는 것 같다. 공연히 시간만 낭비했어. 네가 도움이 될 리가 없지. 이만 하자. 여보세요? 그래, 나야. 지금 갈 거야. 아니, 그 이야기는 가면서 해. 뭐가 그렇게 궁금해? 잘 알잖아. 얘가 어디 한 번이라도 고분고분하게 내 뜻을 따르는 거 봤어. 쓸데없이 고집은……. 뭐! 그건 내일 새벽에 촬영 들어가는 거 아니었어? 도대체 스케줄을 그딴 식으로 잡으면 어떻게 하란 거야!"

한껏 짜증 섞인 목소리로 쏘아붙이듯 전화를 걸던 선글라스의 여자가 인사도 없이 차에 올라 시동을 걸었다. 이내 고급 승용차가 그녀를 싣고 사라졌다.

아무 미련 없이 사라진 선글라스의 여자와 달리 트레이닝복을 입은 여자는 한참이나 자리를 지키고 있었다. 그녀가 천천히 몸을 돌려세우자 이제껏 보이지 않던 얼굴이 또렷하게 보였다.

태진은 스치듯 무심한 시선으로 여자를 바라보았다. 무뚝뚝한 말투를 가진 여자는 그의 상상과 달리 무척 희고 선이 고운 얼굴을 가지고 있었다. 머리카락과 눈동자는 놀랄 정도로 또렷한 검은색이었다.

"후."

여자가 한숨인지 웃음인지 모를 소리를 내며 마침내 걸음을 옮기기 시작했다.

태진은 뚜벅뚜벅 걸어가는 여자를 자신도 모르는 사이 눈으로 좇았다. 착각일까. 분명 여자는 조금 전 울음을 참는 것처럼 입술을 힘껏 깨물고 있었다.

"무슨 상관이라고."

성가신 기색으로 중얼거린 태진도 이내 몸을 일으켰다. 하지만 담백한 목소리, 무심한 표정과는 전혀 상반된 감정을 담은 여자의 마지막 표정이 생각보다 진하게 머릿속에 남아 버렸다.

*

어머니와의 대화는 항상 뒷맛이 씁쓸했다. 그녀가 인사도 없이 가버린 후, 기은은 백팩을 메고 엘리베이터를 탔다. 다시 주차장으로 돌아가는 중이었다.

어느새 1층에 당도한 엘리베이터가 경쾌한 소리와 함께 열렸다. 기은이 조금 늦게 움직이자 엘리베이터를 기다리고 있던 말쑥한 슈트 차림의 남자가 흘끔 시선을 던졌다.

"죄송합니다."

남자의 얼굴을 제대로 볼 생각도 없이 기은은 짧게 고개를 숙여 보이며 걸음을 재촉했다. 손목에 차고 있던 시계를 확인하고 조금 더 속도를 냈다. 어머니와 썩 다정하지 못한 대화를 나누느라 평소보다 늦은 시각이었다.

주차장은 적막할 정도로 한산했다. 지상주차장이 워낙에 넉넉한 아파트인지라 지하까지 붐비는 일은 드물었다. 어깨 아래로 나풀거리는 머리카락을 쓸어 올린 기은은 조용히 주차장으로 들어섰다. 따라오는 것은 바람 한 줄기에 묻은 달빛 정도였지만 한 번 더 주변을 훑어보았다. 공연히 순찰을 도는 경비아저씨라도 마주치면 여러모로 곤란할 테니까.

"휴."

마침내 주황색 등이 반짝이는 구석에 다다른 기은은 숨을 몰아쉬며 커다란 가방을 열었다.

지금쯤 인기척을 알아들은 녀석이 가까이서 식사를 기다리고 있을 것이다. 언제나처럼 적당한 양을 고심하던 기은은 가지고 온 전부를 접시 위에 쏟아냈다. 종일 굶었을 녀석을 상대로 일일 적정 섭취 칼로리를 계산할 수는 없었다.

늦은 밤, 인적 드문 주차장 급식은 한 마리 고양이를 위한 것이었다. 머리통에 하트 모양으로 생긴 점과 하얀 양말을 신은 것 같은 발을 제외하고는 온통 노란색 털을 가진 고양이. 녀석과의 인연은 두 해 전 슬그머니 시작되었다.

햇살이 따스했던 어느 날, 사과 박스 속에 담겨진 두 마리의 아기 고양이들이 아파트 입구에 방치되어 있었다. 한 마리는 노랑이였고 또 한 마리는 짙은 색의 삼색 줄무늬를 가진 장난꾸러기였다. 녀석들은 아파트 관리사무소 앞에서 며칠간 자리를 차지하고 새 보금자리를 기다렸다.

"야옹."

어린 고양이들은 버림받았다는 것도 자각하지 못하고 지나가는 사람들을 향해 천진난만한 소리로 존재를 알리곤 했다. 덕분에 그곳을 지나칠 때마다 기은은 괜스레 불편한 마음이 들었다. 목구멍에 뭔가가 걸린 것처럼 개운치 않은 기분, 그럼에도 기은은 끝내 고양이들에게 눈길을 주지 않았다. 동물이라면 질색하는 어머니 때문이기도 했고, 스스로도 살아 있는 생명을 끝까지 책임진다는 것에 두려움을 느끼고 있었다.

다행히 얼마 후 누군가가 키우겠다고 데려가면서 아기 고양이들은 자취를 감추었다. 하지만 일 년이 조금 지난 어느 날, 고양이들은 처음보다 큰 상자에 담겨 그 자리에 또다시 버려졌다. 녀석들은 예전보다 부쩍 자라 있었지만 바짝 말라 있었고 더는 새로운 주인을 기다리지도 않았다. 두 녀석은 상자를 뛰쳐나가 아파트 주변 어딘가에 자리를 잡았고, 과거와 달리 사람을 철저하게 피해 다녔다.

지난해 겨울, 유난히 바람이 매서운 밤, 지하주차장 구석에서 가느다랗게 우는 모습을 마주치기 전까지는 기은도 다른 사람들과 마찬가지로 그들을 잊고 지냈다.

"냐아아아."

주차장에 들어선 기은을 본 고양이가 낯선 사람을 경계하며 낮게 울었다. 노란색 털을 가진 녀석은 평소처럼 황급하게 몸을 숨겼지만, 이상하게도 멀리 떨어지지 않은 곳에서 멈추어 섰다. 기운이라고는 없어 보이는 녀석이라 도망칠 힘도 없었던 걸까. 얼핏 본 노랑이는 홀쭉하게 마른 몸뚱이에 윤기를 잃고 거칠어진 털을 가지고 있었다.

"미안."

기은은 고단한 녀석의 휴식을 느닷없이 방해한 것 같아 짧게 사과를 하고 걸음을 옮기려 했다. 가만, 흰색 하트를 가진 노랑이라면 분명 항상 함께 다니던 친구가 있었던 것 같은데……. 그때서야 기은은 자신의 발소리에 움찔거리면서도 자리를 뜨지 않는 노랑이를 지나쳐 꼼짝도 하지 않는 삼색 고양이를 발견했다. 삼색이는 온기가 남은 차 밑에서 모로 비스듬히 누워 있었다.

"아……."

그랬구나.

짧은 탄식이 뽀얀 입김과 함께 터져 나왔다. 비로소 삼색이가 죽었음을 눈치 챈 기은은 어찌할 바를 모르고 고개를 돌렸다. 그 순간, 기은의 시선이 노랑이와 정면으로 마주쳤다.

영롱한 보석처럼 빛나는 눈동자 저편에 아득하게 가라앉은 불안과 두려움, 그리고 외로움. 붙박이처럼 앉아 있는 노랑이는 거울 속에서 마주하던 누군가와 너무도 닮아 있었다.

몇 번이나 노랑이와 삼색이를 번갈아 보던 기은은 마침내 그 자리에서 고꾸라지듯 무릎을 숙였다. 며칠 전 구입한 짙은 녹색 머플러가 차가운 시멘트 바닥으로 떨어졌다. 기은은 도톰하고 따스한 천을 꼭 움켜쥐고 천천히 고개를 들었다.

"너, 배 안 고파?"

그것이 노랑이와의 시작이었다.

그때부터 기은은 거의 매일, 지하주차장 한구석에 노랑이를 위한 물과 사료를 두고 있었다. 그러나 경계심이 대단한 녀석은 아직도 쉽게 모습을 드러내지 않았다. 하지만 기은의 말간 얼굴 어디에도 실망감은 없었다.

버려진 개는 유기견.

버려진 고양이는 유기묘.

버려진 사람은 유기은.

자신 역시 같은 상처를 겪었기에 적당한 거리가 주는 안도감을 이해했다. 버림받고 싶지 않아 다가오지 못하는 망설임을 누구보다 잘 알고 있었다.

"갈게."

서로가 길들여질 만큼은 가까워지지 않는 관계. 그런 것에는 이미 익숙했다. 기은은 어둠 속에 비치는 그림자에 가볍게 인사를 건네며 자리를 떴다.

엘리베이터에 오른 태진은 스쳐지나가는 기은을 눈으로 좇았다. 거슬릴 정도로 눈에 콕 와 박히는 여자의 얼굴을 보자 한숨이 났다. 아니, 정확히는 어두운 주차장에서 잠시 본 여자를 단번에 알아보고만 자신이 못마땅했기 때문이리라.

호기심, 충동, 연민, 동경……그 어떤 종류의 것이건 괜스레 누군가와 불필요하게 감정이 엮이는 건 사양이다. 그게 이름도 모르는 여자일 경우는 더더욱. 태진은 매몰차게 시선을 끊어내고 엘리베이터 버튼을 눌렀다. 그러나 이내 큰 가방을 메고 바쁜 걸음으로 사라지는 기은의 뒷모습을 조금 더 바라보았다. 일수 전단지라도 붙이러 가는 길일까. 또 알 수 없는 궁금증이 일자 태진은 딱딱한 얼굴로 핸드폰의 음악 재생 버튼을 눌렀다.

−이 밤의 끝으로 향하는 길목에서 너를…….

은은한 선율과 함께 어딘가 모르게 불편했던 마음이 차차 가라앉았다. 태진은 볼륨 버튼을 길게 누르며 머릿속을 비워냈다. 어차피 얼마 안 가 까맣게 잊어버릴 게 분명했다. 그러나 생각과 달리 며칠 후 여자의 이름이 '유기은'이라 것을 알게 됐다. 더불어 세상에는 참으로 다양한 감정들이 존재하고 있다는 것도.

1. 인간적 호기심

"저기, 혹시 탤런트 유연미……."

출근길, 버스에서 창밖을 바라보던 기은의 어깨를 누군가 슬쩍 두드렸다. 7년 전, 배우 유연미에게 숨겨진 딸이 있다는 사실이 발표된 후로 간혹 있는 일이었다. 딱 한 번 잡지사 인터뷰에 얼굴이 작게 실린 적은 있었지만, 그 이후로 언론에 기은의 얼굴이 공개되거나 이름이 알려진 적은 없었다. 그럼에도 어쩌다가 이렇게 감이 좋고 호기심 넘치는 사람들이 있었다. 이럴 때를 벗어나는 짧고 명확한 방법이 하나 있다.

"보험 가입 안 해요."

기은은 어깨를 두드린 손의 주인을 빤히 바라보며 담백하게 말했다.

"아니, 아니. 그건 아니고……닮은 거 같아서. 혹시나 그 왜, 한참 동안 숨겨진 딸……."

"저희 어머니가 들으시면 좋아하시겠네요. 그 배우 나오는 드라마는 다 챙겨 보시던데."

"어머니가 유연미를……그럼, 아이고. 내가 오해했네. 미안해요."

민망함에 얼굴을 붉힌 여자가 더듬더듬 말을 이어가자, 기은은 가방을 고쳐 메며 하차 벨을 눌렀다.

"사과는 안 하셔도 돼요. 욕도 아닌데요, 뭘."

그렇게 말하고 아무렇지 않은 얼굴로 버스에서 내렸다.

"거짓말은 아니니까."

녹색 버스가 시야에서 완전히 사라지자, 비로소 기은은 피곤한 표정으로 솔직하게 중얼거렸다. 그래, 버스에서 말한 내용 중에 거짓은 없었다. 유연미 여사는 자신이 나오는 드라마나 영화는 꼭 챙겨 보았다. 그리고 술에 취한 날이면 간혹 기은에게 '그 인간'이 아니라 자신을 닮았더라면 좋았을 거라고도 했다.

'그 인간' 기은에게는 얼굴도 제대로 모르는 아버지였고, 유연미에게는 씻을 수 없는 과오쯤으로 치부되는 남자. 그에 대해서 아는 바가 거의 없었지만 단 하나는 확실하게 알고 있었다. 그는 아직 세상에 태어나기도 전의 기은을 버린 사람이었다. 자신을 버린 가장 첫 이름이 아버지라는 것은 씁쓸한 일이지만 그를 원망할만한 기억조차 남아 있지 않았다.

"껌 하나 주세요."

미리 내려 버린 버스를 대신할 것을 기다리며, 기은은 간이매점에서 껌 한 통을 샀다. 아침을 거른 탓도 있었지만 묘하게 씁쓸해진 입 안을 달래 줄 것이 필요했다. 계산을 마치고 매점 벽에 걸린 작은 거울을 쳐다보았다. 확인해 볼 방법은 없지만 이렇게 딱딱하고 퉁명스러워 보이는 표정은 확실히 어머니를 닮지 않은 것 같다.

"지각이네. 휴."

거울에서 눈을 뗀 시간을 확인하고 짧게 한숨을 내쉬었다. 선배 영욱이 며칠 전부터 중요한 첫 미팅 어쩌고를 강조했었다. 그런데 하필이면 일 년에 한두 번 할까 말까 한 지각을 오늘에서야 하게 되는 건지.

기은은 터지기 일보 직전의 버스에 억지로 몸을 구겨 넣으며, 오늘 새로 온다는 이 아무개 씨도 지각하기를 은근히 바랐다.

"자식, 약속 시간 정확한 건 여전하구나."

사무실로 들어서는 남자를 본 영욱이 자리에서 벌떡 일어나 다가갔다. 알록달록한 색으로 자유분방하게 꾸며진 사무실처럼 영욱의 옷차림도 자유 그 자체였다. 커다란 꽃무늬 남방을 입은 그는 아래에는 자전거를 탈 때 입는 타이트한 바지를 입고 있었다.

"직접 들으면 더 큰 네 목소리도 똑같아."

그와 달리 태진은 완벽하게 슈트를 갖춰 입고 있었다.

"하하, 내 목소리야 지구 밖에서도 들리는 희귀한 품종이지. 아무튼 잘 왔다."

영욱은 환하게 웃으며 자리를 권했다.

스포츠 용품을 제조, 판매하는 작지만 탄탄한 기업 '굿 피트'에서 자전거 의류 협력 사업계획서를 보내왔을 때까지도 그쪽 책임자가 태진이라는 것을 알지 못했다. 구체적으로 이야기가 오가면서 서류를 통해서가 아닌 직접 통화를 하게 됐고, 그때서야 대학 시절 친구였던 태진이 프로젝트 담당자라는 것을 알았다.

"회포는 나중에 풀고, 일단 일 이야기부터 해야지."

"그러지."

일 초도 망설이지 않고 태진이 서류가 가득 든 봉투를 꺼냈다. 영욱이 피식 웃으며 그에게서 서류들을 받아 들었다.

"그쪽도 참 어지간히 깐깐하다."

이미 서류상의 검토는 끝났지만 '굿 피트'에서는 실무자를 파견해 서로의 의견과 사업이 나갈 방향을 정하자고 제안했다. 굿 피트는 자전거 의류 쪽으로는 경험이 없었고, 영욱이 운영하는 '시크 바이크'도 대규모 판매는 처음이니만큼 양쪽 모두에게 도움이 되는 과정이었다. 하지만 직원 대신 담당 책임자가 직접 올 줄은 몰랐다.

"너도 만만치 않아."

원단, 제조 과정과 기간 등의 데이터 가운데 핵심적인 부분은 전면 암호화된 노트북 화면을 보며 태진도 가볍게 대꾸했다.

영욱은 대학 시절부터 사업 수완 하나는 남다른 친구였다. 다분히 즉흥적이고 모험적인 성격이기는 해도 돈벌이에는 말 그대로 촉이 살아 있었다. 몇 해 전부터 자전거 사업이 발전하는 것을 알고 전문 스포츠 의류 사업에 뛰어들어 온라인상에서는 제법 이름을 날리고 있었다. 하지만 오프라인 매장이나 대규모 판매까지 이어지기에는 자본이 턱없이 부족했다. 그때 '굿 피트'에서 자전거 의류 라인을 론칭하기로 했고, 기존의 전문 업체와 협력 형식으로 판촉에 대한 어려움을 줄이는 방법이 논의되었다. 그중에 오프라인 판매가 없는 대신 온라인에서 브랜드 이미지를 확실히 구축한 '시크 바이크'와 손을 잡게 된 것이다.

"이번 달 시크 바이크 매출 실적은?"

"지난 분기 매출 자료 보내줬잖아."

"자전거는 날씨에 따라 매일이 다르다며."

"에잇, 까다로운 놈."

영욱은 투덜거리면서도 따로 데이터를 뽑아 태진에게 건넸다. 그가 서류를 읽는 동안 영욱은 몸을 이리저리 돌리며 굳어진 어깨를 풀었다. 그러다 문득 흐트러짐 없는 태진의 옆모습을 빤히 쳐다보며 물었다.

"그런데 너 이렇게 한참 나와 있게 돼도 괜찮은 거냐? 원래 업무며 경영 익히려면 한동안은 아버지 밑에서 딱 붙어 있어야 하는 거라던데."

"내 회사 아니다."

"훗, 세습은 안 하시겠다?"

"그건 흐음, 형 몫이지."

태진의 입에서 형이란 단어가 부자연스럽게 흘러나오자, 영욱은 멋쩍은 얼굴로 슬쩍 말을 돌렸다.

"험험, 얼마간은 여기로 출퇴근할 거니까 사람들이랑 인사하자. 직원이래도 나를 포함해서 넷이다만."

천성이 밝아 대학 동기들과도 두루 친했던 영욱은 태진과도 종종 술자리를 함께 했던 사이였다. 음주 가무를 즐긴다거나 수다스럽고 쾌활한 성격은 아니었지만 사람들과 모나 보이지 않을 정도의 관계는 유지하는 태진이었고, 영욱은 그런 점에서 이상하게 더욱 그가 마음이 가고 편하기까지 했다. 그러나 태진이 갑작스럽게 군 입대와 유학을 반복하면서 자연스럽게 두 사람 사이의 연락이 뜸해졌다. 후에야 거기에 그의 형과 관련한 비극적인 사고가 있음을 알게 됐다. 그러나 함부로 안줏거리로 삼을 수 없는 일이었기에 태진이 스스로 말하기 전까지는 결코 입 밖으로 내어 아는 척할 생각이 없었다.

"그래."

염려와 달리 태진이 희미하게 웃으며 고개를 끄덕였다. 영욱은 그 순간을 놓치지 않고 활기차게 자리에서 일어났다.

"자, 바로 옆은 창고 겸 작업실이야. 시꺼먼 남자 둘이서 일하고 있지."

영욱은 크고 시원스런 목소리로 태진을 이끌었다. 벽면의 절반을 차지하는 창이 달린 공간이 싱그러운 아침 햇살로 가득 차 있었다.

"인사해. 이쪽은 굿 피트의 이태진 팀장, 생긴 건 훤칠해도 속은 까칠해. 여기는 윤이랑 지훈이. 상큼하지는 않아도 꽤 괜찮은 친구들이야."

"안녕하세요. 정윤입니다. 물류를 담당하고 있습니다."

서글서글한 인상의 윤이 인사를 건네자 태진이 악수를 청했다.

"이태진입니다."

"아이고, 어서어서 말씀 놓으세요. 사장님이랑 대학 동기라고 들었는데, 그럼 저희한테도 형님이시니 편하게 하세요. 시크 바이크의 귀염둥이 막내 지훈, 배송이랑 사이트 전반을 담당하고 있지요."

지훈도 친근한 태도로 인사를 나누었다.

두 사람 다 즐겁고 유쾌한 인상을 가지고 있었다. 태진은 첫 출발이 나쁘지 않다고 생각하며 단정하게 고개를 끄덕였다. 그런데 영욱이 분명 직원이 한 명 더 있다고 했던 거 같은데……. 궁금증은 오래가지 않아 해결되었다.

"어, 유기은 씨 오늘 지각인가요?"

시키지 않았는데도 커피며 먹다 남은 과자를 챙겨 나온 지훈이 누군가를 찾는 시늉을 했다. 윤이 알록달록한 머그잔을 받아주며 어이없는 표정으로 대꾸했다.

"까분다. 유기은이 뭐냐. 유기은이. 지각 끝판왕 구지훈이 오늘은 일찍 왔다고 자신만만하구만."

"지각하니까, 맞다! 지훈이 너 이번 달 지각 벌금 빨리빨리 안 내냐?"

영욱도 옆에서 한 마디 거들었다. 단번에 구석에 몰린 지훈이 능청을 떨었다.

"아, 유기은 씨가 이상한 걸 만들어가지고. 어쨌거나 형! 할부로 한다니까요. 일시불로 낸다고 깎아주는 것도 아니잖아."

"핑계는. 아무튼 네 입은 생물이야. 싱싱하다, 싱싱해."

윤이 지훈의 머리통을 가볍게 쥐어박았다.

"하하하. 태진아, 들었지? 너, 앞으로 지훈이한테 낚이지 않게 조심해라."

태진은 달달한 커피 한 모금을 마시며 빙긋 웃었다. 아무래도 세 남자가 투닥거리는 풍경을 매일 보게 될 것 같았다.

"참, 윤아 전화 한 통 넣어 봐. 기은이라고 디자인하는 녀석이 있는데 오늘따라 좀 늦네."

"천천히 해."

태진은 괜찮다는 뜻으로 고개를 끄덕여보였다. 기은, 여자 이름인가.

"죄송합니다."

묘하게 여운이 남는 이름을 되뇌는 사이 경쾌한 종소리와 함께 누군가 사무실로 들어왔다.

"벌금, 벌금. 누나도 벌금 내요. 우리 그 부분 엄격하게 가기로 했거든. 제도를 제안한 사람한테는 더더욱."

"시끄러, 일단 인사부터 해. 우리 협력업체에서 온다던 책임자야. 이태진이라고 기은이 네 선배기도 해."

"안녕하세요. 유기은입니다."

"유……기은."

쏟아지는 햇살 때문에 여자의 얼굴이 흐릿했다. 하지만 차츰 환해지는 시야 속에 아직 또렷하게 기억하고 있던 모습이 겹쳐보였다. 정면으로 바라본 눈동자는 생각했던 것보다 훨씬 까맣고 선명했지만 표정은 지난번과 별반 다르지 않았다. 다시 마주칠 일은 없을 거라고 생각했는데 결국 이름까지 알게 돼버렸다.

유기은이라. 태진은 자신도 모르는 사이, 맑고 커다란 눈동자에 어울리지 않게 무뚝뚝한 표정을 한 기은을 바라보았다.
"닮았죠?"
그런 태진의 곁에서 지훈이 촐싹거리며 말했다.
"구지훈."
"넌 좀……."
영욱과 윤 두 사람이 핀잔을 주었지만 지훈은 아랑곳 않고 눈웃음을 살살 쳤다.
"뭐, 어때. 어차피 여기서 같이 지내면 금방 눈치 챌 걸. 그치 누나?"
"어."
간결하고 담백한 대답을 내놓은 기은이 태진을 마주 보았다. 영욱이 지나가는 말로 자기보다 아주 조금 잘생긴 친구가 있다더니, 태진을 말하는 거였나 보다. 옅은 쌍꺼풀이 있는 눈은 아이라인을 진하게 그려 놓은 것처럼 눈초리가 길고 선명해서 한 번만 봐도 인상에 남을 정도였다.
"배우 유연미 아시죠? 기은 누나가 그분 딸이라는 거 아닙니까. 그런데 한 번도 다른 연예인 구경해 본 적 없답니다. 나 같으면 방송국 쫓아가서 사진도 찍고, 사인도 받고 그럴 텐데."
지훈의 말을 듣고도 태진의 표정은 변화가 없었다. 주차장에서 본 선글라스의 여자가 유연미인 모양이다. 그때서야 어머니가 좋아하는 브랜드의 의류 모델인 여배우의 모습이 어렴풋이 떠올랐다. 하지만 그 이상의 흥미는 없었다. 태진은 아까 끝내지 못한 인사를 태연하게 이어갔다.

"인사하죠, 이태진입니다."

평소처럼 사무적이고 반듯한 미소가 그의 입가에 걸려 있었다.

"벌써 서로들 말 놓았을 거 같은데요. 편하게 말씀하세요."

기은이 악수를 청하는 손을 가볍게 마주 잡았다. 수줍은 기색이라고는 찾아볼 수 없는 씩씩하고 딱딱한 악수였다.

"그러지."

태진이 수긍하자, 기은은 담담하게 고개를 끄덕여 보이고는 지훈의 어깨를 콕콕 찔렀다.

"커피."

"또? 누난 내가 커피 자판기 같아? 나만 보면 커피 타령이야."

"커피 잘 타면 장가도 잘 간다더라."

"흥, 믿을 만한 말을 해야지. 정말 기은 누난, 생긴 거랑 다르게 여성호르몬이 부족한 거 같다니까. 이렇게 잘생긴 태진 형 앞에서 이미지 관리 같은 것도 안 하냐?"

"네 걱정이나 해, 인마."

영욱이 커피를 타는 내내 투덜거리는 지훈의 머리통을 쿡 쥐어박았다. 쾌활하고 싹싹한데다 일도 잘하는 지훈이지만, 눈치는 정말 약에 쓸래도 없었다. 매번 기은 앞에서 함부로 입을 놀리지 말라고 주의를 줘도 그때뿐이었다. 뭐, 그래도 상대가 태진이라 다행이다. 태진이 반응을 보였다면 분위기가 묘하게 흘러갔을 것이다. 감정을 밖으로 드러내지 않는 녀석이라 크게 티가 나지 않을 뿐이지, 기은은 유연미 여사의 이야기가 나오면 멀찌감치 거리를 두려는 습성이 있었다. 앞으로 함께 일을 하게 되었으니 죽고 못 사는 사이까지는 아니더라도 불편해지면 좋을 게 없었다. 물론 가장 큰 이유는 기은 때문이지만.

영욱의 눈에 잠시 안타까움이 스쳐갔다. 그는 일부러 더 활기차게 소리치며 손가락을 튕겼다.

"자, 저녁 회식 때까지 열정을 불태워 보자고."

"맡겨만 주십시오!"

윤과 지훈이 그 말에 신이 나서 빠르게 작업 모드로 들어갔다.

"수고해."

"태진 형님, 자료 필요한 거 있으시면 부르세요. 기은 누나, 주황색 저지 샘플, 오후에는 나올 거래요. 아, 그리고 커피 독립 좀 해요."

"생각해 볼게."

기은이 평화로운 목소리로 답하며 커피 잔을 챙겨들었다.

벗어 둔 재킷을 어깨에 걸친 태진이 문을 열고 그런 기은을 기다려 주었다. 기은은 고맙다는 인사도 없이 그를 지나쳐 문을 나섰다. 이쪽에서도 별 의식 없이 한 자연스러운 배려였지만 무심한 태도에 은근 기분이 상했다. 태진은 자신도 모르게 걸음을 빨리해 기은을 앞서 걸었다.

"문, 고마워요."

그때, 기은이 아까처럼 느닷없이 인사를 건넸다. 태진은 별다른 대꾸 없이 걷는 속도를 조금 늦추었다. 다소 타이밍이 나쁘지만 그 태도에 딱히 무례한 구석은 없었다. 그런데도 자꾸만 신경이 쓰이게 하는 묘한 무언가가 있었다.

태진은 찬찬히 생각해 볼 겨를도 없이 사무실 문의 갈색 문고리를 당겼다. 목 뒤에서부터 시원한 바람이 기다렸다는 듯 쏟아져 들어왔다. 덕분에 기은이 들고 있던 커피향이 코끝을 자극했다. 방금 전 마신 커피와 같은 것일 텐데도 그 향이 특별했다. 무심결에 뒤돌아보자, 커피를 홀짝이던 기은이 눈만 들어 태진을 보았다.

"이건 못 드려요."

"하아."

태진은 저도 모르게 실소했다. 겨우 커피나 빼앗아 먹으려는 건 줄 알았단 말이지. 이 여자 정말 웃긴다. 그러나 그보다 더 곤란한 건 기은의 눈동자에 잠시 머문 장난기가 꽤나 마음에 들었다는 사실이었다.

그건 곤란하다. 다른 사람들과 마찬가지로 무난하게 어울리는 정도가 좋았다. 적당히 농도 치고 편하게 대화도 나누지만 감정은 엮지 않는 깔끔한 관계. 확실한 선이 필요하겠다.

"벌금."

태진은 무덤덤한 표정으로 입술을 열었다. 지훈이나 윤처럼 기은을 대하기로 마음먹은 후였다.

"네?"

"지각했잖아."

기은이 무뚝뚝한 표정으로 쳐다보자, 태진이 담백한 동작으로 손을 내밀었다.

"아, 그거 때문에. 난 또……드릴게요."

기은이 녹색 백팩에서 지갑을 꺼내 빳빳하게 편 오천 원권 한 장을 꺼냈다.

"여기요. 그런데 이거 원래 사장님께 드리는 거 아닌가? 떼먹지 마세요."

영욱은 배송 현황 조사 때문에 아직 창고 방에 있었고, 태진은 사무실 가운데 사채업자처럼 우뚝 서 있었다. 기은은 벌금을 받기 전에는 도무지 자리에 앉을 것 같지 않은 그에게 돈을 내밀었다.

짧게 스치는 온기가 신기할 정도로 부드럽게 손끝에 휘감겼다. 이번에도 기은은 숨소리 하나 흐트러지지 않았다. 자신이 낯선 호기심을 염려하지 않아도 기은 쪽에서 적당한 거리를 유지하는 느낌이었다. 태진은 부러 입술에 힘을 꽉 주며 다시금 요동치는 호기심을 내리눌렀다.

"안 주세요?"

"뭘?"

태진이 입술에 힘을 주는 사이, 기은은 자리를 뜨지 않고 말간 얼굴로 그를 쳐다보았다.

"거스름돈."

"얼만데?"

"4,900원이요."

"하아."

또다시 어이없는 웃음이 태진의 입술에서 새어 나왔다.

유기은, 인간적으로 호기심이 간다는 건 인정해야 할지도 모르는 상대였다.

2. 무슨 상관이지?

 태진을 환영하는 회식 자리는 다음 날로 미루어졌다. 갑작스럽게 영욱이 공장 책임자를 만나러 가게 된 때문이었다.
 아쉬워하는 윤과 지훈을 뒤로 하고 퇴근한 태진은 아파트 지하주차장에 차를 세우고 잠시 서류 몇 장을 검토하고 있었다.
 얼마나 지났을까. 희미한 소음에 고개를 든 태진의 눈썹이 미세하게 움직였다. 주차장을 쓱 빠르게 훑어보며 망설임 없이 가방을 열어 무언가를 꺼내는 기은을 발견한 것이다. 하얀 플라스틱 접시를 꺼내든 기은은 그 위에 자그마한 알갱이들을 수북하게 쌓기 시작했다. 곧이어 작은 캔 하나를 꺼내어 통째 쏟아 붓더니 툭툭 두 손을 털었다.
 "갈게."

도시락 용기 하나에 물을 채워 놓은 기은이 짤막하게 한마디를 내뱉고 자리를 떴다.

유기은, 여기서 도대체 뭘 하는 거지. 자신은 또 왜 잠자코 지켜보고 있는 걸까. 태진의 못마땅한 의문은 불쑥 나타난 고양이 한 마리에 의해 해결되었다. 노란 털뭉치같이 생긴 녀석은 사방을 경계하며 기은이 주고 간 것들을 허겁지겁 먹어치우기 시작했다.

태진은 잠시 망설이다가 다시금 팔짱을 엮었다. 아무래도 녀석의 짧은 식사를 기다려 주어야 할 것 같았다. 사료를 흡입하다시피 하는 고양이를 지나친 그의 시선이 자연스럽게 기은이 사라진 주차장 입구로 향했다.

한밤중에 몰래 사료 급식이라. 그래, 길고양이에게 먹이를 준다는 걸 달가워하지 않는 사람들도 있을 테니까. 그런데 그게 무슨 상관이지. 기은이 무엇을 하든 특별히 관심 가질 이유가 없었다. 짧은 순간 머릿속에서는 명확한 결론이 났지만 태진의 시선은 여전히 기은이 남긴 흔적을 뒤쫓고 있었다.

며칠 후, 시크 바이크의 회식은 여느 때처럼 단골 삼겹살 가게에서 조촐하게 시작됐다. 지훈과 윤이 종일 메신저를 주고받으며 메뉴를 고민해도 결국은 이곳이 그들의 아지트였다. 동그란 테이블에 둘러앉은 이들에게 주인이 따뜻한 된장국을 한 그릇씩 내주었다.

"맛 괜찮지? 주인 형네 시골서 직접 담가오는 된장이야. 고기보다도 된장국이 더 맛있어서 문제인 집이라고나 할까."

"좋네."

영욱이 싱긋 웃으며 말을 건네자, 태진도 가볍게 수긍했다. 그는 자신도 모르는 사이 맞은편에 앉은 기은을 흘끔 바라보았다. 주인장이 미리 익혀 둔 삼겹살을 잘도 집어 먹고 있었다.

키도 그리 작은 편은 아닌데다 마르기까지 한 기은이 보기보다 무난한 식성이라는 게 왜 신기할까. 태진은 쓸데없는 자신의 마음을 꾸짖으며 잔을 찾았다. 아직 그를 비롯한 모든 이들의 잔이 지훈과 윤의 손아귀에서 특별 제조를 당하는 중이었다.

"자, 오래 기다리셨습니다. 시크 바이크 최고의 알코올 제조 기술자 정윤의 폭탄주!"

큰 목소리로 외치며 윤과 지훈이 모두에게 술잔을 돌렸다.

"마십시다. 굿 피트와 시크 바이크의 발전을 위하여!"

시원스런 건배와 함께 깨끗하게 빈 다섯 개의 잔이 테이블 위에 놓였다. 서너 번, 같은 일이 반복되자 다들 얼굴이 붉어져 갔지만 기은과 태진만은 말짱한 얼굴이었다.

"윤이 형, 우리 합세하면 기은이 누나 이길 수 있지 않을까."

"아서라. 저번에도 그러다가 너랑 나 집에도 못 갔잖아. 그 추운 사무실에서 또 널 부둥켜안고 자고 싶지는 않다."

지훈의 말에 윤이 질린 얼굴로 고개를 흔들었다.

"애들이냐. 술로 내기하게. 에이, 유치한 것들. 기은아 저것들 수준 맞춰 주느라 네가 고생이 많다."

지훈의 뒤통수를 슬쩍 친 영욱이 피식 웃으며 반쯤 남은 술잔을 기은에게 부딪쳤다.

"괜찮아요. 어차피 한때죠."

기은이 태연하게 말하며 잔을 비우자, 지훈이 당장에 터질 듯 빨개진 얼굴로 노려보았다.

"이거 왜 이래. 누나랑 나랑 한 살 차이거든. 아니지. 어디 가면 네가 누나보다 세 살은 많다고 그럴걸."

"그거 자랑?"

"아, 아니. 자랑스럽다고는 못 하지."

기은의 담백한 물음에 지훈이 풀이 죽어 어깨를 늘어뜨렸다. 요즘 같은 세상에 노안은 결코 자랑거리가 아니다.

"하하하하."

윤과 영욱이 웃음을 터뜨렸고, 태진도 희미하게 웃고 말았다. 화기애애한 분위기 속에 그 후로도 몇 번 더 잔이 돌았고, 이제 식어 버린 불판 위에 새까맣게 탄 김치 조각만 몇 점 남았다. 지훈과 윤은 이번 주말에 잡힌 소개팅 이야기로 정신이 없었고 기은은 잠시 자리를 비운 상태였다.

"지각 벌금, 어떻게 된 거야?"

태진이 전날 미처 묻지 못한 이야기를 꺼내며 잔을 채웠다.

"응, 100원? 하하, 그거 기은이 녀석이 제안한 거야. 액수가 너무 약하긴 한데 이게 또 대비책이 있거든."

음흉한 미소로 웃던 영욱이 큰 비밀이라도 되는 듯, 태진의 귓가에 남은 말을 속삭였다.

"한 달 벌금이 500원이 넘으면……월급도 100원짜리로 주기로 했어."

정말이냐는 듯 바라보는 태진을 향해 영욱이 웃음기 가득한 얼굴을 주억거렸다.

"실제로 다섯 달 전에 지훈이가 그렇게 받아갔지, 엉엉 울면서. 뭐, 기은이라면 눈도 깜박 않고 받았겠지만. 그런데 그 녀석은 어지간해서는 입 뗄 일이 없어. 지각도 오늘이 올해 들어 처음이고."

"어떻게 알게 된 사람들이야?"

자연스럽게 기은의 이름을 입에 올리는 영욱과 달리 태진은 '사람들'이란 단어로 호기심을 두루뭉술하게 내리눌렀다.

"윤이는 자전거 동호회에서 만났어. 성실한 친군데 흔히 말하는 스펙 때문에 여러모로 좌절이 많았지. 지훈이는 아르바이트생으로 들어왔다가 눌러앉은 경우고, 기은이는……."

영욱이 바닥을 보이는 술병을 기울여 잔을 채웠다. 그가 다시 입술을 달싹이는데 기은이 줄무늬 티셔츠에 아무렇게나 손을 닦으며 걸어왔다.

"전 오늘 여기까지만 하고 갈게요."

"아직 9시도 안 됐는데? 맥주 한 잔 더 하고 가."

가게 벽면에 걸린 둥근 시계는 이제 막 8시 30분을 넘어가고 있었다. 아쉬움 담긴 영욱의 만류에 기은이 너무나 말짱한 얼굴로 답했다.

"취했어요."

"누가? 설마 유기은, 너?"

"네."

기은이 긴 머리카락을 쓱쓱 쓸어 올려 하나로 묶으면서 고개를 끄덕였다.

"거짓말이 안 느는 것도 재주구나, 기은아."
"들를 곳이 있어요."
"흐음, 이 오빠 걱정시키는 나쁜 곳은 아니지?"
"그렇다고 봐야죠."
기은이 담백함 그 자체인 얼굴로 답했다.
"네 환영식도 겸한 건데. 이태진, 붙잡는 시늉이라도 해봐."
영욱이 장난스러운 목소리로 태진의 어깨를 툭 쳤다.
"됐어. 일이 있으면 가봐야지."
오빠라는 단어가 거슬렸는지, 그전에 먼저 가겠다는 기은의 말이 신경 쓰인 건지는 정확히 모르겠다. 생각보다 입 밖으로 나온 목소리가 까칠했다. 말을 마친 태진이 표정을 읽을 수 없는 얼굴로 기은을 흘끔 쳐다보았다.
"죄송해요."
기은이 투박하게 사과했다.
"그럴 일은 아니지."
문득 기은이 먼저 일어서려는 이유가 지하주차장의 고양이 때문일 거란 생각이 들었다. 태진은 그때서야 조금 누그러진 목소리로 고개를 가로저었다.
"자자, 오해 없이 이야기가 됐으면 이제 갈 사람은 가고 더 마실 사람은 자리를 옮겨 보자고."
두 사람의 대화를 듣고만 있던 영욱이 다행이라는 듯, 웃으며 끼어들었다. 그가 저만치서 대화 중이던 지훈과 윤에게 뭐라고 잔소리를 하며 일어나라고 재촉하는 동안, 태진은 재킷을 들고 계산대에 섰다. 그 사이 기은은 투명한 플라스틱 통에서 박하 맛이 나는 사탕을 꺼내들었다.

거스름돈을 받아들고 돌아선 태진은 새까맣게 맑은 그녀의 눈동자를 비스듬히 바라보았다. 일방적이기는 하나 나름, 비밀이라는 것을 공유하기 때문일 것이다. 자연스럽게 눈이 가고 알 수 없는 궁금증이 드는 것은 그렇게밖에 설명할 수 없었다. 그리고 그것은 단순한 인간적 호기심일 뿐, 특별할 건 없었다. 무뚝뚝하기로는 여느 사내들 못지않은 기은이 여자라는 사실조차 곧 잊어버리게 될 것이다. 그래, 담백하고 평범하게 대하다 보면 분명. 태진은 직장 동료를 대하는 가장 무난한 표정으로 손을 뻗었다.

"아침에 못 준 거스름돈."

"보증금 하기로 했잖아요. 4,900원이니까 마흔아홉 번 지각까지 보장되네."

태진과 그가 건네는 돈을 번갈아 보며 기은이 느릿하게 대꾸했다.

"일 년에 많아야 한두 번 지각한다며. 그런 식이면 스무 해는 넘게 여기서 네 지각을 체크해야 하잖아."

"아."

참숯 타는 소리보다도 짧은 대답이 들렸다. 태진은 그런 기은을 향해 고개를 까딱여 보였다.

"가봐."

말을 마친 태진이 우르를 몰려나오는 세 남자 쪽으로 시선을 돌렸다. 기은은 이쑤시개로 콕 찍은 박하사탕을 그에게 내밀었다.

"네. 잘 먹고 가요."

"이건……."

태진은 남은 말을 삼킨 채 그대로 입을 다물었다. 기은이 얼큰하게 취한 지훈과 윤, 영욱에게도 사탕을 건네고 있었던 것이다. 잠시 기은의 행동이 자신에게만 한정된 것이라 여겼던 것이 바보 같았다. 태진은 자조적으로 웃고 말았다.

"또?"

그와 반대로 지훈은 뾰족한 얼굴로 기은을 쳐다보았다. 예상대로 돌아온 그녀의 답은 간결했다.

"어."

"먼저 가서 미안하단 소린 알아듣겠는데, 왜 사과 대신 사탕이냐고. 그것도 남의 가게에서 무료로 주는 걸로."

"갈게요."

사탕을 우물거리는 지훈의 등을 툭 치고 돌아선 기은은 남은 이들에게 손을 흔들어 보이며 걸음을 옮겼다.

기은이 시야에서 사라지자 남은 사내들은 근처의 호프집으로 향해갔다. 그사이에도 지훈은 끝없이 투덜거렸다.

"기은 누난 온통 무뚝뚝해, 정말."

"언제는 그게 매력이라며?"

"아니, 그건 그거고! 에잇, 몰라. 오늘 이 가게 술은 내가 다 마셔 버리겠어."

"아, 네. 집에는 가서 주무세요."

두 사람의 장난스러운 대화를 듣고 있던 태진이 삐딱하게 고개를 내렸다. 매력이라. 다른 남자들이 기은에게 가지는 관심은 단순한 인간적 호기심만은 아닐지도 모른다. 그런데 그게 또 무슨 상관이지? 태진은 자신도 모르는 사이 굳어진 얼굴을 감추며 커다란 맥주잔을 들어 올렸다.

이어진 술자리는 얼마 못 가 파했다. 지훈이 소파 위에 오색찬란하게 토악질을 하기 시작한 덕분이었다. 윤이 비틀거리는 지훈을 부축해서 집으로 가고, 영욱과 태진은 편의점에서 산 시원한 음료를 들이켜며 대리기사를 기다렸다.

"다들 괜찮지?"

"음."

태진이 주스 한 모금을 삼키며 짧게 대답했다. 괜찮지 않을 이유가 없었다. 윤과 지훈, 그리고 기은까지, 맡은 업무를 잘 소화해 내기만 한다면 무난하게 어울려 지낼 수 있을 사람들이었다. 어차피 사적인 감정은 섞여들지 않을 테니까.

"기은이, 유기은이는……."

아까까지 말짱하더니만, 이제야 술이 오르는 모양이다. 영욱이 벌겋게 달아오른 제 뺨을 손가락으로 두드리며 입을 열었다.

태진은 저도 모르는 사이, 기은이란 이름에 귀를 기울였다.

"우리 학부 수진 누나 기억나? 왜, 그 폭풍 다이어트로 소문난……됐다. 태진이 네가 언제 여자 이름이나 얼굴 기억하는 놈이냐. 아무튼 그 누나에게 추천받아서 만났어. 부실해 보여도 일은 무섭게 잘해. 강단도 남자 못지않고. 아, 맞다! 그리고 한때 내가 잠시 짝사랑했었지. 귀여운 구석이라고는 없는 녀석인데. 하하하."

영욱은 멋쩍은 웃음으로 이야기를 마무리했다.

"지금은?"

왜 굳이 그걸 확인하고 싶은지 모르겠다. 태진은 지나가는 말처럼 물었다.

"내 애인 아직 못 봤구나. 하긴 너랑 연락이 좀 뜸한 사이에 만났으니까. 해외 근무 중이라 자주는 못 만나도 지금의 내 사랑은 오직 그녀뿐이라고 할 수 있지. 연애에는 관심도 없는 네가 사랑을 알까 모르겠다만."

그 말에 태진이 가볍게 미소를 지었다.

사랑이라, 그건 별로 알고 싶지 않은 감정이라고 굳이 말할 필요는 없겠지. 불필요한 말을 얼버무리기 위한 웃음이었지만, 사실 그 속에는 묘한 안도감 같은 것이 잠겨 있었다. 친구 영욱의 짝사랑이 완전하게 끝난 것에 대한······.

"왔다. 내일 보자."

대리기사들이 모습을 드러내자 영욱은 시원스럽게 기지개를 폈다. 태진도 상념을 털고 주차된 차로 향했다. 곧 매끈한 두 대의 자동차가 모습을 감췄다.

*

"주차는 어디에 할까요? 지상에 아직 빈자리가 보이네요."

"지하로 가주시죠."

태진의 말이 떨어지자 대리기사가 능숙하게 운전대를 돌렸다. 지난번 지하주차장에서 기은과 고양이를 본 후, 부러 지상에 차를 세웠었다. 그러나 오늘은 연하게 남은 술기운도 없애고, 자전거 의류 사업계획서도 다시 검토한다는 이유로 지하주차장을 택했다. 거기에 다른 이유는 없었다. 고요하고 넓은 공간은 생각하기에 최적의 장소니까. 태진은 부드럽게 미끄러지는 타이어 소리를 들으며 턱을 쓸어내렸다.

대리기사가 가고 태진은 보조석에 둔 서류 뭉치를 옮기기 위해 문손잡이를 잡았다. 막 문을 열려는데 어둠 속에서 묘한 광채가 번뜩였다. 그때의 그 고양이였다. 녀석이 놀라지 않게 그대로 조용히 문을 닫았다. 이미 기은이 다녀갔을 것 같은데 고양이는 누군가를 기다리는 것처럼 어슬렁어슬렁 주변을 배회하고 있었다. 녀석의 동그란 뒤통수를 보자니 아무리 생각하지 않으려고 해도 기은이 자연스럽게 떠올랐다. 마르고 가느다란 체구임에도 기은의 머리모양 역시 꽤 동글동글했었다. 윤기 나는 새까만 눈동자도 그렇고.

"흐음."

별 시답잖은 생각을 다 한다. 태진은 속으로 낮게 혀를 차며 언제 넣어둔 것인지 모르는 시디를 재생시켰다.

'불어오는 바람에 묻은 그대 음성에……'

무심코 튼 음악은 형, 세진이 즐겨 부르던 곡이었다. 태진은 착잡한 눈빛으로 정지 버튼을 매만졌다.

형은 음악을 좋아했다. 여리고 부드러운 것들을 사랑하는 섬세한 사람이었다. 심지어 연인마저도 그러했다. 세진이 사랑한 여자는 유리처럼 깨지기 쉬운 존재였다. 모든 것이 자신을 위주로 돌아간다고 믿는 공주님. 그로 인해 형도 또 자신도 참으로 많은 것을 잃었다.

정지 버튼을 누른 태진은 한참 동안 움직이지 않았다. 짧은 순간 짙은 그림자가 그의 잘생긴 얼굴을 스쳐 지나갔다.

"나야."

그때 주차장 입구에서 조심스러운 목소리가 들려왔다.

태진은 자신도 모르는 사이, 목소리를 쫓아 기은의 얼굴을 확인했다. 주차장 고양이 때문에 회식 자리에서 먼저 일어났을 거라는 짐작이 맞는 것 같다. 그런데 분명 훨씬 전에 집에 당도했을 텐데, 어째서 이 시간에…….

"왜 또 여기에 있는 거야?"

세진에 대한 일이 어느새 머릿속에서 밀려나고, 낮에도 밤에도 미소 한 점 찾기 어려운 기은의 무뚝뚝한 얼굴이 눈에 가득 찼다. 더불어 이른바 인간적 호기심이 또 한 차례 보글보글 끓어오르고 있었다.

몇 번이나 사방을 확인하고 빠른 걸음으로 주차장 구석으로 향했다. D-25, 회색 벽면에 쓰인 노란색 글씨가 보이자 기은은 가방의 지퍼부터 열기 시작했다. 집으로 돌아오자마자 사료와 물을 들고 나왔지만 중간에 경비아저씨를 맞닥뜨리는 바람에 그대로 걸음을 돌려야 했다.

기은이 살고 있는 아파트는 제법 오래됐지만 고급스러움이 유지되고 있었고 그만큼 관리가 엄격하고 철저한 편이었다. 실내에서 키우는 애완동물도 미리 허가를 받아야 하는 만큼, 길에서 떠도는 녀석들은 절대 용납되지 않는 곳이었다. 그것을 아는 영리한 노랑이 녀석은 낮이고 밤이고 알아서 몸을 잘 숨기긴 했지만 만에 하나 들키게 되는 날에는 영영 이곳을 떠나야 할 것이었다.

"늦었……."

"거기, 뭡니까?"

사과의 말과 함께 묵직하게 담아 온 사료를 꺼내려는 순간, 환한 전등 빛이 비추었다.

"잠깐, 일이 있어서요."

기은은 발을 요란하게 굴러 황급히 고양이를 쫓고는 최대한 침착한 표정을 지었다.

"아가씨, 아까도 여기 서성이지 않았어요? 도대체 무슨 일로 그러시는지 좀 알았으면 하는데요."

"그건……."

그대로 지나쳐 주기를 바랐지만 경비아저씨는 쉽게 물러서 줄 마음이 없어 보였다. 야간 순찰만 도는 분이라 서로 얼굴까지 알고 있지는 않았다. 그래도 뭐라고 설명을 하긴 해야 할 텐데.

기은이 할 말을 찾아 이리저리 머리를 굴리고 있을 때였다. 문득 차 문이 열리는 소리가 들리고 누군가 뚜벅뚜벅 걸어왔다.

당연히 그대로 지나쳐 가리라 생각했던 발소리가 바로 곁에서 멈추어 서자, 기은이 비로소 고개를 돌렸다. 무슨 일인지 궁금하고 뭐라도 간섭을 하고 싶은 모양이다. 누군지 어지간히도 오지랖이 넓은…….

"미안, 늦었지."

마음속 중얼거림을 끝마치기도 전에, 굵직한 남자 목소리가 귓가를 울렸다. 가만, 울림이 풍부하고 낮은 저음의 이 목소리는 분명…….

"오래 기다렸어?"

  기은이 겨우 목소리의 정체를 알아낸 순간, 태진이 옅게 웃으며 가느다란 허리를 강하게 끌어안았다.

3. 결계 안의 그녀

　이태진.

　굿 피트라는 작지만 탄탄한 회사의 차남이자 다른 대기업에서도 수완을 인정받은 능력 있는 팀장, 그리고 감탄할 만한 준수한 외모까지 어느 것 하나 부족할 게 없어 보이는 그는 한 번 보면 쉽게 잊을 수 없는 존재감까지 있었다.

　그런데 이 남자, 지금 여기서 뭐하는 거지?

　기은은 흐트러짐 없는 태진의 얼굴과 허리에 둘러진 손을 번갈아 보았다.

　"팀……."

　"아까 도착하는 건데 중간에 차가 막혔어. 힘들게 왜 또 나와서 기다리고 그래."

태진이 눈 한번 깜박하지 않고 기은의 말을 막았다. 곧이어 눈치를 주듯 옆구리를 손끝으로 살짝 찔렀다.
"그게……왜 그랬을까요."
결국 기은이 어색한 표정으로 태진을 마주 보았다. 도대체 그가 어디서 나타났고 또 왜 이렇게 행동하는지는 모르겠지만, 적어도 도와주려는 의도임은 알 것 같았다. 슬쩍 마주친 태진의 시선이 D-25로 향해 있었다. 마치 고양이와의 일을 이미 알고 있다는 듯.
경비아저씨 역시 재차 태진의 얼굴을 바라보았다.
"실례합니다. 그럼, 이 아가씨는……."
"수고가 많으십니다. 전 나동 1005호에 사는 사람이고 여기 이 친구는 제 애인입니다만, 혹 일하시는데 무슨 방해라도?"
필요 이상으로 기은의 신체에 가깝게 접촉하고 있다는 생각이 들었지만, 태진은 손에 힘만 뺀 채로 차분하게 말했다. 은은한 비누 향이 나는 머리카락이 그의 턱을 부드럽게 간질이고 있었다.
깍듯한 태도를 취하는 태진의 얼굴은 한 점 흐트러짐이 없었다. 다행히 경비아저씨도 그런 태진을 의심 없이 믿는 눈치였다.
"아. 네. 저는 또 여기 아가씨가 자꾸 지하주차장을 서성거리기에 무슨 일인가 했네요. 오시길 기다렸던 거로군요."
"공연히 신경 쓰시게 해서 죄송합니다."
"아닙니다. 요즘은 의심부터 하고 보게 되는 세상이라서요. 전 이만 남은 순찰하러 가겠습니다."
"수고하십시오."
기은은 태연하게 답하는 태진을 빤히 바라보며 사료 봉지가 든 가방을 고쳐 멨다. 허리에 둘러진 그의 팔이 불편하긴 했지만, 덕분에 위기는 모면한 것 같다.

"놀라게 해서 죄송해요."

기은도 가만히 고개를 숙여 보였다. 그 말에 괜찮다고 웃어 보인 경비아저씨의 그림자가 이내 주차장에서 완전히 사라졌다. 그러자 태진이 손을 풀고 뒤로 한 발짝 물러섰다.

"조심 좀 하지 그래."

태진은 최대한 건조하게 말을 내뱉었다.

"그건, 뭐……그런데 여긴 어쩐 일이세요?"

어떻게 된 영문인지는 몰라도 그는 고양이에 대해 알고 있는 눈치였다. 기은은 머리를 긁적이다 태진을 정면으로 응시했다.

"난 실제로 이곳에서 살아. 그리고 지난번 지하주차장에서 이미 유기은과 고양이를 본 적이 있고."

태진이 똑 떨어지는 말투로 가볍게 대꾸했다. 어쩌자고 귀찮은 일에 엮인 것인지 후회해도 이미 늦었다. 차라리 쓸데없는 오해거리나 막는 게 현명할 것이다. 태진은 무겁지 않은 목소리로 남은 말을 이었다.

"해서 그대로 지나치기 좀 곤란했던 것뿐이야."

그의 말에 기은이 조금 복잡한 얼굴로 고개를 끄덕였다.

"아……모른 척 해주신 것 고마워요. 도와주신 것도요."

이제 와서 도와준 방식에 대해서 이러쿵저러쿵하고 싶지는 않았다. 허리를 끌어안은 태진 때문에 자신이 생각보다 많이 당황한 것도 상황이 워낙 급작스러웠던 탓이라고만 생각하기로 했다. 기은은 말을 마치고 다시 꾸벅 고개를 숙였다.

"별로. 너뿐만이 아니라 경비하시는 분도 곤란해 하는 것 같았으니까."

"그렇죠. 기회가 되면 제대로 인사할게요. 그럼."

순순히 긍정하는 기은을 보자 도리어 쓸쓸한 기분이었다. 깔끔한 인사에서 이제 그만 상관해 주었으면 좋겠다는 투명한 벽이 느껴졌던 것이다. 기은은 이미 자신에게서 시선을 돌려 주차장 구석구석을 살피고 있었다. 어디선가 신경을 곤두세우고 있을 고양이의 모습을 찾는 모양이지만 녀석은 작은 울음소리조차 내지 않고 있었다.

"이름이 뭔데?"

당연히 자리를 떠날 거라고 생각했던 태진이 불쑥 말을 꺼내자, 기은은 눈동자만 굴려 그를 쳐다보았다. 아무래도 확실하게 한 번 더 말해야 하는가 보다.

"가셔도 돼요. 더는 팀장님을 곤란하게 만들고 싶진 않아요."

사람들과 감정적으로 함부로 엮이는 건 질색이었다. 그런데 왜 기은이 친 벽을 느끼자 심장에 까칠한 보풀이 일었는지 모르겠다. 공연한 오기는 또 왜 생기는 것일까. 담백하다 못해 서늘하기까지 한 기은의 말에 태진은 고집스럽고 무뚝뚝한 목소리로 답했다.

"늦었어. 어차피 발을 담갔잖아. 이대로 네가 들키는 게 날 더 곤란하게 만들 거야."

"흐음."

딱히 그의 말을 부정할 수 없었다. 태진도 원치 않고 자신도 바라지 않았지만 두 사람은 흔히 말하는 한 배를 탔다. 적어도 이 지하주차장의 고양이에 한해서는. 만에 하나 오늘 다시 경비아저씨를 만나게 되면 태진이 애써 도와준 것이 아무 소용없어질 것이다. 어디 그뿐일까. 공연히 그까지 행적을 의심받게 될 것이다. 기은은 가방의 지퍼를 이리저리 움직이며 결국 태진의 말에 동의했다.

"그렇게 돼버렸네요. 오늘만 좀 참아 주세요."

미안하지만 이렇게 된 이상 적어도 오늘은 그의 도움을 받아야 할 것 같다. 앞으로 행동을 더욱 조심하면 업무가 바쁜 경비아저씨도 금방 이 일을 잊을 것이고 태진에게 신세 질 일도 당연히 더는 없겠지.

"고양이나 찾자. 그런 후에 각자 집으로 돌아가면 돼."

태진도 길게 말하지 않았다. 기은이 말한 '오늘'이란 단어가 유난히 거슬렸다. 태진은 미간을 찌푸린 채 주변을 살피기 시작했다. 이렇게 된 거 노랑 털뭉치 녀석이나 빨리 찾아내야겠다. 그리고 그 후에는 자신의 말처럼 얽히지 않으면 되는 거였다. 그 정도면 이른바 인간적 호기심에 대한 예우는 충분하다고 할 것이다.

그렇게 두 사람이 이곳저곳을 얼마나 찾았을까. 기은이 작게 한숨을 쉬며 고개를 흔들었다.

"제대로 숨은 모양이에요."

영리한 만큼 경계심과 겁이 대단한 녀석이니 한참은 은신처에서 꼼짝하지 않을 모양이다.

"한 번 불러나 보지."

태진이 굽혔던 허리를 펴며 짤막하게 제안했다. 찾는 동안, 기은은 녀석의 이름을 한 차례도 부르지 않았었다.

기은의 얼굴에 곤란한 기색이 설핏 스쳤다.

"이름 없어요."

왜라고 묻지 않은 건, 순간 기은에게서 흐릿한 미안함을 보았기 때문이었다. 태진은 턱을 쓸어내리며 다시 입을 열었다.

"이름, 있는 편이 좋지 않나. 오늘처럼 불러야 할 일도 생길 테니까. 성별은 알아?"

"글쎄요."

여태 녀석에게 이름조차 붙여 주지 못했다. 아니, 붙여 주지 않았다. 가까워지는 만큼 아플 일도 많을 테니까, 녀석에게도 자신에게도 서로를 특별하게 만들 그 무엇도 하지 않았다. 그러나 이 거리가 적당하다고 수긍하면서도 미안함은 매일 그림자처럼 따라다녔다. 이름 정도는 붙여 주었으면 좋았을 것을……. 기은은 스니커즈의 앞코로 차가운 시멘트 바닥을 툭툭 가볍게 쳤다.

"그럼 고양이나 고군, 어때?"

복잡한 기은의 심경과 달리 태진의 답은 참으로 간단명료했다. 기은이 상념에서 벗어나 짧게 질문을 던졌다.

"무슨 차이예요?"

"암컷이면 고양, 수컷이면 고군."

"괜찮은 이름이네요."

양과 군으로 성별까지 나타내는 이름이라. 거기다 종족 고유의 느낌까지 살아 있었다. 기은은 진지한 얼굴로 찬성을 표했다.

그 모습을 본 태진이 피식 웃고 말았다. 똑 부러지는 것 같으면서도 엉뚱할 만큼 순진한 구석이 있는 여자였다. 투명한 벽 너머의 기은은 또 어떤 모습일까. 의식하지 못하는 사이 그의 눈동자가 자연스럽게 기은을 가득 담아냈다.

그로부터 한참 후에야 노랑이가 모습을 드러냈다. 낯선 태진을 본 녀석이 더는 다가오지 않으려 하자 기은은 멀찌감치 사료와 물을 놓아주었다.
"고군인가? 아무래도 그런 것 같아요."
녀석이 사료를 먹는 모습을 유심히 보던 기은이 나름 결론을 내렸다. 그 말에 태진이 어깨를 가볍게 위아래로 움직였다. 성별을 감별해 내기 위해 가장 먼저 찾는 특징, 그것을 아무렇지 않게 관찰하는 기은의 모습에 쑥스러움을 느끼는 자신이 이상했던 것이다.
'고군'이란 이름의 노란 고양이는 얼마 안 가 사료를 깨끗하게 비우고 사라졌다. 태진은 빈 그릇을 챙기는 기은을 바라보며 지나가는 말처럼 가볍게 물었다.
"데려가서 키우지 그래."
"……그러고 싶진 않아요."
말간 얼굴로 응수하는 기은에게서 더는 묻지 말라는 벽이 또다시 느껴졌다. 태진은 입술을 꾹 깨물었다. 왜 그런 모습들에 화가 치미는 걸까.
"녀석 생각도 해야 하는 거 아닌가? 여기서 언제까지 밥을 줄 수는 없을 것 같은데. 물론, 내가 참견할 일은 아니지만."
태진의 음성은 몹시 딱딱했다. 그에 반해 기은의 표정은 이렇다 할 변화도 없이 덤덤했다.

"고군이가 어떤 걸 원하는지는 저도 몰라요. 안다고 해도 쉽게 결정할 문제는 아니고요. 그저 가능할 때까지 배는 곯지 않게 해주는 거죠."

녀석을 집으로 데려가는 일에 대해 생각해 보지 않은 것은 아니었다. 그러나 자신이 고군이를 정말 행복하게 해줄 수 있을지에 대해 확신할 수 없었다. 자칫하면 녀석은 또 한 차례 버림받은 느낌을 가지게 될지도 몰랐다. 아늑한 집, 부족함 없는 생활이 보장된다고 해도 버림받은 상처는 결코 쉽게 아물지 않는다. 그것을 누구보다도 잘 아는 자신이 녀석에게 그 잔인한 아픔을 다시 겪게 할 수는 없었다.

기은은 복잡한 내색을 감추고 담백하게 물었다.

"그런데 팀장님은 배 안 고프세요? 그것 좀 움직였다고 금세 허기가 지네."

태진이 묵묵히 고개를 끄덕였다. 평소답지 않은 참견을 빨리 털어내고 싶었다. 기은의 말이 완전하게 틀린 것도 아니었다. 고군이가 원하는 것이 주인을 만나 안락하게 사는 것인지, 위험하지만 자유로운 지금의 삶인지는 알 수가 없었다. 이 날카로움은 단지 기은이 친 벽에 대한 반감일지 몰랐다. 그 앞에서 왜 안타까움을 느끼는 걸까. 또 가슴이 답답해졌다.

"그럼 가요, 해장국 한 그릇 하고 헤어지죠."

무뚝뚝한 표정을 한 기은이 앞장서 걷기 시작했다.

"이봐."

태진이 기가 차다는 듯, 기은을 불러 세웠다. 바지 주머니에 손을 찔러 넣은 기은이 불량 학생처럼 삐딱하게 그를 돌아보았다.

"싫으면 말고요."

"하아."

결국 태진은 헛웃음을 지으며 기은을 따라 주차장을 벗어났다.

섣부른 참견에 기분이 상했을 수도 있고, 마음이 다쳤을 수도 있었다. 그런데 기은은 말 그대로 말짱해 보였다. 마치 그라는 사람은 조금도 상관할 수 없는 벽 안에 머무는 것처럼.

그렇다면 이쪽도 무심하게 오늘 일을 잊어 주면 되는 것이다. 그것으로 상황은 간단하게 종료될 수 있었다. 하지만 쓸데없는 인간적 호기심이 이 순간에도 끝없이 차올라 그를 갑갑하게 만들었다.

거슬린다. 역시나 거슬리는 여자 유기은.

달빛 아래 사라져버릴 것처럼 가녀린 기은, 그 뒷모습을 바라보는 태진의 시선이 복잡했다.

"사이즈는요?"

아파트 단지 입구에 있는 편의점에서 걸음을 멈춘 기은이 지갑을 찾으며 물었다.

"해장국이라며?"

"예, 해장에는 라면만 한 게 없잖아요. 큰 걸로 드세요. 김치도 살 거니까."

"하, 정말……."

뻔뻔한 목소리가 얄미울 정도로 듣기 좋았다. 태진은 어이없다는 얼굴로 옅게 웃음을 터뜨렸다. 도대체 가늠할 수 없는 여자였다. 그런 기은과 있으면 제 안에 고여만 있던 무언가가 터져 나오는 것 같았다.

과연 기은도 저 투명한 결계 안을 허락하는 사람이 있을까.

별 쓸데없는 생각을……. 태진은 머리를 가볍게 흔들며 상념을 털어냈다.

얼마 후, 기은이 사온 사발면 두 개가 플라스틱 테이블 위에 놓였다. 두 사람은 라면이 익기를 기다리며 멀뚱하게 서로를 쳐다보았다.

"왜?"

그렇게 빤히 보냐는 말이었다. 태진이 먼저 침묵을 깨자 기은도 말문을 열었다.

"쳐다보시니까."

"됐다. 먹기나 하자."

기은의 대답이 하도 정직해서 도리어 뭔가 실망스럽고 기운이 빠졌다. 태진은 나무젓가락을 소리 나게 쪼개 들었다. 적당히 익은 면을 후루룩 삼키고 국물 한 모금을 마시니 정말 속이 좀 풀렸다. 태진은 문득 맞은편을 응시했다. 기은이 고깔 모양으로 접은 뚜껑에 라면을 덜고 있었다. 뭔가 기은답다고나 할까. 태진은 자신도 모르게 희미하게 웃으며 다시 국물 한 모금을 마셨다.

"아, 좋다."

기은이 혼잣말처럼 중얼거리며 다 먹은 라면 용기를 테이블 위에 내렸다. 태진도 생수로 입을 헹구며 식사를 끝마쳤다.

"자, 이제 갈까요?"

음식을 비우자마자 하는 말도 딱 기은다웠다. 참으로 귀여운 구석을 찾기가 어렵다. 태진은 필요 이상으로 힘차게 자리에서 일어나며 딱딱하게 대꾸했다.

"각자 치우지."

빈 용기와 남은 음식을 처리한 후, 나란히 아파트로 향했다. 몇 대의 차가 지나가고는 있었지만 단지 앞은 한산했다. 바람도 달도 넘치지 않을 정도로 부드러웠다. 덕분에 조금 전 다소 경직되었던 분위기도 누그러져 있었다.

"그런데 같은 동이네요, 우리. 저도 나동에 살거든요. 이사 오셨나 보죠?"

기은이 흘러내린 머리카락을 묶기 위해 걸음을 멈추었다.

"얼마 전에."

두 번, 기은은 모를 테지만 그녀와 이미 마주쳤었다는 이야기는 하지 않기로 했다. 태진은 바람에 흩날리는 머리카락들을 흘끔 바라보며 가볍게 답했다.

"아."

기은이 알았다는 듯 짧게 고개를 끄덕이는데, 뒤쪽에서 요란한 경적 소리가 들려왔다. 그치지도 않고 더욱 거세지던 소리가 바짝 가까워지고 있었다. 번뜩이는 헤드라이트도 더욱 강렬해졌다.

"피해요!"

고무 타는 냄새와 함께 누군가의 다급한 목소리가 들렸다.

태진은 무의식적으로 기은을 감싸고 수풀이 무성한 화단으로 몸을 굴렸다.

"으으."

그의 품 안에 갇히다시피 한 기은이 미간을 찌푸렸다. 고스란히 전해지는 태진의 체온과 무게도 난감했지만, 뭔가 또다시 커다란 신세를 져 버린 건 아닌지 미안하고 염려스러운 기분이었다.

"괜찮아?"

너무 가까운 거리인 걸까. 서둘러 몸을 비켜 주는 태진의 걱정스런 음성이 가슴에 동그랗게 물결을 만들었다.

"네."

무난한 대답으로 얼버무렸지만 뺨이 살짝 붉어졌다. 그러나 태진에게 다친 곳은 없냐고 되물어보려던 기은의 얼굴이 별안간 서늘하게 식어갔다.

"어머니……."

경비실 입구를 박고 멈춰 선 차에서 비틀거리며 내리는 인물. 그녀를 부르는 기은의 음성이 한숨처럼 깊이 가라앉아 있었다.

4. 적당한 거리

"어머니……."

한숨 같은 부름에는 많은 것이 담겨 있었다. 까만 눈동자는 밤처럼 먹먹한 빛으로 가라앉아 있었다. 태진은 고개를 돌려, 기은의 시선이 닿는 곳의 유연미를 바라보았다.

그녀의 걸음걸이는 방금 사고를 낸 여파로 보기에도 많이 흐트러져 있었다. 일반적으로도 그렇지만 얼굴이 알려진 연예인들의 경우, 음주운전으로 명성이 단번에 추락하는 경우는 흔했다. 어쩌자고 단아한 이미지의 유연미가 음주운전을 했는지는 모르지만 여파가 만만치 않을 것이다.

그 사이, 가느다랗게 어깨를 떨던 기은이 짐짓 태연한 척 자리에서 일어섰다.

"여기."

"헉!"

기은의 부름에 허겁지겁 조수석에서 뛰쳐나온 매니저가 흠칫 놀라 멈춰 섰다. 부상을 당한 사람이 나오면 사태는 한층 힘들어질 터였다. 천천히 고개를 돌리는 매니저의 표정이 울상이었다.

"저예요."

"아, 기은 씨구나. 휴우우, 정말이지……."

그는 방금 전 자신을 부른 것이 기은임을 알아보고서야 안도의 한숨을 내쉬었다. 그나마 불행 중 다행이라 할 것이다. 적어도 사건이 더 복잡해지는 일은 없을 테니. 물론 곁의 키 큰 남자가 걸리지는 했지만 그래도 기은과 안면은 있어 보이니 어떻게든 간곡하게 부탁해서 이 난관을 헤쳐 나가면 될 것이다.

"제발 이 일을……."

매니저가 처량한 얼굴로 뭐라 말을 하려는데, 사람들이 하나둘 모여들기 시작했다.

"뭐야, 사고 났어?"

"어, 저 사람 유연미 맞지?"

이 이상 사람들 이목을 끌 필요는 없었다. 매니저는 두 손을 절박하게 모아 기은에게 부탁하듯 머리를 조아렸다. 일이 더 커지지 않게 도와달라는 무언의 뜻이었다.

매니저가 유연미를 감싸며 자리를 옮기는 것을 본 기은은 조용히 고개를 돌렸다. 아직 사람들이 이쪽은 발견하지 못하고 있었다.

"미안한데요, 여기서……."

"가지."

 부연설명을 하기도 전에 태진이 기은의 손목을 부드럽게 잡아끌었다. 그 상태로 두 사람은 사고 현장을 빠져나갔다.

 기은은 손목에서 느껴지는 따스한 온기와 지저분해진 태진의 옷차림을 번갈아 보며 복잡한 표정을 지었다. 음산할 만큼 한적한 산책길 끝에 다다를 때까지 두 사람 모두 아무런 말이 없었다. 태진이 잡은 손을 놓아주자 기은이 먼저 침묵을 깼다.

 "이런 일에 엮이게 해서 죄송해요."

 무뚝뚝했지만 기은의 눈빛은 진심만을 담고 있었다.

 태진은 문득 작게 한숨을 내쉬었다. 여러모로 자신을 귀찮게 만드는 기은에게서 이른바 인간적 호기심을 멈추는 것, 그것이 평소 그의 조용한 삶으로 돌아오는 단순하고 명확한 길일 것이다. 그러나 불쾌하고 불편한 감정을 이겨내는 이 맹랑한 호기심이 여전히 큰 문제였다.

 기은의 얼굴에 스친 옅은 괴로움은 무엇이었을까. 매니저와 함께 있는 유연미를 두고 돌아서던 기은의 눈에는 까마득한 외로움마저 보였다. 그것들을 이대로 모른 척하는 게 여러모로 수월하다는 것은 잘 알지만 냉철한 이성과 자꾸만 어긋나는 마음은 접힐 생각을 하지 않는다. 복잡한 심정과 달리 태진은 최대한 단조로운 음성으로 입을 열었다.

 "실제로 큰 부상을 입은 건 아니니까, 공연히 나서서 일을 복잡하게 할 필요는 없겠지."

 "그렇죠. 복잡하게……되니까."

유연미 여사는 기은을 그런 존재로 여겨왔다. 인생을 복잡하게 만든 불필요한 아이, 사실은 외면하고 싶었던 존재로 말이다.

그런 말에 가슴이 베이고 멍이 들어 울 수조차 없게 된 건 언제부터였더라. 기은의 눈빛에 다시 옅은 쓸쓸함이 고였다.

그렇지 않아도 건조해 보이던 기은의 얼굴이 바스러질 것처럼 위태로워 보였다. 태진은 뻐근하게 당기는 손목을 이리저리 살피며 서둘러 말했다.

"대신 이 부분만 책임지는 걸로 하자. 면허는 있지?"

무뚝뚝한 얼굴은 그대로면서 기은의 눈빛만은 사람 속을 쓰리게 할 정도로 착잡하고 안쓰러웠다. 왜 그렇게 아픈 눈빛을 하고 있는 것일까. 무심해 보이는 표정과 달리 기은의 까만 눈동자는 무척이나 솔직했다. 그리고 역시나 이 망할 놈의 인간적 호기심이 그 서글픈 눈빛을 놓치지 않았다. 결국 멋대로 입 밖으로 나온 말에는 진심이 담겨 있었다.

"네."

태진의 목소리가 바람처럼 귓가를 간질였다. 기은은 간결하게 고개를 주억거렸다.

"처음에는 좀 아프기만 하더니 아무래도 왼쪽 손목이 삔 것 같아. 이 상태로는 운전은 무리니까, 며칠 출퇴근만 책임져."

"그건 어렵지 않은데……."

덜도 더도 아닌 딱 그만큼이면 된다는 게 태진의 말투며 눈빛에 고스란히 드러났다. 거절할 입장도 아니거니와 그편이 조금이나마 미안함을 덜 길인 것 같았다. 덕분에 태진에게 조금이나마 빚을 갚을 수 있다면 자신에게도 다행한 일이었다. 기은은 침착하게 덧붙여 물었다.

"손목, 응급실로 가면 처방을 받을 수 있을 텐데 지금 갈까요?"

"아니, 내일 가도 충분해."

돌진하는 차를 피하며 기은을 보호하느라 손목이 꺾인 것이었다. 큰 부상은 아니었지만 며칠은 무리하지 않는 편이 좋을 것이다. 그래, 이 제안은 어디까지나 손목을 위한 것일 뿐, 기은이 위태로워 보여 곁에서 지켜봐야겠다는 걱정 따위가 아니다. 태진은 그렇게 결론을 내리고 담백하게 말을 마무리 지었다.

기은이 다시금 차분해진 눈으로 그런 그와 시선을 맞췄다.

"팀장님 차로 모셔다 드리면 되는 거죠?"

"그게 편하지. 그래서……?"

"뭐가요?"

태진이 말꼬리를 흐리자 기은이 의아한 듯 물었다.

괜찮은 거냐고, 몸도 마음도 지금 괜찮은 거냐고 다시 한 번 물어보고 싶었다. 어째서 어머니를 향한 눈빛이 그토록 슬프고 아팠던 거냐고. 그러나 태진은 그대로 입을 다물고 대신 손목에 찬 메탈 시계를 들여다보았다.

"아침에는 8시, 퇴근은 별다른 일 없으면 6시가 적당하겠는데."

"아, 네. 전 괜찮아요. 그럼 아침에 뵐게요. 상황이 어떤지 보고 올라갈 테니 팀장님은 먼저 가세요."

기은이 가볍게 수긍하며 걸음을 옮겼다.

태진은 자신도 모르게 기은의 어깨를 살짝 붙잡았다. 작고 가녀린 어깨를 따스하게 다독여 주고픈 충동이 불꽃처럼 일어났던 것이다.

"……지각하지 말라고."

하지만 기은의 까만 눈동자가 정면으로 그를 응시하자 불필요한 주의만 주고 입을 다물었다. 크고 맑은 눈동자 속에 또렷하게 담긴 자신을 마주하는 순간, 밤보다 깊은 여울이 심장을 또 가만히 휘저었다. 알 수 없는 흔들림을 감지한 태진은 공연히 눈에 힘을 주었다.

"하면 벌금 낼게요, 수표로."

기은이 피식 웃으며 말을 받아 주고 다시 걷기 시작했다.

개운치 않은 표정을 감춘 태진도 팔짱을 엮어 반대 방향으로 향했다. 빠르게 그에게서 멀어지는 기은과 달리 그의 걸음은 무척 느릿느릿했다.

한참이나 씩씩하게 걷던 기은이 얼마 안 가 걸음을 멈추었다. 보는 눈이 없는 곳에서야 아까부터 시큰거리는 오른쪽 발목을 살펴볼 생각이 들었다.

"뭐, 그래도 걷는 데 지장은 없으니까."

괜찮은 거냐고 묻던 태진의 음성이 자꾸만 떠올랐다. 귓가에 남은 잔잔한 여운이 가슴을 살며시 흔들었다. 어째서 다정할 것 같지 않은 남자, 자신과는 또 다른 방어벽을 세우고 있다고 느낀 태진에게서 그 순간 진심 어린 걱정을 느꼈던 걸까. 그가 손목을 잡았을 때, 어깨에 손을 올렸을 때, 자신도 모르게 눈물마저 핑 돌았다는 건 참으로 난감한 일이 아닐 수 없었다.

약해진 마음 때문일 뿐 거기에 구태여 다른 의미를 부여할 필요는 없을 테지. 그래……. 기은은 한참만에야 상념을 털고 사고가 났던 곳으로 다시 걸음을 옮겼다.

사고 지점은 아무런 일도 일어나지 않은 곳처럼 벌써 말끔하게 정리되어 있었다. 아직 몇몇이 모여 수군거리고는 있었지만 유연미의 모습은 보이지 않았다. 헌신적인 매니저가 그녀를 경찰서에 데리고 가면서 변호사에게 도움을 취했으리라. 그것을 잘 알면서도 기은은 주머니에 넣어 둔 휴대전화를 괜스레 만지작거렸다.

어머니가 자신에게 전화를 걸어올 리 없다. 오랜 세월을 겪고서도 내심 마음 한구석에 남아 있는 어머니에 대한 기대감. 기은은 그것을 꼭꼭 씹어 삼키며 길게 금이 간 외벽을 물끄러미 바라보았다.

기은의 예상은 정확했다. 집으로 돌아가 샤워를 하고 시큰거리는 발목에 파스를 뿌리고, 전날 읽다 만 책의 마지막 장을 덮을 때까지도 전화는 끝끝내 울리지 않았다.

늦은 밤이 되어서야 돌아온 유연미와 매니저는 누가 먼저랄 것도 없이 널따란 소파로 직행했다.

"물."

유연미가 울어서 퉁퉁 부은 눈을 신경질적으로 만지며 짧게 소리쳤다. 매니저가 힘겹게 몸을 세우려 하자 기은이 가볍게 그를 만류하고 부엌으로 갔다.

"드세요."

곧 적당히 차가운 물 두 잔이 유연미와 매니저 앞에 놓였다.

"다치진 않으셨어요?"

"몰라. 너, 거기 있었다며?"

잔을 들어 올린 유연미가 말간 액체 너머로 기은을 바라보았다.

"네."

"같이 있던 사람 입조심시켜. 지금 상황도 골치 아파 죽겠는데, 다쳤다니 어쩌니 하는 인간 나오면……."

"기은 씨가 어련히 알아서 할까요."

매니저가 기은의 눈치를 살피며 말을 거들었다.

그들이 건네는 무언의 압박에도 기은은 순순히 고개를 끄덕여 주지 않았다. 대신 조금은 날이 선 목소리로 질문을 던졌다.

"왜 그러셨어요?"

"웃겨, 지금 훈계하니? 내가 얼마나 힘들면 그런 일을 했겠어!"

거의 지워져 버린 빨간 입술을 지근거리며 유연미가 새된 목소리로 쏘아붙였다.

두 번은 묻지 않았다. 대신 기은은 담담한 얼굴로 어머니를 바라보았다. 많이 지쳐 보였고 한껏 짜증이 나 보였지만, 여전히 아름다운 얼굴이었다. 그리고 그 고운 눈동자 속에 언제나처럼 자신의 존재는 없었다.

세상 하나뿐인 기은의 가족, 유연미 여사는 절대로 묻는 법이 없다. 괜찮은 거냐고, 너는 어디 상하지 않고 괜찮은 거냐고. 어린 기은을 차가운 물에 빠트리고 스스로 목숨을 끊은 할머니의 장례식장에서도, 스캔들을 취재하던 기자들을 피하려다 딸의 다리가 부러졌을 때도 한 번을 제대로 묻지 않았다.

그래서 기은도 스스로에게 정말 괜찮은가를 따로 묻지 않았다. 그저, 괜찮다고 끝없이 되뇔 뿐이었다. 그런데도 가슴은 또 바보처럼 시리게 먹먹해졌다. 익숙해지지 않은 통증이라서.

"쉬세요."

그럴수록 기은은 담백하게 맑은 표정을 지었다. 새삼 상처 받은 것을 들키고 싶지 않았다.

"뭐, 쉬어? 너란 애는 생각이 있어, 없어! 내가 이런 큰 사건에 휘말렸는데 한다는 소리가……도대체 예쁜 구석이 없다니까!"

유연미가 날카롭게 격앙된 음성으로 고래고래 소리를 질렀다. 듣고 있던 기은은 눈 하나 깜짝하지 않고 찬찬히 답했다.

"죄송해요. 잘 해결되셨으니 집으로 오신 거라고 생각했어요."

"그럼, 철창에 갇히기라도 했어야 하니? 어쩌다 내가, 감정이라고는 모르겠다는 얼굴로 뻣뻣한 말이나 내뱉을 줄 아는 무뚝뚝한 딸을 낳아서는……."

꼬일 대로 꼬인 어머니의 말에 기은이 나지막하게 한숨을 쉬었다. 이럴 때의 유연미는 화가 가라앉을 때까지 말꼬리를 잡고 시비를 걸어왔다. 그런 순간을 현명하게 모면하려면 아무런 대꾸를 해서는 안 된다.

"널 낳는 게 아니었어. 도대체 무슨 득이 된다고 내가……."

기은은 입술을 꾹 다문 채로 유연미가 쏟아내는 악담을 가만히 듣고 있었다. 보다 못한 매니저가 조심스럽게 끼어들었다.

"누, 누님. 왜 그러세요. 들어가요, 기은 씨. 내일 한 번 더 출석해서 진술하고 피해 금액 변상하면 법적으로는 크게 문제 될 거 없을 거예요. 문제는 언론인데 그것도 미리 손을 좀 써뒀고요. 걱정 말고 가서 쉬어요."

매니저가 다시 재촉하자 기은은 조용히 자리를 떴다.

잠시 후, 유연미도 진정이 된 듯 관자놀이를 손가락으로 꾹 누르며 한숨을 내쉬었다.

"하아, 피곤해."

"그래도 그렇게 말씀하시면 어떻게 해요. 사고가 기은 씨 때문도 아니고."

"흥! 무슨 상관이야. 기은이 쟨, 그런 걸로 상처 하나 안 받는 독한 애야. 그리고 지금 걔 걱정하게 생겼어! 내가 술 먹고 운전하면 네가 말렸어야지!"

머리카락을 엉망으로 헝큰 유연미가 매니저를 노려보았다.

굳이 그가 꼬집지 않아도 애먼 기은을 상대로 화풀이를 한 꼴이라는 걸 잘 알고 있었다. 그럼에도 이 고약한 말버릇은 쉽게 고쳐지지 않는다. 유연미는 신경질적으로 입술을 일그러트렸다.

"그건 누님이 하도 고집을 부리셔서……."

"됐어! 지금 그런 걸로 싸울 기분 아니야. 당장 내일 아침 방송부터 어떻게든 우리 식으로 해결해."

"그렇잖아도 사장님께서는 자숙하는 의미로 이번에 자선 봉사활동 이야기를 하고 좀 대대적으로……."

두 사람이 머리를 맞대고 대책을 세우는 동안, 기은은 방문을 닫고 벽에 스르르 기대어 앉았다. 시멘트벽에서 느껴지는 알싸한 냉기가 심장까지 곧장 파고들었다. 피곤이 가득한 두 눈을 천천히 감았다.

"좀 아프네."

아픈 건 발목이 아니라 심장이라는 걸 안다. 그럼에도 기은은 고집스레 가느다란 발목을 만지작거리며 몸을 웅크렸다.

*

햇살이 새하얀 눈처럼 환하게 날리고 있었다. 알람이 울리기도 전에 눈을 뜬 기은은 빛이 가득 담긴 창을 물끄러미 바라보다 욕실로 향했다. 간단히 세수와 출근 준비를 마친 후 거실로 나간 기은의 시선이 유연미 여사의 방에 잠시 머물렀다.

가족이라고는 하지만 이렇게 함께 아침을 맞이하는 것은 드문 일이었다. 스케줄이 있을 때면 방송사 근처에 따로 마련한 호화로운 오피스텔에서 머무는 경우가 많았고, 휴식기에도 해외로 여행을 다니는 통에 유연미 여사는 좀처럼 집에 머무는 일이 없었다. 때문에 고등학교 시절 즈음부터 집에는 대부분 기은 혼자였다.

그러게. 그때도 지금도 어차피 혼자라면 맘 편히 독립하는 것도 좋을 텐데. 기은은 간밤에 어머니가 쏟아내던 말들을 떠올리며 씁쓸하게 웃었다. 딱히 정 넘치는 모녀간도 아닌데다가 가끔씩은 이유 없는 비난까지 감내해야 한다면 확실히 그편이 좋을 것이다. 그럼에도 이곳에 머무는 것은…….

바보 같은 미련, 기대, 그리고 솔직한 두려움 때문이겠지.

기은은 마른 웃음을 털어내고 냉장고 문을 열었다. 냉장고 한 칸에는 언제 올지 모르는 유연미를 위해 항상 준비해 두는 토마

토가 있었다. 기은은 토마토를 깨끗하게 씻어 믹서를 돌렸다. 진하게 갈린 주스를 손잡이가 달린 유리잔에 옮겨 담는 손길이 차분했다.

"드세요."

어느새 거실에 나와 앉은 어머니에게 쟁반을 가져다주는 기은의 표정은 말투처럼 무뚝뚝했다.

"매니저 안 왔어?"

주스 잔을 받아든 유연미는 고맙다는 말도 없이 기지개를 켰다. 기은은 그녀가 마구잡이로 벗어놓은 옷가지를 챙기며 고개를 가로저었다.

"어쩌자는 거야! 이런 큰일이 터졌으면 한시가 바쁘게 움직여야지. 도대체가……어디야?"

불만을 토로하는 중에도 거울에 이리저리 제 모습을 비춰보던 유연미가 신경질적으로 휴대전화를 받았다.

"정말 하나같이……어제 입고 온 원피스 어디다 뒀어? 아니, 그건 됐고. 검정 투피스가……. 여기 둔 신발은 죄다 구식인데."

한바탕 난리를 피우며 옷을 고르는 유연미를 매니저가 데리고 나갔다. 기은은 남겨진 토마토 주스 잔을 그러잡았다.

"버림받는 것보다는 낫잖아."

누구에게 하는 것인지 모를 말을 중얼거린 기은은 절반 정도 남은 주스를 탁자 위에 그대로 올려두고 집을 나섰다.

시리얼로 간단하게 아침을 해결한 후, 진하게 내린 커피 한 잔을 들고 베란다로 향했다. 깨끗한 흰색 셔츠에 넥타이를 느슨하게 걸친 태진의 모습에서 여유가 묻어났다. 매끄럽게 떨어지는 바지의 라인이 그의 긴 다리를 한층 돋보이게 했다. 그러나 표정만은 평소보다 조금 굳어져 있었다. 아무리 의식하지 않으려고 해도 벽에 걸린 시계로 자꾸만 눈이 갔다.

"5분 전."

태진이 정해 놓은 리밋은 5분이었다. 기은을 만나기로 한 시각에서 정확히 5분 전에 집에서 나가기로 마음을 굳혔다. 괜스레 설레어 서둘러 나가는 것도 싫었지만 일부러 늦는 것도 싫었다.

밖을 내다보며 커피 한 모금을 들이켜던 그의 눈동자가 살며시 흔들거렸다. 비처럼 쏟아지는 아침 햇살을 맞으며 지하주차장으로 향하는 기은의 뒷모습이 보였던 것이다.

아침을 건너뛰어 속이 쓰린 것은 둘째 치고 잠을 설친 탓에 머리가 지끈지끈 아팠다.

"보기보다 예민하네, 유기은."

기은은 자조적인 미소를 지으며 주차장 한쪽 구석에 놓인 간이 의자에 주저앉았다. 영리한 고양이 녀석은 이 시간이면 흔적도 없이 사라지고 없었고, 지하주차장을 이용하는 사람들도 드물어 몹시도 한적한 느낌이었다.

한적함과 외로움은 엄연히 다르다. 알면서도 기은은 기어코 이 '한적함'이 좋다고 생각했다. 그래, 누군가에게 상처 입는 것보다는 적당한 거리에서 혼자인 편이 낫다. 상처에서 마음을 지킬 수 없을 만큼 가까워지는 건 나약해지는 지름길이니까.

기은은 지친 두 눈을 감고 낮게 노래를 흥얼거렸다. 딱히 가사를 잘 안다거나 음을 정확히 읊조리는 것도 아니었지만, 되는대로 생각나는 노래 한 구절을 흥얼거렸다. 그건 괜찮다는 주문과도 같은 것이었다.

엉터리 노래를 끝내고 플라스틱으로 만든 등받이에 느슨하게 몸을 기댔을 때였다. 규칙적인 발걸음 소리가 지하주차장 입구에서부터 들려왔다. 질 좋은 구두 굽이 시멘트 바닥에 닿으면 나는 소리는 분명, 기억에 있는 것이었다. 부근에 멈추어선 발소리가 더는 가까워지지 않았지만 이제 그 소리의 주인이 누군지 알 수 있었다. 기은은 가느다랗게 눈을 뜨고 멀뚱히 선 태진을 바라보았다.

"아직 시간 안 됐을 걸요?"

퉁명스러운 그녀의 말에 태진의 짙은 눈썹이 살며시 들썩였다. 하지만 곧 감흥 없는 얼굴로 리모컨 버튼을 누르기 시작했다.

"어차피 나와 있었잖아."

"시간 외 근무는 안 하는데."

"어제 부탁할 때만 해도 미안한 기색이 보이더니, 오늘은 원래대로 뻔뻔하네."

태진은 말을 마치고 파스 냄새가 진동하는 왼쪽 손목을 들어 보였다.

"흐음, 죄송해요."

간결하게 사과한 기은은 훌쩍 자리에서 일어나 태진에게로 다가

갔다. 그녀가 손을 뻗어 키를 달라는 제스처를 취하자, 태진은 한참이나 자그마한 얼굴을 들여다보았다.

차마 기은이 혼자 읊조리던 그 흥겨운 가락에 가슴이 저릿해져 움직일 수 없었다고는 말하지 못했다. 노래가 끝나고서야 걸음을 옮긴 것은 그 때문이었다. 대신에 가장 무난한 말을 건넸다.

"배고파?"

"왜요?"

"얼굴이 사나워."

"원래도 다정한 얼굴은 아닌데요."

"대답을 너무 잘해도 사람이 얄미워 보일 때가 있는 걸 여태 몰랐다. 출발하자. 밥이나 먹고 가게."

커다란 눈망울 아래 새까맣게 진 그림자가 묘하게 거슬렸다. 하얗게 피어오른 입술이나 지친 기색이 역력한 눈빛 역시. 단숨에 그것들을 파악한 자신을 정당화시키는 것도 이젠 조금 지친다. 태진은 키를 건네고 성큼성큼 조수석으로 향했다.

그래, 걱정이든 호기심이든 유기은을 향한 이 불편함도 곧 확실한 결론에 도달하겠지. 태진은 그 생각이 마음에 든 듯, 입술에 옅은 미소를 머금었다. 그가 자리에 앉고 얼마 지나지 않아 기은도 시트를 당겨 운전석을 몸에 맞추었다.

"병원은 언제 가세요?"

길게 늘어뜨린 기은의 머리카락에서 상큼한 샴푸향이 퍼졌다. 태진은 차 문을 조금 내려 심장까지 침범하려는 향기를 서둘러 밖으로 빼냈다.

"점심때."

아파트 단지를 벗어난 차가 수많은 차량의 대열에 합류했다. 기은은 왼쪽 방향등을 넣으며 흘끔 태진을 바라보았다.

"회사 근처에는 정형외과가 없어요. 저랑 같이 가세요. 그나마 가까운 병원에 모셔다 드릴게요."

"시간 외 근무는 사절이라며?"

"책임감은 시간 외에도 작동해야죠."

"훗."

아무튼 대답은 잘하지. 태진은 낮게 웃으며 턱을 몇 차례 쓸어내렸다. 어쩐지 당분간 심심하지 않은 출퇴근길이 될 것 같았다.

5. 웃음소리

"이태진 씨 보호자 되세요?"

따로 점심시간이 없는 정형외과는 비교적 한산했다. 복도에 앉아 태진을 기다리던 기은이 말을 건네는 간호사를 쳐다보았다.

"딱히 저한테 보호받을 사람은 아닐 것 같지만……."

"네?"

어이없어하는 간호사의 표정을 보며 기은이 산뜻한 동작으로 자리에서 일어섰다.

"상태가 많이 나쁜가요?"

"아니요, 검사 때문에 개인 소지품들을 챙기셔야 해서요."

비로소 기은이 고개를 끄덕이며 그녀가 건네는 물건을 받았다. 자리에서 일어난 참에 데스크로 가 진료비를 계산한 기은은 곁에 놓인 정수기에서 시원한 물 한 잔을 따라 마셨다.

이태진 팀장의 보호자라. 빈 종이컵을 분리수거함에 버리며 피식 웃고 말았다. 다 큰 남자, 그것도 무엇 하나 부족할 것 없어 보이는 태진의 보호자가 된 기분이 썩 나쁘지 않았다.

"뭐해?"

검사를 마치고 나온 태진이 그런 기은을 발견하고 걸음을 멈추었다. 기은은 자연스럽게 그의 소지품들을 건네며 대꾸했다.

"이왕 하는 거, 엄격한 보호자가 되어 볼까 하고요."

"무슨 소리야?"

"자, 얌전히 차에 타요. 늦기 전에 점심 먹고 회사로 가죠. 진료비 계산은 끝났으니까 데스크에서 괜히 지갑 꺼내지 말고요."

아이를 어르는 것 같은 말투에 태진이 짙은 눈썹 끝을 들썩였다. 하지만 기은은 아랑곳 않고 그를 지나쳐 병원 문을 나섰다. 투명한 문을 사이에 두고 기은과 태진이 서로를 바라보았다.

"너……."

"뭐해요. 처방전 받아서 나오셔야죠."

유리문을 뚫고 들리는 목소리가 조금 생소했다. 기은은 문 너머의 태진을 똑바로 쳐다보며 턱으로 데스크를 가리켰다.

태진은 간호사가 건네는 처방전을 얼떨결에 얌전히 받아들었다. 엄격한 보호자가 무슨 소린지는 도통 모르겠지만 희미하게 웃고 있는 기은의 표정은 꽤나 괜찮았다. 누군가 왜 기은이 설핏 웃고 있는 모습만으로도 기분이 좋아져 버린 건지를 묻는다면 솔직히 아직은 잘 모르겠다고 답할 수밖에 없겠다. 다만 한 가지는 확실하게 말할 수 있다. 유기은은 무뚝뚝한 표정보다 웃을 때가 훨씬 빛이 난다는 거, 그리고 그 빛이 꽤 매력적이라는 거.

"가자, 보호자."

이왕이면 소리 내어 웃는 게 더 좋을 텐데.

태진은 뒷짐을 지고 기다리는 기은의 어깨에 가볍게 손을 올렸다. 별다른 저항 없이 그대로 주차장으로 향해가는 기은의 머리카락이 바람에 휘날리며 손등을 스쳤다. 태진은 아이라인을 그린 것처럼 짙은 눈을 살며시 찡그렸다. 그 부드럽고 작은 자극이 견딜 수 없이 간지러워 공연히 얼굴이 달아올랐던 것이다.

미끄러지듯 아파트 주차장으로 들어온 차가 주차선에 정확히 차를 멈추었다.

"들어가세요."

꾸벅 고개를 숙여 보인 기은이 심플한 열쇠고리가 달린 키를 그에게 도로 건넸다.

고양이 사료도 미리 챙겨 두었고, 태진의 기사 노릇도 끝났다. 그런데 느긋한 여유로움 대신 혼자라는 불안이 찾아들었다. 기은은 어깨에 멘 가방끈을 조이며 흐트러지려는 마음을 다잡았다. 아침에 끝내지 못한 청소도 마무리하고, 밤에는 욕조에 뜨거운 물을 받아 지친 몸을 푹 담가야겠다. 꽂아 두기만 했던 소설들을 꺼내어 보고, 한동안 멀리했던 외국 드라마나 쇼프로도 챙겨 봐야지.

"저녁은?"

"먹어야죠."

태진의 물음에 기은이 슬쩍 뒤를 돌아보았다. 이것저것 급하게 세운 계획들이 머릿속에서 뒤죽박죽 엉켜 있었다.

 담백한 답에 태진은 잠시 미간을 좁혔다. 눈치가 없는 건지, 관심이 없는 건지 아무튼 무뚝뚝한 기은에게는 에둘러 말하는 건 통하지 않는다. 다소 자존심이 상하더라고 솔직하게 정면으로……. 그쯤에서 태진은 머리를 가볍게 좌우로 흔들었다. 고작 저녁 먹자는 말 한마디를 먼저 꺼낸다고 자존심 어쩌고를 운운하는 것이 우스웠던 것이다. 태진은 크게 불편하지 않은 왼쪽 팔목에 잠시 시선을 주었다가 다시 말을 이었다.

"해장국이나 먹자."

"라면은 오늘 별로 안 당기는데요."

"난 일반적으로 통용되는 해장국을 말하는 거야."

"아."

 그의 말에 기은이 순순히 태진을 따라나섰다. 어차피 하려던 일 중에 다급한 것은 하나도 없었다. 게다가 대충 건너뛰려던 끼니를 챙겨 먹게 되는 것도 나쁘지 않았다.

 −배우 유연미 씨가 어젯밤 자신이 사는 아파트 단지 입구에서 음주 사고를…….

 아파트 후문에 위치한 작은 해장국 가게에서 음식을 주문하고 기다리는 동안, 연예 기사를 다루는 텔레비전 채널에서는 연신 유연미의 음주 소식이 전해지고 있었다.

 −정말 어떻게 죄송하다는 말씀을 드려야 할지……흑흑.

구슬 같은 눈물을 흘리며 기자회견을 하는 유연미가 화면에 가득했다. 그녀는 피곤이 누적된 상태에서 그만 판단력을 잃고 저지른 크나큰 잘못이라며 사죄를 했다. 자숙의 시간을 갖겠으며, 오랜 시간 염원했던 해외 봉사활동에도 참여할 것이라고 했다.

태진은 아무 말 없이 깍두기 하나를 오물거리는 기은을 응시했다. 처음 만났을 때의 일과 어제를 대략적으로 버무려 보면 두 사람은 그리 다정한 모녀 관계는 아닌 것처럼 보였다. 유연미 쪽은 몰라도 기은은 표정처럼 어머니에게 무심하기만 한 것처럼 보이지는 않았지만. 어쨌거나 지나가는 말처럼 유연미 여사의 이야기를 툭하고 던지는 것은 망설여졌다. 심각한 이야기가 될 것 같아 조심스럽고 거북했다. 본래가 사람들과 감정적으로 엮이는 상황을 꺼리는 태진이었기에 이야기에 더욱 신중할 수밖에 없었다. 하지만 다 알고도 모른 척하는 것 역시 썩 바른 행동은 아니라 할 것이다. 결국 가볍게만 유연미 여사에 대한 소식을 묻기로 했다.

"걱정될 텐데 오늘 하루 정도는 같이 있어 드리지."

"……알아서 잘하시니까요. 아, 나왔다. 드세요."

사실 잠깐은 그럴 생각도 했었다. 하지만 벌써부터 다음 출연작을 걱정하는 매니저와 어머니의 대화를 듣고서 깨끗하게 마음을 비웠다. 게다가 다행히 사건이 더는 확대되지는 않는 것 같았다. 기은은 깍두기 하나를 더 집어삼키며 보글보글 끓고 있는 뚝배기에 시선을 고정했다.

이상은 그에 관해 묻지 말아 달라는 뜻이 담긴 행동이었다. 그러나 기은은 뜨거운 국물에 밥을 말면서 계속해서 뉴스를 듣고 있었다. 태진은 숟가락을 뚝배기에 담근 채 그 모습을 잠자코 바라보았다. 언제나처럼 기은은 자연스럽게 그를 벽 밖으로 밀어내고 있었다. 그 부드럽고 익숙한 태도에 문득 가슴 한구석이 희미하게 시려왔다.

"이 아파트에서 산 지 오랜가?"

"흠, 십 년은 넘었을걸요."

텔레비전에서 다른 뉴스가 흘러나오자 기은은 한결 편안한 기색으로 답했다.

"어머니한테는 여러모로 불편한 곳일 텐데."

"그렇죠. 그래서 여의도 부근에 따로 숙소를 잡고 대부분은 거기서 머무세요."

덕분에 아파트에는 어쩌다가 일이 생기거나, 기자들의 눈초리가 신경 쓰일 때나 들르곤 해서 그녀가 이곳에 산다는 것을 아는 사람은 많지 않았다.

태진은 맛있게 해장국을 먹는 기은과 달리 텁텁한 입을 달래기 위해 물을 찾았다. 물음에 곧잘 대답은 하는데, 기은이 두른 벽은 쉽사리 사라질 것 같지 않아 답답했다. 그 낯선 갑갑증이 석연치 않았다. 불편한 고민에 빠진 태진을 기은이 말간 얼굴로 쳐다보았다.

"보통은 숟가락으로 먹지 않아요?"

그 말에 태진이 자신의 오른손을 쳐다보았다. 어떻게 된 일인지 국물을 휘젓는 것은 동그란 숟가락이 아니라 기다란 젓가락 한 쌍이었다.

"이게 왜……흠흠."

"여기 깍두기 좀 더 주세요."

붉어진 태진의 얼굴을 물끄러미 바라보던 기은이 피식 웃으며 손을 들었다. 완벽해 보이는 남자도 때론 당황이라는 걸 하는 모양이다. 태진을 흥미로운 눈으로 바라보던 기은은 채워진 깍두기 접시를 슬그머니 그의 앞으로 밀어 주며 다시 식사를 시작했다.

*

"오늘도냐?"
 벌써 일주일이 넘게 나란히 같은 차를 타고 출근하는 태진과 기은이 사무실로 들어서자, 영욱은 의미심장한 얼굴로 두 사람을 바라보았다.
 "안녕하세요."
 "일찍 왔네."
 넘어지는 기은을 붙잡아 주다가 태진의 손목이 다친 것으로 이미 말을 맞춰 두었다. 두 사람이 아랑곳 않고 인사를 건네자, 영욱이 슬그머니 다가와 놀려댔다.
 "그 뭐더라. 고양이 나오는 무슨 애니메이션……맞다! 고양이의 보은! 이건 기은이의 보은이네, 완전."
 미안한 마음과 책임감에서 기은이 기사 노릇을 하는 것까지는 알겠는데, 은근히 까다로운 태진이 불만 한마디 없이 계속 동행에 수긍하는 것이 신기했다. 영욱은 눈을 가느다랗게 뜨며 태진의 어깨에 손을 얹었다.
 "태진이, 너 원래 여자들이랑은 친하게 지내지 못하는 성격 아니냐? 대학 동기며 선후배 모두, 초지일관 냉랭한 너한테 두 손, 두 발 들었잖아. 그런데 우리 기은이는 예외가 보네. 얼마 안 가 네 녀석이 그만하라고 할 줄 알았거든. 설마 하니 두 사람……."

영욱의 말에 대꾸할 생각이 없는 듯 태진과 기은은 각자의 자리에서 업무를 시작했다.

"남색 저지 허리 부분에 넣는 실리콘 밴드가 불량이라며?"

"네, 라이더들 편의성을 위해 기존 디자인부터 쭉 있었던 부분인데, 공장에서 실수한 것 같아요."

대화를 듣고 있던 영욱이 크게 기지개를 폈다.

"에이, 관두자. 혼자 소설 쓰면 나만 민망하지."

결국 그도 두꺼운 서류철을 꺼내들었다. 요 며칠 배우 유연미의 음주 사건 때문에 걱정했었지만, 다행히 기은은 평상시와 다름없는 모습이었다. 오늘은 공장에서 지훈이 돌아오면 모처럼 함께 모일 자리를 만들어야겠다. 기은의 눈치를 살피며 한동안 회식도 자제해 왔었으니까. 영욱은 흡족한 미소를 지으며 식어 버린 커피를 단숨에 비워냈다.

"와하하. 이게 얼마만의 회식이야."

공장 일을 마무리하고 돌아온 지훈이 함박웃음을 띠며 손뼉을 쳤다. 윤도 빙그레 웃으며 거들었다.

"한동안 뜸하긴 했지."

"그렇다고 기은이 누나 없이 회식할 수도 없……아파요!"

윤이 눈치 없는 지훈의 옆구리를 쿡 찔렀다. 그때서야 지훈이 얌전히 입을 다물었다. 두 사람의 맞은편에 앉은 기은은 잘 익은 고기 한 점을 집어 먹었을 뿐 별다른 말이 없었다.

"흠흠, 자주는 아니더라도 가끔 모여야 허전하지 않지. 자, 오랜만에 건배나 하자."

헛기침으로 분위기를 쇄신한 영욱이 잔을 높이 들어 올렸다. 다른 이들의 잔도 고만고만한 높이에서 부딪치며 맑은 소리를 냈다. 그 후로도 몇 번이나 다섯 개의 글라스가 비워지고 채워지고를 반복했다. 즐거웠던 간만의 회식이 생각보다 일찍 파했다. 고군이 때문에 시간을 맞춰 일어나려던 기은이 아니더라도 지훈이 중간에 잠이 들었고, 영욱도 동호회 사람들과의 갑작스런 약속으로 자리를 떠나야 했던 것이다. 윤을 끝으로 모두가 떠나고 주차장에는 기은과 태진 두 사람밖에 없었다. 음식점에서 뽑아온 커피를 홀짝이던 기은이 대리운전 번호를 누르는 태진에게 불쑥 제안을 했다.

"버스 타고 가요. 아직 시간도 이른데."

"내일 아침에 운전하기 싫어 꾀부리는 거 같다."

"가는 길에 제가 어묵 쏠게요."

태진은 기은의 말간 얼굴을 뚫어져라 쳐다보았다. 그러나 기은은 너무도 태연하게 손을 까딱이며 그를 재촉하고 있었다.

"안 가요? 싫으시면 팀장님은 승용차로 가세요."

그 말에 결국 태진은 살짝 인상을 찌푸린 채 기은을 따라 버스 정류장으로 향했다. 좀처럼 흔들리는 법이 없는 페이스가 어째 기은에게는 항상 말려들고 마는 기분이다.

하지만 달이 따라오는 한적한 길을 걷는 것도 나쁘지 않았다. 차를 타고 빠르게 지나칠 때는 보지 못했던 길가의 자그마한 꽃이나 재미있는 문구의 광고들도 보였다. 무엇보다도 기은이 평소보다 말수가 많아진 게 좋았다. 그것이 술 때문인지, 운전대를 잡지 않아도 된다는 여유로움 때문인지는 알 수 없었지만 태진은 부드럽게 울려 퍼지는 음성에 귀를 기울였다.

"하늘도 높고, 바람도 서늘하고, 딱 가을이네요."

기은은 접어 올렸던 체크 셔츠의 소매를 내리며 청량한 밤공기를 가득 들이마셨다.

"덕분에 영욱이는 자전거 타기 좋다고 신이 났지."

"그러게요. 이맘때가 좋긴 하죠. 영욱 선배처럼 자출하는 사람들은 날씨 변화에 민감하니까요. 차로 다니는 팀장님보다요."

자신을 팀장이라고 부르는 것과 달리 영욱을 친근하게 이름까지 붙여 선배라고 부르는 것이 묘하게 거슬렸다. 태진은 못마땅한 기색을 감추고 짐짓 건조한 목소리로 말했다.

"앞으로는 그냥 태진 선배로 불러. 지훈이나 윤이도 형이라고 부르니까."

"그런가."

딱히 호칭에 대해 생각해 보지는 않았지만 그러고 보니 태진만은 꼬박꼬박 팀장님이라고 불러왔다. 특별히 예우를 한다거나 어려워서는 아니었다. 단지……기은은 잠시 고개를 갸웃거렸다.

그사이 어묵을 파는 포장마차를 지나치고 말았다. 기은은 조금 앞서 걷는 태진을 불러 세웠다.

"팀……아니, 태진 선배. 여긴데요."

기은의 부름에 태진이 설핏 미소를 지으며 멈춰 섰다.
"어묵……먹어야죠."
연하게 드리운 미소 때문인지 그의 얼굴이 평소보다 부드러워 보였다. 그때서야 이름을 부르지 않은 이유를 어렴풋이 알 것도 같았다. 그건 본능적인 경고였는지도 모르겠다. 태진을 상대로는 상처 입지 않을 만큼의 적당한 거리를 유지할 수 없을지도 모른다는, 그런. 하지만 그런 일은 절대 없어야겠지. 기은은 확인하듯 심장 부근을 꾹 내리누르며 포장마차로 향했다.

"그건 아직 덜 익었어요. 오늘 유난히 포장해가는 손님이 많아서 부지런히 넣는다고 넣어도 이러네. 아가씨가 가지고 간 게 익은 어묵으로는 마지막이에요."
친절한 주인아주머니의 말에 태진이 아쉬움 가득한 손길을 멈추었다. 벌써 다섯 개째, 기은과 합치면 아홉 개의 어묵 꼬치를 해치운 참이었다. 태진의 눈길이 자연스럽게 마지막 꼬치를 먹으려는 기은에게로 향했다.
"많이 먹는다고 구박해도 안 줄 건데요."
"그런 거 안 해."
"왜요, 저번에 지훈이는 저보고 너무 많이 먹는다고 투덜거리던데요, 꿀돼지 같다고 했을걸요, 아마."
"그래서 본 거 아니라고 했잖아."
기은은 태진의 거짓말에 소리 없이 웃음을 터뜨렸다. 당황한 모습에 이어 욕심을 부리는 아이 같은 표정도 짓는구나, 이 사람.

"떡볶이 먹을 때도 어묵만 골라 먹는 타입이죠?"
"유치한 질문에는 답할 필요가 없지."
놀리는 것 같은 기은의 질문에 팍팍한 태진의 대답이 돌아왔다. 그러자 간장 종지 앞에 선 기은이 선뜻 손을 내밀었다.
"양보할게요."
"됐어."
"싫으면 말고요."
태진은 두 번 묻는 법이 없는 기은을 슬쩍 쏘아보았다. 말간 얼굴을 하고서 그를 놀리는 게 분명했다. 그사이 기은은 남은 어묵을 후딱 먹어치우고 계산을 했다.
"설마 어묵 하나 때문에 마음 상하신 건 아니죠?"
"하아."
태진이 그 말에 실소할 무렵, 두 사람은 어느새 버스 정류장에 다다랐다. 버스 안내판을 보며 가방을 이리저리 뒤져 교통카드를 찾던 기은이 작게 중얼거렸다.
"어, 버스카드 안 가지고 왔네."
"먼저 버스 타고 가잔 사람은 너다."
지갑을 꺼내든 태진이 가볍게 핀잔을 주었다. 계속해서 자신을 놀리는 기은이 괘씸하기도 했지만 또한 그것이 조금은 가까워진 거리를 나타내는 것 같아 문득 설레기도 했다. 하지만 그 맑던 기분은 이어진 기은의 말에 이내 흐려져 버렸다.
"그야 그렇지만, 뭐. 일단 제 것까지 좀 찍어 주세요. 내일 꼭 갚을게요."

말을 마친 기은은 슬쩍 태진의 낯빛을 살폈다. 무슨 채무 정산서 문구 같은 마지막 말은 하지 말 걸 그랬다. 버릇처럼 세우는 벽이 스스로도 살짝 무안해졌다. 고군이에, 어머니의 일까지. 태진에게 미안하고 고마운 일이 많아 더는 빚을 지고 싶지 않았을 뿐인데 입 밖으로 나온 말은 영 귀염성이 없었다.

"안 받아도 돼."

뭐라도 따박따박 계산을 하려는 기은의 태도는 꽤나 섭섭했다. 그런 작은 부분에서도 사람에게 선을 그어 버리는 것이 이상하게도 안타까웠다. 태진은 타이르듯 말하고, 저 멀리서 속도를 줄이는 버스를 바라보았다.

"현금이 싫으면 어묵 꼬치는 어때요?"

기은이 툭 하고 한마디를 던졌다. 나름으로는 태진의 기분을 풀어 주려는 농담인 셈이었다.

"타기나 해."

어이없다는 얼굴로 태진이 기은의 등을 살며시 떠밀었다.

마른 등까지 사람을 신경 쓰이게 하는 여자다. 태진은 손바닥에 닿은 가녀린 등을 애써 무시하며 멈추어선 버스로 걸어갔다.

문이 열리고, 기은과 태진이 차례로 버스에 올랐다.

"두 분이요?"

기사의 말에 태진은 아직 운전석에서 크게 벗어나지 않은 기은을 힐끔 쳐다보았다. 조금 전에는 어묵 하나로 잘도 사람을 놀려먹었겠다. 그의 잘생긴 눈썹 끝이 묘하게 치솟았다가 가라앉았다. 이윽고 결심을 굳힌 태진이 기사에게 정중하지만 확실한 목소리로 말했다.

"사람 하나, 꿀돼지 하나요."

"푸하하하하."

기사를 비롯해 버스에 타고 있던 승객들이 일제히 웃음을 터뜨렸다. 기은은 여기저기서 날아오는 시선을 애써 무시하고 빈자리를 찾았다. 태진이 옆자리에 앉자 기은이 전에 없이 눈을 찌푸려 그를 바라보았다.

"꿀돼지도 요금은 같아, 걱정 마."

태진은 태연하게 머리카락을 쓸어 올리고는, 짙은 음영이 진 눈초리에 매혹적인 미소를 담아 기은을 마주 보았다. 팽팽하게 날아오던 기은의 시선이 느슨하게 늘어지는가 싶더니 이내 부드럽게 휘어지고 말았다.

"하하."

그리고 태진을 만난 후 처음으로 기은의 입에서 맑은 웃음소리가 터져 나왔다. 그 웃음소리가 너무도 듣기 좋아서, 태진은 자신도 모르는 사이 기은의 머리카락을 툭툭 가볍게 쓰다듬었다. 시원하게 번진 웃음만큼이나 청량한 바람이 열린 창으로 가득 쏟아져 들어오고 있었다.

6. 바람이 분다

 퇴근 후, 기은과 태진은 저녁을 먹기 위해 아파트 근처를 배회하고 있었다. 특별히 약속한 것은 아니지만 벌써 일주일이 넘게 저녁을 함께 했다. 때문인지 그들의 걷는 속도나 두리번거리는 모습이 꽤나 비슷해 보였다.
 "오늘은 대충 아무 거나 먹어요."
 "한 끼 정도는 잘 챙겨 먹는 게 좋지. 게다가 너, 은근히 가리는 거 많거든."
 태진은 도로 쪽으로 걷고 있는 기은의 팔을 가볍게 잡아당겼다. 뭘 대충 먹는다는 건지, 이렇게나 말라서. 문득 그의 짙은 눈매가 찌푸려졌다.
 "아닌데."

기은은 커다란 손을 한 번 힐끔거리다 이내 고개를 정면으로 돌렸다. 별로 힘을 주지 않았지만 태진의 손이 닿은 부분이 조금 아프다. 아니, 뜨겁다는 느낌? 명확하게 그것을 파악하기 전에 태진이 먼저 손을 놓았다. 이상하게, 그건 그대로 또 허전했다. 그 허전함이 심장 한구석을 찌르르 울렸다.

　이건 좀 위험한 거 아닐까. 기은은 아직 팔뚝에 남은 온기를 슬쩍 손끝으로 문지르다 홀쭉해진 배를 만졌다. 그래, 배 속이 허전하니 이런 엉뚱한 생각을 하는 게 분명하다. 기은은 청바지 주머니에 삐딱하게 손을 찔러 넣고 빠르게 식당 간판을 훑었다.

　"생선 종류는 잘 먹지도 않잖아."

　곁에서 속도를 맞추어 걷던 태진이 약점을 콕 집어냈다. 며칠 지켜보며 기은의 식성을 어느새 파악하고 있는 그였다.

　"전 육지 동물이라 그래요."

　"맞다, 꿀돼지였지?"

　심드렁한 표정의 기은과 달리 태진은 입술 한쪽 끝을 말아 올리며 피식 웃어 보였다.

　그렇지 않아도 마음이 어딘지 모르게 복잡했었는데 그 미소 한 점에 어지러움이 배가되었다. 기은은 자신도 모르는 사이 미간을 좁혔다.

　"왜, 꿀돼지라고 해도 상관없다며?"

　"원래는 그런데, 이상하게 태진 선배 입에서 나온 그 꿀돼지는 되게 거슬리네요."

　"후후."

"밥이나 먹어요."

태진이 웃거나 말거나, 기은은 여전히 인상을 쓴 채 눈앞에 보이는 설렁탕집 문을 열었다. 설렁탕을 주문하고 화장실에 들른 기은은 손을 씻다 말고 거울을 들여다보았다.

"은근히 입맛이 까다롭다고?"

기은은 젖은 손을 핸드 타월에 닦으며 혼잣말을 중얼거렸다.

뭐, 아주 틀린 말은 아닐지도 몰랐다. 어려서부터 혼자 밥을 먹는 날이 많아 식습관을 고칠 기회가 없었으니까. 어딜 가도 반찬 투정 하는 법이 없는지라 대부분의 사람들은 기은이 교묘하게 편식을 한다는 것을 전혀 모르고 있었다. 그런데 태진은 단번에 알아차려 버렸다. 역시나…….

"이상해."

남들은 모르는 그런 식습관을 파악해 버린 태진도, 또 그의 말에 새삼 신경 쓰는 자신도 이상했다. 사람들을 만나면 본능적으로 두었던 적당한 거리, 그 안전한 거리감이 태진에게는 옅어져 있는 느낌이 들었다. 그는 결코 가벼운 남자가 아니다. 쉽게 마음을 활짝 열어 보이는 사람도 아니었다.

그런데 어느새 이렇게나 가까워진 것일까. 드물게 느끼는 이 인간적 친밀감은 그저 함께 하는 시간에 비례해서 늘어난 자연스러운 것이었다. 분명 단순한 친밀감, 단지 그뿐일 것이다. 그래, 그것밖에 없다.

겨우 고개를 끄덕인 기은은 손을 툭툭 털며 태진이 기다리고 있는 자리로 돌아갔다.

*

 이벤트성으로 기획한 헬멧과 저지 세트의 반응이 꽤 좋았다. 이 참에 본격적으로 세트 상품을 만들어 볼 생각이었다. 태진은 아직 군데군데가 빈 계획서를 작성하다 말고 작업에 열중하고 있는 기은을 흘끔 바라보았다. 원래가 수다스럽지 않은 기은이지만 오늘 아침은 유난히 말수가 적었다. 그 부분이 어딘지 모르게 불안하고 걱정스러웠다.
 매일 아침과 저녁, 병원에 가는 날이면 점심시간에도 기은은 불평 없이 기사 노릇을 해주었다. 덕분에 얼굴을 맞대는 시간이 하루의 절반 정도를 차지했다. 하지만 오묘한 인간적 호기심은 충족되기는커녕 점점 더 커져만 갔다. 그런데 더는 그것이 불쾌하지 않았다. 그게 뭐 어때서. 솔직하게는 이제 그런 생각마저 들었다. 기은에 대한 끝없는 호기심이 어느새 자연스럽게 일상이 돼버렸다.
 태진이 검은색 볼펜을 긴 손가락으로 돌리며 기은에게 말을 걸 타이밍을 찾을 때였다.
 뚜르르르. 책상 왼편에 놓인 기은의 휴대전화가 낮게 울렸.
 기은은 번호를 확인하며 자신도 모르는 사이 흑하고 숨을 몰아쉬었다. 오랜만에 보는 유연미 여사의 번호였다.
 전화기를 들고 밖으로 나가는 기은을 눈으로 좇으며 태진은 무의식적으로 책상을 톡톡 두드렸다. 무슨 말을 들은 것인지 자그마한 얼굴이 꽤나 심각했던 것이다.

―난 피부도 약한데, 여기 햇볕은 지독해. 그런데도 뭘 그렇게 다녀야 한다는 건지, 여러 가지로 짜증나는 곳이야. 몇 번 전화했다며?

"네. 어떠신가 하고."

―흥, 여유로운 해외여행이니 어쩌고 하더니 순 거짓말이더구나. 방송사 카메라는 왜 그렇게 따라다니는지, 원. 아무튼 묵는 호텔 때문에 기획사에다가 뭐라고 한 소리 하느라 네 전화 받을 짬이 없었다. 아무리 그래도 내가 시키먼 때가 덕지덕지 묻은 방을 써야겠어? 생각들이 없다니까. 그건 그렇고 넌 요즘도 딱히 바쁘지 않지?

"뭐, 그렇죠."

―잘 됐네. 그럼 내일 모레, 힐스호텔 커피숍으로 좀 나가.

"거긴 왜요?"

―지난번에 말한 드라마 있지. 거기 출연 제의가 다시 왔어. 출연진이 죄다 신인급이라 여론을 좀 타야 하니까, 최근에 일 하나 터뜨린 날 불러들인 거겠지. 대신 번거로운 조건 하나를 붙이더구나. 저번에 못한 아침 방송이나 잡지사 인터뷰 좀 하라고. 너랑 나, 두 사람에 대해서.

"싫다고 말씀 드렸는데요."

유연미 여사가 전화를 건 용건은 하나였다. 잘 지내냐는 안부 인사나 보고 싶다는 말 대신, 그녀는 다짜고짜 기은에게 인터뷰 약속을 잡으라고 성화였다.

―누군 좋아서 오케이 한 줄 알아! 그것들이 응하지 않으면 앞으로 지들 드라마에 출연할 생각도 하지 말라고 하잖아. 얼굴 팔리지

도 않고 그저 기사 몇 줄이야. 넌, 엄마한테 그 정도도 못해 주니? 내가 이 자리에 오르려고 얼마나…….

그 후로도 한참, 짜증 섞인 말이 이어졌다. 기은은 날카로운 유연미의 목소리를 담담히 들어내고 있었다.

-약속은 이미 잡혔으니 나가든 말든 네 맘대로 해!

꽥 소리를 친 유연미가 할 말만 마치고 전화를 끊어 버렸다. 기은은 아무런 소리가 들리지 않는 전화기를 멍하게 응시했다.

"후."

마침내 기은이 길게 숨을 내뿜으며 손바닥으로 얼굴을 쓸어내렸다.

"마셔."

나직한 목소리와 함께 커피 향이 솔솔 풍겼다. 기은이 눈을 들어 태진을 응시했다. 잠시 할 말이 있는 것처럼 입술을 달싹이던 기은은 그대로 종이컵을 받아들었다. 살며시 닿은 그의 손가락만큼이나 따스한 커피 한 모금이 목구멍을 타고 내려가 곤두섰던 신경을 가라앉혀주었다.

"고마워요."

기은은 커피를 절반 넘게 비우고서야 입을 열었다. 태진이 희미하게 고개를 끄덕이며 물었다.

"배고파?"

"사나워 보여요?"

"비슷하지."

그 말에 기은은 피식 마른 웃음을 지어 보였다.

"좀 피곤하네요."

말 그대로 유연미 여사와의 통화는 피곤했다. 기은은 엄지로 관자놀이를 꾹 누르며 목을 이리저리 움직였다.

"가자, 점심부터 먹고 움직이자."

순순히 무슨 일인지 털어놓을 기은이 아님을 알기에 태진은 깔끔하게 말을 줄였다.

"그냥 병원부터 가요."

차에 오른 기은이 운전대에 손을 올린 채 태진을 돌아다보았다. 식당에서 마주앉아 있노라면 공연히 쓸데없는 이야기까지 꺼낼지도 모른다는 생각이 들었다. 아까도 순간적으로 그에게 어머니와의 일은 물론 마음에 고인 답답함까지 토로할 뻔했으니까.

"좋을 대로."

태진은 팔짱을 끼며 가볍게 대꾸했다. 유연미 여사와의 일을 묻고 싶었지만 기은은 틈을 보이지 않고 있었다. 해서 재촉 대신 기다림을 택했다. 일부러 느린 템포의 음악이 흘러나오는 시디를 찾아 재생 버튼을 눌렀다.

한낮의 서늘한 햇살 속을 달리는 차 안에는 어느새 차분하고 고요한 음악이 흘러나왔다.

태진은 접수를 마치고 병원 대기실에 앉아 신문을 집어 들었다. 그 사이, 기은은 또다시 걸려온 유연미 여사의 전화를 받으러 가고 없었다.

"저기, 혹시 세진 오빠 동생 태진……."

천천히 활자들을 읽어내려 가는데 누군가가 다가와 조심스럽게 말을 걸었다.

"누구시죠?"

태진은 버릇처럼 딱딱하게 말을 내뱉고 여자를 정면으로 바라보았다. 그의 시선에 상대방은 두 볼을 붉히며 정성스럽게 손질한 머리카락을 매만졌다. 그리고는 들고 있던 앙증맞은 지갑을 달각거리며 다시 입술을 열었다.

"난 미정이라고. 그……수란이 친구예요."

미정은 극적인 효과를 위해 중간에 말을 살짝 끊었다 붙였다.

직장 부근에 있는 병원이라 간혹 이용하는 곳이었다. 지난번에는 스치듯 지나쳐 확인하지 못했지만 오늘은 이렇게 정면으로 마주쳤으니 기회가 좋았다. 이미 몇 차례 주변 사람들로부터 공연한 간섭은 자제하라는 충고를 들었지만 고칠 생각은 없었다. 미정은 솟구치는 호기심을 그대로 담아 태진을 보았다. 몇 년 만에 보는 것이지만 단번에 알아봤다. 진한 속눈썹으로 채워진 길고 매서운 눈매와 기가 막히게 아름다운 선을 가진 콧날과 입술의 태진은 쉽게 잊히는 얼굴이 아니었다.

미정은 제 말에 아무런 대꾸가 없는 태진의 눈치를 조심스레 살폈다. 뭐, 제아무리 냉랭한 태진이라도 수란의 이름이 나왔으니 흥미를 보일 테지.

"그런데요?"

지독하게 괴로운 기억 속에 잠겨 있는 이름. 태진은 씁쓸함마저도 담기지 않은 메마른 눈동자로 물었다. 미정이란 이름의 여자는 그의 반응에 몹시 당황한 얼굴이 되었다.

"아니, 난 또 세진 오빠 안부도 궁금하고 수란이 소식도 전해주면 어떨……."

"관심 없습니다."

태진이 딱 잘라 말하고 진찰실로 들어가자 미정은 건네주려던 전화번호를 그대로 지갑에 넣을 수밖에 없었다. 무안함을 감추며 하릴없이 잡지를 뒤적이던 미정은 예전이나 지금이나 싸늘한 사내라며 속말로 태진을 욕했다.

"이태진 씨요."

잠시 영욱의 전화를 받으러 나갔다 온 기은은 데스크에서 태진의 진료비를 먼저 계산했다. 이 문제로 몇 번 태진과 다투기도 했지만 기은이 워낙 강경하게 고집을 부려 결국은 그도 그러마고 두었다. 계산을 마친 기은은 미정이 앉은 의자 바로 뒤편으로 가 자리를 잡았다.

긴 생머리를 아무렇게나 흩날리며 야상 점퍼를 벗어 든 기은의 모습을 몇 차례나 힐끔거리던 미정이 마침내 아예 몸을 틀어 앉았다. 미정은 이게 다 어긋난 인연을 되찾아 주기 위한 좋은 의도라며 스스로의 쓸데없는 참견을 정당화시키고 있었다.

"초면에 실례지만 이태진 씨랑 같이 오신……."

"네?"

기은이 멀뚱한 얼굴로 낯선 여자를 바라보았다. 다짜고짜 태진이랑 무슨 관계냐고 묻는 여자야말로 누굴까.

"아, 난 미정이라고 이태진 씨와는 그러니까 음……좀 아는 사이에요. 수란이라고 내 친구가 세진 오빠랑 아니, 나중에는 태진……

아무튼, 각별한 사이였거든요. 수란이가 여전히 소식을 궁금해 해서 저도 모르게 말을 걸었는데 태진 씨는 여전히 냉랭하네요. 그나저나 혹시 태진 씨 애인?"

"⋯⋯직장 동료요."

"아, 다행이다. 내 그럴 줄 알았어. 오호호."

미정이 호들갑스럽게 혼잣말을 중얼거리자 기은의 눈빛이 조금 어두워졌다. 세진? 수란? 여자의 입에서 나오는 이름들은 한 번도 들어 본 적이 없었다. 태진의 지난 시간들에 대해 알지 못하는 자신이나, 그가 그에 관해 어떤 것도 말해 준 적 없다는 사실에 대한 새삼스러운 섭섭함이 우스웠다. 뭔가가 가슴을 콱 틀어막고 있는 것처럼 갑갑한 기분이었다.

기은의 복잡한 마음을 알 리 없는 미정은 신이 나서 계속 떠벌려 댔다.

"사실 말이죠. 내 친구라서 하는 말이 아니라 수란이가 예쁘기는 해요. 물론 코는 조금 더 세우는 편이 좋을 것 같지만. 뭐⋯⋯아무튼 우애 좋은 형제간에도 다툼이 생길 만한 얼굴이에요. 그래도 태진 씨가 수란이에게 그런 건 좀 의외였어요. 왜 좀 차가워 보인다고 하나, 아무튼 여자, 그것도 형이랑⋯⋯완전히 예상 밖이었다니까요. 뭐, 세진 오빠 사고 때문에 결국 모든 게 흐지부지 끝나 버렸지만요. 하긴 사고가 없었다고 해도 둘, 아니 세 사람⋯⋯."

미정은 미묘한 부분에서 슬쩍 말꼬리를 흐렸다. 그러나 이내 친구인 수란을 자랑스러워하는 동시에 어딘가 모르게 질투하는 기색이 묻어나는 목소리로 말을 이었다.

"어떤 식이든 바람직한 관계는 되지 못했을 거예요. 트라이앵글이 모두 낭만적인 건 아니잖아요?"

오래 알고 지낸 사이처럼 친근하게 계속 말을 걸어오는 미정이 부담스러웠다. 기은은 여자의 수다를 멈추게 할 타이밍을 찾으며 드러나지 않게 긴 한숨을 내쉬었다.

그것을 일종의 동조라고 여겼는지 미정은 더욱 신이 나서 이야기를 이어갔다.

"그래도 이젠 오랜 시간이 지났으니까 수란이는 꼭 한 번 다시 보고 싶은 눈치더라고요. 모르죠, 지금에서야 진짜 인연이 시작될지도. 어머, 내가 참 주책없다. 호호, 처음 보는 분한테 별 이야기를 다 하네. 미안해요. 반가운 마음에 그만."

기은이 대답 대신 가볍게 고개를 끄덕이자 미정은 자리에서 일어나며 명함 한 장을 건넸다.

"저기, 이거 태진 씨한테 좀 전해 주세요. 직접 주면 좋은데 제가 바빠서요. 그럼."

여태 실컷 떠들던 미정이 새삼 바쁜 척을 하며 진찰실로 가버리자 기은은 손바닥에 놓인 명함을 물끄러미 보았다.

"진수란."

아담한 글씨체로 쓰인 이름을 읽어 내린 기은은 문득 미간을 좁혔다. 너무 가까웠던 모양이다. 태진에게 둔 거리가 어느새 이렇게나 위험해져 있었구나. 단지, 낯선 이름 하나에도 심장 끝이 슬그머니 움츠러들었다.

누군가에게서 적당히 떨어져 있지 않으면 상처 받기 쉽다. 몇 번의 쓰린 경험을 통해 배운 게 있다면 누구도 온전히 가슴에 담지 말라는 것이다. 버려지는 아픔을 겪고 싶지 않다면 길들여지지 않으면 된다. 그런데 어느새 태진과 함께 하는 것에 익숙해져 가고 있었던 모양이다. 순간 명함을 쓰레기통에 던져 버리고 싶은 치졸한 마음도 분명 거기서 비롯된 것이리라.

이제라도 벽 너머, 안전지대로 돌아가야겠지. 기은은 자신도 모르는 사이 입술을 깨물며 연한 핑크색 명함을 주머니에 넣었다.

"이제 한 번 정도만 더 오면 돼."

태진은 팔목을 가볍게 움직이며 먼저 나와 기다리던 기은에게 다가갔다. 노랗게 물든 단풍나무 아래 서 있던 기은이 고개도 들지 않고 대꾸했다.

"다행이네요."

"너 또 고기 도시락으로 할 거지?"

짧은 대답에 익숙해진 태진은 며칠째 이용하는 병원 앞 도시락 가게로 향하며 연하게 웃었다.

몇 걸음 떨어져 그를 따르던 기은이 말없이 고개만 끄덕였다. 태진은 결코 쉬운 사람이 아니었다. 업무에 관한 일은 혀를 내두를 정도로 엄격했고, 타인과의 관계 역시 말끔하고 적정한 선을 유지하여 그 이상으로 깊어지기는 매우 어려운 사람이었다. 그런데도 그와 자신의 거리는 확실히 조금씩 가까워지고 있었다. 오늘 미정이란 여자를 만나지 않았다면 이 친밀감은 자연스럽게 심장을 파고들어 특별한 것이 되었을지도 모른다. 기은의 새까만 눈동자가 살짝 흐려졌다. 그러니까 더 늦기 전에…….

주문을 하고 음식을 기다리는 태진을 가만히 응시했다. 가을 햇살이 그의 넓은 어깨를 흘러 나비처럼 팔랑이고 있었다. 기은의 동그란 눈동자에도 햇빛이 우수수 떨어져 내렸다.

"고군이 사료 떨어졌다며? 밥 먹고 사러 가지."

어느새 태진이 도시락을 가져와 테이블에 펼쳤다. 기은은 부러 시선을 맞추지 않고 도시락을 열었다.

"제가 알아서 할게요."

평소의 귀염성 없는 대답은 여전했지만 말투가 어딘가 모르게 딱딱했다. 태진은 반쯤 고개를 숙인 기은을 빤히 쳐다보았다. 그러나 기은은 도시락에만 집중할 뿐이었다.

저렇게 잘 먹는데도 살이 오르지 않는 걸 보면, 보기만큼 무심한 성격은 아니라는 게 확실했다. 그럼에도 기은은 무뚝뚝한 척, 무심한 척을 하고 있었다. 그것도 나름 귀엽다는 게 우습다. 태진은 고집스럽게 도시락만 먹는 기은에게 생수병을 건네며 피식 웃었다.

가을 냄새가 물씬 나는 바람이 조용히 불어오고 있었다.

잠시 후, 기은은 시크 바이크 주차장에 차를 세웠다.

"여기 열쇠요."

"아까부터……."

태진은 기은이 건네는 열쇠를 바지주머니에 아무렇게나 쑤셔 넣으며 턱을 가볍게 쓸어내렸다. 그런데 말을 마치기도 전에 갑자기 기은이 작게 신음을 내지르며 주저앉았다.

"윽."

물이 고인 웅덩이를 피하다가 미끄러지며 발목이 접힌 모양인데 공교롭게도 지난번 어머니의 일로 다쳤던 쪽이었다. 통증이 없어 괜찮은 줄로만 알았더니 아직 완전히 낫지 않았던 듯했다. 접힌 발목이 꽤나 시큰거렸다.

"다쳤어?"

태진이 무릎을 굽혀 상처를 살피기 시작하자. 기은의 얼굴에 난감한 기색이 스쳤다. 발목을 이리저리 살피는 그의 손길이 너무 부드러워서 부끄러울 지경이었다. 기은은 아무렇지 않은 목소리로 가볍게 대꾸했다.

"지난번에 다친 자리라 그래요."

"뭐! 왜 말 안 했어? 다쳤으면 진작부터 말을 했어야지. 운전은 왜 해!"

"선배가 신경 쓰지 않아도 될 정도예요. 그럴 만큼 아프지도 않았고요."

말을 마친 기은은 그대로 태진에게서 두어 걸음 물러섰다.

"너……"

태진은 고개를 돌려 말간 얼굴을 바라보았다.

그놈의 인간적 호기심을 완벽하게 충족시키지는 못하는 거리였지만 그래도 나름 기은과 가까워졌다고 생각했다. 그것이 낯선 감정에 대한 빠른 결론에 도움을 줄 것인지는 제쳐두고서라도, 그 자체로 썩 괜찮은 느낌이었다. 그런데 지금 또 기은에게서 완고한 투명한 벽이 느껴졌다. 어쩐지 이번에 느낀 벽은 전보다도 더 안타깝고 또……화까지 났다.

 스멀스멀 속에서 피어오르는 무언가 때문에 이어진 태진의 목소리가 조금 흔들렸다.

 "유기은."

 "네."

 심각한 태진의 음성에도 기은은 여전히 차분했다. 태진은 새까만 눈동자 가득 기은을 담고서 천천히 입을 열었다.

 "인간적인 걱정에는 날을 세우지 않아도 된다는 거, 아무도 가르쳐 주지 않았나?"

 "그런 걱정에 익숙하지 않아 불편하다면 대답이 되나요?"

 이번에는 기은도 제법 날카롭게 대답했다.

 평생 부족함 없이 사랑받았을 남자, 누군가를 아끼고 사랑함에 겁을 낼 필요가 없었을 태진. 그의 순수한 걱정 한마디를 제대로 고마워하지 못하는 메마른 자신이 부끄러웠다. 완벽하게 거리를 두지 않으면 다시 버려지고 상처 받을 것을 걱정하고 마는 못난 자신이 너무 한심했다.

 "그럼 오늘로 끝내지. 널 불편하게 만드는 일들은 전부."

 태진의 목소리에 온기라고는 없었다. 기은은 샘솟는 미안함을 억누르며 짧게 고개를 끄덕였다.

 "참, 이걸 전해 드리는 걸 깜박할 뻔했네요."

 기은은 굳어진 얼굴로 서 있는 태진에게 연한 핑크색 명함을 건네고 그대로 주차장을 가로질러 갔다.

*

원목 느낌의 블라인드가 경쾌한 소리를 내며 말려 올라갔다.

기은은 오지 않는 잠을 청하는 대신 커다란 창에 비스듬히 기대앉았다. 늦은 오후 병원에서 다리를 치료받고 나오는 길에 마신 따뜻한 커피 한 잔 때문일까. 자정이 넘은 시각까지도 잠이 오지 않았다. 그러고 보니 커피 외에 먹은 것이 아무것도 없었다. 오랜만에 저녁을 건너뛴 탓인지 속이 헛헛했다. 이래서 뭐든 익숙해지는 게 무서운 거다. 태진과의 저녁 식사에 어느새 위장도 길들여진 모양이다.

방문을 열고 썰렁한 거실로 나갔다. 동그란 거실 등을 환하게 밝힌 기은은 슬리퍼를 일부러 소리 나게 끌며 주방으로 향했다. 냉장고 문을 열고 우유가 담긴 플라스틱병을 꺼내려던 기은은 대신 구석에 있는 맥주 캔을 집어 올렸다. 거실로 돌아와 벽에 걸린 텔레비전을 켜고 그 앞에 앉아 맥주를 홀짝이기 시작했다. 빈속을 훑고 내려가는 맥주의 차가운 느낌에 어깨를 부르르 떨었다. 하지만 이내 떨림이 멎고 대신 낮은 한숨이 새어 나왔다.

"하아."

모든 게 제자리로, 적당한 거리로 돌아갔다. 그런데 마음이 편치 않다. 딱딱하게 굳어졌던 태진의 얼굴도, 그의 커다란 손 위에 건넸던 명함 속 수란이라는 이름의 여자도 계속해서 신경을 건드려댔다. 기은은 무릎을 세워 가만히 고개를 묻었다. 그리고 모든 것을 잊기 위한 주문처럼 생각나는 노래 한 구절을 작게 흥얼거려 보았다.

하지만 노랫말이 제대로 생각나지 않는 것인지, 음이 떠오르지 않은 탓인지 노래는 채 한마디도 이어지지 않고 뚝뚝 끊어져 버렸다.

같은 시각, 베란다에 우두커니 선 태진이 차가운 바람을 깊이 들이마시고 있었다.
"젠장."
태진은 힘껏 입술을 깨물며 머리를 흔들었다. 폐까지 서늘한 공기가 차오르자 오히려 선명하게 기은이 떠올랐다.
다시는 기억하고 싶지 않은 수란이나 친구라던 쓸데없이 참견하기 좋아하는 여자의 일은 오히려 쉽게 떨쳐낼 수 있었다. 분홍색 명함 역시 진즉에 쓰레기통 속에 버려졌다.
하지만 다시금 거리를 두려는 기은에 있어서는 대책이 없었다. 가슴이 먹먹할 정도로 답답했고 울컥울컥 화가 치밀었다.
어렵사리 좁힌 거리가 순식간에 멀어져 버렸다. 기은이 두른 벽에 다시 부딪쳤을 때, 생각했던 것보다도 훨씬 충격이 컸다. 한데 그보다 놀라운 건, 그 모든 걸 뒤로하고도 지금도 기은만 생각난다는 것이었다. 투명한 벽 너머에서 무슨 생각을 하고 있는지 미칠 듯이 궁금하다는 것이다.
"상관 말자."
언젠가 기은과 가려했던 골목 언저리의 음식점 대형 간판이 희미하게 빛나고 있었다. 인간적 호기심 따위 이제 접어 버리면 그만이다. 불필요한 감정의 소모는 이쪽에서도 사양이니까.
태진은 나직하게 중얼거리며 거친 동작으로 베란다 문을 닫았다.

*

 물처럼 흐르는 차량들 틈에서 마음은 꽉 막힌 채였다. 며칠 전부터 출퇴근길은 원래대로 혼자가 됐다. 조금 불편하긴 했지만 운전은 그럭저럭 할만 했다. 기은과는 회사에서 마주치면 의례적으로 인사를 주고받을 뿐, 그 후 별다른 이야기를 나누지 않고 있었다.

 그렇게 결심처럼 유기은이란 여자가 점차로 아무런 상관이 없는 존재가 되면 좋을 텐데, 애석하게도 오랜만에 앉은 운전석에는 어느새 기은의 향기가 스며 있었다. 그 상큼하고 아련한 향기가 짜증스러울 만큼 그의 심장을 채웠다.

 도대체 얼마가 지나야 사라질까. 오늘도 어김없이 환기를 하기 위해 창을 내렸다. 그러자 사람들이 쏟아지는 소나기를 피하기 위해 뛰어가는 모습이 보였다.

 "비라……."

 때마침 차가 신호를 받아 멈추었다. 태진은 자신도 모르는 사이, 사람들 틈에서 기은의 모습을 찾았다. 예보에 없던 비 때문에 아직 정류소에 발이 묶여 있을 테지.

 잠시 후, 탐탁지 않은 표정이 더욱 굳어졌다. 겨우 발견한 기은은 다른 이들과 달리 아무렇지 않게 빗속을 그대로 걸어가고 있었던 것이다. 쏟아지는 빗줄기에 머리카락이 젖고 몸이 젖어도 전혀 신경 쓰는 눈치가 아니었다. 몇 번이나 차를 세워 그런 기은을 부르려던 태진은 입술을 굳게 깨물며 액셀을 밟았다. 곧 차가 빠르게 기은을 지나쳐갔다.

기은을 부르지 못한 것은 얄팍한 자존심 때문이 아니었다. 빗물에 젖은 새까만 눈동자와 떨리는 입술, 좁은 어깨를 본 순간, 아무렇지도 않을 거라고 생각했던 심장이 묵직하게 울리고 있었다. 그리고 그대로 입술이 붙어 버렸다.

태진은 더욱 속도를 내어 차를 몰았다. 그래, 이제 더는 참아낼 자신이 없는 거다. 기은에게 아무것도 아닌 존재, 벽 너머 다른 이들과 마찬가지인 거리감을 견딜 수 없었다. 그 벽을 허물어뜨리고 싶어 미칠 지경이었다. 기은이 어떤 이유에서 다시 벽을 세운 것인지는 모르지만 그쯤에서 자신도 멈추는 것이 현명할 것이다. 그 빌어먹게 새까만 눈동자 속에서 희미하게 고인 불안과 외로움을 다시 한 번 마주하면, 그때는 웃기지도 않은 이른바 인간적 호기심이 걷잡을 수 없이 커지고 말 테니까. 그 생경하고 낯선 감정의 소용돌이는 시작되지 않는 편이 좋을 테니까.

핸들을 잡은 손에 불필요할 만큼 힘을 주었다. 빗줄기가 요란하게 차창을 두드리고 있었다.

아파트에 당도할 무렵에야 빗줄기가 가느다래졌다. 태진은 습관처럼 지하주차장으로 향해 빈 공간에 차를 세우고 주변을 둘러보았다. 비 때문인지 지하까지 내려온 차가 제법 많았다. 드나드는 이들이 많다는 건, 노란 털을 가진 고군이에게도 여러모로 피곤한 날이란 소리였다. 경계를 늦추지 않는 녀석이니까.

몇 번 마주쳤음에도 도통 가까이 오지 않으려는 녀석은 누군가와 비슷했다. 그래, 유기은 그 무뚝뚝한 여자와 많이도 닮았다. 더 이상은, 갈 곳 없는 길고양이나 벽 너머의 기은에 대한 생각은 하지 않는 게 좋겠지. 태진은 애써 마른 웃음을 지으며 눅눅해진 지하주차장을 벗어났다.

그러나 굳었던 결심은 몇 시간 후 와르르 무너져버렸다.

"어떻게 해요. 어떻게⋯⋯."

축축해진 주차장 바닥에서 엎드린 채 통곡하는 기은을 본 순간, 빌어먹을 인간적 호기심이 완벽하게 가면을 내던지고 말았다.

7. 인정

 여느 날처럼 한적한 시간을 골라 주차장의 고양이에게 사료와 물을 가져다주었다. 비가 온 후로 바람이 차가워졌고, 햇빛이 들지 않은 지하는 더욱 추웠다. 어슬렁어슬렁 다가온 고군이는 여느 때와 같이 기은을 모른 척했지만 슬쩍 눈을 돌려 뭔가를 찾는 것 같았다.
 "선배는 안 와."
 어차피 태진 앞에는 잘 나서려고 하지도 않았던 녀석이다. 그러니 그를 찾는다는 느낌도 순전히 주관적인 것일 뿐이었다. 그럼에도 기은은 부러 딱딱 끊어지는 음성으로 확인하듯 말했다.
 말을 알아들은 것처럼, 고양이는 이내 무심한 얼굴로 사료에 집중했다. 떠나가는 사람들, 남겨지는 것에 익숙한 동그란 뒤통수나 유난히 쓸쓸해 보였다. 그리고 언제부턴가 함께였던 태진. 그가 없는 주차장이 너무도 적막했다. 가슴에 온통 바람이 든 것처럼 몸이 떨렸다.

"감긴가."

기은은 그것을 퇴근길에 맞은 비 탓으로 돌려 버렸다. 상념을 털어내듯 머리를 가볍게 좌우로 흔들고 녀석이 식사를 하는 모습을 조금 떨어진 거리에서 바라보았다. 허겁지겁 캔과 사료를 먹어치우는 고군의 눈동자는 바쁘게 이곳저곳으로 움직이고 있었다.

"괜……."

괜찮으니 천천히 배불리 먹으라고 말해 주려다가 가만히 입을 다물었다. 자신도 고군이도 괜찮을 거라는 말은 단지 순간의 위안일 뿐임을 이미 알고 있었다, 이 미안한 거리를 좁힐 용기가 없다는 것 역시.

기은은 대신에 녀석보다도 자주 주변을 살펴주었다. 오래지 않아 배를 채운 고군이 어둠 속으로 몸을 숨겼다. 끝까지 지켜보던 기은은 빈 그릇을 정리해 터덜터덜 주차장을 나섰.

발걸음이 가벼울 리 없었다. 기은은 곧장 집으로 가지 않고 한참이나 주변을 배회했다. 마음이 심란할 때는 무작정 걷는 것도 나쁘지 않았다. 규칙적인 발걸음 소리를 들으며 서늘한 바람 한 줄기를 따라가노라면 어느새 마음에 일었던 파도가 잠잠해지곤 했다. 그런데 오늘은 한참을 걸어도 마음이 쉬 편해지지 않았다. 다른 일처럼 모른 척 덮어 두기도 쉽지 않았다. 이만큼의 안전한 거리를 확보하고서도 저만치 멀어진 태진에게 자꾸만 신경이 쓰이는 바보 같은 상황이라니. 덕분에 아파트에서 꽤나 멀리 떨어져 있는 슈퍼에까지 길고 긴 산책을 해야 했다.

한참 만에 집으로 돌아온 기은은 모자가 달린 면 점퍼를 벗어 의자에 걸었다. 이가 시릴 정도로 차가운 물 한 잔을 마신 후, 식빵과 우유가 든 봉지를 식탁 위에 내렸을 때였다

―아아. 다시 한 번 아파트 주민 여러분께 알립니다. 아까도 말씀드렸듯이 금일 저녁 지하주차장 배수로에서 물이 역류하고 있습니다. 가급적 빠른 시일 내로 문제를 해결할 터이니 불편하시더라도 주민 여러분께서는 지상주차장을 이용해 주십시오. 아직 지하주차장에 차를 빼지 않은 분들께서는 번거로우시더라도 즉각 차량을 이동해 주시기 바랍니다. 갑작스런 사태에 대응하고자 개별적인 통지가 늦어진 점 사과드리며…….

방송을 듣던 기은은 반팔 티셔츠 차림 그대로 문을 박차고 나갔다.

설마, 설마…….

고군은 영리한 녀석이니 괜한 걱정은 할 필요가 없다고 몇 번이나 되뇌어도 가슴속에 불안이 자꾸만 솟구쳐 올랐다. 대수롭지 않은 일이 분명하다고 중얼거리는데도 지하주차장으로 향하는 걸음은 점점 빨라지고 있었다.

"고군아!"

여느 때라면 사방을 살피고 조심스럽게 불렀을 이름이었다. 하지만 기은에게서 터져 나온 외침은 무척이나 컸다.

"고군아! 어디야? 어디 있어?"

이미 대다수의 차량이 빠져나간 주차장은 스산할 만큼 한적했다.

기은은 슬리퍼를 신은 발이 흠뻑 젖어드는 것도 모르고 노란 고양이를 찾아다녔다. 기둥 뒤 창고 쪽으로만 물이 스며든 상태였지만 녀석에게 사료를 주는 부근은 제법 흥건하게 물이 고여 있었다.

심장을 바짝 조이는 긴장감과 불안 때문에 목이 탔다. 기은은 마른침을 삼키며 급식 장소인 D-25로 향했다. 사람의 눈이 가장 닿지 않는 곳이었지만 불행히도 창고 바로 옆, 배수로 가까이였다. 역류한 물들을 퍼내느라 요란한 소리를 내며 양수기가 돌아가고 있었다.

"고……."

갑자기 기은이 우뚝 멈추어 섰다. 샘솟는 물줄기 옆으로 노란색이 아른아른 보이고 있었다.

기은은 슬리퍼 한쪽이 벗겨지는 것도 모르고 허겁지겁 달려갔다. 역류하는 배수로와 양수기 사이에 힘없이 축 처진 고군의 모습이 또렷하게 눈을 파고들었다.

"안 돼!"

차가운 물줄기 속으로 미친 듯 손을 뻗었다. 녀석의 다리 한쪽이 배수구 구멍에 걸려 있었다. 고군은 물에 흠뻑 젖어 의식을 잃고 있었다.

조금 더 일찍 방송을 들었더라면. 평상시처럼 가까운 슈퍼에서 물건을 사서 줄곧 집에 있었다면. 아니……고군이를 이렇게 내버려두지 않았다면. 극심한 자책감과 후회에 목이 메었다. 막지 못한 눈물이 어느새 기은의 뺨을 온통 적셔놓았다.

"제발……제발."

절박한 심정으로 몸을 움직였다. 온몸이 물에 젖고 손끝이 베여 상처가 났지만 아랑곳 않고 결국 녀석의 발을 빼냈다. 부들부들 떨리는 손으로 고양이를 안아 든 기은은 파랗게 질린 입술로 축축해진 바닥에 주저앉았다.

"제발……흑."

차갑게 식은 몸에서는 온기가 느껴지지 않았다. 짓눌린 울음이 비명처럼 입술 사이로 새어 나왔다.

"미……미……."

누구보다 네 외로움을 잘 알면서도 손을 내밀어 주지 못해서.

"미안, 미안……미……."

버림받은 상처 때문에 사랑하는 것까지 무서워하면 안 되는 거였는데.

"……미안……미안해."

이렇게 차가워지기 전에 널 따스하게 안아 주지 못한 내가 미워서 어떻게 하니.

"아……아……."

신음 같은 소리를 내며 무너지듯 주저앉아 울음을 터뜨렸다. 떨리는 입술 위로 굵직한 눈물방울이 후두둑 쏟아져 내렸다.

"흐으윽."

어둡고 축축한 주차장 바닥에서 기은은 결국 목을 놓아 울고 말았다.

*

 혼자 먹는 저녁이 특별할 건 없었다. 기은과 들렀던 설렁탕 가게는 오늘도 문전성시였고, 음식은 여느 날과 같았다. 하지만 태진은 절반도 비우지 못하고 음식점을 나섰다. 비에 젖어 걸어가던 기은이 가슴에 걸려 더는 음식을 삼킬 수가 없었던 것이다.
 역시나 성가신 여자.
 맑지만 아련한 눈동자를 떠올리자 한참 전에 끊었던 담배가 떠올랐다. 태진은 애써 기은에 대한 생각을 억누르며 아파트를 향해 걸었다. 물이 고이는 주차장에서 서둘러 차를 빼달라는 전화가 걸려온 것은 그로부터 얼마 지나지 않아서였다.
 지하주차장에 세워 둔 차보다 먼저 떠오른 것은 노란 털뭉치 녀석과, 기은.
 괜찮겠지? 슬그머니 피어나는 걱정 끝에 기은의 무뚝뚝한 얼굴이 맺혔다. 이제 기은을 향한 인간적 호기심 따위는 말끔히 정리하겠다고 그렇게 결심했으면서도 매 순간, 그녀를 떠올리는 자신이 영 못마땅했다. 태진은 미간을 찌푸리며 주머니에서 거칠게 열쇠를 꺼냈다.
 지하주차장에 마지막으로 남은 두 대의 차량 중 한 대가 그의 차였다. 운전석 쪽으로 움직이던 태진은 어디선가 들리는 울음소리를 따라 고개를 돌렸다. 날카로운 눈동자에 축축한 주차장 바닥에서 엎드린 채 오열하는 기은이 담겼다.
 "너……."

뭘 하는 거냐고 물으려던 태진은 가슴을 덮치는 묵직한 통증에 입술을 꾹 깨물어야 했다.

"어떻게 해요. 어떻게."

겨우 눈만 들어 그를 바라보는 기은의 얼굴은 눈물로 엉망이 되어 있었다. 차오르는 눈물 때문에 뿌옇게 흐려진 검은 눈동자, 파랗게 질린 입술과 새빨개진 콧날로 기은은 그렇게 통곡하고 있었다.

"흐윽. 어떻게……."

가녀린 온몸을 떨며 아이처럼 우는 그 모습이 심장을 수도 없이 때렸다. 아프다. 기은의 슬픔이 지독하게 아프다. 그렁그렁하게 맺힌 눈물마다 고인 후회와 자책이 놀랄 만큼 고스란히 스며들어 통증을 느끼게 했다. 빌어먹을 인간적 호기심의 가면이 깨지는 순간이었다. 그것의 다른 이름, 아니 본래의 모습을 이제 태진은 완벽하게 인정하고 말았다.

나는 이 여자를…….

태진은 망설임 없이 무릎을 굽혔다. 그는 커다란 두 손으로 흔들리는 기은의 어깨를 힘껏 붙잡았다.

"기은아."

"고군이 나 때문……에……어떻……."

당장 기은을 따스하게 다독여 주고 싶은 충동을 누르며, 태진은 애처롭게 흔들리는 검은 눈동자를 따라가 고양이를 받아 들었다. 잠시 녀석의 상태를 살핀 그가 이내 확고한 어조로 말했다.

"너 때문이 아니야. 가자, 아직 기회는 있어."

물론 확신할 수는 없었다. 고군은 죽은 것처럼 차가웠고 미동 하나 없었다. 하지만 그 가능성 하나에라도 기은을 일으켜 세우고 싶었다. 멍든 것처럼 먹먹해진 눈동자로 울게 하고 싶지 않았다. 태진은 말을 마치고 점퍼를 벗어 기은과 고양이를 폭 감싸 주었다.

"상처 덧나지 않게 해."
　동물병원 대기실에서 고군의 소식을 기다리는 동안, 태진이 기은의 손가락 상처를 직접 치료해 주었다. 치료라고 해도 알코올로 상처 부위를 닦아내고 연고를 바른 후 밴드를 붙이는 게 전부였지만, 그의 손길은 무척이나 분주했다. 겨우 손가락을 긁힌 상처 하나일 뿐인데 태진은 몇 번이나 밴드를 교체해 가면서 치료를 마쳤다.
"나요, 겁이 나서 그랬어요."
　다시 말간 표정으로 돌아오기는 했지만 기은의 눈동자는 여전히 토끼처럼 새빨갰다. 기은은 혼잣말처럼 작게 중얼거리며 태진을 바라보았다.
"이름을 붙여 주는 것도, 털을 쓰다듬는 것도……사실은 그 아이가 나한테 특별한 존재가 될까 봐 겁이 났어요. 그래서 차마 다가갈 수가 없었어요."
　주차장에서 아무렇게나 내동댕이쳐진 슬리퍼를 찾아 신겨 준 것도 태진이었다. 기은은 빌린 수건으로 젖은 머리카락을 털어 주는 그의 손길에 가만히 몸을 맡겼다.
"내게 특별한 무언가가 날 버린다는 건 너무 아프잖아요. 혼자 남겨지는 건……결국 버려지고 마는 건 몇 번이나 해봤으니까, 그러니까 별로 다시 겪고 싶지 않았어요. 고군이도 그랬을 텐데……다시 버려지고 싶지 않아 다가오지 못했을 텐데, 그걸 잘 알면서도 우린 서로 눈치만 보고 그렇게 거리를 두고 있었던 거예요."

기은의 말을 듣고 있던 태진의 눈동자가 어둡게 가라앉았다. 기은은 더 이상 울고 있지 않았다. 하지만 담담하게 말하는 처연한 그 모습에 심장이 지독하게 시큰거렸다.

버려질까 봐 다가가지 못한다. 기은이 두는 거리의 의미를 깨닫자 알 수 없는 애틋함이 밀려왔다. 네 심장에는 내가 알지 못하는 얼마나 많은 상처가 있는 걸까. 태진은 한참이나 기은을 바라보다 천천히 입을 열었다.

"버리지 않았잖아."

기은이 피식 마른 웃음을 지었다.

"이래서는 다를 게 없는걸요."

"왜……."

온통 네 잘못이라고 생각하는 거냐고 말하려던 태진은 큰 손으로 가만히 기은의 머리카락을 쓰다듬었다. 다시 입을 열었을 때 그의 목소리는 처음보다 조금 잠겨 있었다.

"넌 아니라고 하지만 분명 녀석한테 손을 뻗어 줬어. 네가 없었다면 훨씬 더 외롭고 고통스러웠을 테지. 누군가 자신을 붙잡아 주는 사람이 있어서 이 척박한 땅에서 버텨 낸 거라고 생각해. 희미하지만 숨이 남아 있다는 의사선생님 말씀 들었지? 여기가 결코 녀석의 끝은 아닐 거야."

"……."

태진의 말에 기은은 아직 뺨에 남아 있던 눈물을 아무렇게나 훔쳐내며 힘껏 고개를 끄덕였다. 그래, 비록 헤어지게 된다고 해도 이곳은 아니다. 이렇게 차고 외로운 곳에서 고군을 보낼 수는 없었다.
"보호자분, 들어오세요."
 그때, 야간 진료실 문이 열리고 사각 안경을 쓴 동물병원 원장이 손짓을 했다. 태진은 가늘게 떨리는 기은의 손을 꼭 잡고 눈을 맞추었다.
"힘들면 여기 있어."
"같이 가요."
 불안과 두려움이 태진의 온기에 묻혀 사라져갔다. 기은은 침착하게 고개를 끄덕이며 걸음을 옮겼다.
"강한 녀석이네요. 고비는 넘겼습니다."
 천만다행으로 고군은 죽지 않았다. 비록 오랜 시간을 차가운 물에서 사투를 벌인 탓에 심한 탈진이 오고 한쪽 다리에 금이 가고 말았지만 녀석은 아직 버텨내고 있었다.
"아……."
 기은의 입에서 안도의 한숨이 터져 나왔다.
"이 아이, 길고양이 같은데 그래도 무척 운이 좋은 녀석이네요. 영양 상태가 좋은 편이라 이만큼 버틸 수 있었을 겁니다. 길고양이 중 많은 수가 굶주림으로 체력이 몹시 약한 상태라 대개는 이런 일로 죽고 말지요. 뭐, 다친 다리가 회복되려면 시간이 좀 걸리겠지만 염려하실 것은 더 이상 없습니다. 참, 조금 낫고 나면 이 기회에 중성화 수술을 하는 것도 괜찮을 것 같네요. 일단은 하루나 이틀 정도 입원해야 하니 천천히 생각해 보세요."

진료를 했던 동물병원 원장이 녀석의 상태를 찬찬히 설명했다.

"고맙습니다."

간단히 인사를 한 후 기은은 죽은 듯 잠들어 있는 노란색 고양이를 바라보았다.

"다행이다."

나직하게 속삭인 기은은 손을 뻗어 엉망으로 뭉친 고군의 털을 살며시 쓸어 주었다. 태진이 어느새 곁으로 다가와 그런 기은의 머리카락을 부드럽게 헝클였다.

"가자, 너 이대로는 감기 걸려."

동물병원을 나와 집으로 돌아가는 길, 기은은 태진에 걸쳐 준 검은색 점퍼를 추스르며 살짝 몸을 떨었다.

"괜찮아?"

"네."

짤막한 물음에 담긴 걱정을 읽어낸 기은이 가볍게 고개를 끄덕였다. 그러자 태진이 불쑥 손을 내밀어 이마를 짚었다.

"괜찮긴, 뭐가. 열도 있는데."

"괜……찮아요."

크고 시원한 손이 좋아 잠깐 말을 멈추었던 기은이 이내 무뚝뚝하게 답했다.

"후, 큰일이다."

태진이 웃음을 담아 엷게 한숨을 내쉬었다.

"뭐가요?"

투명한 눈동자가 자신에게로 향하자, 태진은 대답 대신 손을 움직여 물기가 남은 기은의 머리카락을 몇 차례 톡톡 쓰다듬었다.

"아, 고양이."

"후후."

어이없다는 듯 웃는 태진을 보며 고개를 갸웃거리던 기은이 다시 입을 열었다.

"퇴원 후에는 집에서 살게 해주고 싶어요."

"넌 키울 형편이 아니잖아?"

전에도 몇 번인가 이런 내용의 대화를 나누었고, 그를 통해 기은의 모친인 유연미 여사가 동물을 집에 들이는 것을 싫어한다는 것을 알고 있었다.

"그래도."

"아까 병원 데스크에서 하는 이야기 들었지? 반려동물을 맞이하는 건 너만의 문제가 아니야."

"알아요. 어머니가 계속 반대하시면 그때는 따로 나가서……."

지금도 딱히 함께 산다고는 할 수 없는 모녀였다. 그럼에도 기은은 그 아파트에서 여전히 머무르며 어머니를 기다렸다.

사랑받을 수 없어도 먼저 버리는 일은 할 수 없으니까.

그러나 버리지 말아달라는 말도, 사랑해달라는 말도 제대로 전한 적이 없었다. 상처를 반복할 용기가 나지 않아 무심한 척 그대로 지내왔다.

하지만 고군을 더 이상 저대로 혼자 내버려 둘 수는 없었다. 기은의 눈동자에는 복잡한 마음을 나타내듯 그림자가 드리워졌다.

"우선은 내가 데리고 있는 걸로 해. 그리고 시간을 가지고 녀석의 평생 가족을 찾아주자."

"태진 선배."

"고군이를 인질로 잡고 있을 테니까 매일 저녁마다 들러서 녀석과 날 책임져. 네가 안 오면 둘 다 그대로 굶는다."

태진의 눈동자 안에 연한 미소가 고였다. 이제 쉬지 않고 기은의 벽을 두드릴 참이다. 불확실이 어울리지 않는 그에게 기은은 미지의 존재였고, 세상 처음으로 가지고 싶은 여자였다.

"왜, 선배가……."

어째서 그렇게까지 고군과 자신을 신경 써 주는 거냐고 물으려던 기은은 불쑥 다가오는 손을 보고 눈을 크게 떴다.

바짝 거리를 좁힌 태진이 기은의 어깨를 감싸 가볍게 당겨 안았다. 그는 품에 안긴 기은의 등을 부드럽게 토닥였다. 아까부터 이렇게 꼭 안아 주고만 싶었다. 태진은 등을 다독이며 주문을 걸 듯 속삭였다.

"울지 마."

"……."

"앞으로 그렇게 아프게 울 일은 없었으면 좋겠다."

기은은 척추를 타고 흐르는 온기에 흠칫 놀라 말없이 몸을 떨었다. 그의 손길이 너무 따스하고 다정해서 섣불리 떨쳐 낼 수가 없었다. 태진의 체온이 번져가는 가슴속, 심장이 요란하게 흔들렸다. 그 어지러움에 두 눈을 감았다가 마침내 서서히 태진에게 몸을 기댔다. 그리고 혼란스러울 만큼 따스한 그의 등을 서서히 마주 두드렸다.

"고마워요."

넓은 가슴에 얼굴을 묻은 기은이 가을바람처럼 연하게 웃었다.

8. 고양이 인질범

 갓 태어난 기은을 맡아 준 이는 한적한 시골에 사는 외할머니였다. 외조모라 해도 연미와는 피 한 방울 섞이지 않은 남남이었다. 유연미 여사의 새어머니였던 것이다. 엄격하고 말수가 적었지만 결코 경우에서 벗어나는 법이 없는 분이셨다.
 성낸 모습 한 번 보여주는 일이 없는 차분한 분이었으나 점점 제 어미의 얼굴을 닮아가는 기은에게 이따금씩 차가운 시선을 던지곤 했었다. 연미와의 냉랭한 관계로 인한 여파로 보기에는 뭔가 석연찮은 구석이 있는 눈빛이었다.
 외할머니는 살아생전 유연미와 썩 좋은 관계가 아니었다. 연미의 아버지, 즉 기은의 외조부와 재혼으로 만난 그녀는 시집 올 적에 아들 하나를 데리고 왔다고 했다. 그 아들인 기은의 외삼촌 지일이 꽃다운 나이 스물셋에 죽은 것이 외할머니 평생의 한이었고 왜인지 그 화살은 연미를 향해 있었다.

지일의 기일에 관한 일로 두 사람이 오랜만에 통화를 한 날이었다. 굳은 표정으로 수화기를 내려놓은 외할머니는 아들의 사진을 처연하게 바라보다가, 텔레비전의 연미를 보고 입술을 바르르 떨었다. 그리고는 또 기은을 향해 알 수 없는 눈빛을 보냈다.

아직도 파랗게 질린 감정이 가라앉은 외할머니의 눈동자가 선명하게 생각난다. 묘한 책망과 안타까움, 미안함과 슬픔이 잠겨 있어 괜스레 죄스럽고 마음이 무거워지는 그런 눈빛이었다.

외할머니에게 갑작스럽게 치매가 찾아오면서 기은의 심장은 또 한 번 깊이 베이고 말았다. 그녀는 정신을 놓을 때면 손녀를 유연미 여사로 착각해 차마 입에 담을 수 없는 소리를 퍼부어 댔다. 한 번도 입 밖으로 내지 못하고 가슴속에서 썩어가던 한들이 풀려 버린 고삐 사이로 흘러나오고 말아 버린 것이었다.

그러던 어느 날이었다. 외할머니는 완전히 평정심을 잃고 내 아들 앗아간 죗값을 치르라며 어린 기은을 차디찬 물로 끌어당겼다. 피부를 찌르는 차가운 물보다도 그녀의 독한 말들이, 지독한 증오가 아파 몸이 마비된 것처럼 굳어졌다. 외할머니는 이미 기은이란 존재 자체를 까맣게 잊고 있었다. 아무리 자신은 기은이라고 소리쳐도 이성을 잃은 외할머니는 알아주지 않았다. 유일하게 보듬어 주던 이의 품에서 완벽하게 내동댕이쳐진 기분, 존재 자체가 버려진 그 순간 기은은 꼼짝달싹할 수가 없었다. 신음처럼 울음을 삼키며 휘둘리던 기은은 놀라서 달려온 마을 사람들의 도움으로 겨우 살아날 수 있었다. 하지만 외조모는 삶에 의지를 버린 듯 위독한 상태였다.

그녀가 자신의 존재를 깡그리 잊어버렸다는 것도, 어머니 유연미를 향해 그토록 큰 원망을 품었다는 것도 기은이 감당하기에는 너무 큰 충격이었다. 그러나 그 와중에도 입술을 깨물며 바라고 또 바랐다. 죽음을 목전에 둔 외할머니가 차라리 정신을 차리지 못하셨으면. 이대로 버림받아도 좋으니 부디 눈 감는 순간 당신께서 저지른 일을 모르고 떠났으면…….

기은의 애틋한 바람대로 외할머니는 마지막 순간까지 손녀도, 자신이 저지른 무서운 일도, 또 다른 모든 것들도 전혀 기억하지 못한 채 고요히 떠나갔다. 그리고 어린 기은의 가슴에는 그대로 동그란 얼음 동굴이 하나 더 생겨 버렸다.

일이 그렇게 되고서야 연미는 마지못해 딸을 서울로 데리고 갔다. 커다란 밴에 탄 기은이 긴장감에 손을 힘껏 모으고 앉았을 때, 연미는 차가운 목소리로 주의부터 주었다.

-조용히 있어야 할 거야. 네 존재가 생활에 지장을 주는 건 사양이니까.

기은은 그 순간 알았다. 버려지는 것이 싫다면 다가가지 않으면 된다는 걸. 아프지 않으려면 적당한 거리에서 멈춰 서면 되는 것임을.

문득 떠오른 기억을 밀어내기 위해 고개를 가볍게 가로저었다. 그리고는 천천히 코코아 한 모금을 더 마셨다. 긴장이 풀리자 머리가 지끈거리며 열이 오르기 시작했다. 무리도 아니다. 퇴근길에는 비를 고스란히 맞았고 아까는 차가운 물에 몸이 흠뻑 젖었으니까.

뜨거운 물로 샤워를 하고 평소에는 귀찮아서 그냥 두던 머리카락도 바짝 말렸지만 소용이 없었다. 기은은 소름이 오소소 돋아나는 팔을 감쌌다.

"감기약이……."

어딘가 있긴 할 텐데 축 늘어진 몸을 일으키기가 쉽지 않았다. 조금 후에 찾아보기로 하고 아주 느린 동작으로 다시 컵을 기울였다. 달고 또 그만큼 쓴 액체가 입술을 적셨다.

이 다디단 액체는 연미가 한바탕 몸살을 앓고 난 기은에게 처음으로 직접 만들어 준 음식이었다. 물론 음식이라고 말하기도 민망한 것이지만, 어쨌든 기은에게 코코아는 어쩔 수 없이 어머니를 떠올리게 했다.

―마셔. 너 때문에 쉬는 날이라도 편치가 않구나. 아프면 미련하게 굴지 말고 병원에 다녀왔어야지.

온기라고는 없는 말투로 잔을 건넨 유연미가 방을 나설 때까지, 기은은 그저 두 손으로 잡을 꼭 그러잡고만 있었다. 지금 필요한 건, 병원이나 이 달콤한 음료가 아닌 따스한 말 한마디, 다정한 품이라고는 차마 말을 할 수가 없었다. 떼를 쓰고 투정을 부리면 또다시 버려질까 봐서 뜨거운 액체를 머금고 입술을 꾹 깨물기만 했다.

그때부터였다. 몸이 좋지 않을 때는 버릇처럼 진한 코코아를 마시게 됐다. 기은은 달달함만이 가득 남은 숨을 내쉬며 뜨거워진 이마를 손등으로 가만히 짚었다. 자연스럽게 태진의 시원하고 커다란 손이 떠올랐다. 참 예쁘고 긴 손가락이었다. 단순한 동작으로 움직여도 자꾸만 시선이 가는. 그리고……한참 만에 느껴 보는 고운 온기를 품은 손이었다. 어린아이 달래듯 다독이던 그의 손이 문득문득 그리워질지도 모른다는 생각이 들 만큼이나.

"위험한데."

스스로를 나무라듯 혼잣말을 중얼거려 보지만 태진과의 거리에 점점 확신이 없어지는 기분이다. 아니, 방어벽이 없어진다고 해야 맞는 걸까.

급하게 뛰면 안 돼. 넘치도록 담아도 안 돼.

언제나 기억하고 있던 경고를 심장이 슬그머니 모른 척하려 했다. 기은은 가느다란 손가락을 쫙 펼쳐 심장 부근을 눌렀다. 그러다 나직하게 한숨을 쉬며 한기가 드는 몸을 동글게 말았다. 조금 쉬고 나면 괜찮아지질 것이다. 기운 없는 몸도 알 수 없이 흘러가는 복잡한 이 마음도.

딩동.

까무룩 잠이 들었다가 깬 것은 초인종 소리 때문이었다.

아직 유연미 여사의 귀국일은 멀었는데.

어지러운 머리를 세우며 화면에 비친 방문객을 확인했다. 열에 들뜬 눈에 다소 차가워 보이는 인상의 수려한 사내가 빼곡하게 들어왔다. 기은은 어깨에 두르고 있던 이불을 대강 말아서 바닥에 던지고 문 앞에 섰다. 잠시 주저하다가 마침내 잠금 해제 버튼을 눌러 문을 열었다.

"무슨 일이세요?"

애써 태연하게 말했지만 열 때문에 얼굴도 비정상적으로 붉었고 목소리도 갈라져 있었다. 태진이 그럴 줄 알았다는 표정으로 눈살을 찌푸렸다.

"약 안 먹었지?"

"손 조금 벤 걸로 약은 무슨 약이요."

기은은 딴청을 피우며 아까와 같은 복장인 그를 바라보았다. 아직 옷도 갈아입지 않고 뭘 하고……. 그 의문은 일 초도 되지 않아 풀렸다. 태진이 흰색 종이봉투와 작은 비닐봉지를 차례로 건넸다.

"먹어. 내일 제대로 병원에 가고."

기은은 말없이 그가 건네는 봉투를 받아들었다. 그 무게에 휘청거릴 만큼 몸이 좋지 않다는 걸 들키지 않아야 하는데, 태진의 눈초리가 금세 가느다래졌다.

"너……."

"네, 감기 걸렸어요."

"안 되겠다. 잠깐 누워 있어."

정직하게 답하는 기은을 부축하며 태진이 집 안으로 들어섰다. 그는 바닥에 구르는 이불을 주워 기은을 꽁꽁 감싸 안았다.

"두, 두세요."

기은이 자신도 모르는 사이 말을 더듬으며 태진을 만류했다. 그가 너무도 가볍게 자신을 안아 올리자 열이 얼굴에 몰린 것처럼 화끈거렸다. 하지만 태진은 낮게 코웃음을 치며 그대로 기은을 안아다 넓은 소파에 누였다.

"두면, 현관에 드러눕게?"

정말은 태진이 가자마자 그러려고 했었다. 기은은 무안함을 감추려 포근한 이불에 몸을 폭 파묻었다. 그사이 태진은 사가지고 온 설렁탕과 약을 꺼냈다.

"환자는 죽 아니에요?"

이불 속에서 열에 흐려진 눈만 빼놓고 있던 기은이 부러 더 무뚝뚝하게 물었다. 은은한 주방 불빛을 받은 태진의 얼굴은 기가 막히게 매혹이었다. 음영조차 아름다운 사내는 환영처럼 시선을 빼앗았다. 심장이 또 약속을 어기고 빠르게 뛰었다.

"너 말이야, 귀엽진 않아."

태진은 들릴 듯 말 듯 짧게 한숨을 쉬며 기은을 똑바로 바라보았다.

"알아요."

흰 순두부같이 담백한 기은의 대답이 이어졌다.

태진은 어쩔 수 없다는 표정으로 피식 웃고 말았다. 기은은 분명 모를 것이다. 귀엽지 않은 그녀가 얼마나 자신을 곤란하게 하고 있는지. 꼬물거리는 기은을 이불에 가둬 안았을 때 심장이 촌스러울 만큼 요란하게 뛰었다. 생전 붉어지는 법 없던 뺨마저 슬그머니 달아올랐더랬다. 지금도 퉁명스러운 말을 내뱉는 저 입술이 얄밉도록 눈에 박힌다.

"투덜거리는 건 먹고 나서 해."

"미안해서 그래요."

쟁반을 받으며 기은이 작게 중얼거렸다. 그리고는 숟갈을 들고 뽀얀 국물을 맛보았다. 입맛은 없었지만 그대로 숟갈을 내려놓기가 싫었다. 공기에 담긴 밥의 절반을 국물에 말아 한 숟갈, 한 숟갈 착실하게 먹었다. 중간 중간 깍두기도 오도독 베어 물었고, 물도 조금씩 마셨다.

길고 짙은 태진의 눈초리가 희미하게 휘어졌다. 기은이 식사를 마칠 때까지 냉장고에 비스듬히 기대 그 모습을 바라보았다. 재촉하지 않고 섣불리 칭찬을 하지도 않았다. 대신에 마치 같은 식탁에 마주 앉은 것처럼, 기은이 혼자라는 느낌이 전혀 들지 않도록 그렇게 곁을 지켰다.

"잘 먹었어요."

더는 무리라 생각한 기은이 숟갈을 놓았다.

곧이어 이불을 돌돌 만 상태로 힘겹게 쟁반을 들고 일어서려 하자, 태진이 가볍게 어깨를 눌러 다시 의자에 앉혔다.

"약 먹고 자."

기은은 이미 눈에 반쯤 차오른 졸음을 읽어낸 태진을 뚫어지게 보았다.

"원래 착각이랑은 거리가 먼데, 이건 잘 모르겠어요. 착각……맞죠?"

'무엇을'이라고 말하지도 않고 덥석 물어오는 기은의 눈동자는 참 까맣고 맑았다. 태진은 쉽게 답해 주지 않고 빈 유리잔에 물을 채웠다.

"글쎄."

어중간한 침묵이 도리어 불편했다. 기은은 손가락을 꼬았다 풀었다를 반복하며 그의 잘난 얼굴을 바라보았다. 대놓고 절 좋아하냔 말이 나올 기운은 없었다. 단순한 호의를 이성에 대한 호감으로 착각했다면 많이 부끄럽고, 또 조금은 섭섭할 것 같다. 그렇다고 모른 척하다 보면, 이 묘한 친밀감이 상상 이상으로 특별해지고 말 거란 경고가 들렸다.

잠깐 따끔할 주사라면 피하는 것보단 가장 먼저 맞고 마는 게 기은이었다. 안 그래도 감기 때문에 무거워진 몸은 착각의 늪에도 깊이 빠지고 말 거다. 그러니 그전에 제대로 정신을 차려야 했다.

복잡한 고민에 빠진 기은과 달리 태진은 여유로웠다.

"싫어?"

"뭐가요?"

기은은 최대한 담담하게 되물었다. 약속을 잘 어기는 심장이 답을 기다리는 동안 또 조금씩 속도를 올려 뛰고 있었다. 열 때문일까. 흐릿해진 시야 속의 태진이 짧게 웃은 것도 같다.

"내가 싫은 거냐고?"

"딱히 싫은 사람은 아니죠."

꾸밈도 없지만 세세한 배려도 없는 대답. 기은은 귀염성 없는 자신의 말에 미간을 슬쩍 찌푸렸다.

"그럼 됐어. 일단은 그 정도에서 출발해. 짝사랑치고는 나쁘지 않은 시작이네."

태진은 느릿하게 입술 한쪽 끝을 말아 올렸다. 진심으로 안도했다. 경계심 많은 겁쟁이 유기은이 자신을 싫어한다는 소리를 들으면 분명……

"싫다고 했으면 답이 바뀌는 건가요?"

"아니. 방법만 바꾸지."

능청맞은 대꾸에 기은이 할 말을 잃고 태진을 멍하게 바라보았다. 까다롭고 냉정한 남자의 입에서 이렇게나 솔직한 대답을 듣게 될지도 몰랐고, 그 말에 가슴 한구석이 일렁거리며 두근거릴 거라고도 미처 예상하지 못했다.

  짝사랑. 그게 이렇게나 설레는 단어였구나. 이토록 눈물 나도록 고맙고 예쁜 말이었어. 하지만 한정 없이 받을 수만은 없는 노릇이다, 이쪽도 뭔가 대답을 해야 하는 걸 텐데. 기은은 떨어지지 않는 입술을 억지로 열었다.

  "전……."

  "지금 그런 것까지 고민하기에는 네 몸이 영 부실해. 잠이나 푹 자 둬."

  태진은 몸이 나른해져 축 가라앉은 기은을 슬그머니 의자에서 일으켜 말을 막았다.

  그러다 문득 눈이 마주쳤을 때, 그는 태연하게 웃었고 기은은 자신도 모르는 사이 시선을 피했다.

*

  오랜만에 총천연색 꿈을 꾸었다. 팔팔해진 고군이가 핑크색 하늘을 날고 있었고, 자신은 그런 녀석을 카메라에 담으며 개울가에 앉아 있었다. 말갛고 투명한 햇살에 몸이 노곤해지자 꿈속의 기은은 카메라를 내리고 가방에서 컵 하나를 꺼내들었다.

  "아, 시원……맛있다?"

흐르는 개울물을 퍼 올려 마시다 동작을 멈추고 컵 속을 바라보았다.

"설렁탕?"

그 속에는 깨끗한 개울물 대신 먹기 좋게 식은 설렁탕 국물이 가득했다. 태진이 챙겨다 준 것과 똑같은 맛이었다.

"후후."

꿈에서도 기은은 소리 내어 웃고 말았다. 그리고 잠에서 깨 눈을 뜬 후에도 입가에 미소가 잔잔히 고여 있었다. 배도 채우고 약도 챙겨 먹은 덕분인지 몸이 훨씬 개운해졌다. 이 상태라면 아침 일찍 다녀오려던 병원 대신 그대로 한숨 더 자도 괜찮을 것 같았다. 이렇게나 빨리 감기를 털어낼 수 있었던 건 태진의 보살핌 때문이었다. 그가 오지 않았다면 지금쯤 끙끙 앓아누웠을 게 분명했다.

기은은 천천히 눈을 뜨고 돌돌 말아놓은 이불더미에서 몸을 쏙 빼냈다. 삐뚤삐뚤하게 놓인 슬리퍼를 끌고 주방으로 가 냉장고 문을 열던 기은의 입가에 다시금 옅게 미소가 번졌다.

'저녁, 기대한다.'

태진이 남긴 짧은 메모가 설렁탕을 담아둔 그릇에 붙어 있었다. 기은은 유리그릇째 레인지에 넣고 식탁 의자에 앉아 휴대폰을 확인했다. 조금 더 자고 일어나면 점심때가 될 것이다. 그럼 일어나 밥과 약을 한 번 더 챙겨 먹고 동물병원에 들러 고양이의 상태를 확인하고……그리고 나서는 태진과의 저녁거리를 궁리해 보아야 겠다.

조깅을 다녀온 태진은 더워진 몸을 샤워로 식히고 시원한 주스 한 잔을 들이켰다. 어제부터 공연히 붕 뜬 마음을 가라앉힐 필요가 있어 평소보다 운동을 격하게 했음에도 도리어 몸이 더 가볍고 개운했다.

시계는 어느새 점심때를 훌쩍 넘고 있었다. 지금쯤이면 기은도 일어났겠지? 병원에 가지 않고 그저 푹 자고 일어날 거라던 기은 때문에 애가 타서 오전 내내 몇 번이나 집 앞을 서성이고 통화 버튼을 연신 들여다보았었다. 마음 같아서는 막무가내로 병원에 데리고 가고 싶었지만 기은은 정말로 졸음을 이기지 못하고 있었다. 그렇게나 울고 마음을 졸였으니 그대로 푹 늘어지는 것도 괜찮을 것 같았다.

감기가 생각보다 심하지 않은 것은 다행이지만, 그걸 보면서 마음 한구석에 묘한 안타까움이 일었다. 뭐든지 혼자에 익숙한 기은, 틈을 보이지 않으려 애쓰는 기은이니 정작 본인이 얼마만큼 아프다는 걸 모르는 건 아닐까 하고 말이다.

"큰일이다."

태진은 커다란 손으로 심장 부근을 꾹 눌렀다. 이제부터는 숨 쉬는 것처럼, 아니 그보다 짧은 호흡으로 기은이 떠오를 테지. 매 순간, 매 공간에 그렇게.

사실 연애라는 것, 아니 누군가를 좋아한다는 것 자체가 낯설었다. 사랑이란 감정이 몹시 번거롭고 힘겨운 무게를 가지고 있다고, 지울 수 없는 상처만 남긴다고만 생각했던 그로서는 정말 놀랄 만한 일이었다. 그 혼란스러운 감정의 덫에 스스로가 몸을 던질 날이 올 거라고는 생각해 본 적이 없었는데 이제 이 감정의 소용돌이로 기은을 힘껏 당겨 안고 싶었다.
 잠시 망설이던 태진은 아직 물기가 남은 머리카락을 그대로 두고 휴대폰을 열었다.
 -네.
 "꿀돼지, 몸은 좀 어때?"
 태진은 이마를 흐르는 물방울을 가볍게 닦아내며 싱긋 웃었다.

 "정말 괜찮겠어요?"
 동물병원에 들러 이제 의식이 돌아와 제법 앙탈을 부려대는 고군을 보고 오는 길, 기은은 태진의 손에 들린 커다란 비닐봉지를 보며 재차 물었다.
 "저녁이나 책임져."
 태진이 가볍게 대꾸하며 고양이 사료와 배변용 모래 등 기초적인 물품이 담긴 봉지를 잡은 손을 바꿨다.
 기은은 담백하게 고개를 끄덕였다. 다행히 고군이는 경과가 좋아 하루나 이틀 뒤면 퇴원을 할 수 있었고, 태진 덕분에 녀석을 아끼고 제대로 돌봐 줄 진짜 가족을 찾아줄 수 있는 넉넉한 시간을 가지게 됐다. 속을 태우던 문제가 조금 숨통이 트인데 반해, 지금 가장 막막한 일은 이 잘난 남자가 매 순간 너무 자연스럽게 가까워지고 있다는 것이었다. 태진은 서두르지도 않았고 강요하지도 않았지만 매 순간, 그의 부드러운 시선이 닿은 벽은 저절로 조금씩 허물어지고 있었다.
 "조심."

복잡한 상념을 털게 만든 건 나직한 목소리와 커다란 손이었다. 그는 아파트 단지를 질주하는 꼬마들과 부딪치지 않도록 기은의 팔을 당겨 세웠다.

까맣고 맑은 눈동자가 그를 뚫어지게 쳐다보았다.

"왜?"

장난스러운 웃음이 번진 태진의 눈동자는 놀랄 만큼 깊고 아름다웠다. 기은은 빤히 보는 시선을 거두지 않고 입을 열었다.

"잘생겨서요."

"뭔가 의미심장하네."

태진이 커다란 손으로 머리카락을 살짝 쓰다듬어 주었다. 솔직 담백한 기은의 말에 심장이 기분 좋게 울리고 있었다.

"그리고 실없는 소리는 안 할 것 같은 얼굴이라 걱정돼요."

자신을 좋아한다는 태진을 어떻게 대해야 하는 걸까. 매몰차게 밀어내야 하는 걸까, 아니면 조금은……조금은 이 마음이 이끄는 대로 해도 되는 걸까. 기은의 하얀 얼굴이 살짝 흐려졌다.

"널 좋아하는 내가 걱정이란 거지? 네 마음이 여전히 꽉 닫혀 있으니까."

"네……."

딱 떨어지는 대답 끝에 미묘한 여운이 남았다. 그럼에도 기은은 입술을 꾹 깨물어 남은 말을 막았다.

태진은 마치 그런 기은을 예상이라도 한 것처럼 한참 동안 자그마한 얼굴 구석구석을 바라보았다.

"난 흉악한 고양이 인질범이야."

"훗."

태진의 말에 겨우 기은의 눈동자에 미소 한 점이 묻어났다. 그 모습을 정면으로 응시하며 태진이 고개를 까딱였다.

"그런데 지금 누가 누굴 걱정해. 이봐, 두꺼운 벽으로 둘러싼 얼음 동굴 속은 안 갑갑해?"

"그럭저럭 지낼 만해요."

거짓말. 기은은 말을 내뱉고 잠깐 입술을 질겅거렸다.

"그럼 내 걱정 말고 안전한 벽 너머 동굴 속에 숨어 있어. 대신 고양이 동맹은 철저히 유지하고."

태진이 기은의 가볍게 톡톡 뺨을 두드리고 다시 걷기 시작했다.

기은이 두른 벽이 걷히지 않아도 상관없다. 틈 없는 벽 전체를 무너뜨리지 못해도 괜찮다. 그 삭막한 벽에 예쁜 창을 만들어 줄 테니까. 언제고 바깥세상으로 나올 수 있는 커다란 문을 달아 줄 테니까. 그리고 창 밖에서, 문밖에서 마주하는 첫 번째가 자신이기를 간절하게 소망한다.

태진의 넓은 어깨에 내려앉은 햇살이 사방으로 퍼지며 기은의 눈동자에 콕 하고 박혔다. 햇살이 맘속 담장에 어여쁜 낙서를 남기고 갔다. '이태진'이라는 지워지지 않을 이름을 몇 번이나 남긴 햇살이 눈부셔서 기은은 살짝 눈을 감았지만 여전히 빛은 말갛게 고여 낙서질 중이었다.

9. 누구나 얼음 동굴은 있다

 기은이 사주는 저녁을 먹고 집으로 돌아온 후, 태진은 익숙한 번호로 전화를 걸었다.
 −태진이니?
 "네. 별일 없으시죠?"
 반가운 기색이 역력한 어머니의 목소리에 태진의 입술이 잠시 호선을 그렸다.
 −우리야 늘 똑같지 뭐. 요즘 네가 맡은 일도 순조롭게 진행된다고 하던데 너무 무리하는 거 아니지? 참, 이사한 집에는 언제 초대할 거니?
 "대충 정리됐으니까 편하실 때 오세요."
 형 세진의 사고 이후, 얼마 지나지 않아 군대를 다녀와 유학길에 올랐고 돌아와서도 곧 혼자 아파트를 얻어서 살고 있는 터였다. 세진만큼 살가운 아들은 아니었다고 해도 가족 모임에는 빠지지 않던 태진이 점차로 바깥으로 돌며 혼자 지낸 것이 벌써 꽤 오랜 시간이었다. 과묵한 아버지나 따스하고 넉넉한 성품의 어머니는 그 부분을 몹시 안타까워하고 속상해 하셨지만, 두 형제의 마음이 정리되기를 묵묵히 기다리고 계셨다.

-그래, 언제 연락하고 한 번 갈게. 요즘 밥은 잘 먹고 다니고?

"염려 마세요."

잔잔한 어머니의 음성 아래 깊이 고인 염려를 알기에 태진은 부러 더 짧게만 답했다.

-네 아버지께서는 일 처리 때문이라고 이해하시는 모양이지만, 난 조금 섭섭했어. 너도 그렇고 세진이도 요즘 통 연락들을 안 하니까 말이다. 시시콜콜 물어볼 나이는 아니지만 가끔 집에서 걱정하는 이 엄마 생각도 좀 해주렴.

"죄송해요. 형은……좀 어때요?"

-비슷하지 뭐. 아직 세진이랑 연락 안 하니?

어머니의 물음에 태진의 눈동자가 살짝 흔들렸다.

사고 전의 형, 세진과는 허물없는 사이였다. 온화하고 감성적이며 부드러운 성품의 세진은 매사 철저하고 이성적인 태진과는 달랐지만 그 누구보다 동생을 이해하고 아꼈다. 그러나 끔찍한 사고로 세진은 변했고, 태진 역시 그 여파에서 자유로울 수 없었다. 아니, 누구보다 그것에 얽매여 있었다.

"조만간 형한테 한 번 가볼게요."

반쯤은 진심이고 나머지 반쯤은 어머니의 염려를 덜기 위한 이야기였다. 태진은 휴대폰을 뺨과 어깨 사이에 낀 채로 고개를 돌리다가 거실에 놓인 고양이 용품을 보았다.

 문득 고군이란 이름이 종족 고유의 기품이 살아 있는 느낌이라던 기은이 떠올라 피식 웃고 말았다. 그래, 지금이라면 형을 만나 웃을 수 있을지도 모르겠다. 표정이 굳어 버리면 언제든 기은을 떠올리면 될 테니까.

 통화를 마치고 나자 기은이 더 보고 싶었다. 이 걷잡을 수 없는 마음을 어쩐다. 태진은 벽에 걸린 시계를 물끄러미 쳐다보았다. 헤어진 지 아직 한 시간도 지나지 않았음을 확인하자 허탈한 미소가 입가에 번졌다.

 철저히 무시했던 감정들이 기은을 상대로는 속수무책이었다. 그 낯선 변화가 싫지 않다는 게 더 생경했다. 태진은 휴대전화를 톡톡 손가락으로 가볍게 두드렸다. 이대로 겁을 먹고 도망가 버리면 곤란하니까 마구 내달리는 마음을 조금은 숨겨야겠지. 자꾸만 기은에게로 향하려는 걸음을 억지로 거실로 옮기며 깊이 숨을 골랐다.

 유연미 여사가 입버릇처럼 쓸데없다고 말하는 커다란 화분 몇 개에 물을 주고 나자 갈증이 일었다. 기은은 커다란 꽃이 그려진 머그잔에 물을 따라 냉장고에 비스듬히 기대섰다. 태진이 섰던 것과 같은 자리였다.

 천천히 목을 축이다가 고개를 살며시 기울였다. 아까부터 휴대전화가 든 주머니가 조금 무겁게 느껴졌던 것이다. 손끝으로 가만히 검은색 화면을 더듬던 기은은 난감한 기색으로 휴대전화를 다시 주머니에 넣었다. 각자의 집으로 돌아온 지 얼마 되지도 않았고, 새삼 전화를 걸 만한 용건도 당장은 없었다. 그런데도 쉽사리 미련이 떨쳐지지 않는다. 태진의 온기와 목소리, 깊고 매혹적인 눈동자가 곤욕스러울 만큼 자꾸 생각났다.

"자야겠다."

감기 기운이 아직 조금 남은 것일까. 전에 없이 마음 한구석이 약해진 것을 그렇게 결론 내린 기은은 혼잣말을 중얼거리며 서둘러 침실로 향했다.

*

고군은 무사히 퇴원을 했고, 태진과 기은은 다시금 함께 차를 타고 출퇴근을 하게 됐다. 처음에는 편치 않다며 그 제안을 거절했던 기은이었지만, 고군이와 자신의 저녁 식사는 규칙적이어야 한다는 태진의 강경한 말에 마지못해 수긍하고 말았다.

"내가 잘못 본 건 아니지?"

나란히 들어서는 태진과 기은을 본 영욱이 놀랍다는 듯 눈을 크게 떴다. 두 사람은 이번에도 그의 의미심장한 눈빛을 담백하게 무시하고 업무를 시작했다.

자리에 앉은 태진은 모니터에 비치는 기은의 뒷모습을 바라보았다. 이쪽의 짝사랑이야 누군가 안다고 해도 상관없지만 기은이 불편해 할 수도 있었다. 때문에 기은이 어떤 입장을 말하기 전까지는 섣불리 입 밖으로 내지 않을 생각이었다.

그때 등 뒤로 바짝 다가온 영욱이 추리 소설에 등장하는 형사 같은 어조로 귓속말을 했다.

"이제 네 팔도 다 나았고 우리 기은이는 남한테 신세 지는 거 별로 안 좋아할 텐데 어떻게 된 거야?"

"남은 아니니까."

바탕화면에서 홍보 관련 서류를 불러오며 태진이 딱딱하게 대꾸했다. '우리 기은'도 거슬렸고 '남'도 마음에 들지 않았다.

"뭐?"

"이웃사촌."

"아, 난 또……에잇, 그러면 그렇지. 그래, 같은 아파트 사는 사람들끼리 기름도 아끼고 시간도 절약하고 서로 돕는 거지 뭐."

나름의 결론에 고개를 주억거린 영욱이 싱겁다는 표정으로 제자리로 돌아갔다.

태진은 키보드에 손을 올린 채 가볍게 한숨을 내쉬었다. 이 마음이 기은에게 어떤 부담도 주지 않기를 바랐다. 그런데 그보다도 기은이 다른 무엇도 신경 쓰지 않고 오롯하게 자신만을 가슴 가득 담아 주기를 갈망하고 있음을 깨달은 참이었다.

절대로 기은의 이름 앞에 '우리'를 붙일 수는 없다. 숨소리 하나도 완벽하게 자신만의 것이어야 하니까. 제 안에 고여 있는 지독하고 심지어 잔인할 수도 있을 독점욕이 놀라웠다.

"프로모션 때 쓰실 자료요."

잠시 후, 불꽃처럼 번져가는 독점욕의 주인공이 말을 걸어왔다.

"⋯⋯?"

태진이 자료를 받지 않고 빤히 쳐다보자, 기은이 까만 눈동자를 좌우로 굴리며 그를 마주 보았다.

느릿하게 입술 한쪽을 말아 올린 태진이 파일을 잡은 채로 짤막하게 말했다.

"미안."

"괜찮아요."

파일을 빨리 건네받지 않은 것에 대한 사과라고 생각한 기은은 대수롭지 않게 대꾸했다.

다시 모니터로 시선을 옮긴 태진은 받은 파일을 활짝 펼쳤다. 정말로 기은에게 미안해서 한 말이었다. 이 못된 독점욕을 반성하거나 고칠 마음이 전혀 없으니까. 그의 심술궂은 마음을 알 리 없는 기은은 가볍게 기지개를 펴며 작업에 몰두하고 있었다.

"자장면이나 돈가스 중에 고르세요. 미리 전화해 두게요."

퇴근길, 태진이 운전하는 차에 탄 기은은 몇 가지 생각해 둔 메뉴를 꺼냈다. 그러나 태진은 단호하게 고개를 가로저었다.

"이제 집에서 챙겨 먹자."

"한 끼는 제대로 먹어야 한다면서요. 별로 잘하는 음식이 없어요, 전."

벌써 일주일이 넘게 이어지는 외식에 메뉴도 바닥이 드러났다. 고군을 핑계 삼아 저녁을 함께 먹자는 태진에게 기은은 매번 바깥 음식을 제안했다. 말로는 책임지라고 하면서도 그때마다 태진이 거의 대부분 저녁을 사주었던 터라, 기은은 곧바로 그의 말을 거절하지 못하고 고민에 빠졌다.

"나도 마찬가지야. 그래도 번갈아 가며 준비하면 그것도 괜찮을 것 같은데."

그편이 함께 있는 시간도 더 길고. 태진은 긴 손가락으로 운전대를 느릿하게 두드리며 대답을 기다렸다.

"뭐, 그럼 시도는 해봐요. 일단 저부터 할게요."

말을 마친 기은은 무뚝뚝한 얼굴로 창밖을 바라보았다. 말간 하늘처럼 담담한 표정과 달리 자그마한 머릿속은 꽤나 복잡했다. 도대체 뭘 해서 먹는 게 좋을까나.

한 시간 후, 기은은 검은 비닐봉지를 들고 태진의 집 앞에 섰다.

"저녁 먹어요."

"어서 와."

태진이 문을 열어 기은을 반갑게 맞았다. 알록달록한 고양이 용품이 거실의 제법 많은 부분을 차지하고 있었지만 집 안은 단정하고 깔끔했다. 기은은 멀뚱하게 서 있다가 천천히 집 안으로 걸음을 옮겼다.

"볼 때마다 느끼는 건데 집이 딱 태진 선배 같아요."

오늘도 어느 구석에 꽁꽁 숨어 있는 고군의 모습을 찾으며 기은이 담백하게 말을 건넸다. 그러자 태진이 장난스럽게 미간을 살짝 찌푸렸다.

"칭찬?"

"해석하기 나름이요."

기은은 봉지를 건네주고 태진을 지나쳐 거실로 향했다. 무릎을 꿇고 소파 밑을 한참 기웃거리고 나서야 겨우 몸을 웅크리고 있는 고군을 발견할 수 있었다. 태진과도 여전히 서먹서먹했고 기은에게도 아직 마음을 온전히 열지 않는 녀석이었다. 그래도 경계심은 많이 옅어진 상태였고, 가끔이지만 보석 같은 눈동자로 마주 바라봐 주기도 했다. 그 정도만 해도 충분히 대견하고 고마웠다. 기은은 부드러운 미소로 산뜻하게 인사를 건넸다.

"안녕, 밥 먹자."

그사이 태진은 기은이 가지고 온 봉지를 열고 있었다.

"이건 고양이 몫인 거 같고."

넉넉하게 사온 고양이용 고급 간식 캔을 꺼낸 후, 다음 물건을 손에 들었다.

"우리 저녁이 참치 캔?"

사료 위에 캔 하나를 따서 붓고 물그릇에 새 물을 채워 준 기은이 말없이 고개만 끄덕였다.

참 공평한 여자. 그래서 조금 섭섭해지려는 순간, 태진의 눈동자에 반달처럼 미소가 걸렸다. 그의 몫으로 사왔다는 참치 캔은 그냥 참치에서부터 고추참치, 야채참치, 바비큐참치, 김치찌개용 참치까지 다양했다.

여전히 고양이를 살펴보는 척하며 기은이 작게 덧붙였다.

"뭘 좋아하는지 몰라서요."

그 무뚝뚝한 한마디가 왜 이렇게 귀여울까. 태진은 피식 웃으며 기은의 머리를 살짝 쓰다듬었다.

"전부 다 좋아해."

"다행……이네요."

왜 태진이 '좋아해'라고 하는 순간 심장이 찌르르 울리는지 모르겠다. 기은은 고개를 가볍게 휘저으며 주방으로 향했다.

저녁은 참치 캔으로 끓인 김치찌개와 참치를 넣은 계란말이였다. 맛있게 저녁 식사를 마친 두 사람은 따뜻한 녹차 한 잔씩을 들고 소파에 나란히 앉았다.

"경계심이 남다른 녀석이야."

태진이 아직도 열 걸음 이상의 거리를 유지하는 고군을 보며 말했다. 녀석의 다친 다리는 혀를 내두를 정도로 빠른 회복력을 보이고 있었다. 이참에 중성화 수술까지 마쳤고 이제 따로 병원에 가지 않아도 될 만큼 건강해져 있었다.

"버릇 같은 거겠죠."

버려질까 봐 노심초사하다가 어느 순간 그것이 누구에게도 마음을 열지 않는 것으로 바뀌었을 테니까. 씁쓸한 동질감이 잠시 기은의 맑은 눈동자에 어렸다.

"안 섭섭해?"

"그럴 수가 없잖아요."

녀석과의 거리를 좁히지 못한 것은 오히려 미안한 일이었다. 죽을 고비를 넘긴 고군이 예전보다 더 경계가 심해진 것은 어찌 보면 당연한 일이었다. 기은은 녹차가 담긴 잔의 손잡이를 가만히 어루만졌다.

태진의 시선이 기은의 희고 가느다란 손가락을 좇았다. 무뚝뚝한 표정도 담백한 목소리는 여전했지만 옅게 고인 자책감과 미안함이 고스란히 전해져 왔다. 태진은 한참이나 그 모습을 바라보다 천천히 입을 열었다.

 "형이……동물을 좋아해."

 태진에게서 세진의 이야기를 듣는 것은 처음이었다. 기은은 자신도 모르는 사이 지난번 정형외과에서 만난 여자의 말을 떠올렸다.

 －태진 씨가 수란이에게 그런 건 좀 의외지만. 왜 좀 차가워 보인다고 하나, 아무튼 여자, 그것도 형이랑……완전히 예상 밖이었다니까요. 뭐, 세진 오빠 사고 때문에 결국 모든 게 흐지부지 끝나 버렸지만요.

 수란이란 여자, 그리고 태진의 형인 세진의 사고. 세 사람 사이에 무슨 일이 있었던 것일까. 수란과 태진의 이름을 나란히 생각하는 것만으로도 어쩐지 가슴이 답답해 왔다. 기은은 정체불명의 갑갑함을 참기 위해 입술을 꾹 깨물고 다음 말을 기다렸다.

 "사람은 누구나 심장 속에 얼음 동굴이 하나씩은 있겠지. 나한테는 그게 형이고."

 태진은 잠시 말을 멈추었다. 기은의 까만 눈동자가 그를 응시하자 태진의 입술이 아주 느릿하게 다시 움직였다.

 "죄책감과 억울함. 형이 사고가 난 후, 줄곧 그 두 가지 상반된 감정이 따라다녔어. 나 때문에 형이 다쳤다는 자책만큼이나 단 한 번도 부끄러운 마음을 먹거나 그렇게 행동한 적이 없다는 억울함이 치솟아 날 괴롭혔지. 사람이니까 누구나 후회하고 또 원망도 하지. 그런데 그건 별반 도움이 되는 것들은 아니야. 오래 묵히지 말고 털어내는 게 좋지. 아, 물론 내 경우는 그걸 제대로 못 했어. 그런데 넌……기은이 넌 그러지 말았으면 좋겠다."

누군가에게 아직 말끔하게 정리되지 않은 상처를 보일 날이 오리라고는 생각하지 못했다. 하지만 이미 많이 아픈 기은의 심장에 고양이에 대한 자책감으로 또 다른 얼음 동굴을 만들게 하고 싶지는 않았다. 태진은 약속하라는 듯 기은에게 손가락을 흔들어 보였다.

"……네."

손가락을 거는 대신 기은은 크지 않은 목소리로 차분히 답했다. 태진의 말은 하나하나 그대로 심장에 스며들었다. 고양이에 대해 여전한 미안함을 단번에 알아본 그가 고마운 한편으로 또한 안타까웠다.

완벽하고 얄미울 정도로 멋진 남자라서 상처 같은 건 없을 거라고 생각했었다. 그런데 길지 않은 시간이었지만 태진의 눈동자에는 분명 가슴을 아릿하게 할 정도로 먹먹한 감정들이 고였다. 그를 내리누른 죄책감의 무게는 얼마나 무거웠던 것일까. 기은은 시큰해진 심장 때문에 공연히 입술을 지근거렸다.

"착하네."

태진이 옅게 웃으며 기은의 머리카락을 가볍게 쓰다듬었다. 부드러웠지만 아직 희미하게 상처가 엿보이는 미소였다.

"선배……."

그가 두 사람 사이에 자의적으로 끼어든 것이 아님은 짐작할 수 있었지만, 수란에 대한 것을 차마 자세히 물어볼 수가 없었다. 기은은 목구멍까지 차오른 말들을 내리누르며 자신도 모르는 사이 태진의 팔목을 붙들었다.

"왜?"

기은에게 손을 맡겨둔 태진이 듣기 좋은 목소리로 물었다.

"그냥요."

기은은 그대로 태진의 손등을 몇 차례 다독였다. 그가 자신을 품에 안고 달래 주던 것을 똑같이 할 수는 없었지만, 어쩐지 지금 이 남자를 따스하게 토닥여 주고만 싶었다.

"이거 혹시 위로?"

"비슷……해요."

기은은 바로 코앞까지 다가온 깊고 아름다운 눈동자를 슬그머니 피하며 손을 놓으려 했다. 그러나 태진의 동작이 더 빨랐다.

"하려면 확실하게 해."

태진은 말을 마치자마자 기은의 손을 당겨 품에 안았다. 곧이어 살며시 마른 등을 토닥이는 그의 길고 진한 눈매 안에 말할 수 없이 매혹적인 미소가 흘렀다.

"이건 절 위로하는 거잖아요."

심장이 이제 상습적으로 약속을 잊는다. 두근거리는 심장 때문에 목소리까지 떨리지 않도록 기은은 미간을 살짝 찌푸렸다.

"후후, 그래도 열 셀 동안만 그대로 있어."

태진이 웃음이 담긴 목소리로 나직하게 숫자를 읊조리기 시작했다.

"하나."

기은은 할 수 없이 넓은 가슴에 어정쩡하게 얼굴을 기댔다.

둘. 태진에게서 전해진 온기 때문인지 심장이 따뜻해져 왔다.

셋. 심장 소리만이 귓가를 울렸다.

넷. 어느새 태진에게 기댄 모습이 자연스러워져 있었다.

다섯. 고요하고 부드러운 침묵이 흘렀다.

여섯. 이대로 시간이 멈추는 것도 좋을 것 같았다.

그리고 일곱, 여덟, 아홉, 열……백을 넘어설 시간이 흘렀다.

그제야 기은은 천천히 고개를 들고 태진을 올려다보았다.

"왜 세다 말아요?"

태진이 짓궂게 웃으며 그런 기은의 뺨을 가만히 보듬었다.

"이대로 뽀뽀해도 괜찮을까 생각 좀 하느라."

그 말에 기은이 흠칫거리며 흑수정 같은 태진의 깊은 눈동자를 쳐다보았다. 방금 한 말이 거짓이 아니라는 것을 증명하듯, 심흑색 눈동자는 웃음기를 거두고 기은만을 가득 담고 빛나고 있었다. 어느새 웃음기 걷힌 태진의 눈동자 속에 두 뺨이 붉어진 자신이 점점 더 가까이 다가오며 커다래지고 있었다.

10. 창문 앞에 섰을 때

　태연한 얼굴을 해보이려 했지만 자연스럽게 긴장감이 차올랐다. 기은은 코끝이 스칠 만큼 다가온 태진을 똑바로 바라보았다. 시선을 정면으로 마주한 그가 꽃처럼 붉은 입술을 나른하게 움직여 호선을 그렸다.
　얄미워. 기은은 자신도 모르는 사이 입술을 지근거렸다. 불쑥 다가온 태진의 아름다운 눈동자 속에 고인 미소를 단번에 외면하는 게 결코 쉽지 않았던 것이다. 게다가 망설임을 지켜본 태진이 굉장한 배려심을 발휘하는 것처럼 한쪽 팔을 열어 도망갈 공간을 만들어 주는 여유를 부리고 있었다. 지독하게 달콤하고 위험한 속삭임과 함께.
　"생각은 여기까지만."

마치 도망가도 좋다는 것처럼 보이는 행동이었지만 오히려 막다른 골목으로 몰아가는 것이었다.

결국 기은은 움직이지 못했다. 태진이 단숨에 좁혀오는 거리 때문에 숨이 막혀 사고가 정지된 기분이었다.

그러자 태진이 서두르지 않고 천천히 열었던 팔을 내려 기은을 가두고 뺨을 부드럽게 쓸어내렸다. 기은은 미처 눈치 채지 못했지만 태진의 손끝은 가느다랗게 떨리고 있었다.

콰다다당.

야릇해진 숨결이 마침내 서로의 입술에 닿으려는 찰나, 요란한 소리를 내며 냉장고 위에서 고군이가 떨어져 내렸다. 기은과 태진의 시선이 고군에게로 향했다.

얼이 빠진 얼굴로 녀석이 몸을 가누려 애를 쓰며 버둥거리고 있었다. 아직 다리 한쪽이 불편한데다 낯선 공간인지라 제대로 균형 잡기가 쉽지 않았으리라. 균형감 좋기로 유명한 고양이치고는 꽤 볼품없는 모양새였지만 녀석은 도도하게 고개를 세우고 제가 일으킨 소동을 모르는 체하고 있었다.

"후아."

웃음인지 한숨인지 모를 소리가 태진의 입술을 비집고 나왔다. 기은 역시 붉어진 뺨을 슬쩍 감추며 작게 웃음을 터뜨렸다.

"조심해야지."

기은이 초연한 척 앉아 있는 녀석의 상태를 살펴보기 위해 몸을 움직였다.

빠르게 스쳐가는 기은의 어깨를 차마 붙잡지 못한 태진은 아쉬움 가득한 눈빛으로 주먹을 움켜쥐었다. 빠져들 것처럼 맑은 눈동자가 자신을 피하지 않았을 때, 형식적으로 열어 둔 틈으로 도망치지 않았을 때, 그때 정말이지 인내심 따위 모조리 내동댕이쳤어야 하는데.

품 안에 가두어 숨 한 점도 놓아주지 말았어야 하는 거였다. 후회가 짙게 찾아들기는 했지만 이상하게도 자꾸 웃음이 났다. 심장의 열기는 아직 터질 듯 뜨거웠지만, 자신이 가진 이 잔인한 욕심까지 모두 드러내면 벽 너머로 꽁꽁 숨을 것 같은 경계심 많은 기은. 그녀에게로 다가가는 걸음이 매 순간 너무도 설레서 미칠 지경이었다. 그리고 그렇게 조심스럽지만 솔직한 그의 마음을 기은이 거부하지 않았다. 그것만으로도 심장이 녹을 것처럼 행복했다.

"꿀돼지."

"……왜요?"

아직 달아오른 뺨이 식지 않아 기은은 고개도 돌리지 않고 퉁명스럽게 되물었다. 제대로 위험했다. 거침없이 다가오는 태진도 밀어낼 생각조차 하지 못하는 자신도.

마음을 가다듬으려 가볍게 눈을 감았다가 떴다. 이상한 일이다. 야릇하게 들떴던 감정은 겨우 조금씩 가라앉아 가는데, 심장이 여전히 두근두근 빠르게 뛰었다. 흔들리는 벽 안으로 두려움 대신 간질간질한 설렘이 밀려들어오고 있었다.

"오늘의 교훈 잊지 않고 다음을 준비할게."

태진이 바지 뒷주머니에 한 손을 찔러 넣고 삐딱하게 벽에 기대서며 입술을 말아 올렸다. 장난처럼 가볍게, 연연하지 않는 것처럼 능청스럽게 말하고는 있었지만 그의 까만 눈동자는 차분하고도 뜨거웠다.

"가볼게요."

태진의 말이 떨어지기 무섭게 기은이 현관으로 향했다. 조금 더 머물렀다가는 그 '다음'이 당장이 될 수도 있을 것만 같았다.

기은이 바람처럼 사라지고 나자, 태진은 허탈한 웃음과 함께 소파에 스르륵 등을 기댔다. 적당히 떨어진 거리에서 그루밍 중인 고군을 보며 태진이 산뜻한 목소리로 쏘아붙였다.

"넌 무슨 고양이가 그렇게 균형감이 없는 거냐?"

태연하게 몸단장 중이던 녀석이 고개를 들어 제게 말을 걸어오는 태진을 똑바로 응시했다. 신비로운 호박색 눈동자가 참으로 다채롭게 빛나고 있었다.

태진은 문득 몸을 일으키고 조금 큰 목소리로 말했다.

"너, 설마 일부러?"

잠시간 태진에게 고정되어 있던 녀석의 시선이 슬그머니 움직인 것은 그때였다. 마치 그의 말을 알아듣기라도 한 것처럼.

"하아."

살다 살다 고양이와 경쟁을 하게 될지는 몰랐다. 태진은 기막히다는 듯 웃으며 녀석의 동그란 머리통을 손바닥으로 살짝 건드렸다. 곧 고군이 눈빛을 날카롭게 세워 신경질적으로 머리를 흔들고 그를 노려보았다. 태진도 지지 않고 시선을 맞받아치며 나직하게 중얼거렸다.

"내 거다."

얼마나 지독한 독점욕인지 목소리에는 엄중함마저 묻어 있었다. 기은 앞에서 애써 감췄던 맹렬한 감정들이 태진의 까만 눈동자에 솔직하게 떠올랐다. 그러거나 말거나 제 몸단장에 열중하는 척하던 고군이가 몸을 일으켜 아까 기은이 앉아 있던 소파에 다시 자리를 잡았다. 미간을 좁히고 그 모습을 지켜보던 태진이 녀석을 슬쩍 밀어내고 그 자리를 차지했다.

"다른 자리에 앉아."

"냐옹."

이 질투심 많은 인간이 거슬린다는 것 같기도 했고, 상대하기 벅찰 거라는 한탄 같기도 한 짧은 소리였다. 고군이는 귀찮다는 듯 밀려난 자리에서 그대로 눈을 감고 잠을 청했다.

텔레비전에서 시끄럽게 떠드는 소리가 도통 귀에 들리지 않았다. 기은은 식탁 의자에서 무릎을 끌어안고 평소에는 보지도 않던 홈쇼핑 잡지를 뒤적거렸다. 닿을 듯 말 듯 아슬아슬했던 태진의 붉은 입술이 선명하게 떠올랐다.

홀리기라도 한 것일까. 머리를 흔들어 애써 태진에 대한 생각을 떨쳐내도 어느새 그림자처럼 길게 드리워지는 두근거림.

고양이 인질범, 이태진. 냉철하고 영민한 그는 이미 자신의 마음이 가진 두려움의 거리까지도 측정해 버린 것 같았다. 서두르지 않는 척하면서도 결코 멈추는 법 없이 곧장 다가오는 태진, 그를 의식하지 않는 것은 이제 도저히 불가능했다.

"정말 곤란한 사람이네."

태진을 그렇게 대충 정의 내려 보지만, 기은의 맑은 눈동자에는 저절로 희미한 미소가 피어올랐다. 스스로가 웃고 있다는 것을 의식하지 못한 채, 무릎을 조금 더 당겨 안았다. 어쩐지 외로움의 색이 조금씩 옅어 지는 것 같은 밤이다.

*

"어묵이나 먹고 갈까?"

퇴근길, 태진이 자동차 열쇠를 가볍게 던졌다가 받으며 제안을 했다. 유연미 여사가 또다시 억지로 잡은 인터뷰 약속을 미루느라 십분이 넘게 전화기를 잡고 있었던 기은이 가만히 고개를 끄덕였다.

"싫다고 하지 그랬어."

보조를 맞추어 걷던 태진이 자그마한 얼굴을 한참 동안 바라보다 입을 열었다. 무뚝뚝한 표정에서 이제 숨겨진 근심을 찾아내는 게 그리 어렵지 않았다.

"그러게요."

기은이 툭하고 답을 내뱉으며 길게 늘어뜨린 머리카락을 쓸어 올렸다. 억지에 가까운 어머니의 부탁을 깨끗하게 거절하지 않은 것은 정말로 유연미 여사가 큰 위기에 처했기 때문이었다. 비록 음주 운전에 관한 일은 잠잠해졌지만 그녀의 과거 행적에서부터 스캔들 등이 이슈화되어 이미지에 큰 타격을 주고 있었다. 그것을 조금이나마 무마시킬 수 있는 것이 가족에 관한 스토리일 것이다. 하지만 기은은 거짓말이나 포장에는 영 재능이 없었다. 그것을 알기에 유연미 역시 배우의 딸로 산다는 것 정도의 타이틀로 자극적 요소 없이 담백하게 기사를 싣자고 했다. 이미 그에 관해 아는 기자와 타협을 봐둔 상태였다. 그것마저 매몰차게 외면하기에는 가슴에 아직 어머니에 대한 한 가닥 미련이 고여 있었다. 아니, 조금 더 솔직하게 아직도…….

기은은 씁쓸한 표정으로 희미한 웃음을 지어 보였다.

"나 좀 착한가 봐요."

"어이쿠."

태진은 장난스럽게 받아치며 기은의 동그란 이마를 손가락으로 살짝 튕겼다. 그리고 부드러운 미소로 말을 덧붙였다.

"데려다 줄게."

"……됐어요."

"지금 잠깐 망설였지? 뭐, 좋아. 인심 썼다. 인터뷰 끝날 때까지 기다리고 있을게."

그러니까 혼자서만 고민하지 말고 뭐든 털어놔도 좋아. 태진의 눈동자가 깊숙하게 기은을 담았다.

장난기 섞인 말투와 달리 태진의 눈빛은 햇살처럼 따스했다. 단번에 뭐라고 다시 거절할 말이 없었다. 그의 말에 사실 조금, 아니 많이 기운이 샘솟았으니까. 혼자가 아니라는 느낌은 꽤나……설레었다.

그것뿐? 기은은 자신도 모르는 사이 천천히 고개를 가로저었다. 그래, 이 두근거림은 단순히 혼자가 아니라는 그런 광범위한 이유 때문이 아니었다. 태진, 그가 곁에 있어 이렇게 심장이 선명한 소리로 뛰고 있는 게 아닐까. 기은은 포장마차 출입문을 열고 손을 까딱이는 태진을 빤히 쳐다보았다.

"들어가, 오늘은 꿀돼지한테 마지막 어묵 양보 안 한다."

입술 한쪽을 멋지게 말아 올린 태진 때문에 약속을 어기는 심장이 조금씩 자연스러워지고 있었다. 기은은 피식 웃으며 그가 열어 준 문 안으로 힘차게 걸어 들어갔다.

사이좋게 어묵을 먹고 태진의 집으로 향하는 길, 기은은 경비실에서 작은 택배 상자를 찾았다.

"집에 가져다 두고 가."

무겁지도 않은 상자를 빼앗아 든 태진이 집에까지 옮겨 주겠다고 제안하자, 기은이 가볍게 고개를 휘저었다.

"고군 거예요."

"아직 사료나 모래, 캔도 넘쳐나는데."

"장난감 몇 개 샀어요."

대수롭지 않게 말하면서도 기은의 눈동자는 묘한 기대감으로 반짝반짝 빛나고 있었다.

"훗. 잘했어."

더 가까워지고 싶은 모양이다. 태진이 커다란 손으로 그런 기은의 머리카락을 부드럽게 쓰다듬었다. 버려질 것이 두려워 다가가지 못한다고 말했던 기은. 그녀가 조금씩 얼음 동굴 밖으로 걸어 나오는 발자국 소리가 들린다.

"아니, 뭐 고양이들이 좋아한다고 하니까."

칭찬을 듣고 멋쩍었는지 기은이 슬쩍 말을 덧붙이고 앞서 걸어갔다. 씩씩한 걸음과 달리 희고 가느다란 목덜미가 살며시 붉어져 있었다.

태진은 아까부터 웃음을 꾹 참고 시크한 한 마리의 고양이와 무뚝뚝한 한 여자를 열심히 관찰 중이었다.
"이건 레이저 포인트고, 또 저건 어묵 꼬치. 그러니까 이걸 이렇게 잡고……."
도도한 눈빛의 고군이를 상대로 이런저런 장난감을 꺼내어 들고 설명하는 기은의 표정이 사뭇 진지했다. 그러나 녀석이 지루한 사용 설명서를 가만히 경청할 리 만무했다. 귀찮은 표정으로 연신 하품을 하는 고군이 때문에 기은은 난감한 듯 입술을 지근거렸다.
그 모습에 태진은 결국 소리 없이 웃고 말았다. 까만 눈동자에 동그랗게 고인 난처함마저 예쁘다니, 중증이 분명하다.
"고군은 외면하는데 선배는 좋아하는 모양이에요, 이 장난감들."
빙그레 웃고 있는 태진을 발견한 기은이 미간을 찌푸린 채, 그에게로 눈길을 돌렸다.
"오해야. 난 단지 음……도와줄까 하고."
태진은 정말이라는 듯 손을 뻗어 태연하게 어묵 꼬치를 받아들었다. 기은이 삐딱하게 팔짱을 끼고 소파에 살짝 걸터앉았다. 반쯤 고개를 돌려 그런 기은과 눈을 맞추며 웃어 준 태진은 어묵 꼬치를 고군 눈앞에서 살살 흔들어 보였다.
"자, 꿀돼지가 좋아하는 어묵."

장난스런 태진의 말에 기은의 눈초리가 가느다래졌다. 태진은 뺨에 닿는 따가운 시선을 만끽하며 계속해서 고군을 자극했다. 아주 느릿하게 움직이다가 다시 빠르게. 그렇게 몇 번을 반복했을까. 무관심한 척하던 고군이가 슬쩍슬쩍 어묵 꼬치를 따라 눈을 돌리기 시작했다. 태진은 서두르지 않고 다가가고 멈추기를 반복하며 녀석의 관심을 더욱 끌어냈다. 마침내 고군이 진지하게 어묵 꼬치를 향해 돌진해 왔다. 하지만 태진은 꼬치를 여유롭게 빼내 이리저리로 흔들어 마구 약 올렸다.

"저런, 아직 멀었지."

동그랗게 뜬 눈으로 움직이는 어묵 꼬치를 어떻게든 잡으려고 애쓰는 고군이도, 툭툭 녀석의 머리통을 건드리며 장난스럽게 놀려대는 태진도 어느새 놀이에 푹 빠진 모습이었다. 마침내 고군이 앞발로 확 어묵 꼬치를 낚아채고 의기양양해 하는 찰나, 태진이 잽싸게 꼬치를 빼내어 위로 휙 올렸다.

"하하하하."

녀석이 놓쳐 버린 어묵 꼬치를 잡기 위해 높이 점프하며 춤추듯 공중을 날아다니자 태진이 시원하게 웃음을 터뜨렸다.

바라보던 기은의 입가에도 잔잔하게 미소가 고였다. 귓가를 울리는 태진의 웃음소리가 심장을 간질이고 있었다. 매사 철두철미하고 무섭도록 아름다운 남자, 태산처럼 크고 믿음직해서 빈틈 따위는 없을 것 같은 태진. 그가 동네 개구쟁이처럼 장난치며 환하게 웃는 모습에 저절로 가슴이 두근거렸다.

"좀 쉴까?"

그 말에 대답하듯 한참을 붕붕 날아다니던 고군이 거친 숨을 내쉬며 자리에 멈추어 섰다. 짓궂게 장난을 치는 태진 때문에 숨이 찬 것은 녀석뿐만이 아니었다. 생기 가득해진 고군의 보석 같은 눈동자만큼이나 매혹적인 태진, 그가 기은의 심장을 촉촉하게 적시고 있었다.

*

벌써 며칠째 시크 바이크 전원이 정신없이 움직이는 중이었다. 동호회에서부터 입소문이 퍼진 신제품의 판매가 급등해 각처에서 물량을 늘려달라는 요청이 들어온 것이다.

덕분에 지난 며칠간 출퇴근은커녕 태진과 얼굴 마주치기도 힘들었다. 그는 새벽같이 출근해서 매장과 공장을 순회하고 밤늦도록 영욱과 서류 작업을 하고 있었다. 기은 역시 바쁘기는 마찬가지였지만 디자인이 순조롭게 나와 겨우 숨을 돌릴 수 있게 됐다.

"아, 사료 사러 가야지."

고양이 발바닥이 프린트된 새 저지 디자인을 바라보며 기은은 저녁에 할 일을 정리했다. 굶주림에서 벗어난 고군이는 이제 자율 배식이 가능할 정도로 식탐이 줄어 따로 저녁까지 사료를 챙겨 주지 않아도 괜찮았다. 하지만 기은은 매일 저녁 꼬박꼬박 주인 없는 태진의 집에 들러 녀석의 저녁을 챙겨 주고, 이제 제법 익숙하게 한참을 놀아 주곤 했다.

기은은 메모해 둔 사료 이름을 한 번 더 떠올리며 기지개를 폈다.

굳어진 몸을 시원하게 쭉 늘이는데도 마음 한구석은 여전히 찜찜했다. 할 일은 완벽하게 마쳤고, 해야 할 일들도 빠짐없이 정리되었는데 도대체 뭐가 문제인 거지. 문제점을 찾으려는 듯 혼자 남은 사무실 사방을 쓱 훑었다.

허전해.

텅 빈 사무실을 돌아보던 기은은 태진의 책상에 시선을 멈추고 혼잣말을 되뇌었다. 의외로 간단히 해답을 찾았지만 눈빛은 여전히 복잡했다. 태진이 며칠 전 했던 말이 떠올랐던 것이다.

-나 없는 며칠, 꽤 허전할지도 몰라.

그때는 담담한 얼굴로 넘겨 버렸던 그 말이 하루가 다르게 또렷한 의미로 새겨지고 있었다.

-뭐, 보고 싶어도 그렇게 말할 유기은이 아니지만.

짙고 잘생긴 눈썹을 살짝 들어 올리며 태연하게 말하던 태진, 그의 얄밉도록 아름다운 눈동자가 사진처럼 선명했다.

"틀렸어요."

기은은 작게 한숨을 쉬며 자리에서 일어나 커다란 창 앞에 섰다. 환한 햇살들이 쏟아져 들어오는 창문 앞에 섰을 때 비로소 명확한 답 하나를 얻을 수 있었다. 기은은 고개를 비스듬히 돌려 태진의 책상을 다시 응시했다. 그리고는 무뚝뚝한 표정으로 나직하게 중얼거렸다.

"보고 싶네요, 꽤."

11. 특별한 하늘색

 오늘도 어김없이 열 시가 넘어서야 일이 끝났다. 다행히 생산과 배송 문제는 원활하게 진행되었고 차후 물량이나 품질도 굿 피트에서 더 큰 규모로 지원하기로 이야기를 마칠 수 있었다. 이제 하루나 이틀 후면 정상적인 업무량으로 돌아가게 될 것이다.

 태진은 빡빡해진 눈을 잠시 감았다 뜨며 휴대폰을 확인했다. 헬멧에 새기는 로고 디자인 때문에 몇 통의 전화와 메일을 주고받은 것을 제외하면 며칠 기은과 제대로 연락도 하지 못했다.

 "배터리 다 됐지? 나도 그래. 이건 뭐 평소 알람 같던 휴대폰이 쉴 틈 없이 울려대니 꽉 채워 나온 배터리도 감당 불가야."

 연하게 탄 커피 두 잔을 들고 나오던 영욱이 꺼진 태진의 휴대전화를 힐끔 쳐다보며 말했다.

"흠. 고맙다."

태진은 까칠해진 얼굴이 비치는 액정에서 눈을 떼고 커피를 받아 들었다. 영욱이 대강 찔러 넣은 셔츠를 정리하며 사람 좋게 웃었다.

"커피 말고 술이나 한잔하고 갈까?"

기은의 무뚝뚝한 목소리가 듣고 싶었지만 잠도 제대로 자지 못하고 공장장을 들볶아 대던 영욱의 노고를 모른 척할 수는 없었다. 태진은 짧게 고개를 끄덕이며 자리에서 일어났다.

조촐한 술자리가 파한 것은 열두 시가 조금 못 되어서였다. 태진은 코끝이 빨개지도록 취한 영욱을 먼저 보내고 차에 몸을 실었다. 대리기사가 아파트로 차를 모는 사이 휴대전화부터 충전해서 전원을 켰다.

기은 역시 며칠 엄청난 업무량에 시달렸으니 지금쯤 지쳐 잠이 들었을지도 몰랐다. 전원이 켜지길 기다리는 동안, 태진은 초조한 듯 마른 입술을 혀로 살짝 적셨다. 단잠을 깨울 수는 없으니 직접 얼굴을 보거나 목소리를 듣는 건 참는다고 해도 메시지 정도는 보내고 싶었다.

—틀렸어요.

전원이 켜지고 곧이어 확인하지 못한 메시지가 차례로 액정에 떴다. 다른 메시지를 재빨리 넘긴 후, 기은이 남긴 메시지를 몇 번이나 되뇌었다. 그리고 아주 느릿하게 눈을 감았다.

무슨 뜻일까. 밀려드는 호기심보다 고여 있던 그리움이 더 크게 파도를 만들어 심장을 울렸다. 꽉 다물린 태진의 입술이 연한 호선을 그렸다. 지금 이 순간 우스울 만큼 기은이 보고 싶다.

띠리링.

경쾌한 전자음과 함께 문이 열렸다. 태진은 흐트러짐 없는 동작으로 신발을 벗고 안으로 들어갔다. 불 꺼진 기은의 방을 주차장에서 한참이나 바라보고 오는 길이었다. 메시지에 아무런 응답이 없는 걸 보면 일찍 잠자리에 든 게 분명했다. 아는데, 그걸 알면서도 못내 섭섭할 만큼 보고 싶었다.

"고군, 저녁……."

그런 스스로가 쑥스러워 태진은 가볍게 고개를 저으며 고군부터 찾았다. 그러나 말을 채 끝마치기도 전에 태진의 길고 짙은 눈매가 말할 수 없이 부드러운 빛으로 반짝였다.

찌그러진 컵라면 상자 속에서 게슴츠레 눈을 뜨고 그를 바라보는 고군 옆에 기은이 있었다. 소파 앞 작은 테이블에 올려둔 경제 잡지 몇 권을 겹쳐 벤 기은은 몸을 웅크리고 깊은 잠에 빠져 있었다.

입을 크게 벌려 하품을 하던 고군이 다가오는 태진을 말갛게 쳐다보았다. 태진은 긴 손가락으로 입술을 살며시 누르며 걸음을 옮겼다. 그의 공간에 기은이 모든 경계심을 내려두고 편안하게 잠들어 있었다. 처음 느껴 보는 묘한 감동이 심장을 울리고 있었다.

태진의 새까만 눈동자가 기은의 숨결까지 오롯하게 담고 또 담았다. 부스스 몸을 일으킨 고군이 그런 태진을 힐끔 보며 못마땅한 얼굴로 자리를 비켜 주었다. 태진은 기특하다는 듯 녀석의 동그란 머리통을 가볍게 쓰다듬어 주었다.

"꿀돼지."

나직하게 부르며 조심스럽게 머리카락을 쓸어 넘겼지만 기은은 여전히 고운 숨소리를 내며 잠에 빠져 있었다. 태진은 숨을 찬찬히 골랐다.

성급하게 다가가면 도망쳐 숨을까 봐. 자칫 겁을 집어먹고 그를 경계할까 봐 시시각각 깊어지는 이 마음의 절반도 드러내 보이지 못하고 있다는 걸 기은은 알까? 뜨거운 갈망과 지독한 독점욕으로 가끔 심장이 꽉 조여 올 때가 있다는 것도 모를 테지.

지금처럼 완전한 무방비 상태의 기은에게 이쪽도 면역력 따위 없었다. 심장 박동도 제멋대로였고 뺨도 언제부턴지 붉게 달아올라 있었다. 전에 없이 취기가 한꺼번에 돌며 머리가 지끈거렸고 손끝도 자꾸만 떨렸다.

"으음."

태진의 번뇌를 알 리 없는 기은이 가벼운 소음에 미간을 찌푸리며 뒤척였다. 곧이어 가느다랗게 눈을 뜨고 주변을 살피던 기은은 손등으로 눈을 비비며 몸을 일으켰다.

"어, 태진 선배……언제 왔어요? 잠깐 졸았나 봐요."

"방금."

잠을 쫓으려 기은이 머리를 이리저리 흔들고 있었다. 태진은 부스스한 머리카락을 그대로 두고 기지개를 펴는 기은을 빤히 바라보았다. 흐트러지고 꾸밈없는 저 모습조차 일직선으로 날아와 심장을 징징 울려대다니, 정녕 미친 거지. 태진은 커다란 손으로 기은의 머리카락을 한층 더 엉망으로 헝클였다.

"원래는 안 그러는데."

태진의 의뭉스러운 미소 끝이 뭔가 찜찜했다. 기은은 고개를 갸웃거리며 머리를 대강 쓸어 묶었다.

평소처럼 고양이 저녁을 챙겨 주고, 한바탕 신나게 놀아 준 후 녀석이 졸기 시작할 때 옆에 잠시 앉아만 있었다. 그러다 태진에게 문자 한 통을 보냈고 다시 한 통을 더 보낼까 말까를 고민하며 눈을 감았다가 그 길로 잠이 든 모양이다.

혼잣말처럼 변명을 던진 기은은 슬쩍 식탁으로 자리를 옮겼다. 태진이 냉장고에서 시원한 물을 꺼내 내밀고 맞은편에 앉아 팔짱을 꼈다.

"신경 쓸 거 없어. 오히려 이 시간에 얼굴도 보고 좋은데, 뭘. 흠, 대신 심장에는 좀 나빴을지도 모르지만."

잠든 네 얼굴 보고 숨이 막힐 만큼 요란하게 뛰었으니까. 태진이 팔짱을 낀 채로 심장 부근을 툭툭 두드리며 담백하게 웃었다. 짙게 드리워진 속눈썹의 음영 때문에 기다란 눈매가 한층 또렷해 보였다.

그 모습을 바라보던 기은은 저도 모르게 빈 잔을 손가락으로 문질러 내렸다. 흰 셔츠의 단추를 서너 개 풀어내고 팔을 걷어 올린 태진에게서 희미한 알코올 냄새가 났다. 덕분에 조금 느슨해진 까만 눈동자가 위험스러울 만큼 몽환적인 빛을 품고 있었다.

물리적 거리와 감정적 거리는 동일한 척도로 잴 수 없는 게 분명하다. 식탁을 사이에 두고 느껴질 리 없는 태진의 숨결이 입술을 자꾸만 간질였다. 기은은 입술을 지근거리다가 슬쩍 화제를 전환했다.

"일이 잘 마무리된 모양이네요."

"음, 서류 몇 개만 처리하면. 그런데 아까 그 문자, 무슨 뜻이야? 회사 일은 틀린 기억이 전혀 없으니까 그건……."

태진이 호기심을 가득 담아 말꼬리를 흐리자, 기은이 서둘러 대답했다.

"원단이……생각과는 조금 달랐다고요."

"그렇단 말이지."

팔짱을 푼 태진은 턱을 괴고 희미하게 입꼬리를 당겼다. 확실히 뭔가 다른 의미가 있는 말이었던 모양이다. 맡은 일이 철저하기로는 기은도 그 못지않았다. 그런 기은이 새 디자인에서 가장 중요한 부분의 하나인 원단을 다르게 주문할 리가 없었다.

"아……."

생각을 더듬던 태진이 묘한 감탄사를 내뱉었다. 설마 보고 싶다고 할 리 없다는 제 말이 틀렸다는 그런…….

이건 순전히 기대감 혹은 욕심일지도 모르지만, 지금 겁 많은 꿀돼지의 회색 담장에 창문이 작게 덜컥거린 것 같다. 태진은 돋아나는 웃음을 감추며 엄지로 입술을 꾹 눌렀다.

*

주차장으로 향하던 기은은 스니커즈 앞코로 시멘트 바닥을 톡톡 두드렸다. 이제 오프라인 매장 쪽 일도 체계가 어느 정도 잡힌 상태라 다시 아침저녁 태진과 함께 움직이게 됐다. 그런데 그 일정 때문에 괜스레 마음이 들뜬다는 게 문제였다. 열흘 정도 따로 움직였던 때문에 새삼 낯선 거라고 생각을 구겨 넣은 기은은 느릿느릿 고개를 끄덕였다. 하지만 문제는 또 있었다.

"별것도 아닌데……."

보고 싶었다는 말, 흔하다면 흔한 그 말을 감춘 이유를 들여다보노라니 마음이 부쩍 어지러웠다. 평소처럼 그렇게 툭 하고 내뱉어도 이상할 게 없는 단순한 말, 장난처럼 할 수 있었을 그 말이 태진을 상대로 해서는 참 어렵기만 했다.

아마도 그건 말에 마음이 담기는 순간, 심장도 완벽하게 태진을 담아 버릴지 모른다는 염려 때문이겠지.

"날씨 좋지?"

미간을 찌푸리며 바닥만 보고 걷던 기은의 귓가에 듣기 좋은 목소리가 들려왔다. 먼저 와있던 태진이 희미한 미소로 고개를 까딱이고 있었다. 투명하게 휘몰아치는 가을의 햇살들 때문에 그가 선 자리가 눈이 부셨다. 우뚝 멈춰선 기은은 저도 모르게 눈을 깜박였다.

"그러네요."

무심하게 대답을 던지고 한 손으로 제 손등을 힘껏 꼬집었다.

아프다. 확실한 통증이 손등에서 느껴지는데도 두근거리는 심장은 어찌할 도리가 없다.

기은이 한참이나 자리에서 움직이지 않자 태진이 천천히 이쪽으로 다가오기 시작했다.

부드럽게 나부끼는 머리카락. 짙게 음영이 드리워진 아름다운 눈동자와 선명한 콧날, 겨우 알아볼 정도의 미소 한 점, 은은하게 느껴지는 스킨 향기, 그리고 자신을 향한 망설임 없는 걸음. 이 짧고 평범한 순간이 사진처럼 선명하게 각인되어 평생 잊히지 않으리라.

반질반질 윤이 나는 기은의 까만 눈동자가 마침내 태진을 똑바로 응시했다.

"선배."

"왜?"

태진이 걸음을 멈추고 마주 보았다. 그러자 기은이 어색하게 웃으며 그에게 손을 내밀었다. 만약 붙잡은 손에 미련 한 점도 남지 않는다면 이대로 안전지대로 돌아가도 괜찮지 않을까.

"손 한번 잡아 봅시다."

"언제든."

뭔가 힘이 잔뜩 들어간 우스꽝스러운 말투였지만, 태진은 더 묻지 않고 그대로 기은의 손을 덥석 잡았다.

"이러는 이유 안 물어봐요?"

오히려 기은이 가만가만 마주 잡은 손과 태진을 번갈아 보며 물음을 던졌다.

"나 좋을 대로 생각하려고."

"그것도 나쁘지 않네요."

"그럼, 이게 짝사랑의 좋은 점이지."

엉뚱한 대답에 비로소 기은이 살짝 웃었다. 하지만 이내 조금 긴장한 기색으로 입술을 달싹였다. 손끝이 살며시 닿는 순간부터 마음이 가늠할 수 없을 정도로 요동치고 있었다.

이렇게 불안할 정도로 가까워지면 안 되는 거였는데. 곁에 있는 게 당연해지고, 가슴 시리게 그리워지는 마음 같은 거 품으면 안 되는데. 이 남자 때문에 혼란스러운 마음 전부를 보여주고 싶어지면 안 되는 건데. 그런데 그 모든 염려들이 소용없어졌다. 태진, 그와 함께 보는 벽 너머의 세상이 알고 싶어졌으니까. 상처와 함께 깊이 박힌 두려움과 불안함을 이만 잠재우고 눈앞의 그를 향해 한 걸음 내딛고 싶었다.

그래, 이제 그만 인정하자. 지금 잡은 이 손 놓치고 싶지 않다는 거. 내가 이 사람을……. 가슴을 동그랗게 맴돌아 목구멍까지 차오른 감정 때문에 잠깐 입술을 꾹 깨물어야 했다.

"걱정되는 일 있어?"

새까만 눈동자에 차곡차곡 차오르는 수많은 감정들을 놓치지 않기 위해, 태진은 기은과의 거리를 조금 더 좁혔다.

기은이 고개를 좌우로 가볍게 흔들어 보였다. 뒤이어 잡고 있는 손을 당겨 마이크처럼 입술 가까이에 가지고 갔다.

"퀴즈. 맞추면 아침은 제가 살게요."

"여태 퀴즈 고민한 거였어?"

어이없다는 태진의 표정에 기은은 살짝 어깨를 올렸다가 내렸다.

"비슷……하죠."

"후, 그럼 일단 들어나 보자."

태진은 할 수 없다는 듯 피식 웃으며 다음 말을 기다렸다.

"태진 선배는 여전히 짝사랑 중일까요?"

간단한 문제, 그리고 하나밖에 없는 정답. 태진과 기은의 눈동자가 그대로 미동도 없이 서로를 담아냈다.

"너……."

"정답은……60초 후에 공개할게요."

태진이 무어라 입을 열기도 전, 기은은 서둘러 잡은 손을 놓고 조수석 문을 열었다. 무뚝뚝한 표정으로 감추려 했지만 귓불이 상당히 붉어져 있었다. 차에 오른 기은이 고개만 빼꼼 내밀었다가 잽싸게 문을 닫았다.

"하."

태진의 새빨간 입술 사이로 아찔한 탄성이 새어 나왔다. 뜨거운 태양을 그대로 삼킨 것처럼 심장이 맹렬하게 뛰고 있었다.

"하하."

숨이 막히도록 차오르는 웃음을 감추지 않은 채, 태진은 고개를 들어 파란 하늘을 쳐다보았다. 수없이 마주쳤던 하늘이지만 오늘의 이 특별한 빛깔은 난생처음 보는 것이었다.

유기은 같은 색. 맑고 투명한 온기를 품은 색, 벅찰 정도로 심장을 행복하게 만드는 빛, 세상 무엇보다 특별한 색깔의 이름으로는 그게 딱이다.

"이래서는 세상이 전부 너로 보이잖아."

문고리를 잡은 태진은 유리창 너머의 기은을 보며 작게 불만을 토로했다. 그러나 까만 눈동자는 깊고 부드러운 미소만을 띠고 있었다.

"정답 말해 준다며. 60초 훨씬 지났다."

신호 대기를 받아 멈추어선 사이, 태진은 아까부터 창밖만 쳐다보는 기은에게 말을 걸었다.

"아시잖아요."

"아리송해."

"학교 다닐 때 되게 공부 잘했다던데요."
"이쪽 분야는 젬병이었지."
능청스럽게 대꾸하는 태진 때문에 기은이 초조해진 기색으로 이마를 문질렀다. 단번에 말갛게 속내를 드러내 보일 수는 없다고 해도, 어렵사리 결심을 했으니 하나씩 차근차근 솔직해져 가야 하는 거겠지. 힐끔 태진의 반듯한 옆선을 쳐다본 기은이 잠깐 입술을 지근거리다 물었다.
"꼭 들어야 하는 거예요?"
"그럼."
요령을 피우지 못하고 곤란해 하는 기은이 귀여웠다. 지금쯤 도톰한 입술을 살짝 지근거리고 있겠지. 분명 보기 좋은 버릇은 아닌데 묘하게 도발적이기도 했다. 태진은 핸들을 잡은 손에 힘을 주며 당장에라도 기은의 입술을 뜨겁게 들이마시고픈 욕심을 참았다.
"아닙니다가 답이에요."
"정답 시비를 없애려면 구체적으로 이야기하는 게 좋아. 우선 누구부터 시작하지."
이 순간을 제대로 벼르고 있던 게 분명했다. 짧은 한숨을 내쉰 기은은 체념한 듯 간략하게 답하기 시작했다.
"후우, 제가요."
"누구를?"
태진의 집요한 질문이 이어졌다.
"선배요."
"그 선배 이름이 뭔데?"

"저를 꿀돼지라고 부르는 이태진 선배요."
"그래서?"
"……좋아해요."
 툭하고 말을 던진 기은보다 듣고 있던 태진의 뺨이 먼저 붉어져 있었다.
"흠, 완벽한 문장도 궁금한데."
 시치미를 뚝 떼고 물어오는 말에, 불쾌함이 전혀 담기지 않은 기은의 투덜거림이 이어졌다.
"이래서 영욱 선배가 무섭도록 철두철미하다는 소릴 한 모양이네요."
"게다가 원하는 것을 얻기 위해 위협도 불사하지."
 태진은 싱긋 웃으며 팔을 뻗어 기은의 손등을 부드럽게 간질였다.
"뭐해요?"
"고문."
"훗."
 기은이 웃음을 터뜨리고 말았다. 그 모습을 새기듯 찬찬히 바라보던 태진이 손에 가볍게 깍지를 채우며 말했다.
"꿀돼지, 이젠 나한테서 못 빠져나가."
 담백한 음성이었지만 거스를 수 없는 확고함이 담겨 있었다. 결국 기은의 고개가 천천히 아래위로 움직였다.
 유기은 같은 색의 하늘이 놀랍도록 아름다운 아침이었다.

12. 그리고 키스

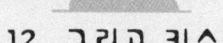

 지훈이 겨울 공동구매 관련 안내 메일을 보내는 윤의 허리를 쿡쿡 찔렀다.
 "태진 형님이 요즘 좀 이상한 거 같아."
 "확실히 그렇지."
 윤도 힘차게 고개를 끄덕이며 긍정했다. 정말이지 요즘 태진은 묘하게 달랐다. 원래의 그는 감정적인 것과는 거리가 멀다는 느낌이었다. 그에 얽혀드는 것을 교묘히 피하고 본인의 속내도 솔직하게 드러내는 법이 없다. 그런데 지금은 뭐랄까. 온몸에서, 심지어 눈빛 하나에서까지 즐거운 기색이 가득했다. 흐트러짐 없는 자세와 냉철한 태도로 서류를 검토하다가 문득 부드럽게 웃기도 했고. 이따금 사람을 녹여 버릴 것처럼 매혹적인 눈빛을 해서 같은 남자끼리도 묘한 설렘을 느끼게 만들었다.

"아무리 생각해도 태진 형님을 저렇게 만든 건, 분명 여자야."

지훈은 탐정처럼 턱에 손을 괴며 목소리를 한껏 낮추었다.

"영욱 형 말씀 못 들었냐. 태진 형님은 걱정될 정도로 여자에 무관심하다잖아. 그런데 설마 여자 때문일라고."

"그야 그렇지만. 뭐, 그래도 내 촉이 그렇게 속삭이고 있다고. 반드시 밝혀내겠어. 우리 할머니의 명예를 걸고!"

설득력 있는 반박에도 지훈은 굽히지 않고 주먹을 불끈 쥐었다. 윤은 그의 이마를 힘껏 떠밀었다.

"험한 얼굴 그만 들이대고, 가서 여름용 7부 바이크 패드 바지 재고나 확인해. 오후까지는 수량 체크해 두라고 했잖아."

"흠, 이렇게 되면 스파이를 고용하는 수밖에."

지훈은 구박에도 아랑곳 않고 여전히 탐정 포즈를 취하며 의미심장하게 웃었다.

영욱이 자리를 비운 사무실은 평화로운 고요함이 흘렀다.

태진은 관련 광고 비용들을 처리하고 있었고, 기은은 보온 소재로 안감을 댄 겨울용 패드 바지에 로고를 넣는 작업에 열중하고 있었다. 부지런히 펜과 마우스를 움직이던 기은의 손이 멈춘 것은 태진이 보낸 메시지 때문이었다.

-오늘 퇴근 후에 짝사랑 종결 기념식 있음. 꿀돼지는 반드시 참석할 것.

메시지를 읽은 기은의 눈동자에 희미하게 미소가 고였다. 기은은 비스듬히 고개를 돌려 담백한 목소리로 말을 건넸다.

"그런 건 기념 안 해도 되지 않아요? 좀 쑥스러운데."

"안 돼. 이미 초대 손님도 있어, 꽤 모시기 힘든 분이라고."

태진이 기은의 새까만 머리카락을 살짝 헝클리며 입술을 말아 올렸다.

"누구요?"

"도도한 고군이."

그 말처럼 여태 한 번도 무릎 고양이가 된 적 없는 고군이었다. 기은은 피식 웃으며 무뚝뚝하게 대꾸했다.

"사람 하나에 꿀돼지 하나, 고양이 하나인 기념식이라, 나름 재밌겠네요."

기은은 말을 마치고 다시 모니터를 향해 앉았다.

태진과 함께하면 평범한 순간들도 잊지 못할 반짝이는 추억이 된다는 건 이미 알고 있다. 열려버린 문으로 망설임 없이 쏟아져 들어오는 태진 때문에 문득 두렵기도 했지만 그보다 더 설레고 즐거웠다. 비스듬히 태진의 어깨를 비추는 나른한 오후 햇살만으로도 벌써 특별하고 예쁜 순간이니까.

"누나."

기은이 작업 막바지에 이르렀을 때, 지훈이 사무실 문을 열고 고개를 들이밀었다.

"어."

"잠깐 나 좀 봐."

"보고 있어."

기은이 눈동자만 굴려 바라보자, 지훈이 열심히 손짓을 했다.

"아니, 아니. 이리 나와 보라고."

고개만 조금 더 움직여 바라보는 기은 때문에 지훈의 목소리가 커졌다. 순간 저런 무능력한 스파이를 고용해도 될 것인지에 대한 고민이 들었지만, 그 외에는 호기심을 해결할 다른 방법이 없었다.

마지못해 기은이 자리에서 일어나 움직이자, 시안을 검토하던 태진의 눈동자가 날카롭게 빛났다. 부드럽게 닫히는 문을 바라보던 그는 못마땅한 기색이 역력한 얼굴을 손바닥으로 가볍게 쓸어내렸다. 지훈을 남자라고 생각할 기은이 아님을 알지만 몹쓸 생각이 머리를 휩쓸고 있었다. 기은을 하루 종일 자신만 볼 수 있게 가둬 두고 묶어 두고 완벽하게 소유하고 싶다는 잔인한 욕망. 그 새빨갛고 솔직한 욕심이 놀랍도록 정직하게 가슴을 채웠다.

"꿀돼지에 관한 일은 여유를 부릴 수가 없군."

모니터를 노려보던 태진의 눈이 느릿하게 깜박였다.

복도로 나선 기은이 의자에 앉자 지훈이 잽싸게 자판기에서 뽑은 음료수를 내밀었다.

"갑자기 음료수는 왜?"

"아니, 그냥 열심히 일하는 누나 커피 한 잔 사주고 싶어서."

"고마워."

태진도 목이 마를 텐데. 기은은 담백한 얼굴로 음료를 들이켜며 슬쩍 주머니를 더듬어 잔돈을 찾았다.

"저기, 근데 누나 있잖아. 한 가지 물어보고 싶은 게 있는데. 아, 복잡하거나 어려운 건 아니고."

"말해."

"태진 형님, 요즘 좀 달라 보이지?"

기은이 대답 없이 음료수만 마시자, 지훈은 제 추측에 힘이 실린다고 생각하며 고개를 끄덕였다.

"알다시피 내가 궁금한 건 못 참잖아. 덕분에 입사하자마자 누나네 엄마 이야기 끈덕지게 물어봐서 영욱이 형이랑 윤이 형한테 혼도 나고. 그런데 사람이 하루아침에 바뀌기는 힘들거든. 게다가 솔로가 절대적으로 많은 이 분위기에서 누구 하나가 연애를 한다. 뭐, 이런 거는 예의상 밝혀 줘야 하는 거라고. 안 그래? 염장을 본격적으로 질러 줘야 남은 사람들이 분발을 하지."

기은은 또 말없이 음료수만 홀짝였다.

"그래서 말인데, 누나가 태진 형한테 슬쩍 물어봐 주라. 우리 중에서 그래도 가장 태진 형이랑 오래 다니잖아. 나 궁금한 거 생기면 잠도 제대로 못 자."

"거절이야."

일 초도 지나지 않아 기은이 무심할 만치 간결하게 답했다. 바람에 흩날리는 머리카락을 쓸어 올리는 손길이 담백했다.

"이힝, 누나."

"지훈아."

"왜, 왜? 협조해 줄 거야?"

"파이팅."

그 말만 남기고 기은은 자판기로 향해갔다. 뒤에서 지훈이 알게 되어도 누나한테는 절대 안 알려줄 거라는 둥, 알 권리가 침해당하는 이 순간 소극적인 자신을 되돌아보라는 둥의 말을 해댔지만 아랑곳하지 않았다. 안타까워하는 지훈과 달리 음료수를 뽑아든 기은의 얼굴에 옅은 미소가 흐르고 있었다.

짝사랑 종결 기념식은 순조롭게 진행됐다. 공로상 수상자인 고군이에게 특별히 마련한 생식이 제공되었고, 짝사랑의 갑과 을인 두 당사자도 근처 레스토랑에서 포장해 온 메뉴로 만찬을 즐기고 있었다.
"해 봐."
지훈과 나눈 이야기는 대충 얼버무리고 넘어갔지만, 이번 주제에 대해서는 태진이 제법 강경하게 답을 요구했다.
"싫어요."
마음을 열게 된 계기와 그 소감을 말하라는 짓궂은 요청에 기은은 와인 잔을 이리저리 돌리며 딴청을 피웠다.
"흠, 아쉬운데 협박이라도 해야 하는 건가."
와인보다도 붉고 매혹적인 태진의 입술이 그려내는 미소는 심장을 덜컥 멈추게 할 것처럼 아름다웠다. 기은은 잠시 멍하게 그 미소를 따라가다 눈이 마주치자 서둘러 화제를 돌렸다.
"저 이번 주 토요일에 인터뷰하기로 했어요."
"그럼 기다리면서 책 좀 읽어야겠다. 드라이브 갈 만한 곳도 찾아보고."
꽉 붙잡힌 시선을 떼지 않고 태진은 와인 한 모금을 마셨다.

"그냥 혼자 갈게요."

"얌전히 감시만 할 거야."

태진의 엄포에 기은이 어깨를 살짝 으쓱거렸다. 그의 작은 고집이 싫지 않다. 아니, 사실 든든한 기분이었다. 태진이 함께 가주는 것만으로도 유연미 여사가 강제로 잡은 인터뷰 약속이 한결 덜 부담됐다.

"산책하면서 인터뷰 간단히 연습하자."

"무슨 연습까지."

내밀어진 커다란 손을 망설임 없이 잡은 기은이 담담하게 고개를 휘저었다. 그러자 태진이 기은의 이마를 가볍게 톡 쳤다.

"인터뷰 말만 나오면 꿀돼지 미간이 좁아지거든."

그 말에 기은이 텔레비전 화면에 슬쩍 얼굴을 비추어 보았다. 조금 들떠 보이기는 하지만 딱히 걱정을 드러낸 표정은 아닌데……. 그는 어떻게 알았을까.

"그렇게 쳐다보면 위험해."

기은이 티끌 한 점 없는 까만 눈동자로 빤히 바라보자, 옷을 챙겨 들던 태진이 부드럽게 경고했다.

"저도요."

먼저 문을 나선 기은이 살짝 고개를 돌려 중얼거렸다. 비록 태진은 문이 잠기는 소리 때문에 그 짜릿한 말을 듣지 못했지만.

아파트 단지를 벗어난 두 사람은 큰길을 따라 손을 잡고 걸었다. 인터뷰가 어떤 식으로 진행되는지를 묻는 태진에게 기은이 짧게 설명을 해주었다.

"주로 어머니 이야기일 거예요. 제 개인적인 부분은 제외하는 걸로 했으니까."

그의 말처럼 미리 인터뷰를 연습해 보는 것도 나쁘지 않을 것 같았다. 준비해 가면 시간도 한결 단축될 것이었다.

"괜찮아?"

"네. 어머니가 대강 할 말을 일러 줬으니까 그 부분은 뭐."

담담하게 말하는 기은을 잠시 바라보던 태진이 말없이 손등을 다독였다.

"오히려 기본적인 질문이 더 걱정이죠. 별로 말할 것도 없는데."

어머니와의 일은 크게 추억할 만한 것이 없었다. 유연미 여사는 기은을 데리고 온 후로 여전히 작품 활동에 바빴고 때때로 스캔들성 만남을 가졌지만 여전히 혼자였다. 그리고 기은 역시 큰 집에 항상 동그마니 혼자였고.

자신이 가장 먼저인 어머니와 상처 많은 무뚝뚝한 딸의 거리는 늘 고정되어 있었다. 기은은 살짝 가라앉은 기분을 없애려 손을 좌우로 힘차게 내저었다.

짙고 긴 눈매 안의 날카로운 눈동자가 그것을 놓치지 않고 살폈다. 태진은 일부러 더 쾌활한 목소리로 능청스럽게 물었다.

"기본이라. 예를 들면……유기은 씨 지금 사랑하는 사람 있습니까, 같은?"

"선배처럼 물어보면 답 안 할 거예요."

눈을 반짝이는 태진을 향해 무뚝뚝한 답이 이어졌다.

"쉬운 질문을 놓치다니, 쯧."

태진이 정말로 애석한 것처럼 정색을 하자, 기은이 그를 슬쩍 노려보았다. 그러자 태진이 느긋하게 웃으며 어깨를 두드렸다.

"인터뷰에 임하는 친절한 자세를 보여주지. 자, 나한테 질문해."

"흐음, 좋아요. 일단 이름은?"

기은이 제안을 받아들여 평범한 질문을 시작했다. 장난처럼 시작한 인터뷰 연습이지만 그에 관한 호기심은 진짜였기에 눈빛이 차츰 진지해졌다.

"이태진."

"가족은요?"

나이, 신장, 몸무게 등에 관한 형식적인 질문 후에 기은이 고른 질문을 가족 관계였다.

"부모님은 교외에 사시고 형은……조용한 곳에 혼자 지내고 있어. 한참을 못 만났지. 음, 조만간 만나러 가볼까 해."

"그땐 내가 데려다 줄게요."

태진은 그의 얼음 동굴이 형이라고 했었다. 기은은 다음 질문을 하는 대신 대뜸 약속부터 했다.

"먼 곳이야."

"기다려도 줄게요. 이야기 마칠 때까지."

어렵지 않게 진심어린 걱정과 배려를 읽어낼 수 있었다. 태진은 그대로 기은을 품에 안았다. 정말 참을 수 없이 이 여자가 좋다.

"나, 특별대우 받는 거네."

"네."

기다렸다는 듯 답하는 기은. 그녀와 맞닿은 심장이 델 것처럼 뜨겁고 녹을 것처럼 달았다. 태진은 부드럽게 기은을 내려다보았다. 둘의 심장 사이에 튼튼한 다리가 놓여가고 있었다. 둘러가지 않고 피해가지 않는, 일직선으로 통하는 단 하나의 길. 둘 만이 걸을 수 있는 그 다리는 각자의 얼음 심장 정도는 가볍게 오고 갈 정도로 깊이 뻗어갈 것이다. 그리고 기은을 향해 힘차게 뛰는 이 심장은 점점 더 하나밖에 모르는 바보가 되어 갈 테지. 참……

"신기하다."

"뭐가요?"

태진이 품에서 벗어나는 기은을 물끄러미 바라보다 빙긋 웃었다. 태연한 척하지만 야릇한 분위기에 당황한 게 틀림없었다. 기은의 통통한 귓불이 살며시 붉어져 있었다.

태진은 웃음을 머금은 채 능청스럽게 답했다.

"너한테 대책 없이 빠져드는 내가."

그래, 유기은에 관한 것, 전부가 예쁜 내가 정말 신기하다. 기은을 가득 담은 새까만 눈동자가 말없이 깊이 반짝였다.

명확한 것, 이성적인 것만이 편하다고 생각했었다. 그런데 기은의 웃음 하나, 눈빛 하나에 심장이 덜컥이는 감성적이고 욕심 많은 남자가 돼버리고 말았다. 신경 쓰고 싶지 않은 일, 쓸 필요가 없던 일조차 기은이라면 괜찮다. 아니, 기은이라서 이 낯선 소용돌이가 전혀 두렵지 않았다.

태진은 입술에 남은 미소를 털어내지 않고 그대로 손을 뻗었다.

그런데 기은이 주머니에 양손을 찔러 넣고 그를 말갛게 바라보기만 했다.

"왜?"

다시 힘차게 손을 내밀던 태진이 동작을 멈추었다. 아까의 자세 그대로 기은이 살짝 고개만 들어 올려 그를 말똥말똥 쳐다보고 있었다. 그 눈동자가 지나치게 맑고도 오묘해서 심장이 쿵하고 내려앉는 기분이었다.

"나 뭐하는 거 같아요?"

건들건들 주머니에 넣은 손을 빼지도 않고 기은이 고개를 조금 더 내밀었다.

"……?"

태진의 의아한 눈빛에 태연하게 어깨를 으쓱거리기는 했지만, 이제부터 할 일을 생각하니 두 뺨은 어느새 살그머니 붉게 물들어 버렸다. 기은은 아주 짧게 숨을 몰아쉬며 상큼하게 두 음절을 내뱉었다.

"도발."

자신도 속절없이 그에게 빠져들고 있다고 말하고 싶었다. 자연스럽게 느껴지는 태진의 뜨거운 마음. 그에 조금 더 자신의 진심도 보여주고 싶었다. 그러나 애교를 부리거나 사랑스러운 분위기를 만들어내는 것에는 영 재주가 없으니 이렇게라도……. 말을 마친 기은은 뻔뻔하게 입술을 조금 내밀어 보였다. 온 용기를 그러모은 행동임을 말해 주듯 주머니에 찔러 넣은 손에서 땀이 배어나오고 입술도 살며시 떨리고 있었다.

그 모습을 한순간도 놓치지 않고 바라보던 태진은 굳어 있던 시선을 풀었다. 맹수의 그것처럼 타오르는 눈동자가 야릇하게 빛났다.

"그렇다면 기꺼이."

다음 순간 태진의 붉은 입술 한쪽이 살짝 말려 올라갔다. 동시에 기은의 가느다란 목덜미가 그의 손에 잡혔다. 긴장한 듯 기은의 목이 빳빳하게 굳었다. 태진은 손끝으로 혈관을 살며시 훑어 내려 매끈한 턱을 들어 올렸다.

터질 듯 빠르게 뛰는 심장의 비명이 들렸지만, 기은의 마음이 아무런 장애 없이 투명하게 보이는 이 순간을 만끽하고 싶었다.

서두르지 않고 천천히 고개를 비스듬히 숙였다. 여리고 가볍게, 도망칠 생각 따위는 들지 않게 느릿하게.

감질날 정도로 태진의 숨결은 희미하게만 닿았다. 반쯤 내리간 눈동자는 언뜻 느슨한 듯 보였지만 실상 휘감긴 감정은 광폭할 정도로 뜨거워 차마 똑바로 마주 볼 수가 없었다. 바르르 떨리는 입술을 지근거린 기은은 발가락을 힘껏 오므렸다.

"눈 감아도 돼."

팔딱팔딱 뛰는 심장 소리에 섞인 태진의 나직한 목소리가 지독하게 달았다. 기은이 반사적으로 눈에 힘을 주며 미간을 좁히자, 태진이 피식 웃으며 바짝 거리를 좁혔다.

"감지 않을 거라면 똑똑히 봐. 네게 키스하는 사람이 누군지."

그 말을 마치자마자 태진이 입술을 덮쳤다.

그가 꽉 다물린 입술을 무섭도록 집요하게 파고들자 기은은 자신도 모르는 사이 주머니 속에서 주먹을 단단히 말아 쥐었다. 그리고 마침내 눈을 감으며 입술을 열었다. 이내 촉촉한 혀가 망설임 없이 쏟아져 들어왔다. 모든 감각이 입술로 몰린 것 같았다. 베인 것처럼 따갑고 물든 것처럼 자연스럽게 겹쳐지는 입술과 노골적으로 얽혀 짙은 갈망을 숨김없이 드러내는 혀의 자극. 그것들이 순식간에 격정적인 열꽃을 피워냈다.

두 사람은 서투르게, 그러나 미칠 듯 맹목적으로 입술을 찾았다. 키스는 그 후로도 쉼 없이 이어졌다. 알록달록한 조명들이 별처럼 반짝이는 공원, 푸른 나무를 흔들고 온 바람조차 두 사람 사이에 끼어들 수 없었다.

*

태진이 식탁에 턱을 괴고 앉아 있던 기은을 가볍게 안았다. 주말을 앞둔 금요일 밤은 평소보다 여유로웠고, 두 사람 사이도 키스를 계기로 부쩍 가깝고 자연스러워져 있었다.

"꿀돼지, 일어나. 저녁 먹어야지."

"생각한 거예요."

"흠, 확실히 조는 걸로 보였는데."

기은은 짓궂은 놀림에도 아랑곳 않고 수저통에서 숟가락과 젓가락을 꺼냈다.

며칠 전 지나가는 말로 생각보다 키스가 서툴더라고 솔직하게 이야기했다가 호된 경험을 했었다. 처음이라 잘하지 못하는 건 당연하지만 이대로 실망시키고 싶지 않다는 핑계로 태진이 곧장 맹연습에 들어갔던 것이다.

덕분에 저녁을 아마 열한 시가 넘어서 먹었지. 기은은 고개를 절

레절레 흔들며 어깨에 힘을 주어 태진을 밀쳐냈다.
"밥 먹어요."
"그럼 오늘은 식후에."
태진은 능청스럽게 대꾸하며 맞은편 자리로 가서 앉았다. 소파에 나른하게 뒹굴던 고군이가 뒤집은 자세 그대로 뚱하게 보고 있었다. 요즘 들어 완전히 편안해진 모습을 보여주는 녀석이었다. 이제 세 사람이 함께 하는 공간이 너무도 익숙했다.
"내일 잘할 수 있지?"
"외계 생명체나 우주 신비에 대한 심도 깊은 질문만 아니면요."
기은은 산뜻하게 답하고 잘 익은 계란찜을 푹 떠서 입으로 가져갔다. 벌써 몇 번이나 내일 있을 인터뷰를 연습했었고 태진 덕분에 긴장감도 덜한 상태라 크게 걱정되지 않았다.
"만나기로 한 카페 이름이 뭐라고?"
태진은 가만히 기은이 좋아하는 멸치볶음이 담긴 접시를 앞으로 밀어 주었다. 그리고는 오물오물 거리며 밥을 먹는 입술에 빼앗긴 시선을 억지로 밥공기로 옮겼다.
"진. 주역여대 후문에 있는 핑크색 간판이요."
말을 내뱉고 나서 잠시 숟가락질을 멈추었다. 머릿속에서 문득 핑크색 명함 한 장이 스쳐 지나갔던 것이다. 묘한 일치, 옅은 불안. 기은은 자신도 모르는 사이 눈을 찌푸렸다.
"왜?"
"핑크색은 별로예요."
"키스할 때 꿀돼지 볼도 핑크색이던데."

태진이 태연하게 맞받아쳤다. 순간 당황해서 이리저리 눈동자를 굴리던 기은이 지지 않고 대꾸했다.
"선배도 그래요."

*

딸랑. 높게 달아 놓은 방울이 맑은 소리를 내며 흔들렸다. 체크셔츠에 야상 점퍼, 심심한 검은색 스키니 진을 입은 기은이 아기자기한 인테리어의 '진'으로 들어섰다.
토요일 오전 시간임에도 벌써 몇몇 사람들이 테이블을 채우고 있었다. 은은한 커피 향과 고소한 빵 냄새가 어우러진 카페 '진'은 간판만큼이나 여성스럽고 예쁜 곳이었다. 잡지에 몇 번 소개된 적이 있고 오늘 만날 기자와도 친분이 있는 가게라고 했다.
기은은 찬찬히 주위를 살펴보다 입구에 있는 카운터로 향했다. 아르바이트생으로 보이는 이들은 주문을 받아 음료를 만들고 있었고, 계산대에는 아담한 체구의 여자가 손님을 맞이했다.
"원 잡지사의 김희선 기자님과 약속을 했는데요."
"어서 오세요. 김 기자님이 오전 마감 때문에 조금 늦을지도 모르겠다고 하셨어요. 예약해둔 곳은 조용한 자리니까 차를 드시면서 편안히 기다리세요."
자연스럽게 컬을 넣은 긴 머리카락에 진주가 박힌 리본 핀을 꽂고 그에 꼭 어울리는 연한 회색의 원피스를 입은 모습이 꼭 값비싼 도자기 인형 같았다. 목소리마저 가느다랗고 상냥한 여자는 저절로 보호본능을 일으키게 했다.

기은은 꾸벅 목례를 하고 그녀를 따라 안내된 자리로 향했다. 그들이 커다란 벽난로 옆의 외떨어진 자리로 가는 길목, 손님이 말을 걸어왔다.

"요즘 왜 이렇게 얼굴 보기가 힘들어요?"

"컵케이크 수업 챙겨 듣느라 가게를 자주 비워서 그랬나 봐요."

종알종알 말이 많은 단골을 상대하기 위해 여자가 멈춰선 사이, 기은은 대충 자리를 짐작하고 먼저 움직였다. 하지만 이내 손님의 목소리가 그녀의 귓가를 또렷하게 파고들었다.

"어머, 그럼 컵케이크도 직접 만들어 파시는 거예요? 수란 언니가 만드는 컵케이크라니 너무 기대돼요. 언니처럼 예쁘면 선물하기도 좋을 거고."

핑크색 명함 속의 진수란. 그리고 카페 진과 인형 같은 여자. 설마……. 애써 담담한 표정을 지었지만 어느새 기은의 눈동자는 살며시 흔들리고 있었다.

13. 불안

 카페가 있는 건물 공영 주차장에 차를 세우고 느긋하게 시트를 뒤로 젖혔다. 기은에게는 잠시 근처를 산책하고 있겠다고 말했지만 사실은 줄곧 자리를 지키며 책을 읽을 생각이었다. 혹시라도 기은이 인터뷰 때문에 불편한 마음으로 카페를 나오면 일 초도 지체 없이 데리고 가고 싶었기 때문이었다. 느린 템포의 음악이 흐르는 차 속에서 가볍게 읽을 수 있는 책 한 권을 꺼내어든 태진에게는 부드러운 여유가 흘렀다.
 똑똑. 한 시간가량 집중해서 책을 읽고 있는데 차창을 두드리는 작은 손기척이 들렸다. 태진은 읽던 책을 내려두고 창문을 내렸다.
 "차를 조금 빼……."
 여자가 말을 채 마치지 못하고 눈을 크게 떴다. 새하얗고 매끄러운 얼굴을 아주 짧게 바라본 태진의 표정이 딱딱하게 굳었다.
"태진아."
여자가 흐느끼듯 이름을 불렀지만 태진의 눈빛은 미동도 없었다. 곧 어떤 감정도 담지 않은 목소리로 대꾸했다.
"차 바로 빼드리죠."
"태진아, 난……."
기어이 뺨을 타고 흐른 고운 눈물 한 방울을 닦을 생각도 하지 못하고 수란이 창문을 부여잡았다.
미정이 정형외과에서 태진을 만났다고 했을 때도 이렇게 가슴이 와들와들 떨리리라고는 예상치 못했다. 그렇게 아프게 끝났으니. 아니, 시작도 제대로 해보지 못한 사이니까.
"우리 이야기를 좀……."
그럼에도 하고 싶은 말이 있었다. 세진이 사고로 그렇게 된 후, 수없이 긴 밤을 괴로워했다. 숨은 진실을 모르는 사람들은 아무도 그녀를 탓하지 않았지만. 수란에게는 태진이 묵묵히 짊어진 비난의 돌덩이가 눈에 밟혀 매일이 악몽 같던 날들이었다.
애처로울 만큼 떨리는 목소리를 무시하고 태진은 천천히 눈을 감았다가 떴다. 그리고 변함없이 딱딱한 얼굴로 단호히 말했다.
"딱히 나누고 싶은 말이 없습니다."
"미안해, 나 때문에 네가……그래서 줄곧 나는……너를……."
울음 때문에 뚝뚝 끊어지는 말소리가 제대로 들리지 않았다. 태진은 묵묵히 운전대만 응시했다. 그때의 사고에 대해 한마디 변명도 하지 않은 것은 결코 수란을 위한 것이 아니었다. 와르르 무너져 버린 형, 세진을 더 이상 비참하게 만들 수가 없어서, 부모님의 마음에 더 큰 못을 박을 수 없었기에 그런 결정을 한 것뿐이었다. 태진은 아무것도 묻어나지 않는 표정으로 물었다.

"그게 저와 무슨 상관이란 겁니까?"

"태진아."

"예전에 분명 말씀드린 것으로 아는데요. 형이나 부모님이 아니었다면 그쪽이 제멋대로 구는 행동 결코 참아 주지 않았을 거라고요."

말을 마치고 태진은 미련 없이 창문을 올렸다. 수란이 어쩔 줄 몰라 하며 물러서자 곧 그의 차가 주차장을 빠져나갔다.

흘러내린 눈물 때문에 뿌옇게만 보였지만, 수란은 태진이 사라진 방향을 한참이나 응시하며 그대로 서 있었다.

*

수란은 아름다운 외모 외에도 재주가 많은 사람이었다. 시끄럽게 떠들어 대는 손님의 말을 통해 그녀가 피아노를 수준급으로 연주한다는 것도 알았고 펠트 공예며 제과제빵까지 두루 능숙하다는 것도 들었다. 그런 수란이 아직 혼자라는 게 의문이라는 말을 끝으로 기은은 애써 그들의 대화를 외면했다.

"죄송해요. 불편하실 텐데……."

잠시 후, 이야기를 마친 수란이 앙증맞은 바구니에 담긴 스콘과 버터, 딸기잼 그리고 향이 좋은 커피를 가져다주며 미안한 기색으로 웃었다. 기은은 바구니에 걸린 핑크색 명함을 들여다보며 가만히 고개를 저었다.

"괜찮아요."

"그럼 기자님 오실 때까지 편히 계세요. 전 잠깐 외출해요. 잘 일러뒀으니 필요한 건 뭐든 말씀하시고요."

수란이 생긋 웃으며 몸을 돌리자, 기은은 저도 모르게 핑크색 명함을 집어 주머니에 넣었다. 곧 빳빳하던 모서리가 꾸깃꾸깃해져 갔다. 들리지 않을 만큼 작게 심호흡을 했다. 낯익은 명함과 그 속에 찍힌 이름을 마주하고부터 가슴 한구석이 지끈거리고 있었다. 그녀가 지난번 병원에서 마주친 오지랖 넓은 여자가 말한 것 동일한 인물일지도 모른다는 생각이 갈수록 또렷해졌다. 불안함, 갑갑함. 딱히 하나의 이름을 붙일 수 없는 감정들이 기은의 눈동자에 잔잔한 파도를 만들었다.

늦게 도착한 김 기자가 한바탕 사과를 늘여놓으며 인터뷰를 시작했지만, 여전히 수란이란 이름이 가시처럼 걸렸다.

"기은 씨."

기자가 노트북을 노려보며 그녀를 불러대고 있었다. 기은은 뻗어 나가는 상념을 겨우 멈추고 고개를 들어 상대방을 응시했다.

어쨌든 인터뷰는 별 탈 없이 진행되는 중이었다.

"어머니와 함께 살기 시작할 무렵의 심정이 그렇게 복잡한 건가 봐요? 술술 나오던 대답이 다 막히고."

"아니요. 목이 아파서요."

"난 또, 뭐 파격적인 기삿거리라도 있나 했네요."

"어디까지 답했죠? 아, 어머니와 같이 살면서부터 편안하고……."

김 기자가 눈을 반짝이며 슬그머니 유도신문을 했지만, 기은은 기계적으로 답하며 여지를 주지 않았다. 그렇게 계속해서 형식적인 인터뷰 질문과 대답이 오고 갔다.

기은은 식어 버린 커피가 든 잔을 손끝으로 살며시 더듬었다. 별다른 사담을 섞지 않는 인터뷰가 얼추 끝나가는 모양새였다.

"잠시 화장실 다녀올게요."

기은은 가볍게 고개를 숙이며 자리에서 일어나 양해를 구했다.

좁은 복도를 따라 나무로 된 화장실 문을 열었다. 수도꼭지에서 쉼 없이 쏟아지는 시원한 물줄기에 손을 적시는데도 마음이 개운치 않았다. 쓸데없는 오해 같은 건 사양이다. 괜한 상상으로 태진과 그녀의 과거를 새로이 창작하고 싶지도 않았다. 궁금한 건 물어보고 꼬인 이야기는 함께 풀어 가면 되는 거였다. 그런데도 가슴속의 기분 나쁜 질척거림이 쉬이 떨어져 주지 않는다.

이걸 질투라고 하는 건가.

기은은 거울 속의 자신을 보며 미간을 살짝 찌푸렸다. 그러다 입술을 지근거리며 젖은 손을 털지도 않고 커다란 창에 비스듬히 기대섰다. 주차장이 바로 내려다보이는 2층 높이의 유리창은 밖에서는 안이 보이지 않지만 안에서는 바깥이 훤히 보였다. 무심히 밖을 내다보던 기은이 멈칫거리며 눈을 크게 떴다. 멀리서도 눈에 띄는 고운 외모의 수란이 태진의 차창을 두드리고 있었던 것이다.

수란이 정말로 태진과 과거에 연이 있던 인물인지는 차치하고서라도 내심 절대 마주치지 않기를 바랐던 모양이다. 태진이 다른 여자와 나란히 눈을 맞추는 모습은 보고 싶지 않았던 게 분명하다. 하물며 자신이 모르는 시간 속의 두 사람이 다시 마주친 것이라면…….

　태진의 표정을 볼 수 없는 게 다행이라고 해야 할까. 두 사람이 뭐라고 이야기를 나누는 모습을 보자 저절로 얼굴이 굳어져 버렸다. 언뜻 수란이 눈물을 흘리는 것이 보였다. 기은은 그대로 화장실을 빠져나와 자리로 돌아갔다. 불쑥 치솟는 옹졸한 질투심과 덮쳐 오는 불안감에 더는 보고 있을 수가 없었다.

　"이제 질문이 하나 남았네요. 염려 마세요, 짧게 끝낼 테니까."

　김 기자가 마지막 질문을 꺼내기 전 노련하게 기은의 안색을 살폈다. 다소 창백하기는 했지만 무뚝뚝하고 뻣뻣한 표정은 아까와 조금도 다르지 않았다.

　"네."

　기은은 차분한 동작으로 고개를 끄덕이며 떨리는 손을 테이블 아래서 꽉 마주 잡았다. 불필요한 망상도 이대로 멈춰 주길.

　"음, 제가 유연미 씨에 대해 이런저런 조사를 하다 보니까 한 가지 흥미로운 사실을 발견했거든요. 어머니는 기은 씨 친아버지에 대해서 그냥 섣부른 불장난이었고 그 후로 곧 외국으로 이민을 가 버려서 한 번도 만난 적이 없다고 하셨잖아요. 그런데 마침 묘하게……."

　"그 부분에 대해서는 할 말이 없는데요."

　김 기자가 아버지에 대한 이야기를 꺼낼 것이라고는 예상치 못했기에, 기은의 눈동자에 낯선 긴장감이 흘렀다.

　"어머, 그렇게 긴장하지 않으셔도 돼요. 뭐, 별건 아니고. 제가 조사한 내용을 보면 유연미 씨에게 오빠가 하나……네, 그러니까 의붓오빠. 이분의 고등학교 동창이란 분을 좀 알게 됐거든요. 그런데 꽤 놀라운 말씀을 하시더라고요. 사실 오늘 그 부분을 자세하게 좀 듣고 싶은데요."

"인터뷰는 끝난 거 같네요."

"아니, 그게……기은 씨! 잠깐, 잠깐만요."

"먼저 일어날게요."

아버지란 인물에 대한 이야기는 듣지 않는 편이 좋다. 어차피 지금까지처럼 근거도 없는 흔해빠진 추측일 게 틀림없으니까. 그래, 흘려들어 버려도 상관없어. 그럼에도 마음 한구석에 미미하게 파문이 일었다. 기은을 가장 먼저 버린 사람이 아버지였다. 그 이름조차 알고 싶지 않았던 건, 버려진 이유를 새삼 찾아내어 상처를 되새기고 싶지 않았기 때문이다.

김 기자가 열성적으로 붙잡았지만 기은은 뒤도 돌아보지 않고 카페를 나왔다. 최대한 담담하고 차분하게 보이기 위해 걸음마다 힘을 준 탓에 문을 닫자마자 온몸이 뻣뻣하게 굳어졌다.

수란, 그리고 희미하게 의문으로 맴도는 아버지.

뒤엉킨 이름들이 머리와 가슴을 까맣게 헝클었다. 딛고 선 단단한 시멘트 바닥마저 불안하게 흔들리는 기분이었다.

이대로 모른 척하면 없었던 일처럼 되지 않을까. 순간 찾아드는 유혹에 기은의 고개가 힘없이 아래로 떨어졌다.

"인터뷰는 괜찮았어?"

카페를 나와 태진과 만난 것은 그로부터 얼마 지나지 않아서였다.

"……네."

간결한 대답과 달리 기은은 꽤 지쳐 보였다. 태진은 곧장 차를 출발하는 대신 찬찬히 기은의 손등을 다독였다.

기은은 물끄러미 길고 우아한 손가락을 쳐다보다가 시트에 깊숙이 몸을 묻었다.

"왜?"

시선이 뺨에 와 닿는 것을 느낀 태진이 차를 출발시키며 부드럽게 물었다.

"그냥……기다리는 동안 뭐 했나 궁금해서요."

"책 읽고 음악 듣고 또……."

태진은 자연스럽게 말꼬리를 흐렸다. 수란을 만났던 일에 대해 이야기를 할 생각이었지만 생각이 조금 바뀐 것이다. 기은은 이미 충분히 피곤한 상태였다. 그런 기은을 상대로 길고 무거운 이야기를 꺼내는 건 쉽지 않았다.

"저 잠깐 눈 좀 붙일게요."

기은이 두 눈을 천천히 감고 시트에 몸을 푹 파묻었다. 그렇게 아파트에 당도할 때까지 한 차례도 눈을 뜨지 않았다.

"오늘은 저녁 혼자 드세요."

차가 멈추자 기은이 먼저 일어나 안전벨트를 풀었다.

"무슨 일 있었어?"

태진이 걱정스럽게 물으며 손을 붙잡았다. 맑고 까만 눈동자가 그를 똑바로 응시했다.

"없어요. 참, 오늘 고마워요."

단호한 대답에 어울리게 미동도 없는 눈동자였지만, 태진은 자신도 모르게 가슴 한구석이 서늘해짐을 느꼈다.

"꿀돼지, 많이 피곤……."

그러나 말을 채 끝내기도 전에 휴대전화가 요란하게 울리기 시작했다. 기은은 그 사이 꾸벅 목례만 하고 차에서 내렸다.

주차를 하고 곧 뒤를 따라가려던 태진은 동작을 멈추고 말았다. 얼마 걷지 않아 등을 보이고 선 누군가를 발견한 것이다. 아파트 쪽을 바라보며 선 사람은 단정한 차림의 어머니였다. 태진은 그때서야 아까부터 계속 울려대는 전화를 꺼내 들었다.

"태진아, 지금 어디……."

반가운 목소리로 전화를 받던 신 여사가 그제야 가까이 다가온 태진을 발견하고 함박웃음을 지었다.

"다행이다. 근처 결혼식에 왔다가 오랜만에 좀 보고 가려고."

눈물까지 글썽이며 반가워하는 어머니의 뒤로 수려한 외모의 중년 신사가 보였다. 태진은 금방이라도 기은을 따라가고 싶은 마음을 꾹 누르며 차분히 허리를 숙였다.

*

"아파트가 참 깨끗하네. 그렇죠, 여보?"

"지내기 좋겠군."

연신 흐뭇하게 웃는 어머니와 여전히 빈틈없는 아버지를 모시고 집으로 간 태진은 문 앞에서 잠시 멈추었다.

"왜?"

"소개해 드릴 녀석이 있어서요."

어머니의 물음에 태진이 가볍게 미소를 지었다. 한참 만에 보는 아들의 미소에 신 여사가 남편의 옆구리를 쿡 찔렀다.

"이왕이면 녀석이 아니라 아가씨면 좋을 텐데."

아쉽다는 말투였지만 신 여사는 눈을 빛내며 문이 열리기를 기다렸다. 친구라도 와 있는 것일까. 감정적인 것들에 워낙 무심한 아들인지라 과연 소개해 줄 '사람'이 누구인지 성별을 불문하고 호기심이 일었다. 그러나 문이 열리고 한동안 신 여사는 제자리에 얼어붙어 버렸다.

"고양이? 키운다고, 태진이 네가?"

"꽤 귀여워요."

신 여사는 천연덕스럽게 고개를 끄덕이며 실내화를 내주는 태진을 어이없다는 듯 바라보았다. 겨우 놀란 가슴을 진정하고 소파로 간 태진의 모친은 저만치서 이쪽을 경계하는 노란 털뭉치 녀석과 곳곳에 놓인 장난감이며 밥그릇들을 쳐다보았다. 여기저기 꽤나 세심한 배려가 묻어 있는 고양이의 살림살이를 보노라니 새삼 냉랭해 보이는 아들이 실은 속이 참으로 따뜻한 녀석이었음이 떠올랐다.

잠시 후, 태진이 신 여사와 아버지께 주스 잔을 건넸다.

"미리 연락 주시지 그러셨어요."

"우리도 딱히 계획한 일은 아니라서, 집에 없으면 다음에 보자 그랬지."

신 여사는 자리에서 일어나 집 안 곳곳을 살폈다. 깔끔한 태진답게 집 안은 걱정할 것 없이 단정했다. 그래도 남자 혼자 사니 챙겨 먹는 일은 엉망일 테지. 밑반찬이라도 좀 챙겨 올 걸 그랬다. 신 여사는 염려스러운 얼굴로 냉장고 문을 열었다.

"집에서도 밥 챙겨 먹니?"

텅 비어 있으리라 생각한 냉장고 안은 의외로 차곡차곡 쌓인 유리그릇으로 가득 차 있었다. 유리용기 속에는 반찬이며 남은 채소나 찌개 등이 들어 있었고, 계란이나 김치, 각종 양념류도 제법이었다.

"이태진."

고개를 돌린 신 여사의 눈빛이 오묘했다. 소파에 앉아 고군의 하는 양을 말없이 지켜보던 이 사장 역시 슬쩍 시선을 던졌다.

"말씀하세요."

예상했던 것보다 일찌감치 닥친 질문이었지만 태진은 솔직할 생각이었다. 신 여사는 남편 곁으로 가서 짧게 눈빛을 주고받았다.

"너, 만나는 사람 있는 거지?"

말을 하면서도 믿기지 않는 듯 신 여사가 남편의 손을 꼭 움켜쥐었다. 그런 어머니의 손을 다정하게 잡아주는 아버지를 바라보던 태진이 담백하게 고개를 끄덕였다.

"제가 많이 좋아하는 사람이에요."

"어머, 어머……."

신 여사가 말을 잇지 못하고 얼굴을 붉혔다. 태진에게서 뻔뻔할 정도로 당당하게 누군가를 좋아한다는 말이 나올 것이라고는 상상치도 못했다.

세진의 사고가 있던 날, 그들 부부 역시 내심 태진을 원망했다.

수란을 마음에 담은 태진이 그녀를 흔들었다고, 때문에 수란이 세진에게 헤어지자는 말을 해서 결국 끔찍한 사고가 일어난 것이라고, 그렇게……. 태진은 당시 한마디 변명도 하지 않았다. 한쪽 팔을 쓸 수 없게 된 세진이 길길이 날뛸 때도, 부부가 탄식 어린 시선을 보낼 때도 그는 쏟아지는 비난을 묵묵히 참아냈다.

 그러나 시간이 어느 정도 흘러 비로소 감춰진 것들이 보이기 시작했다. 그들이 알고 있던 진실은 세진에게 비참함마저 안겨 주고 싶지 않은 태진의 아픈 배려였음을, 몸과 마음이 크게 다친 세진 이상으로 태진 역시 힘든 시간을 보냈다는 것을 말이다.

 "잘 됐구나."

 지난날을 되돌아보며 새삼 감격에 겨워하는 신 여사를 대신해 이 사장이 짤막한 한마디를 내뱉었다. 태진은 함축적인 의미가 담긴 그 말에 옅게 미소를 지어 보였다.

 "정말이지 장하고 고마운 사람이네."

 신 여사가 온화한 눈빛으로 말하자, 태진이 구석에 웅크리고 있던 고양이의 털을 가볍게 쓰다듬었다. 녀석은 낯선 사람들 때문에 날카로운 심정을 고스란히 토해내며 그의 손가락을 아프지 않게 깨물어 버렸다. 그래놓고는 두 눈이 휘둥그레져 슬쩍 시선을 돌렸다. 움찔거리는 동그란 뒤통수에서 미안한 기색이 묻어났다.

 태진은 녀석을 몇 번 더 쓰다듬어주며 의뭉스럽게 웃었다. 기은을 궁금해 하시는 두 분께 길들여지지 않은 고양이 같은 구석이 있는 걷잡을 수 없이 사랑스러운 여자라고 하면 제대로 된 설명이 되는 걸까. 보이는 것보다 훨씬 귀엽다는 이야기도 덧붙이면 아무래도 지나친 거겠지.

"좀 이르긴 해도 저녁 먹으면서 이야기하자. 그 아가씨 불러도 좋고."

신 여사의 말에 아버지도 무언의 격려를 보냈다. 그러나 태진이 망설임 없이 고개를 흔들었다.

"아직은 부담스러워할지도 모르고, 무엇보다 제가 좀 더 독점하고 싶어요."

그 말은 사실이었다. 정식으로 부모님께 소개해 드리고 싶지만, 아직은 마냥 이렇게 욕심내고 싶었다.

"그, 그야……그렇겠지."

"어험험."

태연자약한 그 말에 부부의 눈이 동시에 커다래지며 말을 살짝 더듬었다. 두 사람은 서로만이 알 수 있는 눈짓을 나누며 외투를 챙겨들었다. 아들의 낯선 모습은 신기하고 또 고마운 것이었다. 아주 제대로 불이 붙은 게 틀림없었다. 뭐라도 결심하면 말릴 수 없는 태진이니 어쩌면 당연한 것일지도 모르지만. 부부는 또 한 번 시선을 맞추고 다정하게 웃었다.

늦은 저녁, 기은은 인터폰 화면에 비치는 얼굴을 빤히 바라보았다. 부모님이 갑자기 방문하셔서 근처에서 저녁을 먹고 이야기를 나눈다던 태진이 돌아오는 길에 방문한 모양이다.

'다음에는 함께 인사드릴 수 있으면 좋겠다. 여기 갈비 맛이 괜찮은데 좀 사가지고 갈까?'

'꿀돼지. 많이 피곤해? 저녁은 챙겨 먹고 쉬어라.'

식당에 도착한 태진이 연달아 문자를 보내왔지만 기은은 답하지 않았다. 머릿속을 맴도는 수란이란 이름 때문에 답장을 누르는 손가락이 멈칫멈칫 거렸던 것이다.

또다시 벨이 울렸다. 하지만 기은은 문을 열어 줄 생각도 않고 화면을 응시했다. 태진이 수란에 관해 거짓말을 했다고 하는 건 억지였다. 그렇게 생각하면 자신 역시 그에게 거짓말을 했으니까. 단지 수란에 관한 일을 어떻게 물어야 할지 몰라 난감했다. 그러면서도 삐딱해지는 마음을 바로 잡기가 힘들었다.

태진은 수란을 어떻게 생각할까? 그녀처럼 예쁘고 상냥한 여자의 눈길을 냉정하게 외면할 수 있을까? 만약, 만약에 태진이 흔들린다면, 그렇다면…….

기은은 자신도 모르는 사이 몸을 부르르 떨었다. 쓸데없고 못난 생각들이 자꾸만 몸을 불려가고 있었다. 버림받았던 쓰린 기억들이 주는 커다란 두려움이 혈관을 타고 흐르는 것 같기도 했다. 혼자가 새삼스러울 건 없었다. 이렇게 불안할 바에는 차라리 그편이 나을지도 몰랐다. 안전한 벽 너머로 숨어 버리면 그만이었던 시간이 편안했을지도 몰랐다. 그럼에도…….

"좋아하니까."

온기 한 점 없는 화면에 손바닥을 대었다. 태진의 뺨이 손바닥 안에 폭 잠겨 들었다. 고통을 외면하기 위해 마음까지 잠가 버리는 건 바보 같은 짓이다. 벽을 세우면 상처는 입지 않겠지만 이쪽의 마음도 영영 전할 수가 없다.

그래, 어머니와의 관계처럼.

기은은 거실 벽 한 면을 가득 채운 유연미의 사진을 잠시 바라보다 천천히 입술을 깨물었다. 상처를 입을까 봐 이렇게 겁이 나는데도 사랑하는 것을 멈출 수가 없다. 멈추고 싶지 않다.

아주 느린 동작으로 잠금 해제 버튼을 눌렀다. 문이 열리는 소리가 경쾌하게도 울려 퍼졌다. 열린 문틈으로 달빛보다 빨리 태진이 쏟아져 들어왔다. 그는 말할 틈도 주지 않고 강하게 기은을 끌어안았다.

"무슨 일 있지?"

태진이 체온을 확인하듯 커다란 손으로 이마를 짚었다. 기은은 느릿느릿 시선을 맞추었다.

"그래 보여요?"

"음. 불안할 정도로."

이어진 대답에 기은의 입꼬리가 희미하게 말려 올라갔다. 파도처럼 휘몰아치던 두려움이 태진의 품에서 차츰 옅어지고 있었다. 기은은 천천히 얼굴을 들고 그를 응시했다.

"선배."

"……?"

키스를 나눌 때처럼 가까워진 거리에서 기은의 까만 눈동자가 맑게 일렁였다. 태진은 그 곱고 투명한 눈동자를 한순간도 놓치지 않으려는 사람처럼 눈도 깜박이지 않고 기은을 마주 보았다.

"선배도 불안해요?"

그 말에 태진이 살며시 이마를 맞대고 피식 웃었다.

불안하냐고? 기은을 사랑하는 자신이 낯설 만큼 맹목적이라서, 이 사랑은 숨이 멎어도 결코 멈추지 않을 것 같아서 불안해진다. 만약 기은이 더는 이 진심을 돌아봐 주지 않으면 어쩌지, 혹시라도 어렵게 연 마음이 다시 닫혀 버리면 어떻게 해야 할까, 그따위 쓸모없는 나약한 걱정에도 몸이 휘청거릴 만큼 두려웠다. 태진은 조금 차가운 기은의 뺨을 손바닥으로 감싸며 나직하게 속삭였다.

"오늘 별로 반갑지 않은 사람을 만났어. 그런데 대수롭지도 않은 그 이야기를 바로 할 수가 없더라. 네가 만약 그때의 형이나 부모님들처럼 오해한다면……난 견딜 수 없을 테니까."

살짝 가라앉은 차분한 목소리가 귓가를 파고들었다. 기은은 가만히 호흡을 가다듬으며 태진의 이야기에 귀를 기울였다.

"진수란이라고 형이 많이 좋아했던 사람이고 부모님도 잘 아는 사이였지. 나와는……후……."

14. 내 곁에 네가 있으니까

 관심사 외에는 냉정하고 차가운 태도의 태진과 달리, 세진은 모든 것에 다정하고 섬세하며 부드러운 남자였다. 그는 아버지가 운영하는 굿 피트에서 근무하면서 틈틈이 좋아하는 피아노를 계속 연주하고 있었다. 피아노 동호회에 나가기 시작한 세진은 그곳에서 수란을 만났고 그녀를 살뜰하게 챙겨 주다가 이내 사랑하는 사이가 됐다.
 세진이 가장 먼저 수란을 소개한 사람은 동생 태진이었다.
 "동생분이 날 싫어하는 것 같아요."
 첫 인사를 나눈 자리에서 태진이 별다른 말없이 앉아만 있자, 수란이 세진에게 걱정스럽게 말했다. 이렇게나 자신을 궁금해 하지 않는 남자는 처음이었다. 세진과는 가볍게 몇 마디를 주고받았지만 태진이 먼저 그녀에게 말을 거는 법은 거의 없었다. 질문을 하면 짧게 대꾸는 해주었지만, 오래 시선이 머문다거나 진심으로 웃는 모습을 보기는 힘들었다. 수란은 자신도 모르게 화사한 블라우스 차림의 모습을 거울에 비춰 보았다. 분명 세진은 예쁘다고 칭찬해 주었는데…….

"후후, 그게 걱정돼서 그렇게 울상을 하고 있는 거야?"

"세진 오빠랑은 너무 달라서 어떻게 해야 할지 모르겠어."

"염려 마. 속은 꽤 따뜻한 녀석이거든."

세진은 부드러운 미소로 수란을 격려했다. 그가 보기에 동생은 지금 최선을 다해 예의를 지키고 있었다. 수란은 누구에게나 사랑만 받으며 곱게 자란 아가씨였다. 덕분에 모르는 사이 이기적으로 구는 구석이 있었다. 날카로운 태진의 눈에는 그런 점이 분명 보였을 텐데도 싫은 내색 없이 자리를 지켜 주는 것이 그저 고마울 따름이었다.

"응."

쟁반을 든 세진의 뒤를 따르며 수란이 얌전히 답했다. 찰랑거리는 머리카락을 손가락으로 살짝 매만지던 그녀의 시선은 어느새 세진을 비스듬히 벗어났다. 대신 햇빛 좋은 창가 자리에서 팔짱을 끼고 밖을 내다보는 태진의 조각 같은 얼굴에 한참을 머물렀다.

그 후로도 태진은 가끔씩 둘이 만나는 자리에 동석했다. 거절해 보기도 했지만, 수란이 미움을 받고 있다고 오해하고 우울해 하니 얼굴 좀 보이라는 형의 부탁을 매번 뿌리칠 수가 없었다.

그러던 어느 날, 세진이 반년의 일정으로 중국 공장과 일본 판매처를 오고 가는 출장을 떠나게 됐다. 원래 해외 판매를 담당하던 사람이 병에 걸려 한국을 떠날 수 없는 상황인지라 세진이 그 일을 도맡아야 했다.

"태진아, 수란이 좀 잘 부탁할게."

여리고 눈물 많은 수란을 두고 한참이나 떠나 있어야 하는 것이 못내 불안했는지, 세진은 출국 전 여러 차례 당부를 했다.

"공항에서 자고 갈 거 아니면 그만 하고 가."

"녀석아, 형수가 될지도 모르는데 어지간하면 따뜻하게 굴어."

대충 고개를 끄덕여 보이기는 했지만 처음부터 자리를 비운 형을 대신할 마음이 조금도 없었다. 태진은 기지개를 크게 펴며 세진이 사라진 공항 게이트를 한참이나 더 바라보다가 천천히 걸음을 옮겼다.

세진의 출국 후, 태진은 따로 수란에게 전화 한 통 넣지 않았다. 제 애인도 아닌 여자에게 딱히 어떻게 신경을 써줘야 하는 것인지도 몰랐고, 형처럼 수란을 공주 취급해 줄 마음도 없었다.

그러나 수란은 달랐다. 그녀는 지갑이 없다거나, 밤이 늦었다는 이유로 혹은 비가 오는데 우산을 가지고 오지 않았다는 둥의 이유로 매일 같이 태진에게 도움을 요청했다. 세진의 빈자리가 커져 갈 때마다 그 횟수는 점차 늘어났고 노골적이 되었다. 사랑하는 이의 부재를 견디기에 수란은 너무도 나약했다.

"미안해. 정말 어떻게 해야 할지 몰라서……."

이번에는 취중에 다리 한쪽을 삐어 제대로 걷기 힘들다며 태진을 불러낸 수란이었다. 태진은 대꾸 없이 삐딱하게 시선을 내려 가느다란 발목을 바라보았다. 전혀 부어오르지도 않은 것으로 보아 가벼운 타박상인 듯싶었다.

"금방 괜찮아질 것 같네요."

"미안, 나 때문에 공연히 또……."

매끄러운 수란의 뺨이 색지로 물들인 것처럼 발그스름해졌다. 언제부터였을까. 세진을 보면 편하기만 하던 심장이 태진을 향해서는 말릴 틈도 없이 두근거리고 마는 게.

멀리 떨어져 있는 세진보다는 곁의 태진에게로 마음이 가는 것을 막을 힘이 없었다. 태진이 형의 부탁으로 마지못해 움직인다는 건 알고 있었다. 하지만 진한 외로움과 마르지 않는 눈물에 지쳐, 가져서는 안 될 마음과 희망을 품게 돼버렸다. 여자에게 냉정하기만 한 태진이 적어도 자신은 특별하게 대해준다는 착각에 빠지고 말았다. 그는 아름다웠고 서늘해서 결코 손에 넣을 수 없는 천연의 보석 같았다. 그래서 더 조바심이 나고 탐이 났다.

"친구분이 오신다면서요. 그럼 더는 제가 할 일이 없을 것 같은데요."

태진의 말투나 표정은 여전히 딱딱했다. 어지간한 배우보다 예쁜 수란이었지만 태진에게는 일종의 책임 같은 것일 뿐이었다. 형의 간곡한 청만 아니면 애초에 볼일도 없을 여자였다.

"미정이가 오기로 한 건 맞는데, 그게 곧 가야 한다고 했고……아무튼 조금만 더 같이 있으면 좋겠어. 할 말도 있고."

긴 속눈썹이 가지런한 눈을 내리깔며 수란이 속삭이듯 말했다. 못 하는 술을 했기 때문인지 깊이 감춰둔 마음이 멋대로 쏟아져 나오려 했다.

"나, 사실 요즘 고민이 많아."

태진이 할 수 없이 자리를 잡자, 수란은 고운 목소리로 말을 이어 갔다.

"이렇게 외로움을 못 견디는 내가 과연 세진 오빠를 기다릴 수 있을까? 오빠도 이런 나 때문에 힘들 거야."

"두 사람, 마음의 문제겠죠."

태진이 크게 관심 없다는 듯 간결하게 답했다. 그럴 줄 알았다는 듯, 수란은 아련한 미소를 지었다.

"마음이라는 게 또 마음대로 되지는 않는 거잖아. 곁에 없으면 멀어지고 마는……."

"이런 이야기는 형과 하셔야 할 것 같네요."

"알아. 아는데……태진인 나 같이 약해빠진 여자, 별로지?"

세진의 부드러운 인상과 달리 다소 날이 선 느낌의 태진. 그의 옆모습은 놀랄 만큼 아름다웠다. 수란은 취기를 빌려 조심스럽게 물었다. 다른 남자였다면 보호해 주고 싶다고 말할 애처로운 수줍음이 눈동자에 가득 묻어 있었다. 말을 마친 수란이 잠시 휘청거렸.

태진은 별 이상한 소리를 다 한다는 눈으로 수란의 팔목을 잡아주었다. 아무래도 미정이라는 친구가 오면 곧 자리를 떠나는 게 현명할 것 같았다.

"만약에……만약에 말이야. 이미 연인이 있는 사람이 다른 누군가를 보고 흔들린다면 그건 외로움 때문일까? 아니면 뒤늦게 진짜 사랑을 발견한 걸까?"

수란은 잠시 맞닿은 그의 손을 바라보다 마침내 결심한 듯 다시 입을 열었다.

"글쎄요. 남의 마음 가지고 뭐라고 할 생각은 없어서요."

무감한 얼굴로 대꾸하는 태진을 보고 수란은 눈물을 글썽였다. 그는 정말로 단 1%도 제게 관심을 가지고 있지 않은 것 같았다. 알 수 없는 야속함이 또 그녀를 부추겼다.

"역시……그럼 내가……내가 잘못된 거였어. 난 견딜 수가 없는 걸. 아무리 태진이 네가 싸늘하게 나를 봐도 더는 가슴에만 담고 있기가 힘들어. 나도 내가 왜 이런지 모르겠어. 나한테는 세진 오빠가 있는데……넌 오빠의 동생인데, 그런 건데……."

"술이 과하셨나 보네요."

갑자기 눈물보가 터진 수란을 태진이 천천히 타일렀다. 난감함과 짜증이 담긴 눈 사이가 계속해서 좁아졌다.

"흐흐흑. 아니야, 술 때문이 아니라고. 세진 오빠를 보지 못한 게 벌써 두 달째야. 목소리도 마음대로 들을 수가 없는 걸. 날 이렇게 힘들게 하는 건 그게 아니야. 태진이 너 때문에……너를 보면 견딜 수 없이 아파. 분명 바라서는 안 되는 사람인데도 자꾸만 가슴이 뛰어서. 내가 누군가를 생각하며 이렇게 두근거릴 수 있다는 게…… 흐흑. 부끄럽고 미안하고……."

"걸을 수 있으면 집으로 가세요."

더 이상 들을 필요가 없었다. 태진은 단호하게 자리에서 일어났다. 받는 사랑에 익숙한 수란이니 외로움에 지쳐 곁에 있는 누군가에 기대려는 것이라 이해해 보려 해도 온통 불쾌한 마음뿐이었다.

수란은 형이 사랑해 마지않는 연인이었고 세진은 여전히 그녀를 굳게 믿고 있었다.

태진은 수란의 사진을 자랑하던 형을 떠올렸다. 오늘 일이 아니라도 수란은 아마 얼마 버티지 못하고 곁을 지켜주는 다른 이에게 기대려 할 것이다. 그렇게 되면 물론 세진이 몹시 속상해 할 테지만, 더 이상은 제가 해줄 수 있는 일이 아니었다.

"흐흑, 태진아. 나 더는 오빠를 기다릴 자신이 없어. 널 향한 마음도, 이 외로움도 이길 만큼 강하지 못해. 그러니까 태진이 네가⋯⋯ 네가 날 좀 잡아 줘. 곁에서 날 좀 지켜 줘. 응?"

태진이 일어서자 수란이 와락 그의 허리를 끌어안았다. 외로움이 사무쳐서 미칠 것 같았다. 혼자라는 게 두려워서 몸이 와들와들 떨렸다. 사랑받고 있다는 느낌이 들지 않는 순간을 견뎌낼 힘이 없었다. 태진이 지금 흔들리는 자신을 꼭 끌어안아 주길 바랐다. 한 번도 거절을 당해 본 적 없었다. 사랑받는 게 너무도 당연했고 언제나 그 사랑을 만끽해 왔다. 그러니 당장은 조금 놀라더라도 태진 역시 분명⋯⋯그러나 그 추한 욕심은 금세 산산이 조각났다. 일 초도 지나지 않아 태진이 싸늘한 눈빛으로 수란을 떼어낸 것이다.

"이런 말은 하기 싫지만 참 여러 가지로 거북한 사람이네. 지금 사귀는 남자의 동생에게 뭐라고 하는 건지 자각하고 있는 건가? 아무리 술김이라고 해도 이건 아니지. 당신은 그저 사랑받는 것만 좋아하는 철부지야. 형만 아니었다면 어처구니없는 이 상황을 절대로 그냥 넘기지 않았을 거야. 이봐, 진수란 씨. 정신 똑바로 차려. 난 형의 여자를 탐낼 미친놈도 아니고 당신한테 일말의 호감도 느끼지 못하니까. 외로움에 미쳤다고 해도 당신 지금……도저히 못 봐주겠어."
　말을 마친 태진은 뒤도 돌아보지 않고 자리를 떠나 버렸다.
　"태진아, 난……."
　흐르는 눈물과 부끄러움을 주체하지 못한 수란이 고개를 떨어트렸다. 처음 듣는 모욕이었고 자존심이 사정없이 뭉그러져 가슴 전체가 욱신거렸다. 그러나 덕분에 일그러진 제 이기심이 뚜렷하게 보였다. 도대체 무슨 일을 저지른 걸까. 이 끔찍한 고백을 자신을 헌신적으로 사랑해 주던 세진이 알게 되는 게 두려웠다. 아니, 그가 얼마나 큰 상처를 입을지 보다 사람들에게 손가락질 받을 것이 더 무서웠다. 수란은 더 이상 태진을 붙잡지 못하고 하염없이 울고만 있었다.

　"요즘 세진 오빠 잘난 동생, 이태진은 왜 안 보여?"
　손톱 손질을 받다 말고 미정이 대수롭지 않게 물었다. 나란히 앉아 있던 수란이 그 이름에 소스라치게 놀라며 시선을 피했다.
　"그냥, 바쁘니까."
　"뭐야, 너 숨기는 거 있구나? 그러고 보니 수란이 너 세진 오빠한테 연락하는 것도 좀 뜸한 거 같고. 확실히 뭔가 있긴 있는 것 같은데, 말해 봐."
　"아무것도 아니야."
　"아니긴, 그럼 얼굴은 왜 빨개지는 거야? 꼭 난감한 비밀이라도 들킨 것처럼. 어머! 설마, 그치가 형 여자친구인 너를 좋아한다고 고백하기라도 한 거야? 얘, 말 좀 해봐. 그렇지 않고서야 수란이 네가 하루가 멀다 하고 보던 그 사람을 이렇게 불편해할 이유가 없잖아.

내 말이 맞지? 응?"

불안하게 움직이는 눈동자를 보며 미정이 끈질기게 매달렸다. 수란은 살구색 매니큐어가 칠해진 손톱을 움켜쥐고 가만히 눈을 감았다. 순간 너무 괴롭고 부끄러워서 차마 진실을 말할 용기가 나지 않았다. 그사이 참견하기 좋아하는 미정은 멋대로 상상의 나래를 폈다.

"어쩐지, 내가 듣기론 태진이란 사람 여자한테 엄청 매몰차다고 그랬거든. 근데 너한테는 안 그랬잖아. 표정이야 썩 좋지 않아도 부르면 별말 없이 오고, 네 부탁도 잘 들어주고. 세상에 그게 다……."

보호본능을 저절로 일으키는 미모는 언제 봐도 부러운 것이었다. 드라마에나 나올 법한 상황도 그 외모 덕분일 테고. 미정이 질투와 탄성이 묘하게 범벅된 눈으로 수란을 쳐다보았다. 형제 사이에 낀 꼴이 되었으니 그녀가 연인, 세진까지 피하는 건 어찌 보면 당연할 것이다.

"부탁이야, 미정아. 이런 이야기 제발 어디 가서 하지 말아 줘."

"어머, 내가 무슨 말이나 옮기는 사람인 줄 아니. 당연히 안 하지. 수란이 너한테 도움 되는 이야기도 아닌데. 아예 잊어버릴 테니까 걱정 마."

말과 달리 미정의 눈동자가 반짝거리고 있었다.

청천벽력 같은 수란의 이별 통보에 세진이 일정보다 한 달 일찍 귀국했다. 일정을 당기느라 무리하게 철야를 한 덕분에 그의 몸 상태는 엉망이었다. 그럼에도 세진은 공항에 도착하자마자 수란을 만나러 갔다. 아직 그가 한국에 도착한 것은 아무도 모르는 상태였다. 일을 마치자마자 새벽 첫 비행기를 타고 온 참이었다.

이별을 말하며 미안하다고 우는 수란에게서 제대로 이유조차 듣지 못해 너무도 답답하고 화가 났지만 아직 그녀를 사랑하는 마음이 더 컸다. 그래서 몇 번이나 태진에게 그녀를 만나서 이야기를 해보라고 청했다. 그런데 어쩐 일인지 동생은 몹시 냉랭하게 그 부탁을 거절을 했다. 그리고는 분명……

-불필요하게 감정에 엮여드는 건 이제 사양이야.

뜻을 알 수 없는 말로 이야기를 마쳤었다. 세진은 퀭해진 눈언저리를 손바닥으로 쓸어내리며 수란이 베이킹 클래스를 듣고 있다는 건물에 주차를 했다. 그의 기분만큼이나 우중충한 하늘에서는 드문드문 빗방울이 쏟아지고 있었고 이내 사방이 회색빛이 되었다. 차문을 조금 내리고 뻑뻑해진 눈을 감고 있는 사이, 클래스를 마치고 나온 사람들이 주차장에 들어섰다. 세진은 한참이 지나도 수란이 보이지 않자 전화기를 꺼내 들었다.

-오빠.

망설임 가득한 수란의 목소리가 울려 퍼지자, 세진은 짙은 한숨을 내쉬었다.

"어디야?"

-수업 듣고 나오는 길이야.

클래스 선생님께 포장재 구입처를 물어본다는 미정 때문에 시간이 지체됐다. 수란은 미정과 함께 연한 핑크색 우산을 나눠 쓰고 주차장으로 들어섰다. 공교롭게도 미정의 차는 세진이 렌트해 온 차량 바로 옆에 세워져 있었다. 미정과 수란은 조금씩 거세지는 빗줄기를 뚫고 천천히 세진 쪽으로 다가오고 있었다. 세진은 지끈거리는 관자놀이를 엄지로 누르며 이야기했다.

"수란아, 오랫동안 외롭게 해서 미안해. 이제 우리……."

-오빠 잘못이 아니야. 정말이야 그냥, 내가……내가 미안해서 그래. 우리, 아무래도 안 될 것 같아. 미안.

죄책감 가득한 목소리로 수란이 전화를 끊어 버리자 세진은 자리를 박차고 나가려 했다. 하지만 밖에서 들려오는 말소리에 이내 그의 몸이 딱딱하게 굳어졌다.

"누구? 또 세진 오빠야?"

"……."

세진 때문이 아니었다. 나약하고 못난 자신 때문에 더는 그의 곁에 머물 수가 없었다. 그가 혹시라도 제 낯부끄러운 행동을 알게 될까 봐, 그 일이 세상에 알려져 비난을 받을까 봐 겁이 났다. 더는 세진을 사랑할 수 없었고, 어긋난 인연으로 시작된 태진에 대한 마음도 감히 드러낼 수 없었다. 그래서 모든 것을 가슴에 묻고 떠난 것이다.

"왜 자기 동생이 너한테 눈독 들인다니까 아주 몸이 달았다니? 일도 안 하고……."

수란이 괴로운 얼굴을 해보이자 우산을 고쳐 잡던 미정이 퉁명스럽게 말했다. 말하지 않기로 한 약속을 종종 잊어버리는지 미정은 때때로 그 이야기를 꺼내 수란을 곤욕스럽게 만들었다.

"미정아!"

"뭐 내가 틀린 말한 것도 아니잖아. 세진 오빠가 모르는 게 다행이지, 안 그래. 어디 넘볼 게 없어서 형의 여자를……. 태진이란 사람도 그렇지만 동생 믿고 널 맡긴 세진 오빠도 문제야. 그리고 수란이 너……내가 저번에는 그냥 넘어갔는데, 네 태도도 그래. 아무한테나 풀어지고 약한 모습 보이니까 상대방은 오해하는 거라고. 안 그래? 지난번에 경호 선배만 봐도 그래. 나랑 소개팅해 놓고서 너한테 전화번호는 왜 묻니? 그게 다…….."

한창 떠들어대던 미정이 갑자기 입을 다물며 화들짝 놀랐다. 바로 옆의 차에서 세진이 내린 것이다. 우산을 쓰지 않은 세진의 몸은 굵어진 빗줄기에 이내 흠뻑 젖었다. 젖은 머리카락 사이로 보이는 눈동자가 분노로 살벌하게 타오르고 있었다.

"그게, 무슨 소리야!"

"오……오빠."

비로소 세진을 발견한 수란이 숨을 멈추고 그를 쳐다보았다. 미정은 자리를 비켜 준다는 핑계로 재빨리 차에 올라타 버렸다.

"내가 들은 게……그 추악한 이야기가 사실이냐고 묻잖아!"

"나는……흐흑."

대답할 수 없었다. 지독하게 이기적이고 부끄러운 자신을 세진에게 보여줄 용기가 없었다. 수란은 말을 잇지 못하고 울음을 터뜨렸다.

"하! 하하!"

무너지듯 바닥에 웅크린 수란을 한참이나 바라보던 세진이 자조적으로 웃고 말았다. 빗물에 젖은 그의 얼굴이 흡사 우는 것처럼 보였다. 독처럼 파고드는 배신감으로 입술을 피가 나도록 깨물었다. 사랑했던 여자, 그보다 더 믿었던 동생. 곧 세진의 머릿속이 하얗게 질려갔다. 새빨간 피가 차오른 입술을 다시금 힘껏 깨물며 차에 올라 시동을 켰다. 어디로든 가야만 했다. 이 상실감과 괴로움을 가슴에 품고 수란을 바라보면 그대로 미쳐 버릴 것 같았다. 세진은 그대로 힘껏 페달을 밟았다.

"오빠 미안해. 미안해."

수란은 눈물범벅이 되어 세진을 좇았다. 그러나 이미 그가 탄 차는 빗속을 달려가고 있었다.

"어떻게 해. 오빠가 전부 들어버려서 큰일이다. 얘, 수란아 괜찮니?"

어느새 차에서 내린 미정이 호기심과 걱정을 함께 담아 수란의 자그마한 어깨를 두드렸다. 멍하게 허공을 바라보던 수란이 힘겹게 미정의 차에 오르고 난 후 얼마 지나지 않아서였다.

끼이이익.

쾅.

세진의 차가 향한 방향 멀리서 엄청난 파열음이 들려왔다.

"공사 때문에 길이 험하다더니, 빗길에 누가 사고라도 난 모양이다. 우리가 가는 반대편 길까지 막히기 전에 서둘러서 가자."

미정이 화장을 고치다 말고 서둘러 차를 출발시켰다. 수란은 눈물에 젖은 뺨을 닦지도 않고 멍하게 창밖을 바라보았다. 이상한 불안감이 파고든 눈동자와 입술이 파르르 떨리고 있었다.

"형!"

사고 소식을 듣고 바람처럼 달려온 태진은 의식을 잃고 피투성이가 되어 실려 가는 세진을 보며 절규했다. 형체조차 알아보지 못하게 잘려나간 팔과 산산조각 난 다리가 위급한 상태를 고스란히 말해 주었다.

"우리더러 각오를……각오를 하라고……."

이미 어머니는 혼절을 했고, 아버지 역시 눈가가 붉어진 채로 수술실 앞을 지키고 있었다.

"그럴……필요 없어요. 형은 꼭……이겨 낼 테니까."

사납게 들썩이는 마음을 억지로 가라앉히며 태진은 주먹을 힘껏 말아 쥐었다. 손톱이 살을 파고들어 피가 났지만 그는 울지 않기 위해 안간힘을 다해 버텼다.

마침내 꼬박 13시간의 긴 수술이 끝나고 세진은 중환자실로 옮겨졌다. 모두의 간절한 바람이 통했는지 그는 다음날 새벽 천천히 의식을 되찾았다.

"세진아! 세진아, 엄마야. 엄마……우리 아들……우리 아들 무사해서……이렇게 돌아와 줘서 엄마는……흑."

"고생했다."

울음을 삼키지 못한 신 여사를 부축하며 이 사장이 붉어진 눈시울로 아들의 어깨를 어루만졌다. 세진의 마른 눈동자가 부모님을 지나쳐 입술을 굳게 깨무는 태진에게로 향했다.

폭풍처럼 일렁이는 감정을 내리누르기 위해 태진은 몇 번이나 호흡을 가다듬고 그를 불렀다.

"형……다행…….."
"……가."
동생을 뚫어지게 바라보던 세진은 마지막으로 잃어버린 손과 움직일 수 없는 다리를 자각했다. 그의 붉게 충혈된 눈동자에서 굵은 눈물방울이 흘러내리기 시작했다.
호흡기를 단 채로 세진이 뭐라고 중얼거리자, 태진이 한 걸음 다가섰다. 세진은 꼼짝할 수도 없는 몸을 대신해 거친 눈빛으로 태진을 거부했다.
"나가."
겨우 그의 입 모양을 읽은 태진은 눈동자에 담긴 철저한 외면에 잠시 멈칫거렸다. 세진은 다가와 손을 다독이려는 어머니마저 냉랭하게 거부하고 굳게 눈을 닫아 버렸다. 눈물이 소리 없이 흘러 갈색 피가 묻은 뺨을 타고 내렸다.
"세진아."
"잠깐 나가 있도록 하지."
이 사장이 당황한 신 여사를 부축했다.
"여보, 하지만."
"사고로 충격이 크겠지. 이런 모습 보이고 싶지도 않을 거고."
그의 말에 신 여사가 마지못해 고개를 끄덕였고, 태진 역시 어머니를 모시고 복도 의자로 향했다.
세진의 신경질적이고 완강한 거부는 그 후로도 계속되었다. 태진이 부모님과 함께 매일 같이 병원을 찾았지만 그는 잠시도 이야기를 나누려 들지 않았고 치료마저 온몸으로 거부했다.

부모님이 정신과 상담을 논의하러 간 사이, 태진은 고집스럽게 눈길을 외면하는 세진의 어깨를 힘껏 잡았다.

"형이 정말 힘들 거라고 생각해. 하지만 부모님 생각도……."

"힘들어? 후훗, 이태진 네가 팔다리가 엉망이 된 기분보다 더 진저리치게 싫은 게 뭔지 알기나 해?"

싸늘한 눈동자가 천천히 태진을 응시했다. 세진은 피딱지가 앉은 입술을 일그러뜨리며 웃고 있었다.

"마음이 날것 채로 잘라져 나가는 거야. 사랑? 우애? 그따위 쓸데없는 것들에 휩쓸린 내가……너 따위를 동생이랍시고 믿었던 멍청한 내가 미치도록 저주스러워. 그래, 난 하나뿐인 동생 놈한테 여자를 빼앗긴 병신 같은 놈이니까 죽어도 괜찮아. 그러니까 내버려 둬! 내버려 두라고!"

"그게 무슨……."

"수란이한테 건 더러운 수작, 내가 모를 것 같아? 그 약한 여자를 견딜 수 없게 몰아세워서 헤어지게 만드니까 속이 시원해? 병신이 된 형한테서 영원히 그 여자를 차지할 수 있을 것 같아 즐겁냐고! 말해 봐! 그런 지옥 같은 이야기를 듣고 멍청하게 사고를 내 이 꼴이 된 내가 우스워 보이냐고! 하아, 그깟 여자도, 너 같은 비열한 동생도, 같잖은 가족 따위도 전부 필요 없어! 꺼져! 당장 꺼져 버리라고!"

악을 써대는 통에 링거 줄이 엉켜 피가 차오르고 숨이 가빠졌다. 황급히 달려온 간호사들이 진정제를 놓는 동안, 태진은 머리를 감싸 쥐고 복도 의자에 주저앉았다. 머리카락을 헝클며 머릿속으로 세진이 한 말을 몇 번이나 반복했다.

당장에라도 형의 뒤틀린 오해를 풀어 주고 싶었다. 하지만 그럴 수가 없었다. 그를 배신한 것이 자신이 아니라고 해명하게 되면 필연적으로 수란의 이야기를 해야만 했다. 그렇게 되면 세진은 다시금 지독한 고통을 받을 게 뻔했다. 그는 이미 충분히 상처 받고 있었다. 그런 세진을 진실이란 명목으로 또다시 비참하게 만들 수는 없었다. 이미 무너져 가는 형은 그 때문에 어쩌면 가루처럼 부서져 버릴지도 몰랐다.

 평소의 세진이라면 이런 오해 따위 하지 않을 사람이었다. 그러나 지금의 그는 얇은 유리실처럼 깨어지기 쉬운 존재였다. 사랑했던 여자도, 피아노를 즐겨 치던 한 손도 완전히 잃어버렸고, 함께 축구며 농구, 사이클 따위를 즐기던 건강한 다리마저 위험한 처지였다. 엉망이 된 몸만큼이나 심각하게 파괴된 것이 세진의 마음이었다. 독기 서린 분노와 원망의 마음이 더 이상 스스로를 휩쓸게 내버려 둔다면 그는 영영 다시 설 수 없었다. 그렇게 될 바에는 차라리 모든 불행의 탓을 자신에게로 돌리게 하는 게 나았다.

 "미워해도 좋아. 포기하지만 마······."

 결심을 굳힌 태진은 천천히 눈을 감았다가 뜨며 하얀 병원 천장을 올려다보았다.

 그때부터 두 형제의 사이는 걷잡을 수 없이 틀어지기 시작했다. 전에 없이 세진을 비아냥거리며 자극하는 태진과 극도로 예민해져 난동을 부리기 일쑤인 세진은 사사건건 부딪쳤다. 그 사이 태진과 부모님의 관계도 소원해져 있었다. 세진의 악다구니로 대강의 사정을 짐작한 부모님 역시 태진의 경솔한 행동을 은근히 원망했던 것이다.

그러나 태진은 한마디 변명도 하지 않고 묵묵히 곱지 않은 시선을 받아냈다. 아니, 오히려 그런 이야기가 나올 때마다 비릿한 미소로 세진을 자극해 그토록 거부하던 치료에 박차를 가하게 했다.

며칠 후, 수란이 소식을 듣고 놀라 달려왔다. 잠시 자리를 비운 부모님을 대신해 그녀를 맞이한 태진의 얼굴은 세진 못지않게 초췌했다.

"얼굴이 많이 피곤해 보여."

태진은 염려하는 수란을 싸늘하게 보았다. 그리고는 온기 하나 없는 목소리로 짤막하게 주의를 주었다.

"형한테 뭐라고 했는지는 관심 없습니다만 그 이야기……그대로 믿게 두세요."

"나……."

"그쪽 때문에 이러는 게 아닙니다."

태진은 냉정하게 말을 자르고 병실 문을 열었다. 뭐라고 이야기하기 위해 입술을 달싹이던 수란은 침대에 누운 세진을 발견하자 그대로 눈물을 터뜨려 버렸고, 태진은 조용히 사라졌다.

"왜 왔어?"

"오빠, 어떻게 해. 미안……흐흑."

"후후. 그런 소리나 듣자고 이 꼴이 된 건 아니니까 어쭙잖은 동정심은 집어치워. 네 말대로 이참에 우리 사이 깨끗하게 정리해. 아직 태진이 놈이랑 얽히……."

잘려나간 손목이 시큰하게 아팠다. 가루가 되다시피 한 다리도 욱신거렸다. 하지만 그보다 가슴을 할퀸 상처가 더 아팠다. 세진은 잠시 말을 멈추고 숨을 골랐다.
 "아니야. 그런……난……."
 "상관없어. 대신 너와 나 이제 다시는 보지 말자."
 수란이 울먹이며 뭐라고 말하려 했지만 세진은 더 이상 대화를 원치 않았다. 결국 수란은 제대로 작별 인사도 하지 못하고 병실에서 쫓기듯 나갔다.
 태진은 문에 비스듬히 기대서 먹구름이 드리워진 세진의 얼굴을 내려다보았다.
 "이제 그 꼴로는 사랑도 사치라는 생각이 든 건가?"
 상실의 흔적이 남은 형의 얼굴을 바라보는 것이 편치 않았지만, 태진은 부러 더 비꼬아 말했다.
 "이태진, 닥치고 당장 꺼져."
 치솟는 분기를 참기 위해 세진은 엉망이 된 입술을 힘껏 깨물었다.
 "왜 건방진 동생 놈 한 대 치기라도 하고 싶어? 어쩌지, 지금은 손가락 하나로도 형을 이길 수 있을 거 같은데."
 "너……."
 "분해? 그러면 일어나. 적어도 주먹 하나, 팔 하나는 휘둘러야 싸움이 될 거 아니야. 형을 그렇게 만든 날 죽도록 패주고 싶다며? 그렇게 드러누워 주변 사람들과 스스로를 괴롭혀댈 힘이 있으면 그것도 어렵진 않을 거 같은데."
 태진은 엄지로 턱을 느긋하게 쓸어내리며 얼굴이 빨갛게 달아올라 맹렬히 저를 노려보는 세진을 응시했다.

"반드시 일어나서 네놈 면상을 갈겨 주지."

상처 입은 맹수가 훗날을 기약하듯, 세진은 낮지만 또렷하게 적의가 담긴 목소리로 대꾸했다.

"……잘해 봐."

얼마든지 날 미워하고 원망해. 대신 꼭 다시 일어나는 거야.

태진은 한숨마저 가슴에 숨기고 그대로 병실 문을 닫았다. 그로부터 열흘 후, 태진은 훌쩍 입대를 했고 세진은 본격적인 치료에 들어갔다.

*

"군대 다녀와서는 형 안 만났어요?"

"스치듯 두 번 정도가 다야. 난 유학을 갔고, 형은 곧장 재활에 들어갔으니까. 독하게 치료에 임한다더니 성과도 좋았지."

기은은 간단한 브리핑을 하듯 담백하게 이야기를 마친 태진을 물끄러미 보았다. 태연한 척 엷게 웃고 있었지만 그의 오른쪽 눈매 끝이 미미하게 들썩이고 있었다.

"이리 와요."

기은이 무뚝뚝한 목소리로 두 팔을 활짝 열었다. 태진이 웃으며 몸을 기대오자, 기은의 몸이 무게를 이기지 못하고 이내 뒤로 기울었다. 그럼에도 어깨를 안은 손을 깍지 채워 한층 더 태진을 힘껏 안아 주었다.

"위로 안 해도 돼."

자기 비하에 빠지는 것보다는 날 원망하고 이를 악무는 쪽이 형에게 좋았으니까. 그래서 다시 일어설 수 있었으니까 그걸로 족해. 그 때문에 내가 아팠는지는 이제 중요하지 않아. 유기은, 지금은 내 곁에 네가 있으니까. 태진은 느릿하게 눈을 감고 나직하게 속삭였다.

기은은 고집스러운 남자의 뺨을 살짝 잡아당겼다.

"나도 고백할 게 있어서 그래요."

"뭔데?"

좁은 어깨마저 무게에 눌려 위태롭게 젖혀지자 태진은 희미한 미소로 기은의 허리를 받쳐 안았다. 그리고는 목덜미에 고개를 파묻고 음미하듯 천천히 숨을 쉬었다. 그런 태진의 머리카락을 가만히 쓰다듬으며 기은이 입을 열었다.

"거짓말했어요. 아니라고 했지만 수란이란 여자분이랑 있는 거 보고 토할 것 같이 화가 났어요. 또……."

적나라한 표현에 태진이 웃음을 터뜨렸다. 기은은 아랑곳 않고 이야기를 이어갔다.

"인터뷰……안 괜찮았어요. 아니, 많이 별로였어요."

"훗."

결국 태진의 입에서 웃음소리가 들렸다. 귀엽다는 듯 제 뺨을 다독이는 손을 잡아채고 기은이 던지듯 다음 말을 건넸다.

"그런데요, 괜찮아졌어요. 선배 얼굴 보고 이야기하니까 속상했던 거, 불안했던 거 많이 괜찮아졌어요. 선배도 그랬으면 좋겠네요. 상냥한 얼굴은 아니지만, 나 보면서 아픈 기억에도 조금씩 웃을 수 있고 여유로워졌으면 좋겠어요."

"꿀돼지……."

어쩌지. 네 앞에서 여유 같은 거 부릴 입장이 아닌데. 네가 있으면 내 얼음 동굴조차 관광 명소가 된 기분이라고. 그렇게 고통스럽고 아팠던 기억을 웃음 한 조각으로 바꿔 버리는 너, 그런 너를 사랑하는 마음이 매 순간 무섭도록 깊어져 간다.

태진은 나른하게 풀어진 눈동자로 기은을 품었다.

"참, 형 같이 만나러 가기로 한 거 잊지 말아……으읍."

말이 끝나기가 무섭게 태진의 입술이 욕심 사납게 기은을 덮쳤다. 겹쳐진 말캉한 입술 사이를 뜨거운 혀가 망설임 없이 파고들었다. 태진은 몰아세우듯 깊이 기은의 속을 탐했다. 혀와 혀는 쉴 틈 없이 엉켜 서로를 찾았고 입술을 적신 타액이 내는 야릇한 소리가 귓가를 어지럽혔다.

유기은 냄새. 유기은 숨소리. 유기은 그 자체가 참 좋다.

"네가 너무 좋아. 이런 내가 무서울 정도야. 그래도 내가 어떻게……널 좋아하지 않을 수 있을까."

태진이 어느새 기은의 거칠어진 호흡에 박자를 맞추며 나직하게 속삭였다.

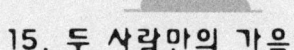

15. 두 사람만의 가을

 영욱이 실수로 같은 날 두 건의 미팅을 잡는 바람에 시크 바이크 전원이 아침부터 정신없이 움직이고 있었다. 윤이 영욱과 함께 다니기로 했고, 지훈은 추가 물량 확보와 관련해 공장 일을 보러 갔다.
 자연스럽게 태진과 기은이 남은 한 조가 되었고, 두 사람은 일찌감치 중복된 미팅 하나를 말끔하게 성사시키고 사무실로 돌아왔다. 그러나 커피 한 잔의 여유를 즐기며 숨을 돌리기도 전에 영욱으로부터 전화가 걸려왔다. 계약 관련 서류를 몽땅 잘못 가져갔다는 것이었다. 다행히 점주와의 약속 시간까지는 아직 여유가 있었고, 태진과 기은이 직접 그것들을 약속 장소로 가져다주기로 했다.
 "여보세요."

새 매장 관련 서류철을 들고 주차장으로 향하는데 전화가 울렸다. 바쁘게 움직이던 중이라 기은은 휴대전화에 뜬 이름을 미처 확인하지 못했다.

—나다.

뜻밖에도 전화를 걸어온 이는 어머니였다. 지난번 통화가 일주일 전이었고, 그 역시도 언제나처럼 기은이 한 것이었다. 유연미 여사는 인터뷰 같은 용건이 없으면 먼저 전화를 거는 법이 없었다. 적어도 김 기자와의 인터뷰는 어머니의 바람대로 이루어졌으니 당장 큰 불만은 없으실 거라고 생각했는데……. 기은은 의아한 표정으로 잠시 휴대전화를 쳐다보았다.

"네."

—거긴 날이 춥다며?

피곤함이 녹아 있기도 했지만 어머니의 목소리는 평소와는 조금 달랐다. 기은은 저도 모르게 빠르게 걷던 걸음을 멈추었다.

"조금요. 계신 곳은 덥다고 들었어요."

—그래, 여긴 지독하게 더워. 후……정말이지 지독해.

짜증을 부리는 게 아니었다. 유연미는 한숨 쉬듯 작게 중얼거렸다.

"어머니, 괜찮으세요?"

많이 힘드신 걸까. 희미한 걱정이 찾아들었다.

봉사활동 일정이 생각보다 길어지고 있었다. 새 드라마 제작 발표를 앞두고, 음주 사건으로 추락한 이미지를 쇄신하기 위해 소속사가 억지로 마련한 일이었지만, 열흘 전 연미는 돌연 그곳에 조금 더 머물겠다고 결정을 내렸다. 처음에는 지긋지긋하고 불쾌한 곳이라고 종일 짜증만 부려대던 그녀였다. 그런 연미의 갑작스런 심경의 변화를 관계자들은 그저 단순한 변덕쯤으로 여기고 있었다.

하지만 매니저는 엊그제 따로 기은과 통화를 하며 지나가는 말처럼 이야기했더랬다. 연미가 이곳에서 조금 달라진 것 같다고. 하루 종일 신경질을 부리거나 소리를 치며 명품 매장이나 찾으러 다니는 대신, 요사이는 아프리카 오지 마을로 향하는 차에 자진해서 몸을 싣고 있노라고, 카메라가 돌지 않아도 그녀의 눈길이 척박한 그곳을 담고 있다고 말이다.

"어머니."

한동안 침묵이 흐르자 기은이 재차 유연미를 불렀고, 곧 가라앉은 목소리가 들려왔다.

―호들갑은. 그래, 넌 어때?

"아, 인터뷰는 말씀하신 대로……."

―아니, 그게……됐다. 아무튼 잘 지내는 모양이니 이만 끊자.

"어머니도 건강……."

인사가 채 끝나기도 전, 미묘하게 하려던 말을 얼버무린 유연미가 전화를 끊어 버렸다. 기은은 아무런 소리가 들리지 않는 휴대전화를 물끄러미 보다가 다시 걸음을 옮겼다.

먼저 샘플들을 옮겨 놓고 기다리고 있던 태진이 서둘러 다가와 서류철을 받아 들었다.

"무슨 일 있어?"

태진이 걱정스레 묻자 기은은 주저 없이 답했다.

"별로 그런 건 아닌데……어머니요, 많이 지치신 것 같아서요."

"뭐라고 하셔?"

"아니요. 그냥 기운이 없다고나 할까, 그래요."

막무가내로 소리치고 고집 부리고, 우습지만 그편이 여태까지의 연미에게는 더 자연스러운 것이었다. 그래서일까. 가라앉고 우수에 젖은 음성에 걱정부터 앞섰다. 기은은 가볍게 고개를 가로저었다. 태진이 손을 뻗어 동그란 머리통을 쓰다듬었다.

"일정이 길어져서 피곤이 쌓이셨을 테지."

투박했지만 따스한 손길이었다. 기은은 제 머리카락을 헝클이는 커다란 손을 보며 살짝 미소를 깨물었다. 어느새 이렇게 익숙해졌을까. 태진의 체온이 주는 격려와 온기에 불쑥 찾아든 옅은 염려도 사라지고 있었다.

복잡한 서울 시내를 벗어난 차는 미끄러지듯 도로를 질주했다. 열어 둔 창으로 차가워진 가을바람이 나부꼈고 햇살은 눈이 부시게 맑았다. 기은은 이야기를 나누는 중간 중간, 창밖으로 펼쳐 치는 고즈넉한 가을 풍경을 감탄 어린 눈으로 바라보았다.

"꿀돼지, 뭐가 그렇게 신기해?"

낙엽색 가을에 잠시 기은의 시선을 빼앗겨 버린 태진이 손가락을 뻗어 뽀얀 뺨을 쿡 찔렀다.

"가을이라는 계절이 생각보다 예뻐서요."

무뚝뚝한 목소리로 답하는 기은의 표정이 더 예뻤다. 태진의 입술 꼬리가 보기 좋게 말려 올라갔다. 그에게도 기은이 있는 이 가을의 풍경은 유달리 아름다웠다. 태진은 천천히 속도를 줄이며 한적한 들판이 내려다보이는 큰길가에 차를 세웠다.

"바쁘잖아요."

멈춰 선 차에서 내려설 생각도 않고 기은이 서류철을 톡톡 건드려 보였다.

"뭐, 이걸 빠트리고 점주를 만날 영욱이는 그렇지."
"애사심이 없네요."
"후후."

뻔뻔하게 대꾸하며 차에서 내린 태진은 반대편으로 가 조수석 문을 활짝 열었다. 결국 기은도 천천히 차에서 내렸다.

태진이 어느새 어깨에 팔을 두르고 등 뒤에서 기은을 꼭 끌어안았다. 황금빛 들녘을 가로지른 바람이 부드럽게 두 사람을 휘감았다. 파랗게 높은 하늘에는 눈부시게 흰 구름이 춤추듯 떠다녔다. 기은은 어깨를 감은 팔에 자연스럽게 손을 얹었다. 광활한 우주, 푸른 별 지구의 한 귀퉁이, 자그마한 나라 그보다 더 조그마한 공간 속의 가을, 그 계절이 순식간에 두 사람만의 것이 된 것 같았다. 노래처럼 울려 퍼진 바람 자락에 무르익은 벼가 몸을 숙이고 가을 들풀도 박자를 맞추어 흩날렸다.

태진의 날카로운 눈동자에도 황금빛 여유가 고스란히 내려앉았다. 그는 나직한 한마디를 내뱉으며 기은의 머리카락에 짧게 입을 맞추었다.

"좋다."
"네, 생각날 것 같아요."
"뭐, 키스?"

고개를 바짝 디밀고 능청스럽게 말하는 태진을 본 기은이 피식 웃었다.
"괴로운 일 생기면 이 평화로운 순간이 생각날 것 같다고요."
말을 마친 기은은 잽싸게 품을 빠져나와 차에 올라탔다. 실망이 감도는 얼굴로 태진이 조수석 문을 시비 걸듯 툭툭 찼다. 그러자 기은이 창문을 완전히 내리고 태연하게 고갯짓을 했다.
"뭐해요, 가야죠. 키스는 집에 가서 하면 되잖아요."
"후, 나보다 더 무뚝뚝한 네가 귀엽게만 보이니 이것도 병이다."
천연덕스러운 기은의 재촉에 태진이 동그란 이마를 가볍게 튕겼다. 사내 녀석들처럼 딱딱한 말투에 미소 한 점 묻지 않은 표정조차 너무 예뻐서 심장이 덜컥거린다. 자신을 마냥 행복하게 만드는 주문이라도 걸고 있는 걸까. 기은을 바라보노라면 가슴속이 꽉 채워지고 벅차도록 따스해졌다.
그때, 갈등에 빠진 듯 입술을 살짝 지근거리던 기은이 그의 팔을 제법 세게 잡아당겼다.
"허리 좀 숙여 봐요."
"왜?"
부러 퉁명스럽게 대꾸하던 태진의 눈동자가 커다랗게 열렸다. 열린 창으로 뻗어져 나온 가느다란 팔이 얼굴을 감싸는가 싶더니 이내 촉촉하고 말랑말랑한 입술이 느껴졌던 것이다.
"가요. 이제부터는 제가 운전할게요."
어안이 벙벙한 채로 바라보는 태진을 두고 기은이 태연하게 운전석으로 넘어가려 했다. 입술을 살며시 손끝으로 더듬던 태진이 기회를 놓치지 않고 다시 손목을 잡아끌었다.

"조금 후에."

태진은 밤처럼 깊고 아름다운 눈동자를 살며시 내리깔고 키스를 퍼부었다. 찬바람을 쐬고 바짝 말랐던 입술이 이내 촉촉해져 갔다. 가볍게 한 번 부딪쳤다 떨어진 입술이 틈도 없이 다정하게 꽉 맞물려 왔다.

가을처럼 시작된 키스가 여름처럼 타올랐다. 곧 열린 창을 사이에 두고 두 사람의 숨소리가 서로를 적셨다.

"후……허……리 돌아……가겠……어요."

기은이 야릇해진 호흡을 가다듬으며 말을 내뱉자, 태진의 입술에서 웃음이 새어 나왔다.

"후후. 너 정말 귀엽진 않아."

그러면서도 사랑스러워 죽겠다는 듯 다시 기은의 입술을 힘껏 빨아 들였다.

태진까지 참석한 미팅은 일사천리로 진행됐고 곧 시크 바이크 물건을 복합 자전거 매장에 입점하기로 계약이 성립됐다.

"휴우, 태진이 네 덕분에 수월했다. 팩스로 받는 것도 싫다, 이메일로 바로 확인해도 불안하다고 할 때부터 꽤 까다로운 사람일 거라고 생각은 했지만……."

지나치게 꼼꼼한 점주 때문에 애를 먹고 있던 영욱이 이마를 짚으며 말했다.

"정말 태진 형님 아니었으면 오늘 중으로는 계약 못 했을지도 몰라요. 어, 근데 기은이 넌 어떻게 같이 오게 된 거야? 그쪽 일은 벌써 끝났다며."

윤이 고개를 끄덕이며 그 말에 수긍하다가 멀뚱하게 앉은 기은에게로 시선을 돌렸다.

"선배 따라왔어요."

기은이 담백하기 그지없게 대답했다.

"뭐, 기은이도 그렇지만 난 태진이가 더 신기하다. 혼자 다니길 좋아하는 녀석이 누굴 같이 데려올 생각을 다 하고, 기은이 네가 좀 편하긴 한가 보네. 다른 여자들한테는 말도 못 붙이게 차갑게 굴더니만. 하하. 하긴 윤이랑 지훈이도 그렇고 나도 기은이가 사내 형제 같아서 편하긴 하지."

"그러게요."

영욱이 장난스럽게 웃으며 말하자 차를 마시던 윤도 이내 맞장구를 쳤다.

"편하긴. 나 꿀돼지 불편해."

그러자 태진이 정색을 하고 반박했다. 기은의 시선이 조금 뾰족해졌지만 태진은 아랑곳 않고 말을 이어갔다.

"미치도록 좋아하는 여자가 마냥 편할 리가 없잖아."

"푸!"

"흐아악! 태, 태진이 네가 기, 기은이를……그러니까 지금 이게……."

윤이 마시던 차를 토해냈고, 영욱이 기절할 듯 눈을 크게 뜨며 말을 더듬었다.

"사귀는 사이냐고 묻고 싶은 거라면, 맞아."

태진이 천연덕스럽게 대꾸했다. 하지만 짙고 아름다운 눈동자는 맹수의 것처럼 강한 소유욕을 담아 빛나고 있었다. 마치 세상의 모든 남자들에게 접근 금지를 경고하는 것처럼.

"후우."

기은은 순간 작게 한숨을 쉬었다. 딱히 숨기려 한 것은 아니었고, 그렇다고 연예계 공식 커플처럼 요란하게 밝힐 것도 아니라서 언제고 자연스럽게 두 사람의 사이를 알릴 생각이었는데 이런 식이 될지는 몰랐던 것이다.

뭐, 이렇게 된 바에야 똑바로 밝혀 버리는 것도 좋겠지. 기은은 어리벙벙한 표정의 영욱과, 마찬가지로 놀라움에 그저 입만 벙긋거리고 있는 윤을 느긋하게 바라보았다.

"사내 연애도 벌금 내는 거 아니죠?"

"야, 유기은!"

도대체 어떻게 된 여자애가 얼굴색 하나 변하지 않고 이 역사적인 이야기를 한단 말인가. 저 좋다는 수많은 여자에게 관심도 없고 인간적으로 쌀쌀맞은 구석마저 있던 태진의 저 뻔뻔한 고백도 그렇지만, 속상할 정도로 스스로를 감추고 강한 척 아무렇지 않은 척에 익숙했던 기은이 이렇게 솔직하게 누군가를 사랑한다고 밝히게 될 날이 올지 몰랐다.

"퇴사하라고 강요하면 노동청에 고발할 거예요."

"너 정말……하하."

"하하하하."

궁금함과 섭섭함이 뒤섞인 표정을 짓고 있던 영욱과 윤이 결국 웃음을 터뜨렸다. 뒤이어 그들의 눈동자가 경악으로 휩싸였다. 그런 기은이 귀여워 죽겠다는 듯, 태진이 손을 뻗어 자연스럽게 머리를 쓰다듬었던 것이다.

이 묘한 조합이 꽤나 어울린단 생각은 결코 혼자만의 착각이 아닐 것이다. 순간 붉어진 얼굴로 시선을 맞춘 영욱과 윤이 절로 고개를 끄덕거렸다.

"가끔 보면 선배 이상한 데서 엉뚱한 거 알죠? 그 말 듣고 영욱 선배는 녹차에다가 설탕을 두 개나 넣었다고요."

다시 차에 오른 후 기은이 담백하게 태진을 나무랐다.

"꿀돼지는 영원히 내 거라는 플래카드를 회사에 붙이는 것보다는 낫지 않았나 싶은데. 흠, 싫으면 버스 광고도 있고."

물론 기은의 바람대로 조용히 알릴 다른 수도 있었을 것이다. 그러나 영욱은 한때 기은을 짝사랑했다고 했고, 지훈이나 윤도 가까운 사이였다. 물론 그들이 이성의 눈으로 기은을 보는 것은 아니지만 그래도 태진의 눈에는 그 부분들이 죄다 거슬렸다. 때문에 이참에 확실하게 경고를 해주고 싶었다. 기은이는 절대적으로 제 것이라고 말이다.

아주 작은 부분도 나눠 가질 수 없을 만큼 지독한 소유욕이 태진의 눈동자를 동그랗게 맴돌다 사라졌다. 생각에 잠긴 기은의 눈에는 그것이 보이지 않았지만.

"확실히……이편이 덜 부끄럽네요. 잘했어요."

기은이 재빨리 고개를 흔들었다. 고약할 만큼 일직선인 남자, 그런 태진이라면 그 말을 실천할지도 모른다. 아니, 분명히 하겠지. 그래, 그보다는 차라리 아까의 상황이 낫겠다.
　"후후."
　태진의 새까만 눈동자가 즐거움을 담아 반짝였다. 이제 누가 뭐래도 기은이 제 여자임을 자랑스럽게 말하고 다닐 것이다.
　그의 의기양양함이 다소 어이없기는 하지만 싫지는 않았다. 결국 창밖을 내다보는 척하던 기은의 입가에도 잔잔한 미소가 걸렸다.

*

　공장에 다녀오자 사무실은 텅 비어 있었다. 오랜만의 이른 퇴근은 꾀병을 부려 학교를 조퇴하는 것처럼 신나고 설레었다.
　"오, 그대는 아름다운……."
　콧노래까지 흥얼거리며 문을 나서던 지훈은 복도를 서성이고 있는 사람을 발견하고 걸음을 늦추었다. 누구지? 그대로 무심히 지나치려던 그의 눈에 문득 낯선 인물의 얼굴이 들어왔다.
　"저기, 제가 도와드릴까요?"
　지훈은 다음 순간 무의식적으로 도움을 자청하고 말았다.
　"아, 고맙습니다. 여기가 시크 바이크……."
　여자는 뜻밖의 도움에 고마움을 담아 고개를 숙여보였다.
　"네, 맞게 찾아오셨어요. 그런데 누구……힘힘."
　어린 시절 누나들이 가지고 놀던 인형보다도 예쁜 여자였다. 부러질 듯 가녀린 체구도 그렇고 금방이라도 눈물을 흘릴 듯 크고 촉촉한 눈동자도 기막히게 청초했다. 지훈은 갈라진 목소리를 서둘러 가다듬으며 남은 말을 덧붙였다.

"누구 찾아오셨어요?"

"그게……태……이태진 팀장님을 만나러 왔어요. 저기 저는……진수란이라고 해요."

친절한 물음에 머뭇거리던 여자가 마침내 말문을 열었다.

16. 갈증

　수리가 말끔하게 끝난 지하주차장에 차를 세운 태진은 조용히 안전벨트를 풀고 몸을 돌렸다. 목을 푹 꺾고 곤히 잠든 기은이 깰세라 조심스러운 동작으로 시트를 뒤로 젖혔다. 버튼을 가만히 누르고 천천히 넘어가는 시트에 안기듯 잠든 기은의 뺨을 살며시 보듬었다. 꼭 감긴 두 눈이 가슴 저릴 정도로 예뻤다.
　도대체 귀엽지 않은 구석이 없는 유기은.
　태진은 감출 수 없이 또렷한 애정을 담아 기은을 바라보았다. 빨갛고 도톰한 입술이 유혹하듯 살며시 벌어져 있었다. 뭔가 뜨거운 기운이 금세 목구멍까지 차올랐다. 저 잔인할 만치 달콤한 입술을 취하면 알 수 없는 갈증이 사그라질까.
　천만에. 태진은 스스로에게 답하며 미간을 서서히 좁혔다. 이제 키스만으론 부족했다. 하얀 목덜미를 타고 내려가 동그랗고 보기 좋은 어깨의 곡선에 멈춘 시선이 점차로 삐딱해졌다. 목이 타는 것처럼 심각한 열기를 매번 억누르는 이쪽과 달리 기은은 뭐랄까, 지나치게 쿨 했다.

"후우."

비스듬히 시트에 얼굴을 기대 기은을 바라보던 태진이 깊어진 눈동자로 짧게 한숨을 내뱉었다. 마치 이 세상에 기은이란 여자만을 기다린 것처럼 뛰는 심장과 온몸의 세포들은 그 가벼운 탄성으로는 달래지지 않았다. 아니, 목을 조이듯 가슴속 열기는 선명하고 강해지고 있었다.

갖고 싶다. 기은의 전부를 가지고 싶다.

하루하루 마음이 커져가고 기은과의 시간이 곱게 쌓일수록 지독한 욕심도 자꾸만 몸을 불려갔다. 새빨갛고 원초적인 욕망은 자제심 강한 그의 안에서 끝도 없이 크게 부풀어 올랐다.

"음……."

그런 번뇌를 알 리 없는 기은은 혀로 마른 입술을 축이며 여전히 잠에 빠져 있었다.

눈을 떴을 때, 지난번처럼 태진이 앞에 있었다. 아니, 그때와는 달리 이번에는 눈을 감은 채였다. 기은은 제 쪽으로 고개를 돌리고 잠이 든 태진을 물끄러미 바라보았다. 저를 기다리다가 살짝 눈을 붙인 모양이다. 어느새 새까맣게 어둠이 내려앉은 주차장. 아파트에 도착하고 나서 한 시간여가 흘러 있었다. 원래도 반듯하게 잘생긴 얼굴이지만 부드러운 음영이 드리워진 태진의 모습은 일순 멍하게 시선을 빼앗는 아름다움, 그 자체였다.

"칫."

기은이 저도 모르게 입술을 삐죽거렸다. 날카로운 턱선조차 숨 막히게 매혹적인 사내는 두어 개 풀어 버린 셔츠조차 그림처럼 멋졌다.

"감기 걸린다고요."

기은은 작게 투덜거리며 그대로 손을 뻗어 셔츠 앞섶을 여며 주었다. 이런 모습이 다른 이들의 시선을 잡아끄는 거다. 기은의 손길은 하얀 셔츠 깃에서 잠시 멈추었다. 간혹 여자들이 그를 보고 얼굴을 붉히는 게 놀랄 일도 아니었다. 그렇지만 그 시선들이 그리 기분 좋은 것은 아님을 요즘 들어 새삼 깨닫고 있었다.

"깼죠?"

무뚝뚝한 표정으로 한참이나 태진의 얼굴 구석구석을 살피던 기은이 검지로 그의 뺨을 쿡 찔렀다.

"흠. 시선이 따가워서."

가느다랗게 눈을 뜨고 바라보는 태진의 얼굴이 나른하게 아름다웠다. 기은이 피식 웃으며 손을 거두고 시트를 세웠다.

"그러게요. 덮쳐 버릴까 말까 고민하느라 선배를 좀 노려보긴 했죠."

"꿀돼지, 덮쳐 버린다는 게 뭔지는 알고 하는 소리야?"

역시나 시트에서 몸을 세우며 태진이 기은의 머리카락을 가볍게 헝클었다.

"알아요. 입술만이 아니라 신체 전부를 쓰는 거잖아요. 뭐, 우리도 머지않은 거 아닌가."

기은이 태연하게 대꾸하며 차 문을 열고 밖으로 나갔다.
"겁도 없이 그런 소린 함부로 하는 게 아니야, 꿀돼지. 나도 남자거든."

나란히 걸어가던 태진이 기은의 어깨를 안고 경고하듯 나직하게 말했다. 마지막 이성의 끈은 언제든 끊어져 버릴 수 있는 얄팍한 것임을 재차 확인하는 중이었다.

"뭐, 선배가 남자인 건 늘 숨 막히게 느껴지는데요."

기은이 엘리베이터에 오르며 고개를 돌려 태진을 물끄러미 쳐다보았다. 그리고는 맑고 까만 눈동자에 연한 미소를 담은 채 말을 이었다.

"배려심도 깊고, 참을성도 대단한 뭐, 그런 훌륭한 남자……그런데 선배."

"왜?"

속절없이 바라보게 만드는 예쁜 눈동자 때문에 결국 태진의 입가에도 미소가 고였다.

"가끔은 마음 가는 대로 해도 괜찮을 거 같아요."

은은한 불빛을 담아 나부끼는 긴 머리카락을 쓸어 올리며 기은이 어깨를 으쓱거렸다.

"좋아."

태진이 그런 기은의 뺨에 기습적으로 입을 맞추었다.

"이 CCTV 화질 좋아요. 여기서 느슨해지란 말은 아닌데."

기은이 턱짓으로 천장에 매달린 카메라를 가리켰다. 그러자 태진이 능청스럽게 고개를 흔들며 입술을 부딪쳐왔다.

"마음 가는 대로 하면 어떻게 되는지 보여주려고."

태진은 손을 뻗어 두 사람을 비추는 카메라를 교묘하게 가렸다. 이 후 엘리베이터 문이 열릴 때까지 진한 키스가 대화를 대신했다.

*

-인마, 왜 전화를 안 받아?

윤의 목소리가 전화기를 통해 흘러나왔다. 지훈은 양손으로 신중하게 전화기를 붙들며 고개를 붕붕 저었다.

"배터리가……아니, 그보다 윤이 형. 놀랄 준비나 하셔. 정말 빅 뉴스가 있으니까."

-무슨 뉴스? 나도 지훈이 널 까무러치게 할 소식이 있는데.

"후홋. 과연 비교나 되겠어. 내 쪽은 태진 형과……."

어깨에 잔뜩 힘을 준 지훈이 무슨 큰 비밀이라도 되듯 목소리를 낮추었다.

-어, 너도 태진 형님이야기였어? 기은이랑 태진 형님이 사귀는 거 벌써 알고 있었을 리가 없는데.

윤이 의심쩍은 목소리로 말했다. 지훈은 절대 비밀을 담아 둘 타입이 아니라서 그들보다 일찍 소식을 접했다면 난리법석을 떨었을 것이다.

"그래. 기은이 누나랑 태진……엥? 그게 무슨 소리야! 뭐야, 그럼 태진 형님을 찾아온 그 여자는 누구야?"

-여자……라니?

단박에 윤의 목소리가 까칠해졌다.

"인형처럼 생긴 진수란 씨. 태진 형님과 오래전부터 아는 눈치였어. 살짝 눈물도 보이고. 그래서 난 또 헤어진 옛 연인이라고……."

지훈도 말꼬리를 흐리며 인상을 찌푸렸다. 태진이 누구와 연애를 하던 그 주변 일까지 상관할 바는 아니다. 하지만 그 상대가 기은이라면 이야기가 달랐다. 기은이 누구인가. 마치 사내아이들처럼 무뚝뚝하고, 귀여운 구석도 없지만 모두가 진심으로 아끼는 동생이자 누나였다. 태진이 만약 허튼 짓거리로 기은을 아프게 한다면 절대 용서할 수 없었다.

-태진 형님한테 전화는 해봤어?

냉정을 되찾은 윤이 먼저 입을 열었다.

"아니. 아까는 전화 안 받아서 나중에 다시 걸어 보려고."

회사까지 직접 찾아올 정도임에도 수란은 태진의 개인 휴대전화 번호를 모르고 있었다. 때문에 지훈은 대신 전화를 걸어 보고 잠시 머뭇거렸다. 이대로 태진의 번호를 낯선 여자에게 알려주는 건 바람직하지 않을 것 같아서였다. 어차피 수란이 다시 찾아오겠다고 말해서 구태여 알려줄 필요도 없었지만.

"윤이 형, 우리 기은이 누나 어떻게 하지?"

도자기 인형처럼 예쁘고 여성스러운 수란과 제대로 꾸미지도 않는 무뚝뚝한 사내아이 같은 기은. 두 사람의 외향만을 나란히 두고 보면 처음부터 비교가 어려웠다. 남자들의 시선은 열에 아홉 수란에게로 갈 테니까. 지훈은 스스로도 멍해져서 바라보던 것을 떠올리고 제 머리를 콩 쥐어박았다. 아무리 미인이라도 기은을 속상하게 할지도 모르는 존재에 혹하면 안 되는 거였는데.

-뭘 어떻게 해. 아직 자세한 사정도 모르면서 설불리 생각할 건 아니지. 일단 태진 형님 이야기부터 들어 보자.

"그게 좋겠어."

윤의 침착한 목소리에 지훈도 고개를 끄덕였다. 통화를 마친 두 사람의 눈빛은 금지옥엽 애지중지하는 여동생을 지키려는 극성스러운 오빠같이 결연하게 빛나고 있었다.

현관문이 열리자 고군이 어슬렁거리며 나타났다. 그러나 녀석이 반가움을 표하기도 전에 우당탕 요란한 소리와 함께 태진과 기은이 격정적인 키스를 나누며 쓰러지듯 집 안으로 들어섰다. 아까부터 태진의 휴대전화가 요란하게 울리고 있었지만 두 사람 중 누구도 그것을 의식하지 못했다.

"마음 가는 대로……하면……이대로 안 멈춰."

짙어진 키스로 입술이 서로의 타액에 젖어 반질반질해졌다. 낮고 울림 좋은 목소리가 귓가를 파고들었다. 기은은 잠시 몸을 움찔거리며 천천히 눈을 내리깔았다. 멈추라고 말하고 싶은데 입술이 떨어지지 않았다. 지금의 키스만으로도 몸이 타 버릴 것처럼 뜨거웠다. 흐르는 손길에 소름마저 오소소 돋아났다. 멈추고 싶지 않았지만 도망치고 싶기도 했다. 그를 자극했을 때와는 다르게 수줍음마저 찾아들었다.

그럼에도 기은은 곧이어 티셔츠 속으로 감겨드는 태진의 뜨거운 손을 뿌리치지 않았다. 가느다란 허리를 쓸어내린 그가 느릿하게 손을 움직여 작고 아담한 가슴을 살며시 감싸 쥐었다. 태진의 커다란 손바닥에 폭 감싸인 가슴보다 그 안이 맹렬하게 뜨거워졌다.

"기은아."

열에 흐려진 목소리는 자못 유혹적이었다. 이름을 부르는 태진을 천천히 똑바로 응시했다. 밤바다처럼 깊고 아름다운 눈동자가 삼킬 듯 깊숙이 자신을 담아내고 있었다. 그 눈동자가 하는 말을 들을 수 있었다. 그는 지금 묻고 있다. 괜찮은 거냐고. 이대로 서로가 전부를 소유해도 괜찮겠냐고.

"선배는……생각이 너무 많아."

여유롭지 못한 목소리, 조금은 우왕좌왕하는 눈동자였지만 기은의 말투는 담백했다. 그 말에 태진의 입꼬리가 미세하게 움직였다. 잠시 멈춰 있던 손이 가슴을 부드럽게 휘감다가 매끈한 등을 쓸어내렸다.

"간지러워요."

손끝이 척추를 자극하자 기은이 몸을 움츠리며 짧은 웃음을 터뜨렸다.

무방비 상태로 웃을 때의 기은은 전혀 무뚝뚝하지 않았다. 눈매를 반달처럼 휘어 혀로 살짝 입술을 축이며 웃는 모습은 아이처럼 천진했지만 성숙한 여인처럼 요염하기도 했다. 태진은 부러 더욱 자극적인 손길로 매끈한 등 구석구석을 더듬었다. 손을 움직일 때마다 기은이 작게 웃음을 터뜨리며 몸을 말았다.

"그만. 간지럽다니까."

어느새 거실 바닥에 등으로 대고 누워 방어 자세를 취한 기은이 웃음기 담긴 눈으로 태진을 밀쳐냈다. 기은의 손길이 의도하지 않게 가슴을 훑어 내리자 태진의 눈매가 가느다래졌다.

"사랑해."

칠흑처럼 짙은 여운을 주는 목소리가 진실만을 담아 울렸다. 여전히 반짝이는 미소 한 점을 머금은 기은이 고개를 끄덕이며 그의 목을 두 손으로 끌어안았다.

"알아요."

동그란 이마에 입을 맞추고 반짝이는 눈동자에도 살며시 입술을 내렸다. 조금은 다급하게 서툴지만 다정하게 태진은 기은의 얼굴 구석구석에 키스했다. 마지막으로 도톰하게 부푼 입술을 살짝 깨물고 달콤한 타액을 흠뻑 취했다. 혀가 엉키며 내는 질척한 소리가 거실을 채웠다. 가빠진 숨결이 입술에 닿았다가 이내 기은의 목덜미를 타고 흘렀다. 희고 가느다란 목을 따라 돋아난 핏줄마저 뜨겁게 데우는 키스가 이어졌다.

어느새 다시금 티셔츠 속으로 들어온 태진의 손이 조심스럽게 동그란 가슴을 매만졌다. 손바닥 전체가 열기를 고스란히 담아 곡선을 부드럽게 움켜쥐었다. 몇 번이나 아담한 젖가슴을 가득 손에 담던 태진이 천천히 몸을 숙였다. 희고 고운 살결을 흠뻑 들이켜며 입을 맞추고 매혹적인 굴곡을 입술로 따라갔다.

"하……."

기은이 저도 모르게 낮게 신음하며 몸을 틀었다. 그것을 신호로 태진의 움직임이 좀 더 대범해졌다. 심플한 모양의 브래지어 사이로 파고든 손이 하얀 속살을 탐욕스럽게 매만졌다. 어느새 봉긋해진 정점을 스치듯 지나칠 때마다 기은의 몸이 움찔거렸다. 태진은 손끝에 걸린 브래지어를 제대로 벗겨내지도 못하고 그대로 맨 가슴을 입술에 담았다.

서투른 그의 움직임이 오히려 설레었다. 기은은 태진의 입술이 움직일 때마다 감미로운 고통에 시달려야 했다. 빨아 당기 듯 힘차게 움직였다가 달래듯 살살 굴러가는 혀와 입술이 가슴에 온통 붉은 자국을 남겼다.

열기에 흐려진 눈동자로 기은을 바라보던 태진이 살며시 드러난 골반에 입을 맞추며 탐스러운 엉덩이를 거머쥐었을 때였다.

탁. 태진의 바지 주머니에서 휴대전화가 빠져나와 바닥으로 떨어졌다. 전화는 여전히 시끄럽게 울리고 있었다. 그 거슬리는 소음에 고군이 슬그머니 다가왔다. 아까까지 캣 타워에 올라가 두 사람을 모른 척 외면하고 있던 녀석도 그게 방해물이라고 인식했는지 액정을 발로 툭툭 건드렸다.

기은이 먼저 말문을 열었다. 도저히 더는 모른 척할 수가 없었다. 무슨 다급한 일이라도 생긴 걸지 몰랐다.

"받아요."

"별로."

"신경 쓰여요."

전혀 그럴 마음이 없어 보였던 태진을 살짝 밀어내며 다시 눈치를 주었다.

사납게 미간을 찌푸린 태진이 할 수 없이 전화기를 집어 들었다. 수신 번호에 찍힌 영욱의 이름을 보고 그는 눈에 띌 만큼 인상을 구겼다.

−야! 이태진!

하지만 뭐라 말을 하기도 전에 상대방에서 먼저 호통을 쳐댔다.

*

전에 없이 살벌한 눈을 한 태진이 가게로 들어서자 미리 와 있던 남자 셋도 지지 않는 험악한 표정으로 자리를 내주었다.

"뭐야."

뚝뚝 떨어지는 냉기를 감추려 하지 않고 태진이 싸늘하게 물었다. 당장 이야기할 것이 있으니 나오라는 영욱의 말을 무시하고 싶었지만 기은이 등을 떠밀었더랬다. 얼마나 급한 일이면 막무가내로 약속까지 잡겠냐고 말이다. 결국 떨어지지 않는 발걸음을 억지로 떼어 약속 장소로 왔다. 그러나 흐트러진 옷매무새를 가다듬던 기은을 떠올리기만 해도 가슴속에 빨갛게 불길이 일었다. 태진은 테이블에 놓인 차가운 물을 연거푸 들이켰다.

"그게……."

찌를 듯 차가운 태진의 목소리며 눈빛에 압도된 지훈이 말꼬리를 흐렸다. 윤도 쉽게 입이 떨어지지 않는 지 묵묵히 자리를 지킬 뿐이었다. 마침내 영욱이 결연한 표정으로 말문을 열었다.

"너, 여자 문제 있었냐? 사생활에 대해 이런저런 잔소리할 마음은 없지만, 아무래도 그건 좀 확실히 해야 하지 싶다. 적어도 지금 네가 만나는 상대가 기은이인 이상."

"무슨 소린지 확실하게 말해."

태진이 근심 어린 영욱의 얼굴을 날카롭게 쳐다보았다.

"낮에 찾아왔단 말이에요."

이번에는 지훈이 퉁명스럽게 대꾸했다. 윤도 말을 덧붙였다.

"진수란이란 분이 회사로 형님을 찾아왔대요. 지훈이는 그분이 형님의 헤어진 애인이라 생각했고요. 이름 말하면서 눈물까지 보인 모양이니까 그렇게 생각하는 것도 무리는 아니죠."

듣고 있던 태진의 표정이 단번에 얼음처럼 굳었다. 분명 수란에게 다시 마주치지 말자고 확실하게 말했었다. 서늘한 냉기가 새까만 눈동자를 휘감았다.

"너희들한테 일일이 모든 걸 보고할 이유는 없지."

다시 입을 열었을 때, 태진의 목소리는 섬뜩할 만큼 차분했다. 그의 말에 영욱이 힘껏 고개를 끄덕였다.

"알아, 그런 건 나도 예의가 아니라고 생각하니까."

"맞아요. 그렇지만 기은이 누나잖아요. 아무리 남자처럼 굴어도 정말은……."

"속은 누구보다 여리고 따뜻한 친구라서요. 형님 사생활에 간섭하고 싶은 게 아니라, 기은이가 다칠까 봐 걱정하는 거예요. 오해 마세요."

지훈과 윤도 아까보다 누그러진 음성으로 말했다. 태진이 둘러앉은 세 남자를 찬찬히 바라보았다.

"그래도 고맙다."

뜻밖의 말에 모두의 눈이 동그래졌다. 태진은 굳어 있던 입매를 부드럽게 풀었다.

"기은이 걱정하는 마음, 알아. 하지만 처음부터 너희가 걱정할 일 따위 전혀 없었어. 그 여자, 나 역시 반갑지 않으니까."

"그럼 정말 다행이지만……그런데 형님을 잘 아는 것 같았어요. 아니, 울기까지 했다니까요. 만날 때까지 기다릴 것 같더라고요. 꼭 해야 할 말이 있다고, 태진이……네, 딱 이렇게 그리운 목소리로 다정하게 불렀어요."

겨우 안심한 얼굴이 된 지훈이 다시 목소리를 높였다. 태진이 담백한 시선을 돌려 그를 가라앉혔다.

"못 알아들었다면 한 번 더 따끔하게 경고해야겠지."

수란이 찾아온 의도 따위 궁금하지도 않았다. 미련이나 사과, 어떤 모습으로도 마주치고 싶지 않을 뿐이었다. 그러나 이런 식으로 기은과 자신의 사이를 멀어지게 할 위협이 된다면 확실하게 쳐내야 했다.

길지 않은 말이었지만 속에 담긴 뜻은 충분히 전해졌다. 영욱과 윤, 지훈은 눈을 마주 보며 푸근히 웃었다. 철두철미한 태진이 확실하게 하고 넘어가겠다는 뜻을 밝힌 이상 더는 걱정이 없겠지. 세 사람은 그제야 바짝 익어 버린 고기가 가득한 불판으로 시선을 돌렸다.

"잘 모르긴 해도 기은이 누나, 행복한 거겠지? 태진 형님 좀 차갑고 무서운 구석이 있잖아, 사람이."

영욱과 잠시 다른 이야기를 나누는 태진을 힐끔거리며 지훈이 윤의 허리춤을 가볍게 찔렀다.

"뭐, 싫어도 벗어나긴 힘들어 보인다."

윤은 질릴 정도로 수려한 태진을 바라보다가 고개를 흔들었다. 같은 남자가 바라보는 태진은 기은 때문이라면 지구도 흔들 사람이었다. 그것도 눈 하나 깜짝하지 않고. 그런 태진이 차가워 보인다니 역시나 지훈은 아직 어리다. 기은의 이름을 말할 때 그의 눈동자가 오싹하리만큼 뜨겁게 독점욕으로 빛나는 것을 보지 못한 모양이다. 아마 기은은 태진에게서 결코 도망칠 수 없을 것이다. 윤은 어깨를 한 번 으쓱해 보이고 지훈에게 빈 잔을 내밀었다.

17. 얼어붙지 않아 다행이야

 핑크색 간판을 비추는 조명이 아스라했다. 태진은 멀찌감치 주차를 하고 주머니에서 휴대전화를 꺼내 통화 버튼을 눌렀다.
 ─어, 선배.
 담백한 목소리에 태진의 입꼬리가 희미하게 휘어졌다.
 "뭐 하고 있었어, 꿀돼지?"
 ─규칙적으로 숨 쉬고 있었죠.
 기은은 미소가 날 만큼 차오르는 그리움을 꾹 누르며 싱겁게 답했다. 태진이 외출한 후, 고군과 한참을 놀아 주고 어제 만들어 놓은 김치찌개를 데워 밥을 챙겨 먹었다. 커피 한 잔도 연하게 내려 마시고 지난 개그 프로그램 두 개를 연이어 봤는데도 아직 태진은 돌아오지 않고 있었다. 영욱과의 이야기가 꽤 길어지는 모양이라 생각하고 있던 차였다.

"후, 그래. 수고가 많네."

기은다운 대답에 태진의 입술이 한층 부드러운 호선을 그렸다.

―그런데 선배는 아직 이야기 안 끝났어요?

기은은 갑작스런 호출을 회사와 관련한 다급한 일이라고만 짐작했다.

"그쪽은 끝났고, 지금부터 진수란 씨 만나려는 중이야."

―음, 왜냐고 굉장히 묻고 싶은데요.

기은은 전화를 잡은 손에 힘을 주었다. 불쑥 치밀어 오른 불쾌함이 목소리에 묻어날지도 모르지만 굳이 감추고 싶지 않았다.

"낮에 회사로 찾아왔었다는 이야기 듣고 지난번 그 카페로 가고 있어. 아무래도 그냥 둘 일은 아닌 것 같아서. 괜한 오해거리로 우리 사이를 함부로 침범당하고 싶지 않아."

태진의 목소리는 흔들림 하나 없이 단호했다. 사실 그동안 수란의 얼굴조차 희미했었다. 잊고, 아니 정확히는 아예 머릿속에서 떠오르지 않는 사람이었으니까. 직접 만날 결심을 한 것은 기은 때문이었다. 수란이 자신을 어떻게 생각하는지는 애초에 아무런 상관이 없었다. 한때 형이 사랑했던 여자이기에 최소한의 예의를 지키고 싶었지만 그녀 때문에 기은이 오해하고 다칠 일이 생긴다면 이야기는 달랐다. 영욱들이 걱정하는 건 십분 이해가 갔다. 자신 역시 기은이 털끝처럼 가느다란 오해를 하게 되는 것도 싫었다. 온전히 전부를 주고 싶은 마음, 그 진실한 마음에 한 점의 티끌도 묻히고 싶지 않았다. 다시는 이런 일로 얽히는 일이 없도록 확실하고 엄중하게 마무리를 지을 생각이었다.

―오해는 안 해요. 저번에 사정도 들었고. 그래도 솔직하게 말하면요, 기분 좋지는 않아요. 진수란 씨는 위협적으로 예쁜 얼굴이고 또…….

함축적인 태진의 말이 무슨 뜻인지 알 것 같았다. 게다가 이렇게 명백하게 밝히고 만나겠다는 이야기는 아예 오해할 거리를 만들지 않겠다는 의지였다. 그런데도 마음 한구석이 찜찜했다. 그건 수란이 한때 태진에게 이성적 감정을 느꼈다는 걸 알고 있어서기도 했고 그녀가 너무 예뻐서기도 했다. 새삼 불만이 별로 없던 무뚝뚝한 제 얼굴이 신경 쓰였다. 기은은 커다란 유리창에 비친 자신의 모습을 빤히 바라보며 입술을 지근거렸다.

"혹시 그거 질투야?"

―별로 그런 거……아닐걸요.

아니, 맞아. 정확히 맞는 말이다. 애매한 대답과 달리 잔뜩 좁아진 미간을 엄지로 꾹 누르며 기은은 피식 웃고 말았다.

"후후. 다행이네. 질투하는 꿀돼지는 너무 사랑스러워서 생각만 해도 숨이 막혀 버릴 거 같거든."

능청스런 태진의 말에 기은은 또 한 번 소리 없이 웃었다.

―다녀와서 이야기해 줬으면 좋겠어요. 혼자서 길고 긴 드라마를 쓰는 건 싫어요.

"그래. 빨리 꿀돼지 보고 싶다."

―뭐, 저도 그렇다고 해두죠.

이번에는 태진이 낮게 웃었다. 그 감미로운 울림이 좋아서 기은은 한참이나 전화기를 귀에서 떼지 않았다.

나비와 꽃이 그려진 잔에 향이 좋은 홍차가 담겼다. 수란은 차를 정성스럽게 따라 태진에게 건넸다.

"직접 찾아와 줄 거라고는 생각 못 했어."

"제 여자한테 오해받을 수 있는 일 더는 두고 볼 수 없어서요."

태진은 찰랑찰랑 뜨거운 차에도, 그보다 더 일렁이고 있는 수란의 눈동자에도 흥미를 보이지 않고 딱딱하게 말했다.

"연인이⋯⋯그럴 수도 있다는 생각을 미처 못 해서⋯⋯오해를 만들었다면 정말 미안해. 꼭 만나서 이야기를 하고 싶어서 찾아간 거였는데."

수란은 자신의 고백에 서늘하게 돌아서던 태진의 옛 모습을 떠올리며 고개를 푹 숙였다. 그렇게나 냉랭하던 그가 단지 사랑하는 연인의 오해를 막기 위해 직접 찾아오리라고는 생각해 보지 못했다. 태진에게 사랑하는 사람이 생겼다는 것도 충격이었지만, 그녀를 향한 거짓 없는 깊은 마음이 느껴져 심장 어딘가가 여리게 아팠다. 미련하게 전부 끝난 일을 가지고⋯⋯. 수란은 스스로에게 되뇌며 손끝에 휘감기는 스커트를 살며시 움켜쥐었다.

"다시 만날 일 없다고 말씀드린 걸로 아는데요."

"알아, 아는데⋯⋯제대로 말하질 못해서⋯⋯더 늦기 전에 한 번은 꼭⋯⋯말해야 할 것 같았어."

태진 앞에서는 아무리 울어도 소용이 없다는 것쯤 잘 알고 있었다. 수란은 저절로 솟구치는 눈물을 꾹 참고 더듬더듬 말을 이었다.

"네게 했던 충동적인 고백도 그 후에 세진 오빠에게 일어난 끔찍한 사고도⋯⋯있는 그대로 감당하긴 너무 힘들었어. 순순히 어리석은 내 잘못이라고 인정할 용기가 나질 않아서, 그래서 비겁하게 태진이 널 방패로 삼았어. 네가 세진 오빠를 위해 짊어진 거짓, 거기에 숨으면 내가 두려워할 진실은 보지 않아도 됐거든. 다른 사람들한테도 그랬지만 사실은 세진 오빠한테 가장 들키고 싶지 않았어. 추한 모습, 이기적이고 나약해서 도망치기만 급급한……."

기어이 눈물 한 방울이 뺨을 타고 내렸다. 수란은 서둘러 손수건으로 눈물을 찍어내고 따뜻한 차를 한 모금 마셨다. 향긋한 찻물이 오늘따라 쓰게만 느껴졌다.

"그래도 모른 척 살았어. 나도 충분히 아팠으니까 그걸로 된 거라고 스스로를 속이면서. 그런데 그게 아니더라. 외면해도 내 이기심이 두 사람을 상처 준 건 변하지 않는다는 걸 알았어."

카페 안을 흐르는 음악이 분위기에 어울리지 않게 경쾌했다. 과거 세진과 함께 연주하던 곡이 흐르자 수란은 살며시 눈을 감았다가 떴다.

"작년에 사고가 났었어. 눈길에 미끄러져서 가로수를 들이받았지. 혼자 차를 몰고 가다 일어난 일이었는데 사람들이 찌그러진 차에서 날 구해 주기 전까지 머릿속이 영화 필름처럼 돌아가더라. 슬픈 일, 행복한 일, 모두. 그런데 정말로 가슴이 터질 것처럼 후회되는 일이 있었어. 세진 오빠……그리고 태진이 너. 내가 도대체 두 사람한테 무슨 짓을 한 걸까. 그 벌을 이제 받는구나 하고 무서웠어. 무사히 살아난다면 꼭……꼭 너와 세진 오빠에게 사과를 해야만 한다는 생각뿐이었어. 반드시 제대로 사과하고 용서를 빌어야 한다고 말이야."

다행히 큰 외상은 없었지만 사고 후유증으로 한동안 카페 문을 닫고 쉬어야 했다. 돌봐 주는 가족들이 있었지만 몸이 완쾌될 때까지 무척 외롭고 힘든 시간이었다. 세진 역시 그런, 아니 보다 더 고통스런 시간을 보냈을 테지. 그 시간을 끔찍한 악몽이 되지 않도록 태진이 스스로 오해를 짊어진 것일 테고. 수란은 그렁그렁한 눈물을 달고 태진을 바라보았다.
 "사고는 유감입니다만 새삼 사과 받을 생각 없습니다."
 "알아, 넌 처음부터 그랬지. 하지만 나 때문에 네가……."
 "그 사고로 몸과 마음이 다친 사람은 형입니다. 제가 아니고요. 아시겠지만 사과는 본인에게 하는 겁니다."
 "난……."
 날카로운 태진의 목소리에 수란은 차마 말을 잇지 못했다. 사과하고 싶은 마음은 진실이었다. 그렇지만 그 속에서 다시 한 번 태진을 보고 싶다는 이기적인 욕심이 생긴 것도 사실이다. 한쪽 손을 제대로 쓸 수 없게 된 세진을 만나는 것보다는 이편이 훨씬 덜 괴로울 것이란 생각도 했다.
 "형을 직접 만나 뒤늦은 사과를 하는 것까지 제가 말릴 수는 없겠지요. 그건 그쪽과 형이 결정할 문제일 테니까. 물론 형의 생각이 저와 크게 다를 것 같지는 않군요. 본인의 죄책감을 더는 것도 중요하지만 상대방도 고려하셨으면 좋겠습니다."
 "미안해. 내가 또……."
 "아니오. 다시 말씀드리지만 제게 사과하거나 용서를 구할 필요는 없습니다. 그건 형을 위한 것이지, 그쪽을 위한 배려 같은 게 아니었으니까요. 아직도 좋을 대로 진실을 꼬아서 본다면 뭐라고 할 말은 없습니다만, 저 역시 이제 그 이기적인 사고방식에 대한 불쾌함 숨길 마음 없습니다."

태진이 얼음처럼 차가운 눈으로 말하자, 수란은 아직도 흐르는 눈물을 닦아내며 천천히 입을 열었다.

"그래, 네 말이 맞아. 나 아직 많이 비겁하네. 정말……미안해, 사실 세진 오빠를 직접 마주하는 게 겁이 났어. 내 잘못이 너무 고스란히 보이니까. 네 말처럼 난, 스스로가 편해지기 위해 사과를 할 생각을 했어. 무서운 죄책감을 이만 벗어나고 싶어서 널 그렇게 찾은 거고. 사고를 당하고부터 매일 지독한 악몽을 꿨어. 병원에서는 세진 오빠를 그렇게 만든 죄책감이 너무 커서래. 그만 털고 행복해질 생각을 하라는데 그게 쉽지가 않았어. 이제 그만 과거를 떨쳐내고 새로운 사랑을 하고 싶은데 자꾸만 두려워졌거든. 벌……받으면 어쩌나 그렇게. 그러다 널 봤고 손쉬운 길을 찾은 거 같았어. 내가 살기 위해서는 빨리 사과하고 용서받고 그렇게 죄책감으로 얼룩진 과거를 떨쳐내고 싶었으니까, 네 기분 같은 거 별로……별로 생각하지 못했어."

"과거가 놓아주지 않는 게 아니라, 그쪽이 거기에 얽매여 있는 겁니다. 제대로 마주보고 떨쳐내는 건 온전히 그쪽 몫이겠지요. 그러니 더는 이런 일로 만날 일 없었으면 합니다. 이건 부탁 같은 게 아니라 경고라고 해두죠. 그쪽 때문에 제 사람이 상처 받을 일 만들고 싶지 않습니다."

온기 한 점 없는 태진의 눈동자는 너무도 무심했다. 가슴이 따끔거렸지만 한 조각의 미련도 남기지 못하게 잘라내는 그 앞에서 오히려

속이 후련했다. 수란은 솟아나는 눈물을 훔치며 고개를 끄덕거렸다.

"그래도 태진아, 이건 진심이야. 정말 미안해. 네게도 정말로 미안해하고 있어. 이렇게 이기적인 이유로 널 찾지 않는 게 진짜 사과하는 거였을 테지만. 그래도 앞으론 다신 마주칠 일 없을 거야. 넌 여전히 날 못 믿겠지만……약속할게."

죽음을 마주하고부터 멈춰 있던 죄책감이 빠르게 자라나기 시작했다. 마음이 새까맣게 좀을 먹어가는 것 같았다. 생각하지 않으려 해도 과거 세진이 사고를 당하고 느꼈을 지독한 고통과 괴로움이 저절로 떠올랐다. 짙은 죄의식이 목을 졸랐고 매일 심한 악몽을 꿨다. 그렇지만 막상 그를 직접 찾아갈 용기가 나지 않았다. 마음이 다급해져도 여전히 제가 비겁하게 외면한 진실을 마주하기가 겁이 났다.

그러다 태진을 우연히 마주쳤다는 미정의 이야기를 들었고, 얼마 후 기억 속의 모습보다 훨씬 아름다운 그를 다시 보았다. 과거에 얽매여 하루하루 괴로워하는 자신과 달리 앞을 향해 걷는 빛나는 그 모습이 반복된 끔찍한 악몽을 끝내줄 것만 같았다. 어쩌면 그때부터 어두운 과거의 그림자에서 벗어날 수 있기를 더 열렬히 바랐는지도 모른다. 무작정 태진을 찾아갔고 마치 목숨을 건질 방법을 찾은 것처럼 만나기를 원했다. 그러나 이제야 깨달았다. 악몽은 결국 혼자 힘으로 벗어날 생각조차 못하고 또 누군가에게 기대려 한 나약한 자신에게서부터 시작했음을. 어쩌면 지난 괴로움에 얽매여 그 자리에 멈춰 선 사람은 미련한 자신뿐일지도 모르겠다.

"그럼."

수란의 진심 어린 말을 듣고 태진은 담백한 얼굴로 자리에서 일어섰다. 따라 일어선 수란이 손을 내밀었지만, 태진은 목례로 인사를 대신했다. 수란이 그럴 줄 알았다는 듯 손을 거두며 쓸쓸하게 웃었다.

그대로 태진이 가게를 나섰고, 수란은 한동안 멍하게 뒷모습을 바라보다가 식어 버린 찻잔을 천천히 챙겨 들었다. 괴로운 악몽이 끝나면 절대 제 것일 수 없었던 그에 대한 기억도 잊게 될까. 수란의 고운 눈동자가 마지막 눈물 한 방울을 떨어트렸다.

*

다음 날 오후, 업무를 일찌감치 끝내고 퇴근하는 길이었다.

"선배."

기은이 내비게이션 화면을 만지작거리다 물끄러미 태진을 쳐다보았다. 그의 날카롭지만 따스한 눈동자가 곧 스르륵 움직였다.

"불러 봐요."

"……?"

"태진 선배, 얼음 동굴이 있는 곳이요. 우리 들렀다 가요. 저번에 대충 들으니까 남양주시 근처 어디라고 한 거 같은데."

어제의 만남에 대한 이야기를 전해 들었을 때부터 생각했던 일이었다. 옅은 오해라도 태진과 그의 형 사이를 가로막는 게 이제 없으면 좋겠다고. 기은이 액정에 손가락을 가져다 대고 담백하게 이어 말했다.

"내 옷차림이 좀 많이 편한가?"

기은은 아무렇지도 않은 얼굴로 커다란 회색 후드 티에 검은색 청바지를 입은 제 모습을 내려다보았다.

태진의 깊은 시선이 부드럽게 그 말을 반박했다.

"아니, 그보다 편한 자리는 아닐 거야."

"그래도 약속했잖아요, 같이 가기로. 어차피 평생 안 볼 사이도 아닌데 이참에 선배 등 좀 떠밀려고요. 한참이나 못 만났다면서요. 가서 같이 밥이나 먹어요."

기은의 말이 아니라도 줄곧 형을 만날 생각을 하고 있었다. 그러나 오랜 시간 동안 굳어진 오해를 어떻게 해야 할지 아직은 난감했다. 형이 다시 일어설 수만 있다면 자신에게 쏟아지는 비난 따위 두렵지 않았다. 부모님조차 한동안 모르셨던 진실을 세진이 영영 몰라줘도 상관없다고 생각했다. 그편이 형을 덜 힘들게 한다면, 그래서 다시금 두 발로 일어서 세상을 향해 내딛을 수 있다면 말이다.

-과거가 놓아주지 않는 게 아니라, 그쪽이 거기에 얽매여 있는 겁니다. 제대로 마주보고 떨쳐내는 건 온전히 그쪽 몫이겠지요.

수란에게 말한 것은 자신에게 하는 것이기도 했다. 세진에게 진실을 말하지 않은 것은 비록 그를 일으켜 세우기 위한 것이기는 했지만 동시에 그것으로 말미암은 새로운 상처를 주었을 것이다. 그럼에도 형이 진실을 받아들일 준비가 되었는지 알 수 없다는 핑계로 여태 주저하고만 있었다. 감춰진 진실을 알고서도 자신을 탓할까 봐서, 여전히 미워하고 오해할까 봐 만나기를 피해 왔다. 그런데 생각보다 망설임의 시간이 길어져 버렸다. 덕분에 형과의 거리는 메워지지 않은 채였다. 얼음 결정처럼 차갑고 아픈 존재인 세진. 그에게도 여전히 자신과 같은 그리움이 남아 있을까. 서로를 깊이 믿고 별다른 말없이도 진심을 알아주던 시간들에 대한…….

복잡한 표정이었지만 태진은 곧 휴대전화를 뒤져 목적지를 찾았다. 세진이 사는 곳의 주소를 입력하자 내비게이션이 경로 안내를 시작했다. 참으로 간단한 길을 오랫동안 망설여만 왔다. 태진은 이제 천천히 얼음 동굴을 향해 가기 시작했다.

"내 남자 결단력 있네요."

기은이 운전대를 잡은 태진의 손을 다독이며 싱그럽게 웃었다. 햇살이 가득한 도로 한편에 노랗게 여울진 단풍잎이 한가롭게 나풀거리고 있었다.

"집집마다 대문이 열려 있어요."

"한적한 곳이니까."

전원주택이 듬성듬성 위치한 마을은 예쁜 그림 같았다.

기은은 조금 긴장한 것 같은 태진의 손을 잡고 활짝 열려 있는 대문을 들어섰다. 현관까지 이어진 길은 잔디와 자갈로 보기 좋게 장식되어 있었다. 맑은 소리를 내는 물고기 모양의 풍경이 달린 흰색 현관문 앞에까지 갔지만 인기척이 없었다.

"잠깐만요."

기은은 불쑥 대문으로 되돌아갔다. 그리고는 무언가를 찾으며 바로 뒤따라 온 태진을 손짓으로 만류했다.

"왜?"

"저기 인터폰이 있었던 거 같은데……아, 있다! 선배는 그냥 거기 있어요. 혹시 선배 보면 문 안 열어 줄지도 모르잖아요."

"그럼 혼자서 들어가게?"

"네."

기은이 당연하다는 듯 대답하고 재빨리 벨을 눌렀다. 황당해 하던 태진은 인터폰을 통해 들려오는 낯익은 목소리에 그대로 걸음을 멈췄다.

-누구세요?

"안녕하세요. 유기은이라고 합니다."

꾸벅 허리를 숙여 인사를 한 기은이 슬쩍 태진을 쳐다보았다. 그리고 그대로 손을 뻗어 태진을 정확히 가리켰다.

"처음 뵙겠습니다. 이 사람이랑 같이 왔어요."

-누구?

인터폰이 화면이 회전할 리는 없으니 상대방은 궁금증 가득한 목소리로 재차 물었다.

"보면 누군지 아실 거예요. 어울리지 않게 좀 쑥스러워하네요, 이태진 씨가."

무뚝뚝한 기은의 말에 얼어붙은 듯 선 태진도 인터폰 너머의 세진도 잠시 말이 없었다.

마침내 문이 열리는 소리가 들렸다. 기은은 시선을 돌려 태진과 눈을 맞추고 격려하듯 부드럽게 고개를 끄덕여 보였다.

은은한 파스텔 톤으로 장식된 집 안은 단정하고 아늑했다. 세진은 말없이 사각 쿠션이 있는 커다란 의자에 자리 잡았고 맞은편 소파에 기은과 태진이 앉았다.

"마실 것 좀 드릴까요?"

동글동글 귀여운 인상의 아가씨가 다가와 다정하게 물었다. 정기적으로 상태를 체크하러 들르는 물리치료사였다.

"지민이 넌 그만 가도 괜찮아."

"그럼 아쉽지만 이만 가볼게요. 다음에 또 뵈어요."

세진이 곤란한 표정으로 이르자, 지민이란 이름의 여자는 순순히 외투를 집어 들고 나섰다. 그러나 눈동자에는 애정이 가득 담긴 호기심을 숨기지 않은 채였다.

문이 닫히자 다시 침묵이 감돌았다. 기은은 멀뚱하게 앉은 형제를 번갈아 보다 결국 옆에 앉은 태진의 허리를 살짝 찔렀다.

"오랜만이야."

태진이 한참이나 벼르던 말처럼 툭하고 인사를 내뱉었다.

"괜찮으시면 저 물 좀 마실게요."

잠자코 듣고 있던 기은은 자리를 비켜 주기 위해 주방으로 향했다.

"수란이 만났다며?"

자연스럽게 기은의 뒷모습을 좇는 태진을 보며 세진도 천천히 입을 열었다.

"음."

"어제 몇 년 만에 처음 통화했다. 나한테 사과하더라."

"……."

"내가 모르는 게 있다고 한참을 울더니 이야기하더라."

세진이 천천히 흘러내린 머리카락을 쓸어 넘겼다. 태진은 이제 한결 움직임이 자연스러워진 형의 팔과 다리를 바라보았다.

"그런데 이태진."

"……왜?"

"너 정말 내가 수란이가 말하기 전에는 모를 거라고 생각했냐?"

세진은 음표로 가득한 노트의 귀퉁이를 가볍게 두드리며 물었다. 처음에는 스스로가 너무 비참해서 모른 척했다. 혼잡한 공사 지역에서 안전 표지판이 없어 일어난 불행한 사고. 참 객관적인 상황이었지만 납득이 가지 않았다. 불행을 누군가의 탓으로 돌리고 싶었다. 그 누군가를 미치도록 저주하고 원망하고 싶은데, 그게 수란이면 또 스스로를 끝없이 추락시키는 것 같았다. 그래서 무작정 태진의 잘못이라 믿어 버렸다. 그러다 태진이 군대에 가고 재활에 들어가면서 마음도 많이 진정됐고 제대로 사고를 되돌아보게 됐다. 그리고 속 깊은 동생이 못난 형을 위해 힘든 거짓말을 했다는 걸 똑똑히 깨달았다.

"그때는 형이 다시 서는 게 가장 중요했으니까."

태진의 새까만 눈동자가 오랜만에 보는 세진의 얼굴을 가득 담았다. 많이 마르긴 했지만 다시금 평화로운 여유가 깃들어 있었다.

"그래서 어땠을 것 같아, 내 기분? 한마디로……엿 같았다. 너 군에 가고 그때서야 딱 진실이 보이는데 미안해서 미칠 것 같았지. 결국 동생 하나 못된 놈 만들고서야 일어설 수 있었잖아. 부끄러워서 너한테 먼저 연락하기가 어렵더라. 이왕 널 나쁜 놈으로 만들었으니까 완벽하게 건강해진 모습을 보여줘야겠다는 쓸데없는 오기도 들고."

"뭐, 그럼 됐어."

태진은 어색하게 웃으며 고개를 짧게 흔들어 보였다. 멋쩍어하는 형제의 시선이 느릿느릿 마주쳤다.
"아직 갈 길이 멀겠지, 너와 나."
비록 아픈 오해가 더는 남아 있지 않다고 해도 너무 오랜 시간 서로에게서 멀어져 있었다. 하루아침에 눈 녹듯 사라질 어색함은 아니리라. 세진이 한숨을 쉬듯 나직하게 말했다.
"미안해, 형."
가만히 연두색 노트를 응시하던 태진이 담담하게 대꾸했다. 세진은 제 울타리 안의 사람들에게는 절대로 냉정하지 못한 동생을 바라보았다.
"선수 치지 마. 이태진, 내가 더 미안하다."
오늘은 일단 진심을 담은 한마디로 시작하자.
두 남자가 약속이라도 한 것처럼 쑥스럽지만 진심 어린 미소를 옅게 머금었다.
기은은 그 모습을 조용히 지켜보았다. 주머니에서 또 요란하게 전화가 울려대고 있었다. 며칠 전부터 집요하게 걸려오는 김 기자의 번호를 확인하자 그대로 휴대폰 전원을 끄고 냉장고 문에 어깨를 살짝 기댔다.
"잘 됐다."
기은은 물이 찰랑찰랑한 유리잔을 들고 가만히 따라 웃었다. 얼음 동굴 속까지 차갑게 얼어붙은 건 아니라서 다행이라고 생각하면서.

18. 같이

"기은 씨."

태진이 전화를 받으러 잠시 자리를 비운 사이, 세진이 맞은편에 앉은 기은에게 말을 걸었다.

"말씀 낮추세요."

"음, 차츰 그렇게 할까요. 기은 씨가 태진이와 함께 왔다고 했을 때 솔직히 놀랐어요."

진작부터 이야기를 나눠 보고 싶었지만 태진이 시선을 막고 앉아 쉽게 기회가 오지 않았었다. 뭐랄까, 기은에게 닿는 모든 이성의 눈길이 탐탁지 않다는 말도 안 될 정도의 독점욕, 그런 것이 두 눈에 가득해서는……. 아무튼 뭔가에 꽂히면 맹렬한 녀석이니까 사랑도 그럴 테지. 세진은 부드러운 호의를 담아 미소를 지었다.

"저도 뵙고 놀랐어요."

"아, 이거 때문에?"

세진이 의수를 들어 보이자, 기은이 담백하게 고개를 저었다.

"아니요. 생각했던 것보다 훨씬 잘생기셔서요."

"그거 듣기 나쁘지 않은데요."

전체적으로 무뚝뚝해 보이는 얼굴이지만 반짝반짝 거리는 맑고 까만 눈동자가 몹시 인상적인 아가씨였다. 세진은 말갛게 저를 보는 기은을 향해 다시금 입을 열었다.

"난 그렇게 괜찮은 형이 아니었지만 태진이는 좋은 동생이죠. 좀 서툴지는 몰라도 기은 씨한테도 그럴 거라고 생각해요."

"태진 선배가 저한테도 좋은 동생이 되면 곤란한데요. 그래도 나름 귀엽기는 하겠지만요."

"하하하, 그렇게 되나."

기은의 농담에 세진이 웃음을 터뜨렸다. 기분 좋은 따스함이 풍기는 기은이 맘에 꼭 들었다. 그녀라면 저 까칠한 태진 녀석까지도 환하게 웃게 만들게 분명했다.

살짝 마주 웃는 기은의 눈매가 보기 좋게 휘어졌다. 태진보다 선이 가늘고 부드러운 분위기였지만 세진은 강한 사람임에 틀림없었다. 하나, 하나 힘들고 괴로운 현실을 마주 보고 포기하지 않고 일어서는 남자, 그런 사람이 태진의 형이어서 다행이다.

"뭐해?"

통화를 끝내고 돌아온 태진이 대화에 끼어들며 기은의 뺨을 살짝 잡아당겼다. 아무리 형이라도 자신이 아닌 다른 남자한테 이렇게 예쁜 표정으로 웃어 주면 안 되는 거다.

"확실히 저한테는 동생보다 이대로 남자인 게 좋겠어요."

기은이 잠시 눈을 가늘게 해서 태진을 보다가 천천히 고개를 끄덕거렸다.

"후후."

"무슨 소리야?"

뜻 모를 말에 세진은 또다시 웃었고 태진은 미간을 찌푸렸다. 하지만 기은과 세진은 쉽게 입을 열 생각을 하지 않고 그저 슬쩍 시선을 교환하며 웃을 뿐이었다.

바로 집으로 돌아가지 않고 근처를 배회하고 있던 지민까지 불러 따스한 분위기 속에서 저녁 식사를 하고 돌아오는 길, 운전대는 기은이 잡았다. 주당인 지민의 주도로 시작된 술자리에서 형제는 꽤 많은 술을 마셨고 긴 대화를 나눴다.

"많이 취했어요?"

시트를 조금 뒤로 넘겨 등을 기댄 태진이 머리가 아픈지 관자놀이를 문지르고 있었다. 설핏 보아서는 술을 마셨는지도 모르게 말짱한 얼굴이었지만 기은은 시원한 생수를 건네며 물었다.

"아니."

희미하게 묻어나는 염려가 좋았다. 태진은 건네받은 차가운 물을 단숨에 들이켜고 창문을 내려 바람을 쐬었다. 지끈하게 아프던 머리가 천천히 편안해져 왔다. 곧 비스듬히 고개를 돌려 자그마한 얼굴을 빤히 바라보았다.

"왜요?"

뺨에 닿는 따가운 시선을 느낀 기은이 크지 않은 목소리로 물었다.

"좋아서."

"음,"

기은의 뺨이 살며시 붉어졌다.

"왜 이렇게 좋을까. 우리 꿀돼지, 난 왜 네가 이렇게 귀엽고 사랑스러울까."

"취했네요."

단호한 음성에 태진의 입꼬리가 들썩였다. 느릿느릿 손을 뻗은 그가 기은의 잘생긴 이마를 간질이는 머리카락을 세심하게 쓸어 넘겼다.

"기은아."

"……또 왜요?"

무뚝뚝하게 대꾸하는 입술을 가만히 더듬는 태진의 손가락이 다정했다.

"고맙다."

"운전 잘해서요?"

"후후, 그래. 그것도 포함하자."

기은에게 고정된 눈동자가 깊은 밤처럼 아름답게 빛났다.

유기은, 너는 말이야. 존재 자체가 고마운 사람이다. 나한테는 너 아닌 짝이란 없을 테니까. 네가 없었다면 평생 혼자였을 게 분명해. 외롭다는 생각도 하지 못할 만큼 혼자가 당연해져서 사람들과도 점점 더 멀어져 갔겠지. 아프거나 기쁘거나 슬픈, 그 모든 순간에 네 체온이 주는 달콤한 위로와 격려를 몰랐을 거야. 널 떠올리며 자연스럽게 웃게 되는 일도 없었을 테지. 얼음 동굴을 벗어날 생각도, 내게도 불꽃 가득한 심장이 뛰고 있다는 자각도 하지 못했을 거야. 그래, 기은이 네가 없었다면 이렇게 행복해질 수 없었을 게 분명해. 사랑이란 짧은 단어 하나로 담길 마음은 아니지만, 이럴 때 쓸 수 있는 말은 많지 않으니까.

"사랑해."

밤바람에 휘감긴 감미로운 목소리가 기은의 귓가를 울렸다. 운전대를 잡은 손에 절로 힘이 꽉 들어갔다. 어째서 이 사람은 이렇게나 평범한 말 한마디로 가슴을 두근거리게 만드는 걸까.

"선배, 무서운 사람이에요. 지금 사고 날 뻔했잖아요. 이 정도의 가슴 떨림은 교통사고를 유발한다고요."

투덜거리는 말투는 삐딱했지만 기은의 두 뺨은 이미 충분히 붉어져 있었다.

*

어렵게 입수한 유연미의 사적인 핸드폰 번호로 계속 통화를 시도했지만 역시나 연락이 쉽지 않았다. 딸인 기은 쪽도 마찬가지였다. 이럴 줄 알았으면 지난번 인터뷰 때 절대 놓아주지 말 것을. 김 기자는 아직 파마약 냄새가 가시지 않은 머리를 쓸어 올리며 정리해 둔 기사들을 다시 꼼꼼하게 살폈다.

"본인들에게 말할 기회를 주겠다는데도 참."

사실 연예 기자 일을 꽤 좋아하는 편이지만, 유연미에 대한 것처럼 가족까지 건드리는 경우는 양심에 걸려 주저하는 일도 있었다. 때문에 계속 이래저래 연락을 취하는 중이었다. 물론 그편이 기사 내용에 신빙성이 한층 높아지고 더 드라마틱해지게 된다는 이유도 있었지만.
"이거 확실해? 진짜면 장난 아니다."
커피 잔을 들고 온 옆자리 동료가 부러운 시선으로 김 기자의 모니터를 바라보았다.
"뭐, 위험부담이야 늘 있는 거고. 증거 사진이며 관련 있는 사람들 인터뷰까지 있으니까."
김 기자가 뿌듯한 얼굴로 기지개를 폈다. 아무리 단순한 가십 기사라도 처음부터 터무니없는 거짓이면 금세 들통이 나서 도리어 크게 혼쭐이 나게 된다. 제대로 이슈가 될 수도 있는 기사 앞에서 조금 흥분하기는 했지만 그걸 모를 만큼 어리석지는 않은 김 기자였다. 동료 기자가 고개를 끄덕이며 그녀의 손을 장난스럽게 붙들었다.
"언제 한턱내는 거야?"
"그렇게 큰 건도 아니잖아."
"호호, 그래도 한 주간은 뽑겠는데 뭘. 그런데 그 딸, 아는 눈치야? 모르면 꽤 충격일 텐데."
"어차피 유연미 이름 달고 나가는 거고, 미리 말해 주고 간단히 그 부분 인터뷰나 하려고 했는데 통 연락이 되질 않네."
인터뷰 내내 무뚝뚝한 표정으로 답하던 기은을 떠올리며 김 기자가 고개를 가로저었다. 기사를 마무리 지으면서 마음 한구석이 찜찜했던 건 순전히 유연미의 딸인 기은 때문이었다.

마지막으로 전화 한 번 해보고 아니면 그만인 거지. 김 기자는 두 눈을 질끈 감으며 옅게 고이는 미안함을 떨쳐냈다. 자신이 아니면 다른 기자가 밝혀낼 일이라 스스로를 위로하면서.

또 전화벨이 울렸다, 기은은 김 기자의 번호를 확인하고 살짝 미간을 찌푸렸다. 어지간하면 적당히 받아 주었겠지만 이 여자와의 마지막은 상당히 불쾌했었다. 아버지에 관한 이야기. 그건 함부로 건드려서는 안 되는 부분이니까.

"누구야?"

"그때 인터뷰한 기자요."

막 아파트 지하주차장에 도착한 참이었다. 태진은 전화기를 노려보며 멀뚱하게 선 기은의 어깨를 폭 안았다.

"내가 따끔하게 한마디 해줄 수도 있는데."

"저도 그럴까 했는데……곧 어머니 드라마도 시작하잖아요."

자신 때문에 공연히 나쁜 인상을 주고 싶진 않았다.

기은의 말을 들은 태진이 그녀의 동그란 머리통을 부드럽게 쓰다듬었다.

"착해, 꿀돼지."

"그런데요, 선배. 그 꿀돼지 안 하면 안 돼요?"

"네가 선배 소리 안 하면."

기은의 불만에 태진이 능청스럽게 조건을 걸었다. 사실 뭐라고 해도 기은이 저를 부르는 소리는 마냥 듣기 좋았다. 그래도 한 번쯤은 들어 보고 싶은 호칭이 있기 마련이니까.

"그럼 선배를 뭐라고 불러요?"

"흠, 선택 사항은 많지. 일단 오빠 정도가 있겠고. 태진 씨도 나쁘지는 않고 또 자기?"

"웩."

기은이 외마디 소리로 의사를 전달하자, 태진이 그럴 줄 알았다는 듯 입술 한쪽을 말아 올렸다.

"고로 넌 나한테 영원히 꿀돼지야."

그의 팔이 기은을 단단히 옭아맸다. 숨도 쉴 수 없이 폭 안긴 기은이 팔을 잠깐 버둥거리다가 이내 포기한 듯 얌전히 고개를 수그렸다.

"알았으니까 오늘 엘리베이터에서 방정치 못한 행동은 자제해 주세요."

"봐서."

집까지 길어야 5분. 짧다면 짧은 그 시간도 참지 못할 만큼 좋아하는 여자의 머리카락을 쓰다듬으며 태진은 짓궂게 웃었다.

곧장 태진의 아파트로 향한 두 사람은 고군의 늦은 저녁을 챙겨 주고 세진과 각별한 사이처럼 보였던 지민이 챙겨 준 유자차를 마셨다.

한쪽은 동글동글 귀여움 넘치는 인상이고 또 한쪽은 무뚝뚝한 얼굴이지만 지민과 기은은 의외로 죽이 잘 맞았다. 귀여운 것에는 사족을 못 쓴다는 지민이 기은을 계속 차지한 탓에 비록 태진의 시선은 곱지 않았지만.

상큼하고 달콤한 차 한 모금에 몸이 노곤해졌다. 찻잔을 들고 약속이나 한 것처럼 서로의 등을 마주하고 바닥에 편히 앉았다. 식탁 밑에서 발톱을 긁어대던 고군도 몇 번 기은과 태진의 다리 사이를 오고 가다 느긋하게 몸을 말아 누웠다.

"고군이요. 어머니 귀국하시면 말씀드려 보려고요."

손을 뻗어 녀석의 보드라운 털을 쓰다듬던 기은이 유자의 잔향이 남은 입술을 살며시 핥았다. 이제는 한 가족과 마찬가지인 고군을 다른 사람에게 보낼 수 없었다.

순간, 몸을 반쯤 틀어 그 모습을 바라보던 태진의 눈빛이 위험하게 빛났다. 태진은 그대로 기은의 손을 잡아 깍지를 채웠다.

"난 이대로도 괜찮아."

"그렇지만 처음부터 임시로……."

"꿀돼지, 네가 데려가도 어차피 나중에는 결국 또 같이 살게 될 테니까 이제는 임시가 아니지."

같이……. 묘한 여운을 남기는 그 말에 까만 눈동자가 살짝 흔들렸다. 기은은 떨리는 심장을 지그시 누르며 천천히 눈을 감았다 떴다.

"그럼, 그때까지 잘 부탁해요."

"내가 흉악한 고양이 인질범인 거 알지? 자, 성의를 보여."

좁고 마른 어깨를 살며시 감싸 잡은 태진이 장난스럽게 웃었다. 그리고는 맞은편에 앉은 기은을 온전히 제 쪽으로 돌려 앉혔다.

"차 마저 마시고요."

"안 돼."

태진이 퉁명스럽게 대꾸하는 기은의 뺨에 기습적으로 입을 맞추었다. 기은이 한 번 더 짧게 저항했다.

"그럼 뭐, 맥주라도……."

하지만 말꼬리를 흐리며 고개를 가로저었다.

"후, 하긴 어지간해서는 취하지도 않는데 술 먹는다고 덜 부끄럽진 않겠죠."

투덜대듯 중얼거린 기은이 서서히 두 팔을 태진의 목에 걸었다. 어느새 숨소리가 느껴질 만큼 서로가 가까워져 있었다. 살며시 이마를 맞대고 피식 웃음을 터뜨렸다. 문득 희미하게 전율이 일었다. 태진의 웃음소리가 피부로 고스란히 스며들 만큼 사라져 버린 거리감, 그게 너무 당연하고 또 행복했다.

태진은 그대로 기은의 입술을 부드럽게 깨물었다. 촉촉하고 달콤한 타액을 맛보기 시작하자 제어가 쉽지 않았다. 입술을 가르고 조급하게 안으로 미끄러져 들어갔다. 격렬하게 얽힌 혀가 익숙하게 서로를 반겼다.

진저리치게 달콤한 기은의 입술을 한참이나 머금고 숨결마저 힘껏 들이마셨지만 점점 더 짙은 갈증이 생겨났다. 태진은 커다란 손으로 뺨을 쓸어내리며 한 치의 틈도 주지 않고 키스를 퍼부었다. 숨은 제대로 쉬고 있었을까. 흠뻑 젖은 입술에 열이 오르고 호흡이 가빠졌다. 그래도 깊어진 키스는 멈출 줄 몰랐다.

태진이 다시 기은의 입술을 빨아 들였을 때 두 사람의 이가 살짝 맞부딪쳤다. 가벼운 충격에 잠시 입술을 떨어뜨린 태진은 솔직한 욕망을 숨기지 않고 기은의 목덜미를 어루만졌다.

마치 맨살에 직접 그를 새겨 넣는 것 같은 느낌이었다. 척추를 훑어 내리는 뜨거운 손길이 느껴지자 기은이 살며시 몸을 떨었다. 태진의 새까만 눈동자는 거칠고 뜨거웠지만 눈을 뗄 수 없이 아름다웠다. 파도처럼 일렁이는 사내의 욕망이 무섭도록 선명하게 온몸을 흔들었다. 키스 정도에서 멈출 것이라는 순진한 생각은 그만두기로 했다. 어느새 태진의 손이 티셔츠 속으로 대범하게 들어왔다. 그의 손가락은 정교한 주문을 옮겨 적는 것처럼 정성스럽게 피부를 쓸어내렸다. 태진의 손길이 지난 자리가 화끈해지며 심장 속에서 붉은 불꽃이 일었다. 이제 가슴 앞에 멈춘 그의 손이 맹수처럼 사납게 숨을 골랐다. 마치 허락을 기다리듯.
 "기은아."
 "……생각, 할 틈은 줄 거예요?"
 "아니."
 태진의 목소리는 단호했다.
 "후후."
 전에 없는 강렬한 충동은 낯설었지만 거부할 수 없을 만큼 유혹적이었다. 기은은 옅은 두려움을 지우려 입술을 지근거렸다. 그러면서 태진의 목을 끌어안은 손에 조금 더 힘을 주었다.
 허락이 떨어지자 태진은 망설임 없이 입술을 겹쳤다. 지독하게 달고 진한 키스 끝에 야릇한 신음이 터져 나왔다.
 어느새 두 사람은 침실을 향해 걷기 시작했다. 끝없이 이어지는 격렬한 키스 때문에 걸음이 더디기만 했다. 태진은 매달리듯 걷고 있던 기은을 순식간에 번쩍 안아 올렸다. 그 짧은 순간조차 두 사람을 방해하는 걸 용서하지 않겠다는 듯이.

 태진은 여태 다른 누구에게 한 번도 자리를 내준 적 없는 침대 앞에서야 걸음을 멈추었다. 그리고는 소중한 보물을 다루는 것처럼 조심스럽게 기은을 침대 위에 내렸다.

 얇은 시트는 몸이 잠길 듯 부드러웠다. 푸른 어둠이 깔린 방의 공기는 기분 좋게 서늘했다. 침대에 누운 기은은 천천히 눈을 내리깔았다가 뜨며 태진을 응시했다. 촌스럽게 얼굴을 붉히고 싶진 않았지만 어느새 뺨은 복숭아색으로 물들고 말았다.

 그런 기은이 사랑스럽다는 듯, 태진은 허리를 숙여 달아오른 뺨에 몇 번이나 입술을 가져다 댔다.

 이내 참고 있던 신음들이 자연스럽게 터져 나와 밤을 적셔갔다.

19. 파도

 숨이 턱턱 막힐 만큼 진한 키스 사이, 태진은 기은에게서 눈을 떼지 않고 입고 있던 옷을 벗어 내렸다. 놀랄 만큼 탄탄한 가슴과 배를 드러낸 그가 기은의 옷도 거침없이 제거하기 시작했다.
 "이젠 못 멈춰."
 속삭이는 부드러운 목소리와 달리 집요하고 욕망이 가득한 손길이었다. 기은은 저도 모르게 고개를 끄덕이며 순식간에 나신이 된 몸을 시트로 슬쩍 가렸다.
 "알……아요."
 살며시 떨리는 붉은 입술이, 잔잔하게 요동치는 까만 눈동자가, 문득문득 전율하는 희고 고운 나신이 예뻐서 미칠 것만 같았다. 그 모든 것을 빠짐없이 눈에 담던 태진의 입꼬리가 매혹적으로 말려 올라갔다.

내 여자. 이태진만의 유기은은 상상했던 것보다도 훨씬 아름다워서 눈이 부실 지경이었다. 덕분에 기은의 나신을 보는 순간 맹렬하게 몰아치는 욕망과 소유욕이 이성을 그대로 불태워 버리고 말았다.

방 안에는 아늑한 어둠이 깔려 있었지만 그가 웃고 있다는 건 단번에 알아챌 수 있었다. 볼륨감 없이 마르기만 해서 그다지 매력적이지 않은 몸매 때문일까. 기은은 시트를 당기는 손에 조금 더 힘을 주었다.

"보고 싶어, 전부."

그때, 태진의 촉촉한 입술이 손가락에 닿았다. 놀라 움찔거리는 기은을 그대로 가볍게 품에 가두어 버린 그가 느릿느릿 몸을 움직였다. 태진의 입술은 고운 선을 따라 화려한 열꽃 자국을 남기고 있었다. 걱정과 달리 뜨거운 입술과 손길에서 그가 제 전부를 아끼고 사랑하고 있음이 느껴졌다. 기은은 팔목을 잡고 있는 손에 가만히 깍지를 채웠다. 부끄럽지만 몸을 가릴 수 있는 시도는 더 이상 하지 않기로 했다. 시트자락은 완전히 사라졌고 부드러운 족쇄에 갇힌 채로 태진의 노골적인 입술을 느낄 뿐이었다. 맨살을 스치는 따뜻하고 말캉한 입술이 민감해진 몸을 야릇하게 만들었다. 물이 고일 듯 움푹 파인 쇄골을 지난 입술이 막 봉긋한 가슴에 도달한 참이었다.

희고 가느다란 목덜미에서 느껴지는 기은만의 상큼한 향기가 뜨거워진 몸속을 더욱 달아오르게 만들었다. 팔딱팔딱 뛰고 있는 심장 소리와 희미한 떨림이 마냥 좋았다. 잠시 입술을 거둬들인 태진은 손바닥 안에 오롯하게 들어오는 자그마한 가슴을 살며시 움켜쥐었다. 부드러운 살결이 손바닥을 가득 메우자 갈증이 더욱 심해졌다. 그의 기다란 손가락이 동그란 가슴을 수차례 훑어 내리며 분홍색 유두를 천천히 자극했다. 지극히 노골적인 감정을 담아 움직이던 손길이 멈추는가 싶더니 이내 입술로 가슴을 빨아 들였다. 달고 즙이 많은 과육을 베어 먹는 것처럼 그가 여린 속살을 지독할 정도로 맹렬히 탐하며 붉게 물들였다.

"하."

짧은 탄성이 기은의 입술을 비집고 나왔다. 그 솔직하고 야한 소리를 내는 희고 보드라운 가슴은 어느새 타액으로 가득했다. 태진이 한 손을 내려 탄력 넘치는 엉덩이를 살포시 움켜쥐자 기은의 몸이 또 작게 들썩였다. 심장이 뜨거워지는 속도가 점점 빨라졌다.

태진은 이제 입술이 아닌 혀로 기은을 자극하기 시작했다. 비밀스러운 말을 속삭이는 것처럼 귓바퀴를 따라 움직이던 혀가 목덜미를 흐르는 혈관을 따라갔고 움푹한 가슴골을 타액으로 흠뻑 적셨다. 동그란 가슴을 욕심껏 입 안에 가득 넣고도 딱딱해진 유두를 계속 간질였다. 납작한 배와 허리를 휘감고 비스듬히 고개를 내려 엉덩이를 살며시 깨물었다.

기은은 자유로워진 두 손으로 그를 옅게 저지했다. 새까만 눈동자에 가득 일렁이는 사내의 욕심이 고스란히 전해졌다. 다음 순간 달아오른 그의 뺨에 손등을 가만히 가져다 댔다.

그 단순한 동작 하나에 그만 마지막 이성의 끈이 끊어져 버렸다. 태진은 숨 쉴 틈도 없이 키스를 퍼부으며 아직 채 젖지 않은 기은을 가르고 들어갔다. 꽉 붙은 허벅지 사이를 벌리고 들어간 그의 팽팽해진 분신은 더 이상 움직이지 않았다.

"읍."

갑작스런 침입에 기은이 고통스런 신음을 깨물었던 것이다. 자신 역시 처음이라 너무 여유 없이 몰아치고 말았다. 비좁고 뜨거운 공간에 갇혀 괴롭기는 마찬가지였지만 욕망보다는 기은이 우선이었다.

"내가……."

걱정스러운 목소리로 태진이 몸을 빼려 하자 기은이 가만히 손을 뻗어 그의 머리카락을 쓰다듬었다.

"괜찮……아요."

아프지 않다거나 두렵지 않다면 거짓말일 테지. 그럼에도 태진과 이 생경한 아픔을 공유하는 것이 어쩐지 감격스러웠다.

태진이 동그란 이마에 정성스럽게 입을 맞추었다. 벗은 가슴이 맞닿자 같은 박자로 예쁘게 뛰는 심장 소리가 몸을 가득 채웠다.

사랑해.

사랑해.

심장이 가만히 속삭였다. 그 아름다운 속삭임을 따라 두 사람의 입술이 서로를 애타게 찾았다. 잘고 가벼운 입맞춤이 점차 짙어지고 아까보다 더 솔직해진 손길이 몸을 어루만졌다.

아직 기은 안에 묻혀 있던 태진의 분신이 아주 느릿하게 움직이기 시작했다. 조금씩 기은이 촉촉하게 젖어가자 은밀한 곳이 닿는 소리도 점차 질척해졌다. 부끄럽고 아프기만 하던 동작들이 야릇한 느낌으로 변해갔다. 그가 들어오고 나가는 길이 고스란히 느껴지며 몸이 파르르 떨렸다. 난생처음 느껴 보는 묘한 자극이 파도처럼 온몸을 휘감아 왔다.

"으음."

미칠 것 같이 뜨거운 흥분감에 절로 신음성이 터져 나왔다. 서두르지 않는 다정한 삽입이 이어졌고 기은이 자연스럽게 그를 꽉 조이기 시작했다. 태진은 한 손으로는 수많은 입술 자국이 난 가슴을, 다른 한 손으로는 가느다란 허리를 휘감고 속도를 올렸다.

태진이 대범하게 움직이며 뜨겁게 부딪쳐 오자 달콤하기 그지없는 흥분이 두려울 만큼 선명해졌다. 열기에 휩싸인 두 사람은 약속한 것처럼 가느다란 신음을 나누어 깨물며 서로를 바짝 조이고 또 힘차게 파고들었다.

어느새 호흡마저 똑같아진 두 사람이 길게 숨을 몰아쉬었다. 급하게 오르내리는 가슴이, 붉게 달아오른 뺨이 뜨거워진 서로를 솔직하게 내보였다. 눈을 꼭 맞춘 채로 태진의 허리가 다시금 움직이기 시작했다. 고통스러울 정도로 감미로운 자극이 팽팽하게 몰려왔다. 더는 참을 수 없을 정도의 분신을 억지로 진정시키며 기은의 뺨을 쓸었다.

배려를 읽어낸 기은이 열에 들뜬 눈을 살며시 감았다가 뜨며 맞닿은 팔에 힘을 주었다. 그 보드라운 대답에 태진이 사나운 맹수처럼 달려들었다. 마침내 절정이 무섭도록 짙게 찾아왔다. 태진의 것이 기은 안에서 모든 것을 하얗게 쏟아내는 순간 두 사람의 입술도 빈틈없이 맞붙었다.

"하아……사랑해."

"……저도요."

여운이 짙게 남은 몸을 겹친 채 거친 숨을 몰아쉬던 태진과 기은. 두 사람은 눈을 맞추고 세상 가장 아름다운 미소를 지었다.

밤은 길었고 불꽃은 점점 더 뜨겁게 타올랐다.

날아드는 말간 햇살에 눈이 따가웠지만 저절로 웃음이 새어 나왔다. 태진은 품에 꼭 끌어안은 기은의 맨살을 쓰다듬으며 만족스러운 표정으로 눈을 떴다.

"언제 일어났어?"

먼저 일어나 아침을 준비해 주려던 계획은 다음으로 미뤄야겠다. 태진은 눈을 뜨자마자 저를 말똥말똥 보고 있던 기은을 발견했다. 새벽녘에야 잠이 들었던 탓에 눈언저리가 새까맸다. 뭐, 그렇다고 봐줄 마음은 없지만. 태진은 천연덕스러운 표정으로 뽀얀 젖가슴을 살며시 움켜쥐었다.

"아까요."

담백하게 대답한 기은이 지분거리는 손을 소리 나게 쳤다. 태진의 미간이 살짝 좁아졌지만 기은은 그 기회를 놓치지 않고 후다닥 침대에서 몸을 일으켰다. 얼마나 꼭 끌어안고 자는지 태진의 품에서 도통 빠져나갈 수가 없었더랬다.

"뭐하고 있었어?"

태진이 음흉한 손동작을 중단하고 대화를 시도했다. 그때서야 기은은 시트를 돌돌 말아 당기며 숨을 골랐다.

"음, 그냥 선배 얼굴 보고 있었죠."

"무슨 생각하면서?"

탐스러운 가슴을 가린 시트가 짜증스럽다. 매끈한 허벅지를 휘감은 부드러운 천 조각이 마냥 거슬린다. 태진은 슬그머니 몸을 세워 기은 곁으로 다가갔다.

"아, 정말 이 잘난 남자는 못 말리게 집요하고 열정적이구나. 뭐, 그 정도. 그런 선배 때문에 우리 겨우 두 시간 잔 거 알아요? 지치지도 않나."

"후훗. 어떻게 할래, 꿀돼지. 앞으로도 쭉 그럴 텐데."

"그……."

태진의 손이 시트에 휘감긴 엉덩이를 불쑥 더듬었다. 기은이 코끝을 찡그리며 그 손길을 뿌리치려는데, 다른 손이 어김없이 가슴을 움켜쥐더니 대답할 겨를도 없이 입술이 뜨겁게 덮쳐왔다.

"지금도 예외는 아니고."

"읍!"

그 아침, 태진은 했던 말을 충실하게 실행에 옮겼다.

*

저녁을 준비하는 태진의 등 뒤에 널브러진 두 생명체가 있었다. 언제나처럼 편안해 보이는 모습으로 소파를 차지한 고군과 바닥에 대자로 누워 푸푸 숨을 크게 쉬는 기은이었다.

불행 중 다행으로 오늘은 다들 외근을 한데다 업무도 바쁘지 않았다. 게다가 내일이 토요일이니 밀린 잠도 푹 잘 수 있을 테고. 기은은 뻑뻑해진 눈을 지그시 눌렀다.

"피곤해?"

기은이 좋아하는 된장찌개가 올라갈 자리를 만들던 태진이 장난스럽게 물었다. 그러자 기은이 퍼뜩 일어나 소리쳤다.

"당연하죠! 이 짐승."

"뭐야, 그럼 이 집에 사람은 없는 거네. 고양이, 꿀돼지, 그리고 나는……."

"늑대나 뭐 무지 밝히는 동물로 하면 되겠네요."

퉁명스럽게 대꾸한 기은이 수저통을 열고 두 사람 분의 수저를 꺼내 가지런히 놓았다. 비교 대상이 없는 건, 이쪽도 마찬가지지만 태진이 빠르게 아니 무섭도록 '그 일'에 있어 발전을 보이고 있다는 건 분명히 알겠다. 모든 것을 잊고 그에게 집중하게 만드는 것도, 열에 들떠 달아오르게 만드는 것도, 숨 막히게 절정으로 몰아가는 것도 얄미울 정도로 매번 더 훌륭해지는 것 같다. 그러니 새벽, 아니 아침까지 그렇게나…….

"꿀꺽."

기은은 저도 모르게 마른침을 삼켰다. 야릇한 상상 때문에 공연히 얼굴까지 붉어져 버렸다. 태진이 기회를 놓치지 않고 물었다.

"자고 갈 거지?"

"싫어요."

기은은 태진의 요염한 눈빛을 단호히 거부했다. 말 그대로 자고 간다면 또 모를까. 절대로 재울 생각이 없는 사람이 그런 말을 하는 이유야 뻔했다. 서둘러 따뜻한 된장찌개를 한 숟갈 떠먹고 태연히 김치 한 쪽을 집어 올려 시치미를 뗐다.

"꿀돼지."

"잘 거예요."

"그래, 내 옆에서 자."

"홀리지 말아요."

순진한 척, 점잖은 척, 지그시 눈을 맞추는 그는 위험할 만큼 매혹적이었다. 기은은 여지없이 고개를 붕붕 가로저었다.

태진이 곧이어 다른 회유 수단을 쓰려는데 휴대폰 벨이 울렸다.

"전화 좀 받고. ……네, 아버지. 지금 먹는 중이었습니다. 아니오, 말씀하세요. 예. 이쪽 매장 일은 보고 드린 것처럼 지난주에 마무리 지은 상태고……."

아버지에게서 걸려온 전화인 모양이었다. 무의식중에 턱을 쓸어내리는 그의 손가락이 기막히게 길고 예뻤다. 그 손이 그림을 그리듯 전신을 배회하던 것이 떠오르자 절로 몸이 부르르 떨렸다. 기은은 달콤한 유혹과 싸우며 물 한 모금을 시원하게 들이켰다.

"출장을 좀 다녀와야 할 것 같아."

통화를 마친 태진이 조금 굳어진 얼굴로 자리에 앉았다.

아버지에게서 걸려온 전화는 '굿 피트'의 수출 계약 연장에 관한 출장을 부탁하는 것이었다. 원래 담당자가 정년퇴직을 하고 아직 후임자가 일을 전부 승계 받지 못한 시점이라 다른 중간 책임자가 필요하다고 했다. 시크 바이크에서의 급한 용무가 끝났으니 출장 일정을 소화하는 것은 무리가 없었다. 다만 문제는……. 태진의 눈동자가 살포시 고개를 숙인 기은을 향했다.

"오래 걸려요?"

언제나처럼 무뚝뚝한 얼굴의 기은이 눈만 들어 그를 마주 보았다. 칠흑처럼 까만 눈동자가 물처럼 맑았다.

"길어야 일주일. 그래도 썩 내키지 않네."

그동안 기은을 볼 수 없을 테니까.

"길다."

태진을 만날 수 없는 일주일은 조금, 아니 많이 허전할 것 같다.

"후후."

곧이어 맞춘 것처럼 똑같은 웃음소리가 두 사람의 입술에서 새어 나왔다. 굳이 이유를 말하지 않아도 단번에 서로의 마음에 공감했던 것이다. 표현은 달라도 한시도 떨어져 있고 싶지 않은 것은 똑같았다.

태진은 아직 절반도 비우지 않은 공기를 슬쩍 밀어내고 기은의 손을 살며시 감싸 잡았다. 눈빛은 음흉했지만 목소리는 꽤나 달콤하게.

"그러니까 오늘 같이 있자."

"후, 그래요."

어쩔 수 없다. 벌써부터 그가 없는 일주일이 걱정이니까, 그러니 조금이라도 더 그의 체온을 느끼고 싶은 솔직한 마음을 순순히 따르기로 했다.

기은이 담담하게 수긍하자 태진의 손길이 분주해졌다. 유혹하듯 손가락 사이를 부드럽게 지나쳐 핏줄이 선명한 손등을 천천히 배회하고 가느다란 손목을 동그랗게 문질렀다. 그리고는 서두르지 않고 살며시 팔목을 당겨 입술로 붉은 낙인을 찍었다.
"이거 다 먹고 나서라고 해도 안 들어줄 거죠?"
집요하게 지분거리는 손길이 밉지 않았다. 아니, 사실은 민감해진 감각들이 취한 것처럼 한껏 출렁이고 있었다. 기은은 별 미련 없이 숟가락을 내렸다. 예상대로 태진이 지독하게 멋진 웃음을 달고 고개를 삐딱하게 끄덕거렸다.
짙푸른 밤은 오늘도 마냥 뜨겁고 길었다.

*

"데려다 줄 수 있는데."
고군과 한바탕 놀아 준 기은이 허벅지의 절반을 가리는 태진의 티셔츠 끝을 꾹꾹 누르며 중얼거렸다. 어깨를 끌어안고 목덜미에 입을 맞추던 태진이 가볍게 웃었다.
"괜찮아. 네가 공항에 오면 그대로 데리고 가 버릴 것 같거든."
그게 단지 말 뿐이 아님을 증명하듯 태진은 기은의 어깨와 가슴을 드러내어 농밀한 키스를 퍼부었다.
"음, 그럼 다녀와요."
밤새 나눈 격정적인 사랑으로 몸은 이미 녹초가 됐지만, 이제 많이 익숙해진 뜨거운 손길을 뿌리치지 않았다. 대신 고개를 비스듬히 돌려 날카로운 턱선 어디쯤 살짝 입술을 눌렀다.
기은이 입고 있는 자신의 흰색 티셔츠가 이리도 야한 것이었나. 태진은 미끈한 허벅지를 더듬어 올라간 손으로 아담한 가슴을 욕심껏 움켜쥐었다. 이대로 하루 종일 침대에 가두어 둔다면 좋을 텐데. 노골적인 욕망을 알아챈 기은이 슬쩍 고개를 돌리고 옷을 추슬렀다.

"늦겠다. 선배 가야죠."

"……후우."

아쉬움이 여과 없이 짤막한 한숨에 담겼다. 마지못해 일어난 태진은 준비해 둔 가방과 서류를 챙겨들었다. 기은이 현관까지 그의 손을 잡고 따라 나왔다.

"다녀올게."

반질반질 윤이 나게 닦인 구두를 신고 인사를 건넸을 때였다. 뒤에서 얌전히 서서 그 모습을 바라보던 기은이 한 발짝 앞으로 다가와 쓰러지듯 태진의 등을 꼭 끌어안았다.

"벌써부터 보고 싶다."

높낮이의 변화가 없는 차분한 목소리. 하지만 그 안에 고인 진심을 전하기는 부족함이 없었다. 태진의 입가에 부드러운 미소가 번졌다.

"사랑해."

"응."

겨우 무뚝뚝한 한마디로 대답하는 기은의 팔목을 가볍게 그러잡고 벽으로 살며시 밀어붙였다. 흩날리는 고운 머리카락을 쓸어 올려 준 태진은 깊은 마음을 담아 입술을 내렸다. 어디까지 사람을 미치게 할 작정일까. 이 달콤함은 결코 벗어날 수 없는 것이었다. 태진은 말랑말랑하고 보드라운 입술을 숨이 차도록 흠뻑 취했다. 그는 타액으로 번들거리는 입술을 다시 한 번 사납게 머금고서야 기은을 놓아주었다.

태진이 출장을 떠난 주말 내내 기은은 고군이와 더불어 그의 집에서 뒹굴었다. 무사히 도착했다는 통화를 할 때까지만 해도 멀쩡하던 태진의 휴대폰이 갑자기 먹통이 되어 연락이 힘든 것만 제외하면, 여느 때처럼 평화롭고 한가한 주말이었다.

"되게 허전하다."

소파 위에서 노트북을 켠 기은은, 이제는 스스럼없이 다가와 무릎에 태연하게 올라가 앉는 고군의 토실토실한 목덜미를 쓰다듬었다. 윤이 나는 노란 털을 가진 녀석이 말귀를 알아들은 것처럼 크고 예쁜 눈동자로 기은을 바라보았다.

"너도 그렇지?"

녀석이 좋아하는 사료와 간식, 새로 나온 장난감을 주문하며 대화를 하듯 서로를 부드럽게 응시했다. 애정을 담은 손길로 고군이와 가볍게 장난을 주고받던 기은은 주문을 마치고 마우스를 움직였다. 어머니의 귀국이 일주일 후로 잡혔으니 이제 슬슬 관련 기사들이 올라올 것이다.

바쁜 일정이 시작되기 전에 유 여사에게 태진에 관한 이야기를 꺼낼 생각이었다. 그리고 마음속에 오래도록 묻어 둔 이야기도. 태진 덕분일까. 버림받을지 모른다는 두려움을 밀어내고 뭔가를 전할 용기가 샘솟았다.

"이, 이건……."

희미한 미소로 방금 전에 새로 올라온 뉴스를 살펴보던 기은의 안색이 급변했다. 속속 올라오는 연예 뉴스의 자극적인 제목들이 화면을 가득 채우고 있었다.

배우 유연미의 숨겨진 비극.

자식조차 외면하려 했던 여자, 유연미. 그 아픔을 이제야 만나다. 이루어질 수 없는 사랑이 몰고 온 파국. 배우 유연미는 이렇게 살아왔다. 딸마저 버릴 수밖에 없던 참혹한 사랑의 끝. 유연미의 절절한 눈물 스토리.

탁.

검은색 마우스가 그대로 바닥으로 곤두박질쳤다.

20. 아파

 난산을 겪는 어린 소녀 곁에서 하루를 꼬박 보낸 연미의 얼굴에는 화장기 하나 없었다. 평소의 그녀라면 생각도 하지 못할 상태인 머리도 질끈 하나로 묶인 상태였다.
 반군과 정부군이 번갈아 가며 점령한 작은 마을의 힘없는 사람들이 겪은, 다시 있어서는 안 될 혹독한 고통. 소녀는 만신창이가 된 몸으로 아이를 출산하고 있었다. 누구도 태어나는 생명을 진심으로 축복하지 않았다.
 축복받지 못한 생명이라. 연미의 아름다운 눈동자가 아스라해졌다. 갓 태어난 핏덩이를 알고 절규하던 자신의 모습이 바로 조금 전처럼 생생하게 떠올랐다.
 "왜 그래, 숨넘어가는 꼴로."

생수로 목을 축인 연미는 썩 다정하지 못한 말투로 흙먼지를 일으키며 요란하게 뛰어오는 매니저를 흘겨보았다.

"누, 누님. 큰일……큰일이……정말 큰일이 났어요."

"뭐라는 거야?"

"기사가……방금 전에 인터넷이며 각종 방송에서 난리가 났다니까요."

그저 형식적으로 시작했던 해외 봉사활동 일정이 한참이나 길어진 탓에 한국 쪽 매스컴에는 크게 신경 쓰지 못했었다. 연미는 그제야 하얗게 변한 매니저의 얼굴을 심각하게 보았다.

"차근차근 말해."

"기은 씨 친부에 대해……끔찍한 기사가 떴어요. 사무실에서도 이것 때문에 당장 귀국하라고……어! 누님! 누님! 어디 가세요!"

"그것들이 뭐라고 지껄였는지 알아야 할 거 아냐!"

연미의 눈동자가 사납게 치솟았다. 뒤도 돌아보지 않고 느려터진 인터넷이 있는 호텔로 향했다. 기은의 친아버지. 그 단어가 나오자 이성의 끈이 단번에 싹둑 잘려 나가고 만 상태였다.

영욱은 심각한 표정으로 모니터를 노려보았다. 옆 창고에서 다급하게 사무실로 달려온 윤과 지훈도 침울하기는 마찬가지였다.

"도대체 이따위 기사를 무슨 생각으로……."

이제는 막장 드라마 같은 전개로 추측성 기사가 버젓이 난무하고 있었다. 각종 매체는 경쟁하듯 자극적인 제목으로 기사를 뽑아냈고, 아침 연예 뉴스를 전하는 방송에서는 심지어 관련자 인터뷰라는 것까지 내보냈다. 그 지독한 말들이 한 사람의 심장을 무수히 난도질하는 것쯤 아무렇지 않은 모양이었다. 그래, 그들 중 누구도 기은이 받을 상처를 고려하는 사람은 없었다.

"형……."

어떻게 알았는지 아침부터 시크 바이크에도 끊임없이 전화가 오고 있었다. 또다시 울리는 벨소리에 지훈이 속상한 표정으로 영욱을 불렀다.

"기은이는 며칠 안 나올 거야. 내가 당부 안 해도 알겠지만 너희들도 말 아껴. 태진이 놈이 이럴 때 하필……아무튼 쓸데없는 전화 받지 말고. 우리가 괴로워도 기은이보다야 더 하겠냐."

기사가 터지고 곧장 태진에게 연락을 했지만 통화를 할 수 없었다. 그의 전화가 고장 났으리란 건 생각지 못했다. 걱정이 가득한 얼굴을 쓸어내리며 영욱은 미련 없이 사무실 전화기 코드를 뽑아 버렸다.

"괜찮아야 할 텐데……."

윤과 지훈도 어두운 표정으로 고개를 끄덕였다.

말쑥한 정장 차림의 태진이 초조한 듯 커다란 유리창 앞을 서성였다. 아침 일찍부터 관계자끼리의 미팅이 한 차례 있었다. 그러나 협력 회사가 까다로운 계약 연장 조건을 내세우고 있어 이야기 진행이 쉽지 않았다.

먹통이 된 전화를 대신할 일회용 휴대폰을 구입하러 가고 싶었지만 생각보다 일이 복잡해서 자리를 비울 수 없었다. 할 수 없이 동행한 굿 피트 직원에게 빌린 전화로 계속 기은에게 연락을 취하고 있었다. 그런데 어제 오후부터 통화가 되지 않았다. 어찌 된 영문인지 기은의 전화가 계속 꺼져 있었던 것이다. 처음에는 깊은 잠에 빠졌거나 배터리가 떨어졌다고 생각했지만, 시간이 흐를수록 묘한 불안감이 샘솟았다.

"기은아."

또다시 음성 사서함으로 넘어가는 메시지가 들려왔다. 태진은 걱정이 가득한 눈으로 화면에서 깜박이는 번호를 바라보았다.

"팀장님, 다시 미팅 시작한다는데요."

"곧 들어가지요."

직원이 미팅 룸으로 돌아가자 이번에는 영욱의 휴대폰 번호를 눌러보았다. 신호가 한참이나 갔지만 연결이 되지 않았다. 잇따라 걸어 본 지훈이나 윤, 심지어 시크 바이크의 회사 전화도 마찬가지였다. 태진의 미간이 잔뜩 좁아졌다. 확실히 예감이 좋지 않다.

시간은 착실하게 흐르고 있는 모양이다. 기은은 텅 빈 눈동자를 들어 벽에 걸린 시계를 보았다. 기사를 보고 멍하게 주저앉아 있은 지 반나절이 훌쩍 넘어가고 있었다.

걱정할 텐데. 그때서야 겨우 정신을 추스르고 태진에게 연락을 하기 위해 꺼둔 전화를 켰다. 전원이 켜지자 집요한 기자들의 전화와 메시지가 요란하게 울려댔다. 그것들을 애써 외면하고 새 메시지를 작성하기 시작했다.

[일이 조금 생겨서……]

태진에게 보낼 메시지를 절반 정도 썼을 때였다. 빗발치던 전화가 잠시 잠잠해지나 싶더니 곧 또 울려대기 시작했다. 이번에는 낯익은 번호였다.

"후우우."

상대를 확인한 기은은 크게 숨을 몰아쉬었다. 가슴을 진정시키고 나서 어머니와 차분하게 이야기를 나눌 생각이었다. 마음속에 폭풍이 몰아치는 상태로는 물어볼 수 없는 말들이니까. 그렇다고 지금 걸려온 유연미 여사의 전화를 모른 척할 수는 없었다. 어쩌면 한국에 홀로 있을 자신을 걱정해서 초조하게 연락을 취해오는 것일지도 몰랐다.

"네."

기은은 미미한 기대를 품고 최대한 담담한 목소리를 내었다.

—기사 어떻게 된 거야?

"저도 잘……."

—너 지난번 인터뷰 때 도대체 뭐라고 지껄인 거야! 네가……네가 뭘 안다고 기자한테 내 과거를 운운하냔 말이야!

옅었던 기대가 깨지는 데는 일 초도 걸리지 않았다. 유연미 여사는 몹시 흥분한 기색이었다. 기사의 소스를 기은이 제공했다고 단단히 오해를 한 모양이었다. 그녀는 노기 가득한 음성으로 다짜고짜 기은을 몰아쳤다.

"제가……그런 게 아니에요."

조금 전까지도 생부의 이름에 대해서도 몰랐다. 그가 어떻게 생겼는지, 나이는 어떤지 전혀 알지 못했다. 아니, 알면 안 될 것만 같았다. 어머니가 그토록 원망하는 사람이었으니까. 하지만 가끔 아버지란 사람이 궁금했었다. 어떤 색의 눈동자, 어떤 울림의 목소리를 가지고 있는지 생각해 보곤 했다. 그러나 젊은 나이에 죽은 어머니의 의붓오빠, 할머니의 하나뿐인 친자식인 외삼촌을 거기에 연결 지은 적은 단 한 번도 없었다.

-뭘 안다고 떠들어! 왜! 왜 멋대로 싫은 기억을 떠올리게 만드는 거야! 아무것도 모르면서 무슨 말을 하고 돌아다닌 거냐고!

"어머니……."

그 짧은 말을 침착하게 내뱉기가 어려웠다. 믿고 싶지 않았던 끔찍한 기사가 아무래도 맞는 모양이다. 어머니의 격앙된 목소리가 그것을 증명하고 있었다. 기은은 떨리는 손으로 전화기를 힘껏 잡았다.

-그렇게 떠벌릴 일이 아니란 말이야! 아무도 쉽게 말하면 안 되는 거라고! 알아? 네가 태어나고 늘 노심초사였어. 이런 일, 이따위 일을 겪을까 봐서! 책임도 못 질 거면서 너란 아이를 만들어 놓은 그 인간도, 나한테 복수하려고 널 지우지도 못하게 한 그 여자도 전부다 내가 얼마나……어떻게……나만 알고 있어야 하는 거라고! 왜 다들 날 상처 내지 못해 안달이야! 내가 뭣 때문에 이렇게 비참해져야 하는데. 지금까지……여태껏 얼마나 아팠는데! 왜 이래, 나한테 왜 이러냐고!

수화기에서 이성을 잃은 악다구니가 들렸다. 기은은 터져 나올 것 같은 눈물을 참기 위해 입술을 피가 나도록 깨물었다. 이제 목소리가 떨리는 것 따위 신경 쓰지 않기로 했다.

"전……저는 어떨 것 같으세요?"

-그따위 알게 뭐야! 전부 버리고 싶어! 아니, 진작부터 버렸어야 해! 너도, 그 사람도. 이제 전부 깡그리 잊고 싶다고! 놔! 이거 놔!

"……."

기은은 발등으로 떨어지는 눈물 한 방울을 멍하게 보았다. 그사이 한바탕 소란이 일어난 수화기 반대편에서 매니저의 목소리가 들려왔다.

-기은 씨, 아 지금……누님이 정신이 없어서 그러니까 좀 이해해요. 처음 터트린 기자가 한참 뒤를 캔 모양인데, 그게 지난번 기은 씨가 인터뷰한 사람이라 누님이 오해……잠깐만요! 누님! 아무튼 사무실에서 기사 막아 보려고 수습 중이래요. 저, 혹시 몰라서 하는 말인데, 진정될 때까지 괜히 기자들 만나지 말고 조용히……누님! 또 어디 가세요! 그래, 부탁해요. 이만 끊을게요.

기은은 끊어진 전화를 한참이나 그대로 귓가에 대고 있었다. 그사이 요란하게 또 전화벨이 울려댔다. 옥죄어오는 가슴을 가만히 누르며 김 기자의 번호가 뜨는 휴대폰 전원을 껐다. 가슴이 아플 정도로 뛰고 있었지만 온몸은 무서울 정도로 차가웠다.

하긴. 행복해서, 두근거리는 설렘을 담아서 심장이 날뛰고 있는 게 아니니까. 피가 밴 입술을 아프도록 깨물었다.

기사들이 쏟아대는 자극적이고 원색적인 말들은 무시해 버린다고 해도, 그 속에 담긴 과거마저 떨쳐낼 수는 없었다. 무엇보다도 유연미 여사의 말이 비수처럼 심장을 파고들었다.

처음부터 버려질 수밖에 없던 아이.

누구에게도 행복이 되지 못한 불행의 씨앗.

할머니의 그 모진 마지막도, 어머니의 이유를 알 수 없는 냉랭함도 결국 제 탓이었다.

아팠을 거야. 그들 모두 분명 가슴 시리게 아팠을 것이다. 그 고통에 치여 한 번도 기은이란 사람 자체를 사랑한 적이 없었던 걸지도 모르겠다고 애써 이해해 보려 했다. 하지만······.

"나도······아파."

가슴을 꾹 누르며 기은이 어울리지 않는 미소를 지었다. 입꼬리가 바르르 떨렸다. 시뻘건 불로 심장을 지진 것처럼 고통스러웠다. 이대로 숨이 멎어도 이상할 게 없다는 생각이 들 만큼 아득한 괴로움이 온몸을 짓누르고 있었다.

"너무 아픈데······."

아무리 무디고 강한 척해도 사실은 계속 이렇게 아팠다. 이름도 몰랐던 아버지에게서, 자신의 존재를 잊어버린 할머니에게서 버려졌다는 두려움이 늘 심장을 옭아맸다. 남은 어머니마저도 자신을 버릴까 봐 겁이 났다.

왜 사랑해 주지 않을까. 무엇을 잘못했기에 버려지고 마는 것일까. 끝없이 의문이 들었지만 차마 물을 수가 없었다. 따뜻하게 사랑받지 못해도 또다시 내동댕이쳐지는 것보다는 낫다고 스스로를 위로해 왔다.

어머니가 유일하게 먼저 다가와 다정하게 굴었던 순간은 스캔들이 터졌을 때였다. 자칫 단아한 이미지가 실추되어 영원히 연예계를 은퇴할지도 모르는 상황에서 딸, 기은의 존재를 밝히며 그 일을 교묘히 무마시켰다. 아프고 힘든 순간을 함께 해온 소중한 딸이 있다고. 그 딸 하나만을 위해 여태 피땀 흘리며 열심히 살았노라고 그렇게. 그때의 절절한 말들과 유연미 여사가 흘린 고운 눈물방울이 거짓임을 알았지만 기은은 개의치 않았다. 아니, 한편으로는 기쁘기까지 했다. 잠시나마 사랑받는 딸이 된 것이니까 그것으로 만족했다.

그렇게 제 존재를 편할 대로 이용하는 어머니 곁을 지금껏 맴돌았다. 아껴 주지 않아도 자신이 먼저 어머니를 버릴 수는 없었다. 한 번쯤은 꾸며낸 연기가 아닌 진실로 소중한 딸이 되고 싶었다. 그러나 유연미, 그녀에게 기은의 존재는 영원히 불편한 과거의 흔적을 담은 부양가족 정도밖에는 되지 못했다.

무뚝뚝하고 귀엽지 못한 유기은. 처음부터 버렸으면 좋았을 존재. 그것이 유연미 여사에게 있어서 평생 기은의 자리였다.

자극적인 기사들보다도 어머니가 이성을 잃고 쏟아내는 말들에 더욱 심장을 다치고 만다는 걸 알고 있을까? 기은의 고개가 천천히 좌우로 움직였다. 핏물처럼 씁쓸하고 황량한 그림자가 얼굴에 짙게 드리워졌다. 상대가 받을 충격과 상처를 헤아리기는커녕 언제나처럼 자신이 더 중요한 사람. 그녀는 기은이 가장 두려워하던 말을 내뱉음에 한 치의 망설임도 없었다.

전부 버리고 싶다라. 기은은 가만히 두 눈을 감고 나락으로 떨어지는 마음을 애써 꽉 붙들었다. 그렇지만 더는 아무렇지 않을 자신이 없었다. 결국 축 늘어진 몸을 억지로 일으켰다.

"사실은 있잖아."

어느새 다가와 걱정스럽게 저를 올려다보는 고군의 호박색 눈동자가 눈물이 날 만큼 따스했다. 기은은 손을 뻗어 녀석의 동그란 머리통을 살며시 어루만졌다.

"나……정말 사랑받고 싶었어."

이제 혼자서도 충분히 살아갈 수 있는 성인이 되었지만, 가슴 한구석에는 여전히 어머니의 사랑을 목말라 하는 외로운 아이가 남아 있다.

따가울 정도로 아픈 쪽은 심장이었는데 눈동자도 그런 모양이다. 느릿하게 열리고 닫히기를 반복하던 눈에서 어느새 촉촉한 물기가 묻어 나왔다. 기은은 입술을 힘껏 깨물며 주먹을 말아 쥐었다. 안타까울 정도로 차오르는 눈물을 참아내며 힘겹게 걸음을 옮겼다. 그만 이 버거운 아픔에서 도망치고 싶다.

어디로 가겠다는 계획을 세울 여유는 없었다. 아파트를 나온 기은은 오랫동안 움직이지 않던 자신의 소형차 문을 열었다. 뻑뻑한 키를 넣고 문을 여는 동안도 불안했다. 누군가 자신을 알아보고 달려와 물을 것만 같았다.

왜 태어난 거냐고, 이렇게 단숨에 버려지는 존재로 왜 태어난 거냐고.

"냥."

얌전히 있던 고군이 작게 소리를 냈다. 자신의 불안함을 녀석도 느낀 걸까. 기은은 평소보다 더 착한 녀석을 향해 슬프도록 희미한 미소를 지었다.

"미안."

갑갑한 이동장을 참아 주는 고군에게 짧게 말을 걸고 곧장 차를 출발시켰다. 마음이 와르르 무너져 내리고 있었지만. 차마 녀석을 어둡고 텅 빈 집에 한참 동안 혼자 둘 수 없었다. 그 외로움이 얼마나 추운지 알고 있으니까. 그래서 이동장에 고양이를 싣고 겨우 녀석의 사료며 간식만 챙겨 나선 길이었다. 어머니와 통화 후 버리다시피 한 전화기는 아예 가지고 나오지 않았다.

아파트를 벗어나고 동네에서 한참이나 멀어진 후에야 기은은 새까만 그늘이 고인 눈을 깜박였다. 가슴에서 번져 나온 통증에 몸이 잠식당하고 있는 것 같았다.

어디로 가야 할까.

버려진 개는 유기견.

버려진 고양이는 유기묘.

버려진 사람은 유기은.

어머니에게조차 버려진 자신은 어디로 가야 하는 걸까.

어차피 눈앞이 뿌옇게 변해 내비게이션 액정이 제대로 보이지 않았다. 귀가 먹먹해져 음성 안내도 들리지 않았다. 기은은 새까만 어둠을 헤매는 미아처럼 무작정 차를 달렸다.

*

단정하게 매여 있던 넥타이를 사납게 잡아당겼다. 폭발할 것처럼 뜨거운 불꽃이 태진의 눈동자를 가득 채우고 있었다. 기은은 물론 시크 바이크 사람들과도 아직 전화 연결이 되지 않았다. 해서 점심시간을 이용해 로비에 있는 컴퓨터로 연락을 취해 보는 중이었다. 그런데 사용하는 포털사이트로 접속하자마자 자극적인 기사들이 그를 분노케 했다. 태진은 스산하게 욕지기를 내뱉으며 주먹을 힘껏 움켜쥐었다. 그러나 치솟는 분노보다 더욱 큰 것은 기은에 대한 걱정이었다.

"기은아."

이름을 부르는 것만으로도 미칠 것처럼 보고 싶은 기은이 혼자서 얼마나 아파하고 있을까. 폭풍처럼 휘감기는 불안을 떨쳐내지 못하고 다시 전화기를 집어 들었다. 점심도 거르고 일회용 휴대폰을 구입하러 다녀온 그였다.

-전화가 꺼져 있어 음성사서함으로…….

여전히 꺼져 있는 전화가 태진의 걱정을 뜨겁게 부채질했다.

"아무래도 내일 있을 미팅을……."

그때 직원이 두꺼운 서류 파일을 들고 다가와 말을 걸었다. 아무 것도 건지지 못하고 끝이 난 미팅은 내일로 넘어갔다. 자료를 보강하고 다음을 기약하는 게 당연한 수순이었다. 일주일의 일정을 잡았던 것도 어차피 서둘러서 될 일이 아니기에 차근차근 준비를 하자는 취지였다. 하지만…….

"오늘 중으로 끝내겠습니다."

"예? 하지만 자료 준비도 그렇고 저쪽에서 시간을 내줄지……."

태진의 목소리는 푸르게 벼린 칼처럼 날카롭고 단호했다. 풀어진 넥타이를 그대로 당겨 주머니에 구겨 넣은 그가 얼떨떨한 표정을 한 직원을 똑바로 응시했다.

"이렇게 하죠. 저는 꼭 이번 계약 연장 건을 성사시키도록 할 테니, 신 과장님은 어떻게든 오늘 중으로 미팅을 다시 잡아 주시는 걸로요."

"그래도······."

망설이는 직원을 지나쳐 가며 태진이 한 치도 틈이 보이지 않는 표정을 지었다.

"저는 이 일 꼭 오늘 끝내야 합니다."

어서 가야 한다. 얼음 동굴 앞에 웅크리고 있을 기은 곁으로 한시라도 빨리 돌아가야만 한다. 태진은 빼곡한 서류들을 무서운 속도로 읽어 내리며 성큼성큼 걸어갔다.

21. 코코아 한 잔

어지러울 정도로 악다구니를 쓰고 난 후라 기운이 하나도 없었다. 연미는 부축하는 매니저를 몇 차례 사납게 떨쳐내다 결국 몸을 의지하고 호텔을 나섰다.

"뭐, 기자들은 명예훼손이나 사생활 침해 정도로 적당히 겁을 줬다는데, 그래도 어쨌거나 누님이 가셔서 제대로 해명하셔야 될 것 같아요."

다급하게 귀국 일정을 잡고 비행 편을 준비하느라 매니저 역시 녹초가 된 상태였다.

유연미는 대꾸하지 않고 걷기만 했다. 해명이라고? 아무것도 바르지 않은 입술이 보기 흉하게 일그러졌다. 참을 수 없이 화가 치밀었던 건, 김 어쩌고 하는 기자가 터트린 기사가 어느 정도 사실이었기 때문이다. 아니, 적어도 껍데기는 맞아떨어졌다는 게 정확하겠다.

손지일. 그는 25년 전 갑작스런 사고로 죽은 피 한 방울 섞이지 않은 의붓오빠이자 기은의 생부였다. 그를 추억하지 않아야 살 수 있었기에 잊으려 발버둥을 쳐왔다. 기은에게도 그저 책임감 없고 나약한 그 인간 정도로만 이야기해 주었다. 어차피 당당히 밝힐 수 있는 게 없었으니까, 몰라도 살아가는 데 아무런 지장이 없다고 생각했으니까.

-전……저는 어떨 것 같으세요?

문득 떨리던 기은의 목소리가 떠올랐지만 애써 그것을 외면했다. 딸을 상대로 과도하게 화풀이를 한 것 같아 마음 한구석이 찜찜하기는 했지만, 그 아이라면 언제나처럼 무뚝뚝한 얼굴로 저를 받아 줄 것이다. 지일, 그가 그랬듯이.

그러나 심장 밑바닥에서 소용돌이치는 미묘한 불안까지 떨쳐 내기는 힘들었다. 연미는 헝클어진 머리를 신경질적으로 쓸어 넘겼다.

*

얼마나 달렸을까. 어둠이 지나고 날이 밝았다. 기은은 한적한 풍경이 펼쳐진 작은 시골 마을 앞에서 차를 멈췄다. 태진과 함께 왔을 때는 황금빛 들녘이 펼쳐져 가슴을 설레게 했던 곳이 겨울의 마른 색을 입어 쓸쓸한 모습이었다. 그때는 참으로 예쁘고 고운 풍경이 있는데 이제는 거칠고 적막하기만 했다.

그래서일까. 닮았다. 오늘 보는 풍경은 외할머니를 보낸 그 겨울과 참 많이 닮았다. 기은은 멍하게 창밖을 바라보았다.

불의의 사고로 세상을 떠난 외삼촌처럼 외할머니도 묘를 쓰지 않았다. 화장을 하고 납골당에 따로 모시지도 않았다. 대신 머물던 곳에, 오래전 외삼촌의 유골을 뿌렸다는 깊은 산 어딘가에 뿌려 드렸다. 자유로우시라고. 한 점 원망도 남기지 않고 불어가는 바람에 실려 누구보다도 자유로우시라고.

고집스럽고 무뚝뚝한 외할머니는 감정을 드러내는 법이 별로 없으셨다. 그러나 아주 가끔 잘하지도 못하는 술을 드시고 외삼촌의 옛 사진을 끌어안고 오열하시는 모습에서는 문득 가슴에 고인 깊은 슬픔이 느껴지곤 했었다. 기은은 그때마다 괜스레 미안했다. 한바탕 통곡이 끝나면 복잡한 감정이 뒤엉킨 눈으로 저를 보는 외할머니가 조금은 무섭기도 했다. 단정한 눈동자에 고인 외면과 사랑의 공존이 불안했었다.

외할머니 품에 안겨 있던 사진 속, 지일의 얼굴을 떠올려 보아도 온화한 분위기를 풍기며 희미하게 웃고 있었던 것을 빼고는 제대로 기억나는 것이 없었다. 만약 그 시절에 그가 자신의 생부라는 것을 알았다면, 그랬다면 조금은 더 선명하게 담아 두었을까.

"……그냥 알고 싶어서요."

누구에게 하는 것인지 명확하지 않았지만, 변명하듯 내놓은 말이 목구멍까지 뜨거운 무언가를 채웠다. 기은은 두 눈을 질끈 감고 그것을 삭히고 삼켰다. 입술이 바짝 말라 있었다. 목소리마저 잔뜩 잠긴 채였다.

다시금 침묵이 흐르고 기은은 주머니에 양손을 꽂고 새벽빛에 잠긴 풍경을 물끄러미 보았다. 말갛게 돋아난 푸른빛이 오늘따라 시린 마음처럼 서늘해 보였다. 더는 움직일 힘이 남아 있지 않았다. 뻑뻑해진 눈을 손바닥으로 가만히 눌렀다. 태진이 참 많이 보고 싶었다. 그가 있다면 이 적막한 풍경도 마냥 쓸쓸하지만은 않을지 모른다.

연락을 해야 하는데……. 날카롭지만 깊고 따스한 눈동자가 떠오르자 겨우 붙들어 놓은 마음 한구석이 연약하게 울었다.

그래도 괜찮아. 아직은 버틸 수 있어. 차오르는 욕심을 꾸깃꾸깃 접어 넣으며 기은은 고집스레 도리질을 쳤다. 이렇게나 상처투성이의 약해진 모습을 보여주는 게 겁이 났다. 그에게도 버려질 유기은은 되고 싶지 않으니까.

기은은 공허해진 눈을 뜨고 다시 갈 곳을 찾았다. 마음처럼 생각도 비어버린 것인지 쉬이 목적지가 정해지지 않았다.

아, 난 갈 곳이 없지. 어머니조차 외면한 존재를 어딜 가야 반겨줄까.

찾아든 생각이 새삼스러워 기은은 부서질 듯 웃었다. 그때 잠에서 깬 고군이가 이리저리 몸을 틀었다. 배고 고프고 화장실도 가고 싶다는 눈치였다. 저 역시 속이 텅 비어 있었지만 도통 음식 생각이 들지 않았다. 그러나 고군마저 굶길 수는 없었다. 기은은 가지고 온 가방을 뒤져 챙겨온 사료를 꺼냈다. 임시로 화장실까지는 마련할 수 있겠지만 문제는 물이었다. 결국 기은은 고즈넉한 시골 마을로 향했다. 다행히 마을 어귀에서 작은 가게를 발견할 수 있었다.

"처음 보는 분이네."

기은이 가게로 들어서자, 먼지떨이로 라면 봉지 위를 청소하고 있던 넉넉한 몸집의 노파가 반갑게 말을 걸어 왔다.

"지나가다가……."

무언가에 억눌린 것처럼 꽉 잠긴 목소리가 나왔다. 기은은 자연스럽게 말꼬리를 흐리며 입을 다물었다. 지켜보던 노파가 안쓰러운 눈으로 다시 물어왔다.

"저런, 감기라도 걸린 모양이네. 괜찮아요?"

기은은 하얗게 일어난 입술로 희미하게 호선을 그려 보였다. 노파도 더는 묻지 않고 먼지떨이를 움직였다.

"생수 한 병 사려고 하는데요."

크지 않은 냉장고에서 생수병을 찾을 수가 없었다. 난감한 기색인 기은에게 노파가 순하게 웃으며 다가섰다.

"가끔 찾는 외지 사람들이 있기는 한데, 여기서야 누가 물을 돈 주고 사 먹나. 기다려 봐요. 내 시원한 물로 가져다줄게."

"아니에요. 차에서 기다리는 고양이한테 먹일 거라서요."

"그럼 고양이 몫도 줄게 사양 말아요. 기껏 물 한 잔인데 뭘."

말릴 새도 없이 노파가 가게에 연결된 부엌으로 가서 차가운 보리차를 들고 돌아왔다.

"고맙……."

그것을 받아드는데 순간 심한 현기증이 몰려왔다. 먹지도 마시지도 자지도 않은 몸이 더는 견디지 못한 것이다. 노파가 휘청거리는 기은의 팔을 붙들어 주지 않았다면 그대로 쓰러져 버렸을지도 몰랐다.

"아이고. 이리 와요. 잠깐 쉬어야지 안 되겠어."

노파는 놀란 얼굴로 기은을 자리에 앉혔다. 비척거리며 자리에 앉은 기은의 얼굴은 피곤함이 가득했다.

"괜찮아요."

"괜찮긴 뭐가. 고양인지 곰인지도 데리고 와요. 우리 집에 빈 방 있으니까 좀 쉬었다가 가야지 이대로는 위험해. 초면이긴 해도 그건 안 되는 일이야. 가다가 사고라도 나면 어떻게 해. 방값 안 내도 되니까 편히 쉬어요."

원래 여름 한철 민박을 하는 집이라 빈방은 많았다. 게다가 동네에서도 알아주는 오지랖인지라 아픈 이를 그냥 보낼 마음도 없었다. 노파는 단호하게 으름장을 놓았다.

공연히 폐를 끼칠 수 없다고 거절하려고 했지만 몸이 더는 말을 듣지 않았다. 기은은 식은땀이 흐르는 이마를 훔치며 작게 숨을 골랐다. 노파의 말처럼 지금은 조금 쉬는 게 좋겠다.

사양하는 노파에게 기어코 며칠 분의 방값을 미리 지불한 후, 기은은 고군이와 함께 아담한 방에 들어갔다. 녀석이 먹을 물과 사료를 겨우 챙겨 주고 깔끔하게 세탁된 이불 위에 쓰러지듯 누웠다. 자그마한 방은 금세 따뜻하게 데워지고 있었다. 벽에 난 창으로 푸른 하늘빛이 쏟아져 들어왔다.

"하아."

겨우 눈만 깜박이며 그것을 바라보던 기은의 입술에서 짧은 신음이 새어 나왔다. 온몸이 바닥으로 아득하게 내려앉으며 여기저기가 지독하게 아팠다. 심장의 통증을 더는 몸이 감내하지 못하는 모양이다. 자꾸만 눈앞이 가물가물 거렸다. 손가락 하나 뻗을 기운이 남아 있지 않았다. 기은은 더 이상 버티지 못하고 느릿느릿 눈을 감았다.

*

공항을 나서는 태진의 걸음이 나는 것처럼 빨랐다. 늦은 저녁에 열린 새 미팅에서 한 치의 양보도 없는 강력하고 설득력 있는 논조로 이야기를 주도한 덕분에 가까스로 타협점을 찾을 수 있었다. 이른 성과에 기뻐하며 축하 자리를 마련하는 다른 직원들과 달리 그는 아버지에게 간단한 상황 보고만 하고 가장 빠른 비행기로 먼저 한국에 돌아온 참이었다.

태진은 아파트 입구에 슈트케이스를 던지듯 놓고 집 안으로 들어갔다. 그러나 집은 마치 지금 기은의 마음인 양, 텅 비어 아무도 없었다. 아무렇게나 놓인 기은의 휴대전화가 눈에 띄었다. 곧이어 엎질러진 고양이 사료 몇 알과 뒤죽박죽이 된 간식 서랍에 닿았다.

바보 같은 여자. 자신이 그렇게 힘든 상황에서도 고군을 내버려두지 못하는 유기은다운 유기은. 태진은 커다란 손바닥으로 얼굴을 쓸어내렸다. 기은이 도망치듯 떠난 흔적이 곳곳에 남아 그의 마음을 콕콕 찌르고 있었다.

"기다려. 곧 갈게."

움켜쥔 휴대전화를 향해 다짐하듯 중얼거렸다. 오랜 시간의 비행으로 몸은 이미 지칠 대로 지쳤지만 그는 자리에 한 번 앉지도 않고 망설임 없이 집을 나섰다.

연미의 표정은 몹시 복잡했다. 매니저는 연방 요란하게 울려대는 전화를 받느라 정신이 없었고 주변에는 독한 술병이 서너 개 나뒹굴고 있었다. 벌떼처럼 모여드는 기자들을 간신히 따돌리고 집으로 왔지만 어디에도 기은이 없었다.

"도대체 어딜 간 거야?"

들쑤셔진 과거보다 처음 있는 기은의 잠적이 더 신경을 긁어댔다. 유연미는 미간을 잔뜩 찌푸리며 주인처럼 무덤덤한 흰색 방문을 쏘아보았다. 곱지 않은 말투였지만 자신도 모르는 사이 눈동자에는 근심이 스쳐갔다.

띵동. 갑자기 벨이 울리자, 서재에서 소속사와 통화를 하던 매니저가 소스라치게 놀라 뛰어나왔다. 외부인 출입이 엄격히 통제되는 아파트인지라 기자들이 집까지 찾아오는 것은 불가능했다. 그러나 화면에 비치는 것은 전혀 모르는 얼굴이었다. 매니저는 잔뜩 신경을 곤두세워 눈치를 살폈다.

"누굴까요?"

"그걸 내가 어떻게 알아! 뭐해, 빨리 쫓아 버리지 않고!"

화면 속의 말쑥한 젊은 사내를 본 연미가 버럭 소리를 질렀다. 잠시 기은이 돌아온 게 아닐까 착각했던 때문인지 필요 이상으로 짜증이 솟구쳤다.

"누구세요?"

연미의 성화에 매니저가 불퉁한 얼굴로 인터폰 앞에 섰다. 화면 너머의 사내가 딱딱한 표정으로 입을 열었다.

"기은이와 교제하는 이태진입니다."

"예?"

이건 또 무슨 일이람. 그 애교도 없고 무뚝뚝한 기은 씨가 연애라니? 매니저가 입을 다물지 못하고 있는 사이, 유연미가 인터폰을 가로챘다.

"당신 뭐야? 그런 말도 안 되는 이야기로 기사 하나 물어보겠다는 거야, 웃기고 있네."

"믿지 않으셔도 상관없습니다. 전 기은이만 찾으면 되니까요."

태진의 표정은 흐트러짐이 없었다. 그때서야 연미가 삐딱하게 팔짱을 끼고 그를 찬찬히 살폈다.

"들어오게 해."

감출 수 없는 걱정을 담은 낯선 남자의 눈동자가 더할 나위 없이 진실했다. 연미는 오래지 않아 매니저에게 문을 열어 주라고 손짓을 하고 자리로 돌아가 술잔을 들었다.

거실로 들어선 장신의 사내는 훤칠했다. 꽃미남 수식어를 달고 다니는 남자 배우들에 밀리지 않는, 아니 그보다 더 사내다운 매력이 넘치는 얼굴이었다.

"애인이라면서 기은이가 어디에 있는지도 모른다는 게 말이 되는 건가?"

유연미는 빈 잔을 채우며 깔보는 시선으로 태진을 응시했다. 그에게서 혹시라도 기은과 연락이 닿았다면 어디에 있는지 알려달라는 말을 들은 참이었다.

태진은 코를 찌르는 술 냄새에 드러나지 않게 미간을 찌푸렸다.

"해외 출장이 있었습니다. 이런 일이 터질 줄 알았다면 절대 기은이 곁을 떠나지 않았겠죠."

"이런 일? 그래, 지금 이 모든 일이 내 탓이라는 이야기를 하고 싶은 모양이지. 왜 이래, 나야말로 죽을 만큼 괴롭다고! 더러운 기사 때문에 일도 잃고 돈도 잃고, 모든 걸 다 잃게 생겼어!"

차분하지만 묘하게 책하는 듯한 태진의 말투에 유연미가 발끈했다. 그녀와 달리 태진은 여전히 서늘한 눈빛이었다.

"아니라고는 못하겠습니다. 어머님께도 힘든 일이겠지만 이 일로 기은이……기은이는 더 많이 다쳤을 테니까요. 곁에 있어 주지 못한 제 자신에게도 그렇지만 이 상황에서도 오로지 자신만 걱정하는 어머님께 화가 나는 건 어쩔 수 없군요."

"뭐야! 이런 건방진……하아."

태진이 얼굴빛 하나 변하지 않고 냉기 어린 말들을 쏟아내자 연미가 술잔을 신경질적으로 내동댕이쳤다. 그러나 격정적인 감정을 담아 파들파들 거리던 몸이 이내 축 처졌다. 흥분한 탓에 갑자기 술기운이 올라 머리가 심하게 어지럽고 속이 매스꺼웠다.

"누님, 진정하세요."

매니저가 서둘러 그녀를 진정시키며 자리에 앉혔다.

"한 번……기사가 뜨고 한 번 통화를 했어요. 그 후로는 뭐 전화도 끄고……어쨌든 난 그냥 별 뜻 없이 화풀이만 했어. 전부 버리고 싶다고……필요도 없는 사람이라고 소리를 질러댔네. 일부러 그런 건 아니야. 기은이는 강하니까, 감정에 무디니까 괜찮을 거라고……내가 심한 말을 해도 그 아이는 그냥 또……알지 모르지만, 나와 그 아이 그렇게 애틋하지 않아서……그래도 시간이 지나면 분명 괜찮아져서 돌아올……이참에 이 지긋지긋한 아파트를 팔고 외국으로 가면……아프리카는 정말 더워. 아프고 힘들다는 감정조차 솔직하지. 그런데 여긴……그 아이는 뭘 해도 시큰둥하니까. 울지도 않고 웃지도 않고 어린 게 세상 다 산 것 같은 눈을 해서……딱딱하고 재미가 없어."

횡설수설하는 말을 잠자코 듣던 태진은 화를 억누르며 눈을 질끈 감았다 떴다. 여태 이런 어머니 곁을 떠나지 못하고 묵묵히 상처를 견뎌냈을 기은 때문에 심장이 저리도록 묵직해졌다. 지금 이 순간도 기은은 일어서지도 못할 만큼 아플지도 모른다. 마지막으로 연락이 닿은 사람이 유 여사라면 기은이 아파트를 나간 것도 그맘때리라. 그러나 그것뿐, 더는 이곳에서 시간을 낭비할 이유가 없었다. 태진은 술에 취해 흐릿해진 유연미의 눈을 똑바로 응시했다.

"왜 그렇게 기은이가 무뚝뚝해야만 했을지 생각해 보셨습니까? 기은이는 두려웠던 겁니다. 아프다고, 자신을 좀 더 사랑해 달라고 말하면 버려질까 봐 언제나 강한 척, 괜찮은 척했던 거죠. 기은이는……버림받을까 봐 사랑받는 것도 두려워하는 사람이었습니다. 어머님께는 귀찮고 번거로운……그런 존재였을지 모르지만 제게는 너무 소중해서 그 이름만으로도 가슴을 먹먹하게 채우는 사람입니다. 아무리 어머님이라고 해도 그렇게 멋대로 상처를 줄 여자가 아니란 말씀입니다."

"난……."

연미는 더 이상 빈 잔에 술을 채우지 못했다. 일순 취기가 확 가시며 뭔가에 얻어맞은 것처럼 찌릿한 통증을 느꼈다. 이어지는 태진의 말 한 마디, 한 마디가 가시처럼 귀와 심장에 돋아났다.
"이미 벌어진 일을 현명하게 수습하시는 게 중요하리라 생각합니다. 하지만 그 못지않게 꼭 돌이켜 생각해 주셨으면 합니다. 어머니께서 기은이를 얼마나 외롭고 불안하게 했는지, 그동안 녀석이 혼자서 참아내느라 얼마나 힘들었을 지를요. 적어도 이제부터는 기은이에게 더 이상 상처 주지 말아 주십시오. 건방진 말씀이지만 더는 제가 참지 않겠습니다. 그럼."
살며시 감긴 유연미의 눈이 미세하게 떨렸다. 어째서 저 무례한 말들에 한 마디도 대꾸할 수 없는 것일까. 자신이 기은을 그렇게 만든 장본인이라니.
말을 마친 태진은 정중하게 목례를 하고 돌아섰다. 유연미는 아까의 자세 그대로 굳어져 아무런 반응이 없었다. 그의 말을 잠자코 수긍하는 것 같기도 했고 술에 취해 정신을 잃은 것 같기도 했다. 그런데 태진이 막 문의 손잡이를 당길 때였다. 들릴 듯 말 듯 작은 목소리가 들려왔다.
"그 아이……꼭……찾아줘요."
태진은 대답 대신 굳은 표정으로 고개를 가볍게 끄덕여 보이고 문을 나섰다.

*

천근만근인 눈꺼풀을 억지로 밀어 올리자 근심 어린 표정의 노파가 보였다. 손끝에는 보드랍게 감기는 고군의 털이 느껴졌다.

"죄송해요."

기은은 이마에 놓인 차가운 물수건을 잡고 천천히 몸을 일으키려 했다.

"괜찮아. 누워 있어요. 이렇게 아프면 병원을 가야지 미련하게 그냥 두면 어쩌누."

노파는 핏기라고는 없는 기은의 얼굴을 걱정스럽게 들여다보며 손사래를 쳤다. 점심을 챙겨 주기 위해 들렀다가 죽은 듯 누운 기은을 보고 기함을 했었다. 열도 펄펄 끓었고 식은땀도 쉼 없이 흘려대는 통에 증세가 더 심해지기 전에 병원 응급차라도 불러야 하는 게 아닐까 하는 생각까지 했던 차였다.

"조금 쉬면 괜찮아질 거예요. 전에도 가끔……피곤하면 이렇게 아팠거든요."

기은은 미안한 기색으로 다시 자리에 누웠다. 갈라지고 잠긴 목소리로 최대한 차분하게 노파를 안심시켰지만 사실, 손끝까지 덜덜 떨리게 아프기는 난생처음이었다.

"그래도 병원엘 가서 약이라도 타면 빨리 낫지."

"푹 자고 일어나서도 아프면 그때 가볼게요."

병원이 무슨 소용일까. 심장이 한 점 한 점 뜯겨져 나가 커다란 구멍으로 새까만 바람이 몰아치는 것 같은 괴로움을 치료해 줄 수 있는 의사는 없을 게 분명하다. 기은은 두툼한 이불을 목까지 끌어올렸다.

"열은 그나마 좀 내린 것 같기는 한데……그럼, 좀 더 쉬어 봐요. 봐서 더 상태가 안 좋아지면 언제든 부르고. 내 한달음에 달려올게.

전화기 머리맡에 둘 테니까."

노파는 살뜰하게 이불을 다독여주며 길게 선을 따온 전화기를 가리켰다.

"고맙……습니다."

상처투성이의 심장에도 옅게 온기가 고였다. 어떻게든 다시 온기를 담아내려는 의지가 혈관을 타고 느릿하게 퍼졌다. 기은은 있는 힘을 모두 끌어모아 씩씩하게 웃어 보였다. 그러나 미소는 얼마 안 가 힘겹게 일그러졌다.

"기운이 없으니 그러지. 자, 입맛 없어도 이거 좀 들고 누워요. 보자, 깨 넣고 끓인 흰죽도 있고, 요것은 새큼하게 잘 익은 깍두기고. 이건……그 뭐더라. 그래! 코코아. 우리 손녀도 곧잘 먹는 거라서 저번에 들여놓은 거야. 따뜻하게 타왔으니까 이것도 마시고 기운 차려요. 내 뜨끈하게 누룽지도 좀 끓여올게."

기은의 시선이 노파가 내놓은 쟁반 어귀의 코코아 잔에 쏠렸다. 그사이 노파는 작은 개다리소반을 앞으로 밀어 주고 방을 나섰다. 어렵게 몸을 세운 기은은 천천히 손을 뻗어 코코아가 담긴 잔을 꼭 그러잡았다. 커다란 잔에 가득 담긴 액체를 바라보는 눈동자가 살며시 흔들렸다.

어머니가 건넸던 코코아도 이렇게나 묽었다. 갈색 통에 든 가루를 넣고 직접 타는 코코아는 물을 맞추기가 어려웠으니까. 그래도 좋았는데……. 코코아 한 잔의 온기는 아프고 슬플 때도 얼어붙어 가는 마음을 녹여 주곤 했다. 그래서 기은에게는 세상에서 가장 달콤하고 맛있는 코코아였다. 가만히 잔을 기울여 코코아 한 모금을 머금었다. 메말랐던 목구멍을 타고 내려간 액체는 달았다. 심심할 정도로 싱거웠지만 몸서리치게 따뜻했다.

언제나처럼 혼자서 아프고, 스스로 또 괜찮아져야 하는 거라고 생각했었다. 아무도 대신해 줄 수 없는 상처니까 괜스레 다른 이들까지 힘겹게 하고 싶지 않았다. 그랬다. 그랬는데⋯⋯. 한 점의 다정함에도 심장은 얼어붙어가기를 살며시 멈추었다. 사실은 지독하게 온기가 그리웠던 모양이다. 혼자는 더 이상 버텨낼 수 없었던 거다.

천천히 한 모금을 더 마신 기은의 눈동자에 동그랗게 물기가 번졌다. 가만가만 고여 있던 물방울이 툭하고 떨어져 잔으로 떨어졌다. 짙은 갈색 액체에 잔잔하게 파도가 일었다. 코코아 잔에 녹아든 투명한 눈물방울이 그대로 심장으로 스몄다. 기은은 그대로 두 손으로 움켜쥔 잔을 또 기울였다. 뜨거운 액체가 식도를 타고 흐르고 동시에 눈에서도 눈물이 주르륵 흘러내렸다.

기은은 더 이상 맛도 제대로 느껴지지 않는 코코아를 전부 비워내고 심장을 꾹 내리눌렀다. 말랐던 입술도, 솟구쳤던 위도 어느새 따뜻하게 데워졌지만 심장은 다시 차갑게 식어가고 있었다.

"선배⋯⋯."

얼음 동굴이 다시 꽁꽁 얼어붙으려 했다. 기은은 와르르 부서져 영원히 닫히려는 얼음 동굴을 막아서는 이름을 가만히 되뇌었다. 더 이상 강한 척, 괜찮은 척하지 않아도 되는 거라면, 힘들 땐 힘들다고, 외로울 땐 외롭다고 솔직하게 말해도 좋은 거라면, 이렇게 못난 모습을 보여줘도 괜찮은 거라면, 지금 이 순간 누구보다 태진이 곁에 있기를 바랐다.

"……태진 선배."

목구멍까지 차오른 그리움이 숨처럼 터져 나왔다. 파랗게 얼어가는 심장을 지켜 주는 사람이 보고 싶어 가슴이 시리도록 메어 왔다. 기은은 아직 힘이 제대로 들어가지 않는 손을 억지로 뻗어 전화기를 들었다.

-전화가 연결되지 않아…….

너무도 듣고 싶은 목소리는 들리지 않았다. 대신 아직 먹통인 태진의 전화가 음성 메시지로 넘어갔다.

기은은 흐르는 눈물을 손등으로 훔쳐냈다. 울지 않고 차분하게, 태진이 걱정하지 않도록 담담하게 말을 해보려 했다.

"태진 선배……음……기은……이에요."

하지만 터져버린 그리움이 이내 마구잡이로 뻗어 나왔다. 애써 억눌렀던 모든 것들이 솔직하기 그지없는 모습으로 쏟아져 버렸다. 태진이니까, 태진이라서 기은은 숨기지 않은 날 것의 감정을 내보였다.

"나요……많이 아파요. 선배……흡……선……배가 너무……흐흑. ……보고 싶어."

기은은 전화기를 붙들고 난생처음으로 아이처럼 엉엉 소리 내어 울었다.

22. 첫눈

며칠 제대로 전원도 들어오지 않던 휴대폰이 오랜만에 켜지자 각종 문자와 음성 메시지가 한 번에 쏟아져 들어왔다. 수리 센터를 나서던 태진의 눈동자가 크게 흔들렸다. 막, 여섯 번째의 음성 메시지를 확인한 참이었다.

-흡……선……배가 너무……흐흑. ……보고 싶어.

"기은아."

들리지 않을 것을 알면서도 다급하게 불렀다.

울고 있다. 가슴 저리게 혼자서 울고 있었다. 손이 닿지 않는 곳에서 홀로 웅크리고 아파할 기은 때문에 심장이 지독하게 먹먹했다. 억지로 눈을 감고 마음을 가라앉혀 보려 했다. 그런데 울음 섞인 기은의 목소리가 자꾸 가슴에 박혔다.

미안해. 함께 있어 주지 못해 정말 미안해.

태진은 휴대전화를 움켜잡은 손끝이 하얘지도록 힘을 주었다. 그리고 아까보다 더욱 빠른 걸음으로 뛰듯이 차로 향했다. 이상하리만치 숨이 차지 않았다. 오로지 기은, 자신을 부르며 아이처럼 울던 그녀만이 떠올랐다. 차에 올라 무작정 시동을 켰다. 아직 기은이 어디에 있는지 모르지만 어디든 당장에 찾아갈 생각이었다.

노파는 중간 중간 들러 상태를 확인하고 저녁에는 푹 끓인 호박죽을 가져다주었다. 커다란 콩이 들어간 죽은 빛깔만큼이나 냄새도 좋았다.

"번번이 죄송해요."

"아이고, 인사하느라 아가씨 목 아프겠네. 걱정 말고 맛있게 잡숴. 저녁에 손녀가 전화한다고 해서 내 전화기는 도로 들고 가요."

죄송하고 고마운 마음에 몇 번이나 고개를 숙여 보이자, 노파는 푸근하게 웃으며 방을 나섰다. 기은은 모락모락 김이 피어나는 죽 그릇을 한참이나 바라보았다. 사락사락 어둠이 내리는 창에서 겨울 저녁의 바람 소리가 들렸다. 살그머니 다가온 고군이 팔에 조심스레 몸을 비볐다. 녀석 최대한의 애교였다.

"괜찮아."

하얗게 일어난 입술로 한결 편안하게 웃으며 고군의 털을 보드랍게 쓰다듬었다. 태진에게 남긴 메시지는 이제 생각하면 창피할 정도로 솔직한 것이었다. 그럼에도 조금 후련해진 기분이 들었다. 상처는 여전히 따끔거리지만 숨을 쉴 수 없을 정도의 통증은 차츰 사라져가고 있었다. 그렇게 목 놓아 울어 본 일도, 제 안에 가득 고인 아픔을 누군가에게 내보이는 일도 처음이었다. 그 상대가 태진이라서 가능한 일이었겠지. 기은은 희미한 미소를 지우지 않고 고군의 엉덩이를 톡톡 두드려 주었다.

태진이 해외 출장에서 돌아올 때 즈음에는 웃을 수 있는 여유가 생기면 좋을 것 같다. 기은은 죽 그릇이 놓인 상 앞으로 조금 몸을 움직이며 고군에게 다시 말을 건넸다.

"네게도 정말 고마워, 알지?"

오랜만의 쓰다듬을 즐기던 녀석이 은하수처럼 신비로운 눈으로 기은을 응시했다. 동류의 아픔. 고군은 어쩌면 그것을 완벽하게 절감했는지도 모른다. 녀석은 태진이 없는 동안은 제가 기은을 보살펴 줘야 한다는 사명감에 불타는 것처럼 평소보다 한결 의젓하고 걱정이 많은 모습으로 곁을 지켜 주었다.

고군이 대답하듯 짧게 애옹거리자, 기은은 몇 번 더 등을 쓰다듬어 주고 숟가락을 들었다. 입 안이 여전히 까칠했지만 이 따스한 온기를 가슴 깊이 느끼고 싶었다. 기은은 한 숟갈, 한 숟갈, 천천히 그릇을 비웠다.

"여보세요."

-거기 기은이, 유기은이라는 아가씨 있습니까?

낯선 남자가 대뜸 모르는 이름을 물어오자 노파는 전화기를 귀에서 떼고 눈을 깜박였다. 가만있자. 자식들이 요즘은 전화로 나쁜 짓거리를 하는 놈들이 많다고 조심하라고 했는데…….

"일 없어요."

어떻게 알고 이런 시골까지 전화를 하는지 참. 내일 마을 회관에 가면 동네 사람들에게도 주의를 줘야겠다. 노파는 매몰차게 전화를 끊고 혼자 고개를 끄덕였다.

뚜르르르. 그로부터 십 초도 채 지나지 않아 다시 전화가 걸려왔다.

-할머님, 아까 전화 걸었던 사람입니다.

"아, 일 없다지 않아요."

-이 번호로 전화가 걸려왔는데 제가 미처 받질 못했습니다. 기은이라고……고양이 한 마리를 데리고 있을 겁니다.

태진이 다시금 전화를 끊으려는 노파를 다급하게 붙잡았다. 심드렁하게 듣고 있던 노파가 반색했다.

"고양이? 아, 우리 집에 묵는 그 아가씨 말인가 보네. 이름이 기은인 줄은 몰랐지. 괜한 오해를 해서 미안해요."

-아닙니다. 제가 그 사람 찾을 생각에 마음이 급해져서 천천히 말씀드리지 못했습니다. 상태는 어떻습니까? 지금 기은이랑 통화를 좀 할 수 있을까요? 그전에 거기 주소를 알려주시면…….

"듣고 있는 늙은이까지 숨이 차네. 그래, 젊은이 말은 잘 알겠는데 아가씨랑은 어떤 관계인 줄 알아야지 싶어. 대충 보니까 무슨 속상한 일이 있어 몸까지 저 지경으로 아픈 모양인데 내가 멋대로 말하기는 좀 망설여지네요."

-제 사람입니다.

태진이 망설임 없이 대답했다. 너무 확고해서 한 치의 흔들림도 없는 목소리가 가득 담긴 애정을 숨기지 않았다.

몇 번 손기척을 해도 방 안에서는 대답이 없었다. 노파는 조심스레 문을 열고 잠든 기은을 살폈다. 고양이가 방해하지 말라는 듯 날카롭게 이쪽을 쏘아보고 있었다.

"아이고, 깨우기도 힘들겠네."

노파는 조용히 문을 닫고 안방으로 돌아가 아직도 대기 중인 전화를 귀에 가져갔다.

-번거롭게 해드려 죄송합니다.

태진이 정중하게 인사를 하자, 노파는 보이지도 않는 전화기에 대고 손사래를 쳤다.

"아니, 아니 뭐 큰일이라고. 그나저나 아가씨가 깊이 잠들었네. 자게 두는 게 좋지 싶어 그냥 나왔어요. 젊은이가 걱정하는 줄 아는 건지 그래도 아침보다 몸은 좀 나아지는 모양이야."

-감사합니다. 말씀해 주신 주소로 곧 도착할 겁니다.

기은이 전화를 건 곳의 지역 번호는 형의 집에서 멀지 않은 곳이었다. 이미 세진이 내비게이션에도 등록되지 않은 지름길을 알려주어 달려가는 중이었다. 태진은 어두운 길을 따라 멈춤 없이 차를 몰았다.

"으음."

잠결에 방문 닫히는 소리가 들렸다. 기은은 떠지지 않는 눈을 억지로 들어 올려 입구를 확인했다. 할머니가 왔다 가신 모양이다. 입구에 얌전히 놓아두었던 쟁반이 사라지고 없었다. 다시금 눈을 감으려는데 목이 조금 따가웠다. 천천히 손을 뻗어 노란 주전자에서 물을 따랐다. 구수하고 시원한 보리차가 목구멍을 타고 내려가자, 잠이 완전히 깨 버렸다.

위이이잉.

달아난 잠을 걱정할 새도 없이 창문에 부딪치는 바람 소리에 시선이 갔다. 맑은 공기를 좀 쐬는 것도 좋겠지. 기은은 힘겹게 몸을 일으키고 옷깃을 여몄다. 입고 왔던 옷은 식은땀에 흠뻑 젖었고 갈아입을 여분도 없어 결국 또 노파에게 신세를 졌다. 열흘 전에 다녀간 막내딸이 두고 간 두껍지 않은 실내용 회색 면 원피스와 갈색 카디건은 조금 컸지만 편안했다.

코를 골며 잠든 고군을 쓰다듬어 주고 조용히 방문을 열었다. 이까지 시리게 하는 찬바람이 단숨에 폐 속까지 차올랐다. 잠시 한기에 몸을 부르르 떨기는 했지만 오랜만의 맑은 공기가 좋았다. 하늘을 수놓은 별과 달이 가슴속으로 가만가만 밀려들어오는 것 같았다. 기은은 걸음을 옮겨 달이 잘 보이는 마당 중앙까지 갔다. 조금 더 달빛이 스민 공기를 맡고 싶었다.

마당 가운데서 멈춰 서 가만히 고개를 들고 두 눈을 감았다. 이내 하늘에서 희고 고운 무언가가 몽글몽글 떨어져 내리기 시작했다. 감긴 두 눈과 빨개진 콧날, 마른 입술과 핏기 없는 뺨에도 차갑고 신비로운 감촉이 느껴졌다. 이 세상에 존재하는 자신이 또렷하게 느껴졌다. 누구에게도 버려질 수 없는 무언가가 심장을 뜨겁게 휘감았다. 눈송이가 벚꽃처럼 흩날리며 기은을 감쌌다. 톡톡 떨어져 내리는 눈송이가 바닥에도 하얗게 꽃 그림을 그렸다.

그렇게 얼마나 있었을까. 어두운 마당 저편에서 누군가 저벅저벅 걸어오는 소리가 들렸다.

"기은아."

가슴 아리게 그리운 목소리가 마법처럼 귓가를 울렸다.

푸른 밤, 하얗게 날리는 눈을 맞으며 태진이 다가오고 있었다.

*

"인터뷰 잡아."

흐릿해진 하늘이 뿌리는 눈을 마냥 바라보고 있던 유연미가 한참 만에 입을 열었다. 따뜻한 커피를 가져다주던 매니저가 흠칫 놀랐다. 자세한 사정은 몰랐지만 연미가 그에 관한 이야기를 질색하는 것 정도는 알고 있었다.

"누님……."

"할 거야. 아니, 해야겠어."

유연미는 김이 피어오르는 커피 잔을 두 손으로 감싸 잡았다.

하늘이 잘 올려다 보이는 이 자리에 앉아 기은은 이따금씩 코코아를 마시곤 했다. 그걸 보고 젊은 애가 청승맞다고 공연히 트집을 잡았었다. 그때마다 기은은 알 듯 모를 듯한 표정을 했었다. 짙은 눈동자에 스쳐가던 통증을 한 번도 마주 보려 하지 않았다.

그 아이도 아팠으리라. 이기적인 엄마 밑에서 외롭고 불안해 눈물이 나는 날이 많았으리라. 한데 한 번도 곁에 있던 기은이 상처 입는 것에 대해 생각하지 못했다. 애교도 없고 살갑지 않은 딸이라고 늘 못마땅해만 했다. 버려질까 봐서 겁을 낸 안전거리라는 걸 몰랐다. 딱히 먼저 다가갈 마음을 먹은 적도 없이 기은을 혼자 두었다.

멋대로 굴어도 무방하다고 믿었다. 상처 받지 않기 위해서는 나부터 살펴야 하니까. 그런데 그 이기심이 이제 가장 가까운 사람을 잃게 만들지도 몰랐다. 연미는 길고 긴 한숨을 내쉬었다.

"대표님한테 전화 넣어. 미용실 가는 길에 내가 말할 테니까."

지일에 관한 이야기는 일종의 금기였다. 절대로 사람들의 입에 함부로 오르내리게 하지 않겠다는 자신과의 독한 약속이었다. 하지만······. 결정을 내린 유연미는 망설이지 않고 일어섰다.

"늦은 시간에 나와 주셔서 감사합니다."

예의 바른 담당자의 인사에 연미가 우아하게 답했다.

"내일까지 미룰 필요 없다는 말씀에 동감이니까요."

가식적인 것은 이쪽이나 저쪽이나 마찬가지다. 유연미는 옅게 바른 입술을 길게 끌어 올리며 부드럽게 미소를 지었다.

한국 내에서 가장 유명한 연예 방송에 내보낼 인터뷰는 신속하게 진행됐다. 은은한 조명 아래 앉은 연미와 사회자가 간단한 사진 촬영 후 곧 이야기를 시작했다.

"해외 봉사활동 중에 소식을 접하고 많이 당황하셨을 텐데요. 곧장 해명 기사나 반박 기사를 따로 내지 않으셨던 유연미 씨께서 이번 인터뷰를 자청한 어떤 심경의 변화라도?"

"글쎄요. 그냥 변덕이라고 해두죠."

그렇게만 답한 연미는 코코아색 울 스커트를 손바닥으로 가볍게 쓸었다. 이만 넘어가자는 뜻이었다. 그러나 대답이 만족스럽지 않은지 사회자가 재차 물었다.

"혹시 따님에 대한 걱정 때문인가요?"

"글쎄요."

언제나처럼 기은과의 사이를 애틋한 모녀 관계로 적당히 포장하면 좋을 것이라는 조언을 듣지 않은 것은 아니었다. 그러나 이 자리에서만큼은 진실하기로 했다. 자신에게나 기은에게나……. 유연미는 조개처럼 입을 꼭 다물며 대답을 거부했다.

"그분에 대한 이야기를 해보죠."

결국 사회자가 다음 질문으로 넘어갔다. 연미는 드러내지 않고 한숨을 쉬며 고개를 끄덕였다.

"제 아버지와 재혼하신 새어머니가 데리고 온 의붓오빠였어요. 마음 씀씀이가 다정하고 따뜻한 사람이었죠."

카메라가 집중적으로 얼굴을 비추었다. 서두르거나 과장되지 않은 음색으로 유연미는 말을 이어갔다.

"우린 어렸어요. 아이가 생기자 기쁘기보다는 무서웠죠. 아직 새어머니에게조차 떳떳하게 밝히지 못한 사이였으니까요. 이만 관계를 밝히자는 그와 달리 저는 계속 망설였어요. 사실은 도망치고 싶었죠. 아이를 지우겠다고 말했어요. 그리고……."

지일은 절대로 그럴 수 없다고 답했다. 그 길로 새어머니에게 말하고 정식으로 결혼을 하자고 했다. 그러나 결과는 처참했다. 어렵사리 고백했지만, 새어머니는 절대로 허락할 수 없다며 두 사람의 사이를 극렬하게 반대했던 것이다. 연미는 집 안에 감금되다시피

했고, 지일은 곡기를 끊은 어머니를 설득하느라 잠도 제대로 자지 못했다.

"그 무렵 입덧이 꽤 심했어요. 우울증도 있고. 아이도 저를 원치 않는 어미가 편치 않았던 모양이라 여겼어요. 그 사람이 너무 힘들어하니까 처음부터 예쁘지 않던 아이가 갈수록 더 미웠어요. 어머니와 그 사람이 심하게 말다툼을 하던 날, 참을 수 없어져서 제가 소리쳤어요. 아이를 지우고 나도 이 집을 영원히 떠나겠다고요. 전부 지겹다고, 이제 다 필요 없다고."

차마 아이까지는 지우라고 못했던 새어머니와 여태 그녀를 위해 싸워왔던 지일의 눈동자에 커다란 파문이 일던 것을 기억한다. 그들의 눈에 고였던 미련, 원망, 안타까움, 슬픔까지.

"겨우 스물의 계집에게 사랑이란 오직 찬란할 것이란 허상이 있었죠. 그렇게 비참해지고 자존심 상하게 빌어야만 하는 상황이 힘겨웠어요. 뭘 그렇게 잘못했을까, 그걸 제대로 알지도 못하는데 숨쉬는 것조차 죄스러워해야 하는 내 처지가 원망스러웠어요. 이기적이지만……다른 사람들 탓으로만 여겼어요. 나부터 살아야 했으니까요."

연미의 눈동자는 놀라울 정도로 차분했다. 하지만 때때로 감정이 복받치는지 말을 잠시 멈추었다 이어갔다.

"사고로 그분이 돌아가셨다고 하던데요?"

사회자가 자연스럽게 이야기를 끌어가자 연미는 떨리는 손을 교묘히 감추며 고개를 끄덕였다.

"너무도 갑작스런 사고였어요. 정신없이 소리치고 밖으로 뛰쳐나가는데……신호를 위반한 차가 갑자기 나타난 절 보지 못하고 정면으로 충돌하려고 했어요. 그때 그 사람이…….”

연미를 감싸고 구른 덕에 지일의 팔은 전부 으스러졌다. 그럼에도 그는 끝까지 안은 팔을 풀지 않았다.

“반대편의 차까지는 미처 피하지 못했어요. 폭탄이 터진 것처럼 큰 충격음이 들렸고 정신을 차렸을 때는 구급차 안이었죠. 그가 나란히 누운 제게 말하더군요. 미안하다고, 지켜주지 못해서……저와 아이를 이렇게 두고 가서 미안하다고요. 눈물도 나오지 않았어요. 그 사람이 새빨간 피를 토하기 시작했고 전 비로소 그가 영영 떠나려는 걸 깨달았어요. 죽음이 정말 순식간에……순식간에 우리를 갈라놓을 것을 알았을 때, 피로 범벅이 된 손을 잡고 애원했어요. 이렇게 가면 나도, 아이도 버리는 거라고 절대로 가지 말라고요. 그런데도 그 사람…….”

유연미는 잠시 입술을 꾹 깨물었다. 사회자가 티슈를 건넸지만 그녀는 단호히 손을 내저었다.

“이쯤하면 되겠죠.”

“그런 과정에서 어떻게 출산을 결정하게 되신 건지 여쭤고 싶은데요. 의붓오빠나 그 어머님께서 아무 대책 없이 출산을 하라고 하지는 않았을 테고, 뭔가 경제적인 원조가 약속된 건가요? 시청자분들께서도 궁금해 하실 겁니다.”

연미는 사나운 시선으로 능구렁이 같은 사회자를 노려보았다. 유일하게 진심을 다해 사랑했던 사람. 그와의 추억을 이런 식으로 멍들이고 싶지 않아 여태 입을 다물어 왔었다. 그러나 이 모든 것을 각오하고 나온 자리였다. 탁한 한숨을 내뱉은 유연미는 평소 보이지 않던 날카로운 표정으로 다시 입을 열었다.

*

"어."

다가서는 태진을 본 기은이 처음으로 내뱉은 말이었다. 기은은 믿겨지지 않는 듯 몇 번이나 눈을 깜박였다.

하얀 눈꽃송이를 맞으며 앞에 선 태진이 커다란 손으로 머리에 앉은 눈을 조심스럽게 털어주었다. 그리고는 아무 말 없이 그대로 기은을 꼭 끌어안고 마른 등을 다정하게 다독였다.

"선배……."

맞닿은 가슴이 놀랄 정도로 따스했다. 기은은 그 체온에 비로소 태진을 실감한 듯 나직하게 그를 불렀다.

태진은 또 말없이 며칠 새 더욱 야윈 등을 쓸어내렸다. 핼쑥한 얼굴, 피가 맺혀 하얗게 일어난 입술, 눈 밑에 내려앉은 검은 멍울도 모두 가슴 저리도록 아팠다. 그러나 그보다도 가만히 부르는 음성이, 혼자서 몇 번이나 저를 불렀을 기은의 목소리가 더 애처로웠다.

"어떻게……왔어요?"

기은은 자신 대신 눈을 고스란히 맞고 있는 태진을 올려다보았다. 이상하게 또 목이 메었다. 이번에는 외로워서 쓸쓸해서가 아니라, 행복한 뭉클함이었다.

"……첫눈 같이 맞으려고."

기은 못지않게 잠기고 갈라진 목소리로 태진이 천천히 답했다. 그의 눈시울이 살며시 붉어져 있었다.

미안해. 혼자 둬서 미안해.

희미한 미소가 고인 태진의 눈동자를 가만히 들여다보노라니 거기에 맺힌 말들이 속속 가슴으로 쏟아져 들어왔다. 기은은 두 손을 뻗어 며칠 사이 눈에 띄게 마른 그의 뺨을 보듬었다.

"응······잘 왔어요."

23. 고마운 일투성이

 태진은 아무것도 묻지 않았다. 대신 어깨에 머리를 기대고 나란히 앉은 기은의 머리카락을 부드럽게 쓰다듬었다. 손가락에 휘감기는 머리카락 한 올도 소중하다는 듯 천천히 손을 움직이는 그를 느끼며 기은은 가만히 눈을 감았다.
 "선배."
 "그래."
 "태진 선배."
 "왜 꿀돼지."
 한참을 불러 놓고 기은은 별다른 말이 없었다. 태진은 그런 기은의 손가락 하나하나에 잘게 입을 맞추었다. 기은은 그 후로도 간혹 확인하듯 말갛게 보거나 이름을 부르곤 했다. 그러다 까무룩 잠이

들기도 했고.

 태진은 그 곁을 묵묵히 지키고 있었다. 기대어 잠든 기은의 얼굴을 안쓰럽게 바라보던 눈동자에 희미하게 미소가 고였다. 자다 깨다를 반복하던 고군이 늘어지게 기지개를 펴며 슬그머니 다가와 앉았던 것이다. 처음 보고는 왜 이렇게 늦게 온 거냐고 나무라듯 낮게 울며 쏘아보던 녀석이었다. 다행히 이제 마음이 풀린 모양이다. 몽실몽실한 뒤통수를 몇 번 쓰다듬고 살이 오른 엉덩이를 톡톡 쳐서 칭찬을 해주자, 녀석은 그렁그렁 기분 좋은 울림을 냈다. 태진은 기특하다는 눈길로 작게 인사를 건넸다.

"고맙다."

 그 인사가 꽤 마음에 들었는지 녀석이 배를 보이며 바닥을 뒹굴었다. 그때 조심스러운 손기척이 들려왔다. 태진은 기은을 살며시 누이고 방문을 열었다.

"네. 할머님."

"이거 좀 자시라고. 연속극 보다가 잠들면 챙겨 주지도 못할 거 같아서 미리 가져왔어요."

 친절한 노파가 뜨끈한 김이 오르는 죽 두 그릇과 시원한 물김치, 노랗게 삶은 고구마, 귤 등이 가득 담긴 쟁반을 내밀었다. 태진은 그것을 받아들고 몇 번이나 고개를 숙여 보였다.

"저 사람 돌봐 주셔서 정말 뭐라고 감사의 말씀을 드려야 할지 모르겠습니다."

 자신이 옆에 없는 동안 기은이 차가운 밖을 마냥 배회하지 않은 것이나, 이 정도의 기운이라도 차린 것 모두 노파의 덕분이었다. 그녀의 선의는 참으로 고맙고 또 고마운 것이었다.

"하이고, 참말. 별로 한 것도 없는데 둘 다 왜 이리 인사를 하는지 몰라. 그래, 내일 가려오?"

부끄러운 기색으로 웃어 보인 노파가 다정하게 물었다. 태진은 곁눈질로 곤히 잠든 기은을 보다가 느릿하게 고개를 저었다.

"아니오. 기은이가 원할 때까지는 조금 더 쉬었다 갔으면 합니다. 할머님께 부담이 되지 않으면요."

"아, 내가 부담일 게 뭐 있누. 걱정 말고 쉬어요."

노파가 잔잔한 미소를 머금고 돌아간 후, 태진은 잠든 기은의 머리맡에 조용히 앉았다.

아픔이 폭풍처럼 휩쓸고 간 기은의 심장에 다시 말간 미소가 고이기를. 그의 새까만 눈동자가 기도하듯 나직하게 속삭였다.

며칠만의 단잠이었다. 아마도 태진이 곁에 있어주었기 때문이리라.

"선배?"

한밤중에 문득 잠에서 깨어난 기은은 태진부터 찾았다. 어쩌면 아까의 그는 새하얀 눈이 만들어낸 마법 같은 것이었을지도 모르겠다. 돌아오는 답이 없자 그렇게 애써 스스로를 위로했다. 그러나 이내 실재하는 태진이 고군과 경쟁하듯 곁에 바짝 붙어 자고 있는 것을 발견했다. 기은의 입술에 연한 미소가 맺혔다.

"깼어?"

기척을 느낀 태진이 눈을 떴다. 핏발이 서 있었지만 고인 미소는 눈이 부실 지경이었다.

"조금 더 자요. 많이 피곤할 텐데."

기은이 뺨을 쓸어주며 부드럽게 다그쳤지만, 태진은 장난스럽게 눈을 찡긋거리며 자리에서 일어났다. 그리고는 말릴 틈도 없이 기은의 동그란 이마에 입술을 내렸다.

"음, 열은 내렸고."

말랑하고 촉촉한 입술이 닿은 자리를 매만지며 기은이 다시 소리 없이 웃었다. 상처 위로 행복이 다시 한 방울씩 차오르고 있었다.

"배는 안 고파? 아까 할머니께서 간식거리를 주고 가셨어."

"나 자는 동안 뭘 좀 먹지 그랬어요."

그야말로 줄곧 굶었을 것이다. 가뜩이나 업무며 오랜 비행으로 힘들었을 사람이. 기은이 수염이 듬성듬성한 까칠한 얼굴을 재차 살펴보며 미간을 찌푸렸다.

"꿀돼지, 지금 인상 쓰는 거야?"

"네. 얼굴이 이게 뭐예요."

"섭섭하네. 난 이렇게 마르고 퀭한 유기은도 미치도록 예쁘게 보이는데."

톡톡 뺨을 치는 손가락을 제법 힘 있게 잡아챈 기은이 음식이 담긴 쟁반을 턱으로 가리켰다.

"저거 다 먹으면 나도 선배 예쁘게 봐 줄게요."

"엄격한 꿀돼지라니까."

태진이 능청스럽게 웃으며 어깨를 으쓱거렸다.

눈 내리는 밤은 신비로울 정도로 조용했다. 태진과 기은은 자그마한 소반을 앞에 두고 앉았다. 가만히 마주친 시선에 자연스럽게 미소가 꽃처럼 피어났다. 태진이 죽 한 숟가락을 떠서 내밀었다.

"아."

"싫어요."

이유식 먹는 아기도 아니고 무슨. 기은이 단호하게 고개를 가로저어 보였지만 태진은 포기하지 않고 또 숟가락을 내밀었다.

"먹어 봐."

"내가 먹을……선배!"

한사코 사양하던 기은에게 갑자기 태진이 쪽 소리가 나게 뽀뽀를 했다. 그리고는 짓궂은 표정으로 협박했다.

"안 먹으면 계속 뽀뽀한다. 흠, 그것도 나름 괜찮긴 하네."

결국 기은이 한숨을 쉬며 입을 열었다. 숟가락에 소복하게 담긴 죽이 목구멍을 타고 내려가자 처음으로 그 맛이 느껴졌다.

"맛있다."

그전에는 그저 따스하다는 느낌 하나밖에 없었는데……. 기은은 작게 감탄하며 태진이 잇달아 내미는 죽도 얌전히 받아먹었다.

"기특하다, 꿀돼지."

"선배도 먹어요."

흐뭇하게 보는 태진에게 기은도 죽을 떠서 내밀었다. 태진은 망설임 없이 넙죽 숟가락을 물었다. 서로가 서로에게 한 숟갈씩, 한 숟갈씩 죽을 떠 넘겨주느라 식사는 한참이나 길어졌다. 그래도 뭐가 그렇게 좋은지 두 사람의 얼굴에는 미소가 사라지지 않았다.

*

　인터뷰를 마친 연미가 지친 기색이 완연한 얼굴로 밴에 올랐다. 매니저가 금세 따뜻한 차와 쿠션 따위를 가져다주었다.
　"괜찮으세요?"
　"어쨌든 끝났잖아."
　지끈거리는 관자놀이를 문지르며 차를 한 모금 머금었다. 조금 기운을 차린 연미가 흘끔 매니저를 쳐다보았다. 그가 재빠르게 눈치를 살피며 물었다.
　"뭐 다른 드실 만한 것 좀 사올까요?"
　"그건 됐고……없었어?"
　무슨 말이냐는 듯 눈을 동그랗게 뜬 매니저를 본 유연미가 사납게 인상을 썼다.
　"전화. 기은이 찾았다는 연락 없었냐고."
　"아, 그거라면 그때의 그 남자분이 전화를 주셨어요. 번호도 아는데 연결해 드려요?"
　"……돼. 귀찮아."
　연미는 한결 편안해진 얼굴로 가죽 시트에 몸을 묻었다.
　경제적 원조라고. 사회자가 꺼냈던 말을 곱씹자 절로 입술이 일그러졌다. 새어머니가 둘의 관계를 그토록 반대하면서도 아이를 지우라고까지는 하지 못한 건 본인이 지독한 난임이었던 때문이었다. 거기다 아이보다 자신을 먼저 생각할 연미의 이기적인 심성도 잘 알고 있었고.

어쨌거나 지일이 죽고 그녀도 연미도 큰 충격에 빠져 아이에 대한 것은 한동안 생각할 겨를이 없었더랬다. 그 사이 아이는 계속 자라났고 연미는 불러오는 배를 보고서야 독하게 결심했다. 지일을 대신해 다른 누군가를 사랑할 자신이 없었다. 그것이 설령 배 속의 아이라도 마찬가지였다.

[아이, 지우겠어요.]

[도대체 그게 무슨……어째서 너 같이 이기적이고 못된 여자여야 했을까. 지일이가 목숨을 걸고 사랑한 여자가 왜 너였던 거야! 왜……너 때문에 내 아들이 죽어야 했던 거냐고! 그 아이가 사랑한 널 받아들일 수 없었을 뿐인데 어째서……. 흑흑, 아니 사실은 나 자신을 가장 용서할 수 없어. 무섭도록 저주를 퍼부은 내 자신이 견딜 수 없이 미워. 없어졌으면 하고 바랐다. 너도 뱃속 아이도, 사라지라고 빌었어. 그 독한 마음이 지일이를……. 그런데 그 아이의 목숨과 바꿔낸 존재를 지금 또 내 손으로 보내라고? 난 못해. 절대로 못해. 연미, 너도……흑흑, 사실은 그렇잖아? 지일이가 남긴 마지막 흔적, 어떻게 버리니?]

낙태를 말하는 연미 앞에서 처음으로 새어머니가 목 놓아 울었다.

[그럼 어떻게 해, 사랑할 자신도 없는데. 그건 당신도 마찬가지잖아. 오빠의 흔적을 붙잡고 싶은 것뿐이라는 거 다 알아. 이 아이를 보면 내내 괴롭고 숨이 막힐 거야. 그런데 어떻게 아무 잘못 없는 이 아이한테 그걸 감당하라고 해요. 어떻게……흑흑.]

어긋나 버린 관계. 돌이킬 수 없는 상처. 지독한 아픔과 원망. 아마도 그녀와 자신은 죽을 때까지 서로를 용서할 수 없으리라. 연미 역시 처음이자 마지막으로 속을 내보이며 울음을 터뜨렸다. 태어날 아이는 일그러진 이기심과 방향이 비틀린 원망, 그리고 어쩔 수 없는 혈육의 정 사이에서 아슬아슬 줄타기를 하게 될 게 분명했다. 그럴 바에야 차라리 지금⋯⋯.

연미는 흐느끼는 여자 옆에 멍하게 서서 희미하게 움직이는 배 속의 아이를 느꼈다. 살아 있다고, 여기서 만날 날을 기다리노라고 속삭이는 것 같았다.

[어떻게⋯⋯어떻게⋯⋯.]

결국 연미는 두 손으로 얼굴을 감싸며 그대로 주저앉고 말았다.

과거를 떠올리던 유연미는 억지로 상념을 털어 내며 씁쓸한 미소를 머금고 창밖을 바라보았다. 청승맞게 눈은. 공연히 인상을 써 보았지만 시선이 절로 하얀 눈송이로 향했다. 전국적으로 내린다는 첫눈이 꽤 예쁘게 날리고 있었다. 깜깜한 어둠 속에서도 반짝반짝 곱게도 흩날렸다.

"독하던데요."

인터뷰를 담당했던 사회자가 넥타이를 풀며 말했다. 뒷정리를 지시하던 PD가 별생각 없이 대꾸했다.

"그러게. 나도 유연미라는 배우 다시 봤어. 어떻게 눈물 한 방울 안 흘리는 거냐고."

생각보다 건조한 인터뷰라 다소 실망했다. 주체할 수 없이 흐르는 눈물 같은 게 들어가 줘야 또⋯⋯. 그가 아쉬워하는 표정을 짓자 사회자가 담백하게 되받아쳤다.

"그런데 전 오히려 좋았어요. 과장되지 않고 깊이 숨은 진실 같은 느낌이잖아요. 오히려 그편이 더 좋지 않나?"

사실 그 역시 처음에는 PD와 같은 생각이었다. 하지만 유연미가 휴식 시간에 한 말 때문에 생각을 고쳐먹게 됐다. 왜 여태 진실을 숨겨왔냐고 물었을 때, 그녀는 담담하게 말했다.

-별로 말하고 싶지 않았어요. 이런 식으로 불특정 다수와 공유하고 싶은 단순한 추억 같은 게 아니니까.

그때만은 끝까지 우아함을 잃지 않던 유연미의 갈색 눈동자가 살짝 흔들렸었다. 아니다. 또 있었다. 그녀의 눈동자를 흔들던 대목이. 그게 아마······.

"오늘 수고했어."

"네, 다들 수고하셨습니다."

막 기억을 더듬는데 PD가 가볍게 어깨를 두드리며 인사를 건넸다. 그러자 그도 곧 하던 생각을 멈추고 방송국을 나섰다.

*

다음 날 아침, 설거지를 자청한 태진이 일을 마치고 방으로 돌아왔다. 그는 자지 않고 기다리는 기은의 뒤로 가서 살포시 작은 몸을 당겨 안았다.

"자지 않고."

"선배가 그릇 깨면 어쩌나 마음 졸이느라 못 잤어요."

귀엽지 않은 말투로 툭툭 내뱉은 말과 달리 기은은 차가워진 손을 꼭 붙들어 녹여 주었다.

정말 고마운 일투성이.

무리해서 해외 출장 일정을 소화하고, 끼니까지 거르고 이곳까지 한달음에 달려와 어린아이 돌보듯 저를 먹이고 재우며 한시도 곁을 떠나지 않는 태진이었다. 다그쳐 묻거나 재촉하지도 않고 온전히 자신을 믿고 기다려주는 그가 너무도 고마웠다.

"왜 아무것도 안 물어봐요?"

기은은 등에 얼굴을 기대고 허리를 끌어안은 태진을 살며시 돌아보았다.

"아플까 봐서."

간단한 답이 들리자, 기은은 그럴 줄 알았다는 표정으로 그의 손끝을 살짝 깨물었다.

"많이 아파요?"

"별로."

"나도 곧 그럴 거야. 선배가 있잖아요. 이건 억지로 강한 척하는 거 아니에요. 그냥 이 통증이 언젠간 희미해질 걸 믿으니까. 버림받는 게 무섭다고 사랑 안 할 거 아니니까."

"……그래."

그런 네 곁에서 항상 함께 할게. 지독할 만큼 영원의 영원까지 그렇게. 태진이 기은의 마른 등에 가만히 입술을 눌렀다.

척추를 타고 번지는 온기에 심장이 세차게 울렸다. 기은은 연하게 웃으며 커다란 손을 꼭 감쌌다.

여분의 차는 지민이 세진과 함께 들러 맡아 주기로 했다. 태진의 부탁이 있기도 했고 기은을 염려한 세진이 먼저 자청한 일이기도 했다. 지민과 짧게 통화를 마친 기은은 차에서 꾸벅꾸벅 조는 고군을 확인하고 다시 태진 곁으로 갔다. 그는 극구 사양하시는 할머님께 넉넉하게 방 값을 치르고 공손히 인사를 올리고 있었다. 기은도 단정하게 허리를 접었다.

"폐만 끼치고 가서 죄송해요."

"무슨……건강 잘 챙기고, 신랑이랑 오순도순 잘 살아요. 아, 나중에 애들 생기면 놀기 삼아 한 번 들러요. 내 기억하고 있을게."

노파는 예의 푸근한 미소로 기은의 마른 어깨를 토닥여 주었다.

"네, 할머님도 건강하세요. 저희 부부 꼭 한 번 들르겠습니다."

노파의 말에 기은이 당황하며 다소 경직된 것과 달리 태진은 흐뭇한 미소로 고개를 끄덕였다.

차를 출발한 후, 태진은 몇 번이나 멈춰 서 기은의 옷을 여며 주고 이마를 짚었다. 병원에는 가지 않아도 될 것 같다는 고집을 단호히 꺾은 그는 병원부터 찾았다.

태진이 데스크에 접수를 하는 사이, 기은은 의자에 앉아 벽면에 걸린 텔레비전을 무심코 바라보았다. 같은 채널에서 하는 저녁 연예 방송 예고가 한창이었다.

―요즘 아이돌 못지않게 떠들썩한 반응을 일으키는 분이 계시죠. 네, 배우 유연미 씨가 그 주인공인데요. 그분께서 직접 저희 방송을 찾아오셨다고 하네요. 오늘 저녁 연예 이야기에서는 그 일에 관해 배우 유연미 씨와의 단독 인터뷰를 보내드립니다.

[사랑도 죄라면……숨겨진 과거에 관한 그녀의 솔직한 고백.]

VJ의 깜찍한 포즈가 사라지자 인터뷰의 한 장면이 흘렀다. 프로그램의 남자 사회자와 대화를 나누는 유연미는 자극적인 자막의 내용과 달리 단아한 모습이었다.

-마지막으로 따님께 한 말씀 해주시죠. 이 일로 상심이 크실 텐데요.

사회자는 집요하게 달라붙었다. 결국 유연미가 카메라를 물끄러미 응시했다. 그 순간 어머니가 작게 한숨을 내쉬는 것을 알 수 있었다. 평소의 그녀는 기은의 생부에 관한 이야기를 끔찍하게 싫어했다. 그 인간 따위의 말로 떠올리기 싫은 기억임을 이야기했을 뿐이었다. 그런데 어머니가 스스로 인터뷰를…….

기은은 가만히 화면을 바라보았다. 마치 그녀와 시선을 맞추는 것처럼.

-넌 정말 날 닮지 않았어. 그래서…….

유연미의 트레이드마크라고도 할 수 있는 갈색 눈동자가 희미하게 흔들리고 있었다.

-너무……다행이야.

어느새 곁으로 온 태진이 가만히 기은을 당겨 안았다. 기은은 다른 예고로 이어지는 화면에서 눈을 떼지 않은 채로 나직하게 중얼거렸다.

"가야겠어요."

아파트에 도착했을 때는 하늘에 오렌지 빛깔 노을이 가득 걸려 있었다. 기은은 반드시 옆에 있어야 한다는 태진에게 잠시만 시간을 달라고 청하고 혼자서 집으로 향했다.

그러나 한참이나 문손잡이만 붙들고 서 있었다. 태진이 곁에 있을 때는 희미해졌던 불안감들이 새록새록 돋아났다. 역시나 겁이 난다. 그렇지만…….

"후."

크게 숨을 몰아쉬고 천천히 문을 열었다. 소파에 등을 기대고 누운 유연미가 이쪽을 바라보고 있었다.

"……왔구나."

짧은 인사를 끝으로 그녀는 창밖으로 고개를 돌려 버렸다.

소리 없이 고개를 끄덕여 보인 기은은 신발을 벗고 천천히 집 안으로 들어갔다. 커다란 창으로 쏟아져 들어오는 석양빛은 조금 쓸쓸했지만 따스한 느낌이었다.

24. 우리……

 모녀는 한동안 말이 없었다. 유연미는 여전히 창밖을 응시하고 있었고, 기은은 맞은편에 소리 없이 앉았다. 거실을 흐르는 침묵은 묵직했지만 그다지 어둡지는 않았다.
 "안 올지도 모른다고 생각했다."
 연미가 여전히 기은을 바라보지 않은 채로 입을 열었다.
 "인터뷰……소식 들었어요."
 "그래, 절대로 하고 싶지 않았던 일이지. 하지만 해야 했어."
 그게 상처 받은 네게 건네는 서투른 내 사과니까. 연미는 자조하듯 웃었다.
 기은은 마음을 추스르기 위해 천천히 두 손을 모아 잡았다. 똑바로 보지 않아도 어머니에게서 씁쓸한 그늘이 느껴졌다.

"상상해 본 적은 없지만 막상 그분이 제 친아버지라는 말씀을 들으니……이상하게 고개가 끄덕여졌어요."

외할머니의 모진 마지막도, 어머니 유 여사의 차가운 태도도 조금은 납득이 갔다. 물론 그렇다고 해서…….

"어머니를 온전히 이해할 수는 없어요. 오랫동안 아팠거든요. 시간이 지나도 문득문득 아플 것도 같아요."

높낮이의 변화가 없는 말을 담백하게 내뱉어 놓고 기은은 입술을 힘껏 깨물었다. 말없이 석양빛을 바라보던 유연미가 자리에서 일어났다.

"코코아……마실래?"

잠시 후, 그녀가 두 잔의 코코아를 타서 자리로 돌아왔다. 어머니가 내미는 따뜻한 액체를 받아들고 기은이 잠시 눈을 감았다. 그사이 유연미가 소파에 등을 기대 기은을 물끄러미 응시했다.

"나도 살아야 했다. 죽도록 사랑했으니까 깡그리 잊어야 살 수 있었어. 그런데 널 보면……그 사람 생각이 너무 많이 났어."

기은을 보는 게 불편했다. 지일을 닮은 눈동자가 그랬고 그를 닮은 손재주가 또 거슬렸다. 그가 죽고 제 가슴의 사랑도 완전히 끝났다. 더는 누구를 사랑할 여유 같은 게 없었다. 그게 설령 딸이라고 해도 마찬가지였다. 그 무엇도 자기 자신보다 소중한 건 없을 거라 여기며 살았다.

"네 존재까지 잊고 사는 게 그때의 내가 택한 방식이야. 나란 여자는 원래 이기적이고 제멋대로니까."

기은은 대꾸 없이 코코아가 담긴 잔을 기울였다.

"이런 내가 밉겠지? 후후, 당연해. 이제 소용없는 말이 될지도 모르다는 것도 알고 썩 나한테 어울리는 건 아니지만……."

유연미는 파르르 떨리는 입술을 감추려 머그잔을 들어 올렸다.

엄마 자격 같은 게 있다면 자신은 분명 낙제생일 것이다. 그 점에 관해서는 뭐라 변명할 여지도 없다. 지난 시간은 되돌릴 수 없는 것이고, 기은의 가슴에 남겨진 상처 또한 흔적 없이 아물기는 힘들 테니까. 연미는 갈색 눈동자를 움직여 딸을 바라보았다. 며칠 새 야위고 지친 기색이 가득한 모습이 눈에 가득 찼다.

"미안하다."

그 짧은 말을 내뱉자 가슴이 따끔할 정도로 아팠다. 버림받을까 봐 사랑도 두려워하는 아이로 만들었다. 자식인 기은을 이태진이라는 남자보다 더 모르고 살아왔다. 제 상처에 급급해 딸의 마음 같은 걸 헤아릴 생각은 해보지도 않았다.

그러다 아프리카에서 낯선 소녀의 출산을 지키며 처음 깨달았다. 축복받지 못한 생명을 지켜내려 애쓰는 그 작은 소녀 곁에서, 그녀와 반대로 항상 자신이 먼저였던 엄마 때문에 다쳤을 기은이 떠올랐다. 그러나 한국에 돌아와 가장 먼저 한 일이 기은에게 또 깊은 상처를 남긴 것이었다. 여태 외롭게 하고 아프게 한 것만도 셀 수 없는데.

연미는 머그잔을 힘껏 그러잡았다. 지금까지는 한 번도 기은이 먼저 자신을 버릴 수도 있다는 생각은 해보지 않았다. 그게 더 당연한데도 말이다. 이제 와 울고 불며 사과할 만큼 착한 엄마는 못되겠지만 그래도……버리지 말아 주렴. 솟아나는 말을 간신히 참으며 진한 액체를 한 모금 머금었다.

"이상하죠? 어머니한테 버려질까 그렇게 두려워하면서도 정작 한 번도 제가 어머닐 버릴 수 있다는 생각은 해본 적이 없어요. 그건 아마 앞으로도 마찬가지일 거예요. 특별히 이해심이 많은 것도 아닌데……그건 할 수가 없어요."

가라앉은 코코아처럼 짙은 기은의 목소리가 귓가를 울렸다. 희미하게 웃고 있는 눈동자에 동그랗게 물방울이 맺혀 있었다.

버려지는 아픔을 알면서 그 잔인한 말을 내뱉을 수가 없었다. 기은은 또 옅게 미소를 지었다. 태진과 머물던 곳에서 상처 입은 가슴을 천천히 보듬었다. 돌아가면 마지막일지도 모르는 어머니와의 대화에 겁먹지 말고 솔직해져 보자고 말이다. 더는 버림받을 것이 두려워 마음을 감추지 말자고 그렇게.

그리고 병원에서 본 인터뷰에서 흐르지 않는 어머니의 눈물을 보았다. 난생처음 거짓 한 점 없는 눈동자를 마주하는 순간 알았다. 어머니가 지옥 같았을 인터뷰에 응한 이유는 기은, 자신 때문임을. 기은은 차분하게 말을 이었다.

"하지만 지금은 추스를 시간이 필요해요. 묻고 싶은 말도, 하고 싶은 말도 조금 미뤄 둘게요. 억지로 이해하는 척하고 단번에 없었던 일로 하기에는 꽤 많이 아팠으니까."

텔레비전에 나오는 친구 사이 같은 다정한 모녀지간 같은 건 절대 꿈꿀 수 없을지 모른다. 말간 얼굴로 서로를 마주 볼 때까지는 시간이 필요할 것이다. 그럼에도 미련한 마지막 끈을 놓지는 못하겠다. 이기적이고 제멋대로일지라도 여전히 사랑할 수밖에 없는 내 어머니라서.

기은은 고개를 들어 가만히 연미를 보았다.
"물러 터졌어."
이런 못된 엄마를 끝내 내치지 못하다니. 유연미가 시큰해진 콧날을 세게 누르며 딸을 바라보았다. 애교라고는 한 점 없어 보이는 무뚝뚝함 아래 사실은 세상 누구보다 따스한 속내를 감추고 있는 아이. 온기라고는 없는 엄마 곁에서 이렇게나 잘 자라 준, 얄밉도록 지일을 닮은 기은. 연미는 잠시 방으로 가서 지갑 속에 감춰 둔 사진 한 장을 꺼내었다.
"정말 넌 그 사람을 닮았어."
기은이 사진을 받아들자, 연미는 진한 한숨을 내쉬며 요란하게 울리는 전화기를 집었다.
이번 기사 때문에 새로 출연하는 드라마는 벌써부터 사람들의 입에 오르내리고 있었다. 당장 내일부터 시작되는 촬영에서 본래 배역보다 훨씬 큰 비중으로 출연하게 되었다. 연미는 매니저에게 걸려온 전화를 슬그머니 쿠션 아래로 던져 넣었다. 그리고는 뚫어져라 사진을 바라보던 기은 곁에서 지나가는 말처럼 툭하고 내뱉었다.
"기다리던 은혜. 그걸 아이 이름으로 하고 싶다고 했어. 바보처럼······한 번도 직접 불러 보지 못했으면서."
연미가 말꼬리를 흐리며 사진 속의 지일을 책망하듯 바라보았다. 남자아이면 은기, 여자아이면 기은으로 하자. 아직 부풀지도 않은 배를 부드럽게 쓰다듬으며 지일이 했던 말이었다.
"기다리던······."

기은의 맑은 눈동자가 천천히 움직였다. 사진 속, 담백한 표정을 한 아버지의 목소리가 들리는 것 같았다.

"아니, 누님 왜 전화를……."

현관문을 요란하게 여는 매니저의 투덜거림이 아니었다면 그대로 아스라한 연미의 눈빛을 마주했을지도 모르겠다.

논란에 대해 이미 유연미의 소속사에서 공식적인 입장을 발표하고 기자를 고소를 하지 않겠다고 했지만 기은은 별개였다. 김 기자가 수없이 미안하다고 사과했지만, 동석한 태진은 정식으로 사과 및 신문의 지면을 빌어 사실과 무관한 자극적인 단어와 추측성 기사에 대한 정정 보도를 낼 때까지 절대 물러서지 않겠다고 했다. 그럴 작정으로 간 것이지만 막상 초췌해진 김 기자를 보고 적당한 선에서 마무리를 지으려던 기은과 달리 태진의 태도는 강경했다. 어떻게든 빠져나갈 틈을 찾던 김 기자도 냉철하다 못해 무서울 지경인 태진을 보며 더는 머리를 굴리지 못했다. 조금이라도 기은을 건드릴라치면 당장에라도 사지를 물어뜯을 것처럼 사나운 눈을 한 그를 절대로 이길 수 없으리란 것을 직감한 것이다. 결국 김 기자와 신문사 대표가 언론에 사과문과 정정 기사를 발표하고 다시는 원치 않는 일로 유연미의 과거사를 기사화하지 않겠다고 약속했다.

다시 볼 일 없는 김 기자가 돌아가고 기은은 앞에 놓인 찻잔을 손끝으로 톡톡 건드리며 태진을 바라보았다.

"무섭다, 선배."

말과 달리 무뚝뚝한 얼굴에는 어느새 따스한 미소가 감돌았다. 태진이 어깨를 으쓱하며 대꾸했다.

"뭐, 내 꿀돼지니까 내가 지켜야지."

"되게 든든하다고 해야 하나. 경쟁하는 건 아니지만 나도 선배 더 열심히 지켜야겠어요."

"좋아, 분발해."

그의 말에 기은이 작게 웃음을 터뜨렸다. 태진이 의자를 조금 당겨 기은의 어깨를 폭 감쌌다. 세상에서 가장 든든한 울타리를 가진 두 사람의 손이 빈틈없이 서로를 꽉 채웠다.

*

손님맞이를 위해 태진과 기은은 아침부터 음식 준비에 여념이 없었다. 진지한 자세로 무쌈말이를 완성시킨 기은이 두 손을 번쩍 들어 올렸다.

"끝!"

"꿀돼지, 끝났으면 이리 와."

주방에서 아직 닭볶음탕과 사투를 벌이던 태진이 슬쩍 미간을 찌푸리며 불렀다. 그러나 기은은 말간 얼굴로 고개를 도리도리 저었다.

"자기 일은 스스로 해야죠."

기은은 귀염성 없는 대답을 해놓곤 정갈하게 마련된 식탁을 뿌듯하게 바라보았다.

별생각 없이 손가락에 묻은 양념을 혀로 살짝 핥는 기은의 모습이 몹시 야릇했다. 태진은 저도 모르게 마른침을 꿀꺽 삼켰다.
"으앗!"
태진이 갑자기 뒤에서 세게 끌어안자 기은이 놀란 눈으로 그를 쳐다보았다. 그림처럼 아름다운 사내의 입술 꼬리가 묘하게 말려 올라가고 있었다. 깊은 눈동자에 찰랑이는 흑심을 읽어낸 기은이 흠칫거리며 손등을 꼬집었다.
"이따 손님 와요."
"그래, 이따."
물러섬 없는 음흉한 눈빛에 결국 기은이 한숨을 내쉬었다. 그리고 목에 두 팔을 걸어 이마를 태진의 턱에 가볍게 찧었다.
"정말……."
"사랑하지?"
능청스럽게 되받아친 태진이 벌써부터 티셔츠를 벗겨냈다.
보글보글 끓던 자작한 국물의 닭볶음탕이 새까맣게 타 버릴 때까지 두 사람은 방에서 나올 줄을 몰랐다.

모든 음식에 '맛있다'를 연발하던 지민이 끔찍한 형상으로 탄 닭볶음탕을 슬쩍 밀어냈다. 세진도 자연스럽게 동감했다.
"기은 씨 솜씨는 아닌 거 같고, 태진이 네 작품이지?"
"불 조절을 잘못해서 그래."
태연스럽게 대답하며 접시를 치우는 태진과 달리 기은의 뺨은 슬쩍 붉어져 있었다.

"인사드려야지?"

세진은 차를 준비하는 주방을 힐끔 보며 동생의 옆구리를 쿡 찔렀다.

"부담 느낄지도 몰라, 저 녀석."

사실 벌써부터 기은을 공식적인 제 사람으로 만들고 싶었다. 하지만 유연미 여사와의 일로 아직도 상처가 다 아물지 않았을 텐데 또 다른 부담을 안겨 주고 싶진 않았다. 물론 그의 부모님들이라면 색안경을 끼지 않고 기은이란 사람 자체를 보아 주시리라 믿지만.

"나보다야 낫지."

세진이 담백한 손짓으로 자신을 가리켰다.

"다리 불편하지 거기다 팔 하나도 온전치 못해. 몇 해를 어두침침하게 지내다가 이제 막 새 일을 시작해서 아직 장래가 불안한 남자잖아. 이런 내가 사랑이란 걸 말하는 자체가 지민이에게 미안할 따름이지."

요사이 부쩍 고민이 많아 보이던 세진이었다. 태진은 형의 어깨를 가볍게 두드렸다.

"같이 인사 가자, 대신 늦장 부리지 마. 오래는 못 기다리니까."

"어쭈."

세진이 태진의 옆구리를 또 툭 쳤다. 가볍게 서로를 툭툭 건드리며 형제는 장난꾸러기처럼 웃었다.

그 모습을 바라보던 기은이 살며시 미소를 머금었다. 언제고 어머니와 자신도 저렇게 마주 보고 환하게 웃을 수 있으면 좋겠다. 꽁꽁 얼어붙은 얼음 동굴 밖에는 여전히 아름다운 사계절이 있다는 걸

어머니도 이제 차츰 알아가겠지.

"형이란 사람이 말이야. 도대체……."

곁에서 커피를 내리던 지민이 한숨을 섞어 투덜거렸다. 기은을 동생처럼 예뻐하는 그녀는 전화로 혹은 직접 만나 이런저런 수다를 떠는 것을 좋아했다.

"뭘요?"

어제 사둔 치즈케이크를 냉장고에서 꺼내 접시에 담으며 기은이 대수롭지 않게 물었다.

"빤히 보이지 않아? 나도 세진 씨 좋아하고, 세진 씨도 나 좋아하고. 그런데 도통 말로 할 생각을 안 한다니까. 아우, 답답해서. 좋아한다, 결혼하자, 왜 말을 안 하냐고!"

"이미 다 아시잖아요."

"기은이 너도 저 과라 그런 거야. 마음이면 다 된다는 거 조금 고약해. 가끔 확인해 줘야 안 불안하고 힘도 나는 거라고. 두고 봐. 난 꼭 이세진, 저 인간 입으로 사랑한다고 말하게 할 거야."

지민이 불끈 두 주먹을 쥐며 의지를 다지자, 기은의 시선이 자연스럽게 태진에게로 향했다.

낯선 사람의 방문이 신경이 곤두섰던 건지 세진과 지민이 가고 난 후 고군이 갑작스러운 오줌 테러를 감행했다. 두 사람은 함께 녀석을 타이르고 침대 시트를 벗겨 욕조에 담갔다. 세제를 붓고 미적지근한 물을 욕조에 채워 넣은 후, 태진이 두 다리를 걷고 들어갔다.

"같이 해요."

"됐어. 미끄러우니까 거기 있어."

태진의 제지에 기은은 그대로 웅크리고 앉아 그가 빨래를 하는 모습을 빤히 쳐다보았다. 간혹 발이 미끄러져 내리는지 태진은 벽면을 손바닥으로 짚곤 했다, 기은이 몸을 일으켜 그의 손을 살며시 잡아 주었다. 균형감을 잡은 태진이 희미하게 웃으며 계속 몸을 움직였다. 동그랗게 거품이 일어 폴폴 날리는 모습이 참 평화로웠다.

"춤추는 거 같아요."

걸음을 따라가며 기은이 피식 웃었다. 태진도 날카로운 눈동자를 따스한 미소로 채웠다.

"이 춤 다 추고 나면 키스로 마무리야."

"좋네요."

무뚝뚝한 대답치고는 꽤 귀여운 표정으로 웃는 기은. 태진은 거품이 묻은 손으로 기은의 코를 살짝 눌렀다. 장난스러운 손길을 피하지 않고 기은이 담백하게 말을 내뱉었다.

"선배면 다 좋아요."

태진이 눈을 크게 뜨고 바라보자, 기은은 여전히 그를 똑바로 응시하며 말을 이어갔다.

"이름도 좋고, 목소리도 좋고, 눈빛도 좋고, 향도 좋고, 손가락도 좋고, 음흉한 속내도 좋고……뭐든 다 좋아요."

쿠쿡. 음흉한 어쩌고 끝에 따라붙은 작은 웃음소리마저 사랑스러웠다. 태진은 웃고 있는 기은이 뺨을 두 손으로 감싸고 허리를 숙였다. 이내 뺨에 하얀 거품이 잔뜩 묻어 버렸다.

"평생 나만 좋아하겠다는 맹세로 듣겠어."

"음, 그래도 좋고."

간략하고 뻔뻔한 대답을 하는 기은의 머리 위에 태진이 하얀 거품 덩이를 끼얹었다. 그리고는 어설픈 눈사람 꼴이 된 기은의 이마에 입술을 내리며 나직하게 속삭였다.

"우리 결혼하자."

"네."

오래전부터 몇 번이나 시기를 고심한 끝에 내뱉은 말이었다. 하지만 고민이 무색하게 기은의 대답은 망설임이 없었다.

"훗."

거품투성이의 기은에게 키스를 퍼부으며 태진이 소리 내어 웃었다.

남들에게는 귀엽진 않을지도 모르는 기은.

그렇지만 모든 게 사랑스러워 미칠 것 같은 내 여자.

사랑해.

이내 사라지는 하얀 거품과 달리 그 진실한 한마디는 두 사람의 심장에 깊숙이 새겨지고 또 새겨졌다.

25. 마성의 꿀돼지

 살갗에 바로 닿는 매트리스의 감촉은 딱딱했다. 분명 아직 온몸에 비누 거품이 남아 있을 텐데. 기은은 제게로 쏟아지는 뜨거운 입술을 받아내며 천 조각이 하나도 없는 몸을 슬쩍 살폈다.
 "생각이 너무 많아, 꿀돼지."
 커다란 수건에 쌓인 기은을 아기처럼 보듬어 안은 태진은 녹여 버릴 듯 달콤하고 위험한 미소를 지었다. 그는 언젠가 기은이 했던 말을 고스란히 되돌리며 부풀어 오른 입술을 욕심껏 머금었다.
 숨이 막히도록 격정적인 키스가 이어지고 머릿속을 채우던 사념들이 열꽃에 사그라져 갔다.
 태진의 입술이 집요하게 몸을 눌렀다. 도톰한 귓불을 희롱하던 혀가 귓바퀴를 돌아 목덜미로 떨어졌다. 동그란 어깨와 봉긋한 가슴 언저리를 유유히 배회하던 태진은 봉긋한 가슴을 손바닥으로 감싸 그 촉감을 즐겼다.

마주 보는 까만 눈동자는 지독하게 매혹적이었다. 기은은 마법에 걸린 듯 손을 뻗어 태진의 입술에 진한 키스를 남겼다. 입술을 가르고 혀를 부드럽게 휘감아 숨결을 전했다.

특별하지 않지만 충분히 유혹적인 움직임. 태진이 더는 참지 못하고 기은의 입속 전부를 탐닉했다. 질척하게 엉킨 혀가 끝없이 서로를 갈구했다.

"하아."

기은이 살며시 태진의 머리카락을 움켜잡자 몸을 파고드는 거침없는 움직임이 또 시작되었다. 기은이 물에 젖은 이불처럼 흐물흐물해질 때까지 태진은 한순간도 멈추지 않았다.

*

"껌딱지는?"

근래 연미가 태진을 이르는 말이었다. 기은은 피식 웃으며 그녀가 사가지고 온 코코아 석 잔을 받아들었다.

확연히 눈에 띄는 변화가 있다고는 할 수 없지만 곳곳에서 작은 노력이 보이기 시작하는 두 사람이었다. 드라마나 영화 스케줄이 생기면 먼저 연락하는 일이 없던 연미가 기은을 종종 불러내기도 했고, 일부러 짬을 내어 집에 들르기도 했다. 물론 그녀가 내세운 이유는 딸이 보고 싶다거나 목소리가 듣고 싶다는 건 아니었다. 물건, 어디까지나 잊어버린 물건 때문이었다.

기은도 그런 어머니를 보러 이따금씩 촬영장에 들렀고, 집으로 오는 날에는 간단하게 저녁을 준비하기도 했다. 물론 그 곁에는 항상 태진이 함께였다. 그런데 오늘은 오랜만에 기은 혼자서 어머니를 맞이하는 중이었다.

"선배는 오늘 해외 바이어랑 미팅이 있어서요."

"흠."

연미는 뜨거운 코코아를 후후 불며 모처럼 흡족한 미소를 지었다. 다소 차가워 보이기는 하지만 반듯하고 깔끔한 성격과 흠잡을 데 없는 외모와 뛰어난 능력을 가진 태진을 싫어할 이유는 없었다. 그럼에도 곱지 않은 시선부터 나가곤 했다.

굳이 태진에게서 흠을 잡아내자면 불편함이라고 할 수 있겠다. 그는 언제나 예의 바르게 행동했지만 그 눈길에 짙게 묻은 기은에 대한 독점욕이나 소유욕을 감추지는 않았다.

유치하기는. 연미는 어머니인 자신을 상대로도 질투심을 숨기지 않는 태진을 떠올리며 입술을 삐죽거렸다. 뭐, 그래도 확실히 그의 곁에서 기은은 세상 어떤 빛보다 반짝반짝 아름다웠다. 사랑받고, 사랑하는 사람 특유의 행복하고 건강한 기운이 두 사람 사이를 가득 메우고 있었다. 그 틈을 비집고 들어갈 염치는 없지만, 그럴수록 문득 미안하고 쓸쓸해지는 것은 어쩔 수가 없었다. 스무 해가 넘는 시간 동안 자신이 기은에게 미처 주지 못한 감정을 태진은 하루를 평생처럼 그렇게 쏟아 붓고 아낌없이 드러내고 있었다.

음……사실은 그런 태진을 질투하는 것은 이쪽일지도 모르겠다.

연미는 달콤하고도 쌉싸래한 코코아를 가득 삼켰다.

"지난번부터 말씀드리려고 했는데……."

태진으로부터 소박한 프러포즈를 받고서부터 쭉 말할 기회를 찾고 있었다. 촬영장에서는 그런 이야기를 꺼내기가 어려웠고 집에서도 이렇게 마주 앉아 있을 시간이 많지 않다 보니 미루어진 감이 있었다.

언제고 편할 때 이야기하라고 해놓고는 그 일로 조금 삐친 태진을 놀리는 재미가 한동안 꽤 쏠쏠했더랬다. 기은은 태진의 뚱한 표정을 떠올리며 저도 모르게 입술에 부드럽게 호선을 담았다.

"뭘?"

밤샘 촬영 때문에 푸석푸석한 얼굴을 이리저리 거울에 비춰 보던 연미가 심플하게 물었다. 기은도 군더더기 없이 대답했다.

"선배랑 결혼하고 싶어요. 반대하지 않으실 거죠?"

"푸! 뭐?"

말을 끝낸 기은이 뜨거운 코코아를 호호 불어 마시는 것과 달리 연미는 들고 있던 잔을 놓칠 만큼 놀란 표정을 지었다. 그녀는 이내 크게 숨을 들이마시며 최대한 자연스러운 척 우아하게 다시 코코아 잔을 그러잡았다.

"태진 선배가 곧 정식으로 인사드릴 거예요."

수다스럽지 않은 기은인만큼 입 밖으로 나오는 말들에는 진중한 결심이 담겨 있었다. 그것을 알기에 연미는 잠시 눈만 깜박였다. 태진이 저 문으로 들어오던 순간, 아니 인터폰 너머에서 기은의 이름을 부르던 순간부터 막연히 예상하고 있던 일이었다. 나직하고 서늘하게 자신에게 경고하던 그때부터 이태진이라는 사내가 기은을 얼마나 사랑하는지 느낄 수 있었으니까.

이 결혼을 반대할 이유가 아무것도 없는 게 서글플 정도로 명확했다. 연미는 일부러 느긋하게 코코아를 한 모금 마셨다. 섭섭한 마음과 미안함, 그리고 고마움의 교차를 새삼 들키고 싶지 않았다.

"……껌딱지가 뭐라고 청혼했는데?"

연미는 교묘하게 주제를 돌렸다. 다행히 기은은 아무것도 눈치채지 못한 말간 얼굴로 대답했다.

"결혼하자고요."

"그게 다야?"

"네. 이불 빨래 중이었거든요."

물론 빨래는 한참이나 중단되었지만. 기은은 톡톡 터지던 비눗방울 사이로 스치던 태진의 입술을 떠올렸다.

"그래서 넌 냉큼 그러마 하고?"

"네."

간결한 대답을 하는 딸을 바라보는 연미의 표정이 더는 관리가 되지 않았다. 그녀는 신경질적으로 목청을 높였다.

"넌 무슨 여자가 그래? 어떤 여자가 평생 한 번인 프러포즈를 그렇게 성의 없이 받고서 단번에 오케이를 하느냐고! 장미 백만 송이를 가져다 바쳐도 시원찮을 판에 말이야! ……험험."

무뚝뚝한 딸도 그렇지만 저 허우대 말짱한 이태진도 이런 일에는 영 재주가 없는 모양이다. 낭만이라고는 없는 프러포즈에 공연히 자신이 다 서운했다. 연미는 솔직하게 드러낸 심정이 창피한지 연달아 헛기침을 해댔다.

"어, 전 괜찮은데요. 참 어머니 시간 되실 때 옷 좀 골라 주세요. 선배 부모님 만나는데 청바지는 좀 그렇잖아요."

기은이 붉어진 연미의 얼굴을 빤히 보며 부드럽게 웃었다. 여전히 날카롭고 신경질적일지 모르지만 이제 어머니는 전처럼 차갑고 모질지 않았다.

"그분들이 내 이야기 모르시진 않을 테고……."

문득 연미가 고개를 떨어뜨리며 혼잣말처럼 중얼거렸다. 엄마라는 사람이 여러 가지로 기은에게 흠이 될지도 모른다. 격식 따지는 고고한 집안에서는 질색할 만한 일들이 많았으니까.

"걱정 마세요."

기은이 높낮이 없이 차분한 어조로 슬그머니 대답했다.

"걱정은 누가……뭐, 아무튼 곧 시간 정하마. 그리고 옷만 살 게 아니라 미용실도 가야지 꼴이 그게 뭐니? 너무 차려입어도 촌스러우니까 명품 같은 건 아예 접고. 몸매는 나쁘지 않으니까 라인이 살아 있는 원피스도 괜찮겠고 또……."

괜스레 트집을 잡으며 못마땅한 얼굴을 해보였지만 연미는 이내 곰곰이 생각에 잠겼다. 그런 어머니를 바라보는 기은의 눈동자에 따스한 미소가 맺혔다.

며칠 밀린 업무로 바쁘던 기은이 차를 마시러 복도로 나가자, 태진이 슬그머니 따라나섰다.

"참, 어머니뿐 아니라 다 그러던데요. 선배 성의 없는 남자라고.

이런 결혼은 생각해 보라고도 하고. 뭐라더라, 아! 장미도 낭만도 모르는 무지막지한 놈이라고도 했어요."

놀리는 게 분명한 말투지만 태진은 긴장한 눈빛으로 기은에게 경고했다.

"못 물러."

말끝에는 험상궂게 인상까지 썼다. 매일, 아니 매초 다급할 정도로 기은과 함께하고 싶은 이 절박한 심정을 모르고 하나같이 도움이 되질 않는다. 뭔가 제대로 조치를 취해야 할 시점이었다.

"그렇게 하니까 인상 꽤 더러운데요. 무서워서 못 무르겠다."

"우리……업무 끝내고 일찍 퇴근할까?"

기은의 손가락이 미간에 닿자 태진이 피식 웃으며 가만히 손을 감쌌다. 그가 살며시 손끝에 입을 맞추자 기은도 보드랍게 미소를 지었다.

"전 넘치는 애사심으로 야근도 가능해요."

"꿀돼지!"

기은은 키스할 타임을 노리던 태진의 가슴을 부드럽게 밀고는 키득거리며 사무실로 돌아가 버렸다.

그로부터 얼마 후, 스튜디오로 커다란 장미꽃 바구니가 배달되었다. 매니저는 의자에 앉아 다음 촬영을 기다리는 연미에게 두 팔로도 안기 힘든 꽃바구니를 가져갔다.

"뭐야?"

귀찮은 기색의 연미에게 매니저가 씽긋 웃어 보였다.

"사위가 보내는 거라는데요."
"하아."

틈 하나 없이 차가운 눈동자를 하고서 이렇게 능청스러운 구석이 또 있네.

[어머님. 앞으로 더 잘 부탁드립니다. 우리 기은이도 저도. 예비 사위 이태진.]

이건 뭐, 원래 제 것을 가져가는 것처럼 당당하다. 연미는 카드에 쓰인 태진의 이름을 확인하며 입술을 말아 올렸다.

같은 시기, 영욱이며 윤과 지훈, 지민까지도 기은에게 더 이상 섭섭한 프러포즈라는 이야기를 일절 꺼내지 않게 된 것은 물론이다.

*

회색과 검은색이 적당히 섞인 원피스는 코트와 어울려 단정하고 멋스러웠다. 기은은 연미의 고집으로 새로 장만한 구두에 발을 넣으며 미간을 찌푸렸다. 스니커즈와는 비교도 되지 않을 만큼 비좁은 구두 안에서 발가락이 아우성을 지르고 있었다.

자신을 과장해서 포장할 필요는 없다고 생각했지만 예의는 지키고 싶었다. 물론 그 적정선이 어머니 덕분에 좀 더 까다롭고 높게 설정된 면은 있지만. 어쨌든 태진의 부모님께 좋은 인상을 드리고 싶었다. 그를 낳아 주신 분들이었고 또 다른 가족이 되는 것이니 말이다. 그래서 여러모로 열심히 노력 중이었다.

"잘하자."

유 여사에게는 염려 말라고 했지만 그렇다고 걱정이 되지 않을 수는 없었다. 거울을 보며 마지막으로 옷매무새를 다듬고 또렷하게 중얼거렸다. 그래, 잘하자. 유기은답게. 기은은 기합을 넣듯 두 손을 힘껏 앞으로 쭉쭉 번갈아 뻗으며 현관문을 열었다.

"예쁘다, 꿀돼지."

먼저 차에 가 있겠다던 태진이 그림처럼 아름답게 웃으며 기은을 반겼다.

"뭐……갈까요, 그럼. 흠……따라와, 이 기사."

살며시 차오른 긴장이 순식간에 녹아 미소로 바뀌었다. 낯부끄러운 칭찬을 머쓱한 얼굴로 넘긴 기은은 도도하게 턱을 끌어 올리며 앞장서 걸었다. 곧이어 어이없다는 듯 웃음을 터뜨린 태진이 그 뒤를 따랐다.

말갛게 날리는 햇빛이 눈부시게 아름다운 날이었다.

차는 막힘없이 달렸다. 깊어진 겨울 하늘의 푸른빛이 눈동자에 가득 고였다. 창밖을 내다보던 기은이 고개를 돌려 운전대를 잡은 태진을 바라보았다. 반듯하게 떨어지는 옆선을 보노라니 심장이 언제나처럼 두근두근 기분 좋게 울렸다. 기은은 아까 태진이 한 무작정의 키스 때문에 번진 입술을 다시 한 번 잘 닦아 내고 입을 열었다.

"지민 언니 많이 속상한 모양이에요."

"뭐, 형이 워낙에 강경하니까."

세진은 함께 부모님께 첫 인사를 가자고 약속을 지킬 수 없게 됐다고 했다. 지민의 집에서 두 사람의 사이를 심하게 반대하자 그것부터 해결하겠다는 모양이었다. 기은이 그런 두 사람을 응원하는 의미에서라도 기다리자고 했지만 태진은 변함없었다.

부드러워 보여도 어려서부터 경쟁심 하나는 타의 추종을 불허하는 세진이었다. 무작정 기다려 주기보다는 이렇게 자극을 주는 편이 해결에는 더 도움이 될 것이었다. 물론 더 이상 기은과 따로 떨어지는 밤이 싫다는 지극히 솔직한 이유도 있었지만.

이런저런 이야기를 하는 사이, 차는 아늑해 보이는 전원주택에 당도했다.

"긴장하지 마."

태진이 다정하게 기은의 손을 잡았다.

"안 해요."

씩씩한 대답과 달리 걸음이 부자연스럽게 딱딱했다. 태진은 입꼬리를 당기며 기은의 허리를 살포시 당겨 안았다.

"유기은."

"왜요?"

기은은 정면을 향한 시선을 겨우 움직여 눈을 맞추었다.

"사랑해."

뜬금없는 고백에 기은이 미간을 슬쩍 찌푸렸다. 확실히 뭔가 다른 속셈이……. 역시나. 생각을 이어가기도 전에 태진이 소리 나게 입술에 뽀뽀를 했다. 그러면서 심술궂을 정도로 달콤한 목소리로 나직하게 속삭였다.

"부모님 앞에서 긴장하는 것 같으면 언제든 뽀뽀해 줄게. 진한 키스도 괜찮겠고."

그 후, 기은은 전혀 긴장할 수가 없었다.

부모님과의 첫 만남은 편안했다. 두 분은 기은을 다정하게 맞이해 주었다. 가볍게 인사를 주고받은 후 저녁 식사를 먹으며 대화를 이어가기로 했다. 기은은 만류하는 태진의 모친을 따라 주방으로 갔다. 이미 준비가 끝난 저녁상에는 밥과 국을 올리는 일만 남아 있었다.
"쉬지 않고요. 손님인데."
"말씀 낮추세요. 어……."
도통 어머니란 말이 입에 붙지 않아 슬며시 말꼬리를 흐린 기은이 꾸벅 고개를 숙였다.
"후후. 그럼 그럴까. 태진이가 만나는 사람이 있다고 할 때 저이랑 난 기쁘기보다 놀랐다고나 할까. 워낙 연애며 결혼에는 무심한 아이였거든. 그런데 그 상대 아가씨 덕분에 한참이나 사이가 좋지 않던 제 형이랑도 다시금 오가고, 우리한테 소개해 주기도 아까울 지경이라니 더 궁금하지 않겠어. 그래, 집에 두어 번 다녀갈 때나 통화할 때마다 물어봤지. 하지만 통 정보를 주질 않더라고. 우린 내심 헤어지기라도 한 건가 걱정까지 했어요."
태진의 어머니는 정성스러운 손길로 국을 담았다.
"그러다 기은 씨 어머니 일을 알게 됐어. 워낙에 제 일은 알아서 하는 아이고, 따로 입댈 만한 일이 없어놔서 괜한 잔소리는 참았지만 사실 걱정 많이 했어. 조금 충격이었다고나 할까."
기은을 소개하고 싶다며 말을 꺼낸 태진은 담백하게 유 여사의 일을 전했었다. 물론 이야기를 듣기 전에도 유연미라는 배우를 알고 있었다. 한창 시끄러운 기사에 대해서도 당연히 일반적인 호기심이 있었다. 한편으로는 여자로서 안쓰러운 마음도 있었지만 그보다는 의붓오빠와의 알려지지 않은 과거지사가 더 궁금했었다. 그런데 아들과 교제하는 사람이 유연미의 딸이라는 것을 알자 생각이 조금씩 바뀌었다.

기은이 묵묵히 고개를 끄덕였다. 충분히 그러실 수 있었다. 평범한 여자를 며느리로 바라셨을 분이라면 더더욱.

"연예인에 관한 가십 기사가 나오면 그런가 보다 했지, 그 가족들 맘 같은 건 생각해 보지도 못했어. 그런데 어머니가 한 인터뷰를 보고서 참 많이 미안해졌어. 한 사람이 살아온 인생을 가볍게 이야기하면 안 되는 건데……. 결국 똑같이 아프고 상처 받는 사람인 걸 그전에는 미처 몰랐지 뭐야. 태진이 녀석도 그러더라고. 다른 사람 눈과 귀를 빌리지 말고 직접 보시라고. 제가 사랑하는 여자 자체를 봐 달라고."

된장국을 마저 뜨며 신 여사가 부드럽게 웃었다.

"아……."

"그동안 맘고생 많았어, 기은 씨."

"저는……."

기은은 국그릇을 잡은 손에 힘을 주며 입술을 지근거렸다. 그때 신 여사가 한 걸음 다가서며 기은의 손을 살짝 잡았다.

"우리 천천히 알아가고, 또 자연스럽게 가족이 되면 좋겠는데. 어때? 궁금한 거 생기면 주책없이 직접 물어보기도 하고 사돈댁 사인

받아 달라 조르기도 하고, 호호. 딸이 없어서 당장부터 자상한 어머니 노릇은 서툴지도 모르지만."

"······고맙습니다. 어머니."

"어머, 내가 고맙지. 저 시꺼멓고 귀엽지도 않은 아들내미 책임져 줘서."

어머니라는 단어를 말하며 슬쩍 볼을 붉히는 기은, 머지않아 며느리가 될 것이 틀림없는 그녀를 향해 신 여사는 푸근한 미소를 지었다.

저녁을 배불리 먹고 태진의 어릴 적 사진과 쓰던 방을 구경하고 시니컬했던 그의 과거 이야기를 재미나게 듣다 보니 시간이 금세 지나갔다.

"그럼 도착해서 전화 드릴게요."

태진은 못내 아쉬워하는 어머니와 드러내지 않지만 즐거워하시는 기색이 역력하신 아버지께 인사를 고하고 차에 올랐다.

"어머님, 아버님······자주 올게요."

"그래, 조심히 가고."

"또 보자."

사이좋게 손을 잡은 부부가 흐뭇한 미소로 배웅을 해주었다.

"참 좋은 분들이세요."

몇 번이나 뒤를 돌아 보이지 않을 때까지 목례를 하던 기은이 진심을 담아 말했다. 태진이 그 말에 가볍게 고개를 끄덕였다.

"항상 내 선택을 믿어 주시는 분들이지."

일반적 기준에서는 껄끄러운 부분이 많은 며느릿감이었을 것이다. 그럼에도 아들의 깊은 마음부터 헤아려 주셨고 기은 자체를 바라봐 주셨다.

"분명 딸 같은 며느리를 원하셨을 텐데, 난 별로 귀엽지 않아서……."

"지금 걱정하는 거야?"

"네."

제법 진지하게 고개를 끄덕이는 기은 때문에 태진은 웃고 말았다. 정말 모르는 모양이다.

"꿀돼지, 물론 넌 보편적으로 귀엽진 않을 수 있지."

"알아요."

알고 있으니까 걱정이지. 기은은 미간을 찌푸리며 입술을 지근거렸다.

태진은 이내 한적한 길가에 차를 세우고 그런 기은의 머리를 부드럽게 쓰다듬었다.

"그런데 난 널 미치도록 사랑해. 널 모르고 산 시간이 억울할 정도로. 한마디로 넌 마성의 꿀돼지지."

"훗."

기은이 툭하고 터진 웃음을 참기 위해 입술을 막았다.

예쁜 반달로 휘어지는 눈매에 가득 담긴 미소가 봄 햇살보다 환했다. 고운 호선을 그리는 입술은 기막힌 그림처럼 아름다웠다.

유기은. 이 여자는 항상 이렇게나 숨 막히게 귀엽고 또 사랑스럽다. 태진은 붉은 입술을 매만지며 나직하게 속삭였다.

"잊지 마. 유기은, 넌 세상에서 날 가장 행복하게 해주는 사람이야."

그래, 모두에게 귀엽지 않아도 좋아. 이 사람을 행복하게 만들 수 있다면. 이 깊고 진실한 사랑으로 서로가 상처를 보듬어 영원히 함께 웃을 수 있다면. 기은은 안전벨트를 풀고 과감하게 태진의 목을 끌어당겼다.

"이리 와요. 마성의 꿀돼지가 선배를 좀 농락할 참이니까."

"후우! 그럼 사양 않고."

태진이 놀란 척을 하며 슬그머니 버튼을 눌러 시트를 젖혔다. 가슴 가득 기은을 안고 세상에서 가장 행복한 미소를 지었다.

사랑해. 사랑해. 사랑한다는 말로 가득한 까만 밤이 무르익어갔고, 차 안의 열기는 짙어만 갔다.

에필로그

"에헴. 다 모이셨습니까?"

뻔히 테이블에 앉은 사람이 다 보이는데도 지훈은 헛기침을 하며 사방을 둘러보았다. 윤과 영욱이 그의 옆구리를 당기며 괴롭혔지만 아랑곳 않고 사회자 역할에 충실했다.

"자, 그럼 지금부터 태진 형님과 기은이 누나의 결혼식 사회를 뽑는 오디션을 시작하겠습니다. 흠흠. 먼저 참가 번호 1번 저, 구지훈입니다. 보시다시피 인상이 좋고 말솜씨가 뛰어납니다. 아, 물론 짓궂은 주문을 하기는 하겠지만 아무래도 제가 두 분보다 동생이다 보니 그 강도가 애교스럽지 않겠습니까. 참가번호 2번의 영욱 형은 그 부분에서 악독할 것으로 예상되는데요."

"시끄러, 인마. 얘네 결혼식 사회자 자리를 두고 왜 내가 너희랑 경쟁을 해야 하는 건데. 태진아! 기은이 너도 생각 좀 해봐. 연륜이며 인물, 모든 걸 갖춘 남자가 여기 있는데 뭘 고민해."

거친 항의를 들은 태진이 웃으며 소주를 따라 주었다.

"후후, 나도 이렇게 치열할지는 몰랐다."

지훈이나 윤은 사회자로 뽑히기 위해 평소 잘 입지 않는 정장 차림에 머리까지 손질하고 앉아 있는 참이었다. 게다가 사회자의 역량을 보여준다며 각종 개인기를 준비해 한바탕 난리였다.

"어, 박자 놓쳤다. 기은 누나, 나 한 번 더 하게 해줘."

"안 돼. 결혼식에서 복습은 필요 없어."

기은이 제법 엄격하게 으름장을 놓자 화려한 댄스 실력을 보여주려던 지훈이 좌절하며 고개를 떨궜다.

"하하하."

그 모습에 누가 먼저랄 것도 없이 웃음이 터졌다.

태진은 테이블 아래로 슬쩍 기은의 손을 그러잡았다. 작지만 충만한 행복이 그의 눈에도 기은의 눈동자에도 그득했다.

*

주말 오후, 놀러 온 세진이 바닥에 카펫처럼 널브러진 고양이를 보며 지나가는 말처럼 물었다.

"기은 씨한테 프러포즈 어떻게 한 거냐?"

더는 낯설지 않은지 고군은 세진 앞에서 코까지 골며 자고 있었다. 태진은 녀석의 동그란 머리를 가볍게 쓰다듬어 주며 답했다.

"들었잖아."

"지민이가 본받을 건 아니라고 자세히 이야기 안 하더라."

"후후. 그런데 왜 물어?"

태진이 긴 다리를 쭉 뻗어 소파에 기대앉자 세진이 조금 더 몸을 당겼다.

"말해 봐."

그대로 하던, 그것만 빼고 하던 프러포즈를 해본 적이 없으니 심도 있는 연구가 필요했다.

"으흠, 셀프도 괜찮지 않아?"

"야, 이태진!"

한참이나 딴청을 피우던 태진은 슬슬 좁아지는 형의 미간을 보며 피식 웃었다.

"이불. 아니다 일단은 고양이가 필요해. 그리고 이불 빨래를 하면 돼."

"무슨 소리야?"

"발로 이불을 자근자근 밟으면서 진지하게 말하는 게 중요해."

어이없어하는 세진과 달리 태진의 눈동자는 마냥 즐거운 듯 반짝였다.

"그래서 그렇게 말했어요?"

"음."

"못됐다."

심술궂은 태진의 조언 때문에 지금쯤 세진, 아니 지민이 얼마나

속을 끓이고 있을까. 차마 같이 웃지 못한 기은이 태진의 뺨을 살며시 잡아당겼다.
"매트리스는 라텍스가 좋고, 옷은 걸치나 마나라고는 안 했어."
"음흉해."
"꿀돼지 한정이야."
"으아."
맨살로 파고드는 손 때문에 기은이 간지러운 듯 몸을 움츠리며 괴상한 소리를 냈다.
"남자의 피를 끓게 하는 소리네."
"아니거든요."
뜨거운 키스를 손바닥으로 막고 몸을 돌리려는 찰나, 태진이 가볍게 기은을 둘러업었다.
"난 그래."
반항할라치면 방까지 가기도 전에 실오라기 하나 몸에 남아 있지 않을 게 뻔했다. 기은은 체념하듯 그의 등에 뺨을 대었다. 잘생긴 척추를 손가락으로 문지르던 기은이 문득 태진의 어깨를 살며시 깨물었다.
"뭐해?"
아프지도 않은 귀여운 자극이었다. 벌써부터 청바지를 벗겨 내리려던 태진이 기은의 엉덩이를 톡하고 쳤다.
"힘 좀 빠지라고요. 자정 넘기 전에 자고 싶으니까."
물론 그건 어디까지나 희망사항일 것이다. 저 지치지 않는 강인한 체력과 시간이 갈수록 뜨거워지는 탐닉의 시간들을 견뎌내기 위해서 내일부터라도 보약을 꼬박꼬박 챙겨 먹어야겠다. 기은은 귓가에 울리는 매혹적인 태진의 웃음소리를 들으며 오늘도 푸르게 밝아 오는 새벽을 보겠구나 하고 직감했다.

*

오랫동안 연예계에서 일해 온 유연미지만 딸의 결혼식에 관한 기사 한 줄 내지 않았다. 덕분에 태진과 기은의 결혼식은 그들의 뜻대로 조촐하고 또 즐겁게 진행됐다.

치열한 오디션 끝에 사회자 자리를 맡은 영욱이 재치 넘치는 멘트로 분위기를 띄우다 문득 목소리를 낮췄다.

"자, 이어지는 순서는 여기 있는 분들이 예상치 못한 것인데요. 신부에게도 비밀로 하고 신랑이 몰래몰래 준비했다고 하네요. 시간상 커트하고 싶지만 그렇게 하면 제 목도 커트 될 것 같으니까 한 번 봐주기로 할까요? 큰 박수 부탁드립니다."

박수 소리를 받으며 한 걸음 앞으로 나선 태진이 조금 긴장한 얼굴로 신부를 마주 보았다.

"기은아."

마이크를 통해 흘러나오는 음성이 다정했다. 모두의 시선이 태진에게로 향했지만 그의 시선은 오로지 기은에게만 닿았다.

"장미도 촛불도 없는 심심한 프러포즈 미안해. 아무래도 초보라 그렇다."

장내에 잔잔한 웃음소리가 퍼졌다. 기은의 입가에도 예쁜 미소가 걸렸다. 연미가 심혈을 기울여 고르고 고른 열 벌의 드레스 가운데 기은이 택한 것은 가장 심플한 디자인이었다. 희고 가느다란 목덜미를 강조하는 라인의 드레스가 청초하고 우아했다. 태진은 진한 소유욕을 고스란히 담아 기은에게 손을 내밀었다.

"그래도 유기은, 앞으로도 다음 생애서도 다른 남자한테는 못 가. 이 손 잡고 재미없는 프러포즈로 백만 년 독점 계약하자. 내 시선 전부, 내 마음 전부, 내 인생 전부 너한테 줄게. 주는 김에 이 꽃들도."

태진이 말을 마치자, 지훈과 윤이 수레 가득 안개꽃을 실어왔다.

비루한 프러포즈라는 공격에 꿈쩍도 하지 않더니만 이런 걸 준비했을 줄은 몰랐다. 기은은 자신 곁에 멈추어 선 두 대의 수레와 태진을 번갈아 보았다. 이상하게 코끝이 찡해졌다.

"어라, 신부가 대답을 안 하네요. 역시나 백만 년은 너무 길죠. 아니면 장미가 아니라서 실망한 걸까요?"

영욱의 장난스러운 재촉에도 기은은 한참 동안 말이 없었다. 하객들이 우레와 같은 박수로 신부를 격려해 주었다.

마침내 기은이 태진의 손을 꼭 잡고 입을 열었다.

"주지만 말고 받아도 줘요. 내 시선, 내 마음, 그런 거 전부."

기은의 말에 태진이 힘껏 고개를 끄덕였다. 영욱이 또 뭐라고 멘트를 했지만 두 사람의 귓가에는 더 이상 아무것도 들어오지 않았다. 마주친 시선에 서로에 대한 사랑과 믿음이 가득했다. 상처받고 외로웠던 시간들은 머리 위로 흩날리는 비눗방울처럼 톡톡 터져 사라져갔다.

"별 많다."

바다가 보이는 숙소의 발코니, 태진의 입에서 감탄사가 쏟아졌다. 뒤에서 기은을 안고 좁은 어깨에 턱을 걸친 채였다.

"그러네요."

그의 말처럼 세상이 별로 물든 것처럼 반짝였다. 기은이 담백하게 대꾸하며 탄탄한 가슴에 비스듬히 머리를 기댔다. 결혼식의 피로감이 이제야 몰려오는 것 같았다. 그래도 흘러가는 시간이 안타까울 만큼 이 순간이 소중해 도저히 그대로 잠들 수는 없었다.

"감동했어요."

"응?"

"깜짝 이벤트."

쑥스러워서 모른 척하는 게 눈에 보였다. 기은은 부러 한 음절, 한 음절 똑똑하게 발음하며 태진을 올려다보았다.

"안 할 수가 없었어."

"어머니가 또 핀잔주셨어요?"

말간 눈동자에 어린 달빛이 탐스러웠다. 태진은 부드럽게 웃으며 살짝 입을 맞추었다.

"아니. 잘 보이고 싶었거든."

무슨 소리냐는 듯 고개를 갸웃거리는 기은에게 또다시 입을 맞추는 태진. 그의 눈빛에 감출 수 없는 애정이 흘렀다.

"꿀돼지한테 누구보다 멋진 남자가 되고 싶은 이 오빠의 마음이지."

"후훗."

능청스럽게 턱을 치켜 올리는 태진을 보고 기은이 작게 웃었다. 모르는 걸까. 이미 태진이 마법 그 자체라는 걸. 풀릴 것 같지 않은 강력한 마법이 자신의 몸과 마음을 그에게 온통 묶어 버린 걸 말이다.

"이 정도로는 부족할까?"

"음, 그럴 수도 있죠."

장난스럽게 묻는 태진을 향해 기은도 천연덕스럽게 대꾸했다. 그러자 태진이 실망한 것처럼 고개를 떨궜다 들어 올리며 산뜻하게 말했다.

"별수 없네. 이제 몸으로 내 깊은 사랑을 표현하는 수밖에."

담백한 음성과 달리 눈에는 벌써부터 욕심이 가득했다. 그가 말을 마치자 기은이 태진의 엉덩이를 탁탁 두드렸다.

"내가 먼저예요. 선배, 사랑을 표현하는 몸짓 잘 보고 배워요."

기은은 어리둥절해하는 태진의 목을 끌어당겨 농밀한 키스를 퍼부었다. 흠칫 놀라 굳어 있는 입술을 가르고 들어가 끈적끈적하고 야릇한 밀어를 속삭였다. 셔츠 속으로 대범하게 손을 넣어 탄탄한 가슴과 배를 뜨겁게 자극하자 태진에게서 짧은 신음이 터져 나왔다. 뜨거워진 입김이 목덜미로 쏟아지자 태진이 더는 참지 못하고 기은의 허리를 낚아챘다.

별이 떨어지는 바다를 등지고 그들의 밤이 빨갛게 불타오르고 있었다.

*

─좋은 소식 있더라. 축하해. 어머니랑 같이 가는 중이지?

지민이 웃음기 가득한 목소리로 전화를 걸어왔다.

"몇 가지 과일 사신다고 마트에 들렀어요. 아버님께서 저녁 식사 예약 잡아 놓으셨다니까 힘들게 움직이지 마셔요."

-호호, 나야 집에서 먹어도 힘들 게 없는데. 어차피 어머님께서 다 준비하시는 걸 뭐. 그럼 지석이랑 같이 본가에서 기다리고 있을게.

이제 제법 유창하게 말을 하는 지석은 세진과 지민의 첫 아이였다. 어려운 길을 꿋꿋이 함께 한 두 사람은 지석을 낳은 후 결혼식을 치렀다. 신접살림을 하는 곳이 본가에서 머지않아 저녁을 하기 귀찮으면 꾀를 내어 밥을 먹으러 간다는 지민은 참 애교 많은 며느리였다. 그에 비하면 말투며 표정이 무뚝뚝한 기은이지만 그 깊고 따스한 마음을 알기에 식구들 모두 친딸처럼, 동생처럼 아껴 주었다.

-참, 엄마한테는 전화 드렸어? 어때, 좋아하시지?

고군 안부를 묻겠다는 아이를 어르며 지민이 활기차게 물었다.

"……네."

웃음기 묻은 망설임으로 대답을 한 기은은 통화를 끝내고 가만히 하늘을 올려다보았다. 어머니가 계시는 아프리카 하늘도 이렇게 파란빛이겠지. 유연미 여사는 드라마나 영화 스케줄 틈틈이 해외 봉사를 꾸준히 이어가고 있었다. 일 년에 두어 번은 한 달 정도 일정을 비워 아프리카 등을 직접 찾았다.

기은은 오늘 도착한 엽서를 손끝으로 가만히 쓸어내렸다. 말로는 가슴에 담긴 말을 전하는 것에 서툰 연미가 생각해 낸 방법은 글이었다. 일기처럼 소소하게 쓴 이야기들이 둘 사이의 틈을 천천히 채워 주고 있었다.

아까 병원을 다녀와 가장 먼저 전화를 건 사람은 태진. 그다음은 어머니 유 여사였다. 회의 중인 태진의 전화기가 꺼져 있었던 터라 어머니에게 처음으로 병원에서 들은 소식을 전했다. 그녀는 이야기를 듣고 잠시 말이 없었다. 그리고 한참 후, 울음기가 묻은 목소리를 감추고 담담히 말을 했다.

-그 선생 돌팔이는 아니구나. 몸 관리 잘하고. 힘들면 미련하게 굴지 말고 좀 쉬어.

결혼 후, 세 해가 지나도록 아이가 생기지 않는 기은을 산부인과나 한의원으로 이리저리 끌고 다닌 것이 그녀였다. 전혀 조급해 하지 않는 기은이나 태진과 달리 연미는 한 달이 멀다 하고 병원을 바꾸어댔다. 시댁 어른들의 성품이 얼마나 편안하고 따스한지는 몸소 체험해 알고 있었지만, 아무 탈 없이 건강하고 예쁜 아이를 낳아 기르는 세진 네를 볼 때마다 딸이 염려스러웠던 것이다. 더 많이 사랑받아야 하는 기은이니까.

"어머니는 오늘 두통 없으세요? 편찮으시면 두지 말고 병원 다녀오시는 게 좋아요."

기은이 맑게 웃으며 엽서 끄트머리를 콕콕 눌렀다.

-다 늙어서 매니저한테 고백 받아 생긴 두통을 병원에서 어떻게 고쳐? 내 걱정은 말고 네 몸이나 챙겨. 그래, 껌……아니, 이 서방은 같이 갔어?

연미가 감정을 추스르고 퉁명스럽게 물었다. 그렇지만 입가에 고인 미소는 어쩔 수 없었다.

대뜸 나쁜 놈이라고 전화를 끊어 버리는 어머니 때문에 태진은 황당한 표정으로 휴대폰을 쳐다보았다. 이것으로 나쁜 놈이란 소리를 장모님인 유연미 여사에 이어 두 번째로 듣게 됐다.

굿 피트와 시크 바이크의 합작 브랜드가 탄탄하게 자리 잡은 지도 세 해째, 결혼을 한 후로도 양 회사를 오가며 업무를 보던 태진은 오늘 굿 피트에서 서류를 처리하는 중이었다.

"기은이? 몸은 괜찮다냐?"

함께 회의에 참석했던 영욱이 커피 한 잔을 건넸다. 오전에 조퇴를 한 기은이 많이 아픈 건 아닌지 염려가 되었다. 물론 기은에게 손톱만큼이라도 나쁜 일이 있으면 태진이 가만히 있을 리가 없지만. 영욱은 빙긋 웃으며 종이컵 테두리를 장난스럽게 질겅였다. 아무튼 결혼 전에도 그랬지만 기은에 대한 태진의 엄청난 소유욕과 질투심은 놀랍다 못해 존경할 정도였다.

"음. 걱정할 건 없다는데……."

간부 회의가 없었다면 함께 병원에 갔을 터였다. 회의 들어가기 전까지 줄기차게 연락을 해대자, 기은은 별것도 아닌 걸로 걱정하면 늙는다고 핀잔을 주었다. 그리고 예쁜 소리로 웃으며 이따 보자고 했다. 그래서 정말 염려할 일은 없다고 생각했는데……. 두 어머님의 묘한 말씀은 뭐란 말인가?

태진은 뭔가를 감추려는 듯 자꾸만 피식 웃던 기은과 나쁜 놈으로 끝낸 장모님, 그리고 어머니와의 통화를 떠올리며 머리카락을 쓸어 올렸다. 아무래도 서둘러 기은에게 가봐야겠다.

집에 들어서기 무섭게 기은을 찾았다. 어머니와 전화를 끝낸 직후부터 줄곧 기은과는 통화가 되지 않았다. 부모님이나 세진, 지민이 대신 전화를 받고는 어서 오라는 말로 슬쩍 얼버무릴 뿐이었다.
"기은이는?"
"녀석, 급하기는."
"그러게요, 아버지. 태진이 녀석이 저보다 갑절은 팔불출이 확실해요."
"파부추?"
나란히 앉아 텔레비전을 보던 아버지와 세진, 지석이 동시에 눈을 돌려 태진을 쳐다보았다.
"흠흠, 저 왔습니다."
그제야 태진이 세 사람에게 인사를 건넸다. 그러나 눈동자가 쉼 없이 기은을 찾고 있었다.
세진이 웃으며 작은 티 테이블이 마련된 베란다를 가리켰다. 어머니와 지민, 기은은 봄꽃이 만개한 뒤뜰에서 차를 마시는 중이었다.
태진은 슈트 상의도 벗지 않고 곧장 뜰로 향하는 유리문을 열었다. 이내 향긋한 봄 내음이 쏟아져 들어왔다. 하얗고 탐스러운 목련이 작은 벚꽃 잎과 함께 하늘하늘 휘날리고 있었다. 그러나 태진은 환하게 반짝이는 봄을 즐길 생각도 하지 않고 또 곧장 기은부터 찾았다.
"기은아."
그를 가장 먼저 발견한 신 여사가 짐짓 엄한 표정을 지었다.
"목소리 잠시 못 들어도 이렇게 걱정하는 녀석이, 그 중요한 순간에 기은이를 혼자 있게 하다니, 쯧쯧. 이참에 작은 애랑 지석이 어멈

이랑 셋이서 3박 4일쯤 여행이나 가버릴 걸 그랬구나."

"무슨……."

말씀과 달리 기쁜 기색이 역력한 어머니와 밝게 웃으며 눈을 찡긋거리는 지민을 지나친 태진의 시선이 기은에게 닿았다. 기은은 자리에서 일어나 희미한 미소를 지어 보였다.

"왔어요."

"많이 아파?"

아픈 것처럼은 보이지 않지만 워낙 참기에 능한 녀석이니까. 태진은 어머니 앞이라는 것도 잊고 단번에 어깨를 꼭 감싸 안고 여기저기를 살뜰하게 살폈다.

그사이 지석을 목마 태운 세진과 아버지가 합류했다. 동그란 테이블을 둘러싼 가족들이 태진만 모르는 비밀을 눈빛으로 주고받았다. 연한 핑크색 벚꽃 잎이 눈처럼 바람을 따라 흩날렸다.

"전혀요."

기은이 장난스럽게 어깨를 으쓱거렸다.

"흠……."

태진은 좁은 어깨에 붙은 꽃잎을 떼어주며 작게 한숨을 내쉬었다. 기은이 어디 아프거나 한 게 아니라니 우선은 안심이지만, 뭔가 이상했다. 혼자만 외떨어진 기분이라고나 할까. 썩 유쾌하지 않은 느낌이었다. 태진은 미간을 살짝 찌푸리며 가족들과 기은의 표정을 살폈다.

"다들 뭔가 숨기는 게 있는 거 같은데."

"그게 막상 이야기하려니까 좀 쑥스럽네요."

먼저 말문을 연 기은이 멋쩍은 듯 머리카락 끝을 살짝 당겼다.

태진이 미처 자세한 사정을 묻기도 전이었다. 식구들이 차례로 그의 어깨며 등을 두드렸다. 꼬마 지석이도 다리에 대롱대롱 매달려 끼어들었다.

"와아. 와아. 추까해지요."

"축하한다."

"태진아, 기은이 더 아껴 줘야 한다."

"호호호, 나 아까부터 말하고 싶어 혼났다니까요."

마지막으로 세진이 입술 한쪽을 말아 올리며 태진의 넓은 어깨를 꾹 눌렀다.

"이 형이 하는 거 봤지? 잘 따라 하면 너도 좋은 아빠가 될 수 있을 거야."

태진의 눈동자가 커다랗게 열렸다. 말없이 웃기만 하던 기은의 뺨을 조심스럽게 감싸고 재차 확인했다.

"정말, 정말로······."

"네."

깔끔하기 그지없는 대답을 들은 태진은 기은을 와락 껴안았다. 그리고 몇 번이나 안았다 풀었다가를 반복했다.

"유기은, 넌 왜 이렇게 예쁜 거야?"

그의 나지막한 속삭임에 부모님도 세진과 지민도 키득거리며 서둘러 자리를 비워 주었다.

"사랑해서 그렇겠죠, 뭐."

둘만 남게 되자, 기은이 태진의 손에 깍지를 채우며 무뚝뚝하게 답했다. 태진이 살며시 이마를 부딪치며 소리 내어 웃었다.

말간 행복이 영글어 가는 저녁이었다.

*

뭐, 이런 게 다 있어.

고군의 눈빛은 딱 그것이었다. 꼬물거리는 작은 생명체를 처음 마주한 녀석은 호기심에 가득 차 있었다.

그러나 곧 고군의 동그란 얼굴에 보이지 않는 주름이 늘어갔다. 기은과 태진의 첫째, 재영은 씩씩하고 활달한 아기였다. 태어나서부터 보아온 고군이를 겁내기는커녕 끌어안고, 올라타고, 가끔은 베개 삼아 기대 자기도 했다.

무례하고 축축한 꼬마가 제 영원한 가족, 기은과 태진 사이에서 태어난 소중한 생명임을 알기에 피곤하고 귀찮아도 유모 노릇에 익숙해질 수밖에 없었다. 시크하고 도도했던 과거가 가끔 그립기도 했지만 별다른 불만은 없었다. 덕분에 심심할 겨를이 없으니까.

오늘도 기저귀 찬 엉덩이를 들썩들썩하는 재영이를 돌보기 위해 소파 끄트머리에 자리를 잡았다. 아기는 요즘 무언가를 붙잡고 서는 일에 재미를 붙여가고 있었다.

"거기 있다가 지난번처럼 또 털 뽑힌다."

시원한 차 두 잔을 가져다 놓은 태진이 고군의 머리통을 가볍게 쓰다듬었다.

"냥."

염려 말라는 듯, 고군이 짧게 답했다. 태진은 빙그레 웃으며 그 곁에서 재영이를 격려했다.

"그래, 고군이도 응원하니까 아들 오늘 한 번 제대로 걸어보자."

"오아아."

말귀를 알아들은 것처럼 재영이가 활짝 웃으며 용을 썼다. 단숨에 소파 끄트머리를 붙들고 일어서더니 제법 힘차게 발을 떼기 시작했다.

"꿀돼지, 얼른얼른."

태진의 목소리가 다급했다. 샤워를 마치고 나온 기은은 머리도 다 말리지 못하고 거실로 나섰다.

"무슨······."

기은은 사뭇 긴장한 표정의 태진과 고군, 빨갛게 달아오른 재영의 얼굴을 번갈아 보았다.

"재영이가 첫 걸음마를 할 것 같아."

태진이 동의를 구하듯 고군을 보자 녀석도 진지하게 그를 보았다. 할 수 없이 기은도 무리에 동참했다. 태진은 기은의 허리에 팔을 감고 다시 한 번 응원을 보냈다.

"자, 우리 재영이 걸음마."

다음 순간, 온몸에 힘을 싣는가 싶던 재영이 갑자기 다리에 힘이 풀려 주저앉았다. 덩달아 태진도 기은의 무릎으로 힘없이 쓰러졌다. 그 모습을 본 기은이 픽하고 웃음을 터뜨렸다.

"기저귀 봐줘요. 선배랑 고군이 덕분에 힘만 잔뜩 썼나 봐."

"어이쿠, 녀석. 걸음마 대신 응가를 보여주는구나."

기저귀를 벗겨 내용물을 확인한 태진도 따라 웃고 말았다.

그 사이, 고군은 느릿하게 소파에서 뛰어내려 재영의 곁으로 갔다. 그러면 그렇지. 아직 조그맣고 축축한 생명체는 갈 길이 한참 멀었다. 할 수 없이 이 몸께서 조금 더 돌봐주도록 하지.

아기를 안고 욕실로 향하는 태진을 따르며 고군은 걱정 말라는 듯 기은의 다리에 가볍게 몸을 비볐다.

아이를 재우고 온 기은은 푸짐하게 차려진 상을 보고 말했다.
"잘 먹일 때는 다 속셈이 있던데."
그 말에 태진이 짐짓 점잖은 척 고개를 가로저었다. 그러나 벌써부터 입술은 기은의 뺨을 간질이고 있었다.

지분거리는 입술과 손길 때문에 이 맛난 밥상을 또 구경만 하게 생겼다. 기은은 부드럽게 휘감기는 혀를 느끼며 살며시 눈을 감았다.
"사랑해."
속삭이는 순간에도 마음이 깊어졌다. 마성의 꿀돼지는 갈수록 향기롭고, 갈수록 달콤해서 도무지 질리지가 않는다. 태진은 매끈한 살결을 손바닥으로 쓸어내리다 더는 참지 못하고 기은을 번쩍 안아 올렸다.

유모 노릇을 두 배로 하게 될 날도 그리 멀지 않았다. 이렇게 매일, 매 순간 서로를 원하는 그들이니까. 고군은 방문이 닫히는 소리를 들으며 편안하게 잠에 빠져들었다.

작가후기

'귀엽진 않아'에 완결이란 이름을 달아준 것은 추운 겨울날이었습니다.

그런데 손끝에 감촉이 남는 책으로 세상에 나오게 된 것이 여름이네요. 덕분에 수정하는 동안 글에 겨울이 묻어나는 부분에서 잠시 멈칫하곤 했습니다.

의식하지 못하는 사이, 글과 함께 사계절을 보내고 있다는 걸 새삼 깨달았거든요.

고맙습니다.

그 또한 가슴 깊이 깨닫습니다. 함께 해주시는 분들이 계셔서 너무 고맙고 행복해요.

따스하게 격려 해주신 아디와 줄리엣의 발코니 카페 식구들과 출간에 도움을 주신 분들께도 감사 인사를 빠뜨릴 수 없지요.
그리고 꿀돼지 사건의 실제 주인공인 너굴군, 미안하고 고맙고 사랑해요.

모든 계절이 아름답고도 아쉬운 것과 같은 이유일까요.
매듭지은 글을 내어놓을 때면 시원섭섭이란 말을 절감합니다.
다시 새로운 글로 인사드릴 때도 역시 설레고 걱정스럽겠지요?
그래도 계절처럼 자연스럽게 스며드는 글을 꿈꾸며 또 달려갑니다.

고운님들의 매일이 건강하고 행복하기를 진심으로 응원합니다.
그럼, 언제나의 인사인 아자아자 퐈이아!로 물러갑니다.

다시 한 번 감사합니다.